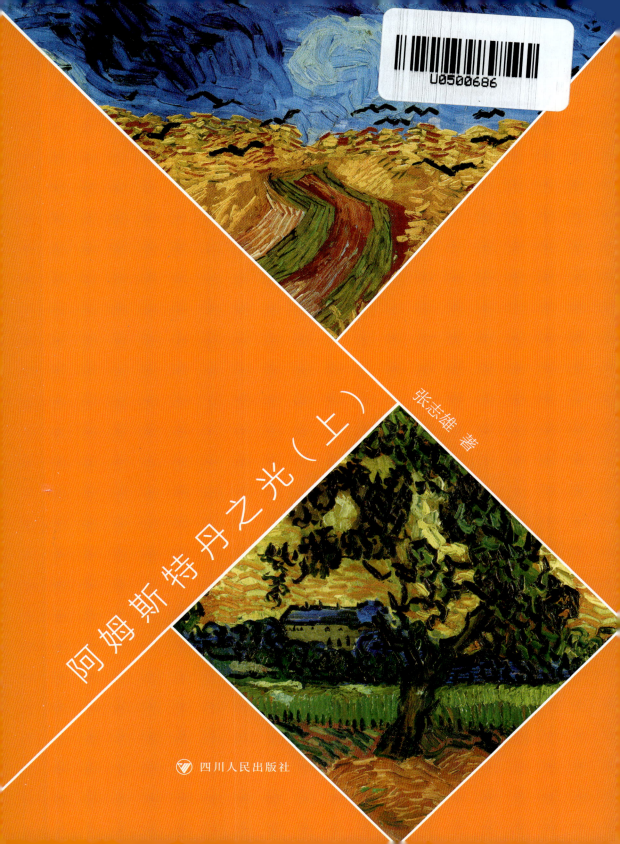

阿姆斯特丹之光（上）

张志雄 著

四川人民出版社

图书在版编目（CIP）数据

阿姆斯特丹之光：上、下 / 张志雄著 .—成都：
四川人民出版社，2022.7
ISBN 978-7-220-12752-6

Ⅰ.①阿… Ⅱ.①张… Ⅲ.①游记—作品集—中国—
当代 Ⅳ.① I267.4

中国版本图书馆 CIP 数据核字 (2022) 第 115621 号

AMUSITEDAN ZHI GUANG（SHANG、XIA）

阿姆斯特丹之光（上、下）

张志雄　著

出 品 人	黄立新
责任编辑	王定宇
封面设计	马壮　陈裕旭
版式设计	戴雨虹
责任校对	舒晓利　吴玥
责任印制	祝　健
出版发行	四川人民出版社（成都三色路238号）
网　　址	http://www.scpph.com
E-mail	scrmcbs@sina.com
新浪微博	@四川人民出版社
微信公众号	四川人民出版社
发行部业务电话	（028）86361653　86361656
防盗版举报电话	（028）86361661
照　　排	马壮 / 成都木之雨文化传播有限公司
印　　刷	成都紫星印务有限公司
成品尺寸	170mm×230mm
印　　张	57.25
字　　数	768千字
版　　次	2022 年 7 月第 1 版
印　　次	2022 年 7 月第 1 次印刷
书　　号	ISBN 978-7-220-12752-6
定　　价	168.00元（上、下）

用生命去走读

1

我1966年出生于上海，很早就开始认字，外公在小方块纸上写着毛笔字，教我念。

我儿子好像也有早识字的天赋，可他比我幸运，在他很小的时候，我就买了很多书给他，而我当年却无书可读。

那时候我只有几本连环画可看，有《看云识天气》《台风》等，还有我哥哥、姐姐的教科书：《农业基础知识》《工业基础知识》和《历史》。《历史》主要讲述中国历史上的农民起义。我当时很渴望看书，于是就看《农业基础知识》或《工业基础知识》这些我不感兴趣的图书。1974年开始"批林批孔"，特别是对孔子的批判，使我了解了一些中国古代的故事，受益匪浅。

我就是这样成长起来的，所以一直以来对文字都很渴望。

1976年，我10岁，粉碎"四人帮"后中国发生了巨大的变化，书的品种逐渐多了起来，但想要看书还是很难，记得那时候连数理化丛书都不好买。如《安娜·卡列尼娜》《子夜》和《家》等文学经典，更是难买。那时的上海新华书店外经常排着长队，有钱也买不到书。我那时刚10岁，很想看书，哥哥比我大4岁，比较机灵，买了一些书，但他不给我看，认为我会把书弄脏。

1976年之前，我跟着哥哥和姐姐看了点借阅的书，譬如《敌后武工队》和《青春之歌》。但一般来说，这些书只有一天或一天半的时间可供我们阅览，等轮到我看的时候，已经没剩多少时间，我只能掐头去尾地阅读。《青春之歌》里的女主角林道静与共产党员江华恋爱的感觉，朦朦胧胧，让小小年纪的我非常激动。

1976年后，我想尽办法自己去找书。在我家附近的复兴中路和嘉善路路口有一家小新华书店，店里有两个女店员，我记得一个胖胖的，一个瘦瘦的。胖胖的那个与我一个叫"大头"的同学关系很好。我那时瘦瘦的，不善言谈又不会讨好人，每天跑到小书店，可怜巴巴地望着那些书，不会讲话，就在那儿看着。店里没什么书，那些文学名著都是藏着掖着的紧俏商品，不过她们私下会有一两本。

　　当时的我就像一条渴望骨头的小狗，每天中午午休和下午放学的时候，跑到柜台前，眼巴巴地看着那个年纪不大、瘦瘦的女店员。终于有一天，她给了我一本书，我非常激动地把钱递给她。这是我买的第一本名著。遗憾的是，我记不清书名了，应该不是很好看，但给我的印象很深刻，我总算拿到了一块"骨头"。

　　那时我读文学名著，其实没怎么看懂。我最喜欢的还是《小朋友》这本杂志。《小朋友》只在南京西路的邮局有售，这地方离我家很远，对一个小孩子来说，走过去蛮辛苦的。因为是月刊，《小朋友》并不太准时，印象中只会在一个月的某个时间段里出现，我们经常要去三次才能买到一本《小朋友》，如果错过了就没有了。所以每个月有几天，我们每天中午或下午跑过去，虽然要走很长很长的路，但是很激动，每一次都充满了期待。

　　我从小看书，有旺盛的想象力。我很喜欢在小伙伴面前讲故事，这些故事后来都写在《儿时的弄堂》里。1992年，我已经在上海证券交易所工作，那时股市很红火，为遵守职业操守，我不做股票，没事就写《儿时的弄堂》，书中还写了一些恐怖的故事。因为小时候没有什么书可看，就听大人们讲鬼怪故事，然后我就发挥想象力，自编故事。小时候我总是渴望，有一种东西能够填充我的想象。

2

　　我小学五年级毕业时，上海第一次实行重点中学制度。我被上海第五十一中学（现在的位育中学）录取，我自由的放养式学习阶段就此结束，开始以升学为主要任务的应试教育，不能看闲书了。给我印象非常深的是仅有一次的看闲书的机会，我当时迷上了福尔摩斯侦探小说，在学校图书馆里连续看了一两个月，导致我的平面几何成绩急剧下降，期中考试勉强及格。后来我不敢再看闲书，期末考试就满分了。

此后，我的初中和高中就在应试教育中度过，除了教科书，没怎么看其他书。

1984年，我进入大学，第一学年半学期过去后，来了一位叫刘健的老师。他毕业于上海交通大学马列主义哲学专业，是我们的哲学老师。他比较赏识我，我和另一个同学就好似他的弟子一般跟着他。刘健老师是一个蛮有趣的人，买了很多有意思的书，把一套《读书》杂志送给了我。

记得1984年冬天，我将那套《读书》（从创刊到最新的）带回家，除了吃饭睡觉外一直在看书，也不出去玩，天天待在阁楼里，整整看了一个月。看完以后，从阁楼下来，回到大学，遇到刘健老师，我眼睛发亮，对他说我变了。两年后，刘健老师离开学校，临走之前他把书全都留给了我。他觉得读书没用，但是我把他的书全看完了，从此就走上了读书的"不归路"。

这些书大致构成了20世纪80年代的时代背景，一个读书理想主义的时代，但并不是每个大学生都在读书，只能说有相当一部分人在读书，读书的范围和数量其实是很大的。

虽然我学的是理工科，但我立志要报考文科研究生。当时文学批评专业是最热门的，有点类似后来的经济学。20世纪80年代的文学相当繁荣，文学批评融合了各种社科知识，有思想性。所以，1988年我报考了上海师范大学文学系的研究生，但很遗憾最终未被录取。

大学四年中我一直疯狂地读书，使我受益良多，涉猎的内容不仅有人类学、社会学、政治学、心理学、历史学和哲学等学科，还有各国不同时代的文学作品。那时候，我读书经常是囫囵吞枣，不是每一本都精读，但视野是开阔的。

今天回头看，这种读书方式对我很有帮助。因为年轻，即便乱读、瞎读也没关系。那时候的我每天读书到了何种程度呢？大学毕业后我被分配到工厂成为一名车间工艺员，在工厂待了三年，没好好工作，每天都在看书。

即使当时年轻，也会看得头疼，怎么办呢？没事我就跑到复旦大学里跟人家辩论，因为那里有刘健老师的同学在做老师。

后来我可以在一天里同时读四五本不同类型的书，只要是可读的都读。除了刘健老师留下的很多书，还有我自己买的。那个时候，我系统地读了美国经典的现代小说。

天天读书，读了太多太多的书，人变得有些神经质。

有一些经典著作，类似《战争与和平》那种很厚的书，我一卷一卷地读。我一直说，在年轻的时候通读文学，那种对情感的撕扯和令人癫狂的状态至今仍有感触。那时也有些书不敢读，比如尼采的书。今天回想起来，厉害的文学作品都是特别好看，尤其是拉丁美洲的文学作品，让我如醉如痴。

有一次，我见到一位当时著名的文学评论家，向他请教时列举了很多书。他很感慨地说："你读的书比我还多。"

我是把书当作生命去读。当你把书当作生命去读的时候，你仿佛在浴火重生，全部的身心都会沉浸其中。

不过，当时也出版了许多翻译极差的书。20世纪80年代的美学翻译差到什么程度？一本书里的字都认识，但没有一句话看得懂，我就是在这乱七八糟的翻译文字中渴求着知识。

3

我就这样如醉如痴地一直读到1991年，然后开始训练自己的写作。1991年我进入上海证券交易所工作的缘由很有意思。我当时想做一个文学青年，抱着文学编辑的梦想，而《上海证券报》那时根本没有文学副刊，完全是我误信了传言。后来我办了一个《窗外》的副刊，还有了些名气。当时办副刊是主编特许的，其实他不太喜欢，他说我把副刊办得风花雪月，而证券类报刊最重要的办刊宗旨是引导股民理性投资和开拓市场。

我开始写市场评论和报道，工作之余写了《儿时的弄堂》，还写了本长篇小说《大头娃娃》。现在我很后悔在2000年的时候把《大头娃娃》毁掉了，因为当时自己极度不自信。如果这本书留下来的话，现在看会非常有意思。

就像我在《五十自述》里谈到的，我开始进入功利性的写作阶段，即便如此，1998年我还是写了本文化评论的书——《串烧韦小宝》。读书也在读功利的书。1995年"寻求证券大智慧大讨论"中，我写了很多评论。这些评论展现了我的文化功底，当时很多朋友和证监会的领导都说我是北大历史系毕业的，但我不是，我是理科生。

实际上这是一种消耗，对我真正的读书生活来说是很大的消耗。到20世纪90年代末，我觉得自己实际上已经消耗了太多的时间和精力。

4

2002年，我创立《价值》杂志，开始为公司的生存而奋斗。我看了很多投资类书籍，写了大量价值投资的文章。直到2006年，牛市来了，公司终于存活下来。这时，我只想做一件事情，就是读书。我想读很多很多书，我主编了60多卷的《投资者文摘》，准确地说，书名中不应该有"投资者"，就是《文摘》。

我把好书里的精彩内容摘录下来，边读边选，《投资者文摘》里的文章都是我精心挑选的。20世纪80年代我读了很多书，唯独没读经济学的书，直到90年代我才恶补经济学和投资学。但我认为经济学和投资学真的是枯燥无味，它不能影响我的精神世界，所以，在2006年我开始做《投资者文摘》。这是我开始疯狂读书的另一个阶段。

那个时期对我来说是一段很快乐的日子，我很希望牛市再多延长些时间。遗憾的是，2007年10月牛市结束，2008年市场开始进入熊市，离场的读者不再看《投资者文摘》了。

大约在2009年的一天，我坐在家里的花园赏花喝茶，突然之间感到万分失落。在43岁的年龄，我还想再做点事，做些什么呢？想写点东西，把脑海中思考的东西写成一本书；想出去走走，孩子也大了，可以出去玩了，第一个想去的地方就是英国。

于是，我跟另外一家人一起去了英国，回来以后写成《寻路英国》。我对英国的制度做了分析、思考，还写到商业与教育，这本书我个人很得意，蛮有意思。

接着我又完成了《来去美国》（两卷），也不是完全写美国，还写了我们这一代人的感受。有的人在中国，有的人去了美国等世界各地，大家有缘汇聚到一起，一起交流。流失在美国的中国艺术品，是我感兴趣的内容，琢磨后写下来，也算是一种交流方式，一种文化的碰撞。

之后我开始写第三本书《去以色列读那本书》。因为信仰的关系，我认真思考这本书，花费了很多精力，看了很多这方面的书籍。这本书我写得很满意，后来给专家审过，一些相关宗教人士也都看过，他们都觉得没问题，我挺骄傲的。

接下来是《安达卢西亚的雨巷》，有抒情的风格。一开始以很严谨的方式写了《寻路英国》《来去美国》和《去以色列读那本书》，然后写《安达卢西亚的雨巷》，每一本书的风格与形式都不一样，和我的乐趣有关，我不想有统一的模式。写商业旅游类书籍应该是统一的模式，但我没什么兴趣，因为我自认为这些不仅仅是旅游书。

后来的《趣味新西兰》和《北欧彩虹》也都是觉得有内容才写的。北欧之行是和我儿子的同学及家长一起去的。这本书写得很快，完成后给北欧的朋友和大使馆的朋友看，他们觉得很不错。

我还写了两本关于日本的文化游记《秘色日本》和《京都味道》。两次旅行分别由日本的两位朋友高田和奥田带领我们游玩，高田带我们游玩的是东京及一处山地，奥田则带我们逛京都。让当地人带我们走他们的家乡之路，很感性、很亲切。

5

我真正想将"志雄走读"系列做大，是从"意大利看画"系列开始的。我连续去了三次意大利，包括后面写的《爱在阿西西》《冬日西西里》和《激情那不勒斯》，都属于对意大利文化的观察和记录。

40岁之前，我记忆力极佳，不用做记录就知道某些内容在哪本书的什么地方。40岁之后，深感记忆力明显下降，有时会分不清梦境与现实。自那时起，我知道能拯救我的只有写作。我想通过这种强化来刺激自己，让大脑有所变化。那就读读写写吧。

去意大利看画真的很快乐，到各个地方与角落看壁画、看展品，感觉自己像考古学家或艺术史家。儿子一直跟着我去世界各地看画，我曾对儿子说，如果你到美国上大学，学艺术史专业，有些老师可能未必有你看的原画多。

看了那么多幅画，去了那么多博物馆，这种经历不是人人都有的。看了那么多画之后，我的眼光发生了变化。

接着又写了"中欧之行"系列（四卷），我的旅行路线是慕尼黑、柏林、德累斯顿、维也纳、布拉格和布达佩斯。慕尼黑的博物馆让人看得很过瘾；柏林博物馆岛上的各个博物馆展品都数量庞大，质量绝佳；德累斯顿收藏宝物的绿穹珍宝馆最为精彩，我们的审美有些透支了；在维也纳待了五天还是觉得不够，被这座艺术之都所吸引；在布拉格，尤其是布达佩斯，我们确实陷入了审美疲劳。

低地国家是我一直想去的地方。2017年夏天，我们去了荷兰和比利时，回来就完成了《阿姆斯特丹之光》和《比利时大城》。描写荷兰"小桥流水"般的景致和比利时布鲁日的舒缓秀美，要比写德奥文化轻松多了，除了对它们的艺术作品很感兴趣，我还描绘了尼德兰文化的昌盛。当然，我也探讨了荷兰当年的资本主义文化，它的开创性不亚于英国。

6

再到巴黎各个博物馆看画，是2018年初的冬天，因为我只能利用儿子的假期去走读，夏天的欧美各个地方都很好，但冬天就不一样了。欧洲的冬天很寒冷，即便偏南的西西里岛也不是很适合旅行。我之所以选择在冬天去巴黎，是决定在室内的博物馆和教堂度过大部分时间。后来，我们还跟随法国女设计师漫游了巴黎的街道，那年巴黎遇到了很罕见的冬天，经常下雪，雪景中的巴黎让我们很快乐，回来后我完成了"巴黎之行"系列。

这时候我看画的感觉也产生了很大的变化。据说持续不断地学习，大脑的机能自然会发生变化，我的眼睛也发生了变化，眼光变得很不一样。当你看了几万幅画的真迹后，眼光自然就变了。这种自信来自你的经历，来自你的投入。每当参观完博物馆回到上海后，我还要看照片、选图，在反反复复的鉴赏中形成这种信心。我认为对艺术的鉴赏，并不是说你学了艺术史专业就能成为鉴赏家。

我后来到墨西哥看壁画，当看到著名画家里维拉的壁画时，我觉得他一定受到了意大利文艺复兴时期几位大艺术家的影响，其中一位对他的影响特别深。后来我查阅里维拉的有关传记和评论，果然如此。

因为这些形象就在我的脑海里，画里人物的神情、状态立刻浮现出来，所以我一看就知道里维拉是从意大利艺术中汲取的灵感。看到这些画就仿佛看到了人物的各种情境、构图，那种精神、笔墨、颜色很难表达，不是从书本上能读出来的，也不是听某人讲就知道的。这种自信来自大量看画的经验积累。

我觉得走读是一场顽强的读书与游历，也是我40岁以后能重新回到20多岁年轻人的状态的原因，我确实是用生命在走读。

用生命去做事、去走读，其实也和人的个性相关。我想，绝大部分人不会用生命去做事情。什么叫用生命呢？实际上就是消耗，最后精疲力竭，因为这才能融入你的生命中。你可以说这是一种浪漫的说法，也可以说这是一种夸张的说法，但实际上是存在的，它类似于宗教般的体验。

我通过这种方式走读，一直持续到"巴黎之行"系列，可以称之为"艺术之旅"。

虽然我以后还会写些艺术品的鉴赏，但不会再有这样的规模了。

7

后来在瑞士，我感觉自己是山水之子，格调是抒情梦幻的。走读瑞士的书名是《一个自游人的瑞士33天》，完全是精神上的漫游。

在《墨西哥谜局》里，我至少有两条主线。一条是对中美洲古文明的摸索。我过去对中美洲古文明的认知是，阿兹特克帝国是野蛮的，喜欢人祭；玛雅人是智慧的，天文学和数学极为发达。

可当我真正去了以后，发现中美洲古文明更为复杂。得益于多年的走读经验，让我抓住了其中的一些精髓。例如，几乎所有墨西哥当地导游和相关书籍都津津乐道于中美洲文明的两种年历，他们有一种特别的52年周期，即每52年就要除旧布新，在原有的金字塔上再盖一座新的金字塔，这样就会出现"俄罗斯套娃"般的叠床架屋。

我开始深信不疑，后来仔细看了多处遗址，发现金字塔的"套娃"现象并不像传闻那么准确。我找到的唯一一本考古学专业书籍也发出了同样的疑问，让我感到欣慰。

还有一条主线是中美洲古文明经常提到的现象——中美洲人经常弃空城而去。这有许多解释，以出现旱灾和疫病的说法多见。我凭自己对文明的一些研究和理解，还是觉得这与他们自己的社会失序有关吧。

我写完《墨西哥谜局》后有种冲动，想再写一部小说，展示一下自己的想象力，比如羽蛇神的驱逐与归来，球场比赛究竟是输家还是赢家献祭？

8

每写一部"志雄走读"系列的作品，心中都充满了激动与好奇。完成《墨西哥谜局》两个月后的2019年夏天，我又先后前往苏格兰高地与英格兰乡村，并著有《苏格兰高地之魂》与《英格兰乡村漫步》。我每次还没有去目的地的时候，就开始进入状态，感觉太好了。我的人生常常就处于这种状态，准备出行之前，与目的地的种种时空交流，令我非常开心。走读的喜悦还未开始，就感觉已经拥有了，不是很好吗？

2019年10月初，我走读日本，出版了《在北海道发现日本》；同年圣诞节期间，我又去了埃及并写下《蓝色尼罗河》；2020年春节，我又前往柬埔寨，《柬埔寨双子星》问世。正当我计划5月去韩国，7月去爱尔兰之际，新冠肺炎疫情来袭，我只能在家读书，养浩然之气至今。

记得1991年的时候自己很穷，还大量抽烟，好烟买不起，好书也买不起。当然，一般的书还是买得起的。我印象非常深刻的一件事是，那时候想买一本香港三联书店出版的沈从文《中国服饰史》，一本很厚、装帧很漂亮的书，价格在1000元人民币左右。当时，我和女朋友几次去上海淮海路的书店都望而却步。终于有一天，我们两人一起把这本书捧了回来，我们捧着书无比激动。那种感受，现在再也不会有了。

沈从文是我很喜欢的作家。我记得刚买回来的那天，半夜就把它拿出来放在书桌上慢慢看，感觉人生进入天堂般的甜美。阅读给我带来无与伦比的享受，这么多年来一直伴随着我。

大学毕业后我在工厂工作时很辛苦、很压抑，躲到阁楼上去看书，读《日瓦戈医生》。印象中，小说主人公得了心脏病，非常难受，一种快死的感觉，小说的情节我已经忘了，可我记得那种生命的拯救。

我曾在"志雄走读"读书会群里遇到两个生活在俄罗斯的中国人，一个是大学生，另一个是国企的外派人员，半夜和我聊俄罗斯。那个大学生问我什么时候去俄罗斯，我说我为了走读俄罗斯准备了30年。

我很喜欢俄罗斯文学，记得在工厂的三年间读了不少这类作品，譬如托尔斯泰的《战争与和平》。他的伟大之处就是擅长描写日常生活中的美好，描写在战争阴影下各种人物的幸福感、善良本性及悲欢离合。

《战争与和平》也是托尔斯泰构建的一种史观，有两条线。一条线是拿破仑侵略俄国，俄国人民是如何战胜他的；另一条线就是当地人民的生活情境，两条线都写得非常好。他真的是超一流作家，在我心中比欧洲的其他文学家都要伟大。

还有陀思妥耶夫斯基。如果托尔斯泰代表俄国文学的太阳神阿波罗精神，陀思妥耶夫斯基就是古希腊酒神精神，是俄国文学的另一面。

陀思妥耶夫斯基展示的其实是一种斯拉夫精神，和托尔斯泰的理性完全不同，但他也触及人的灵魂深处，让人无法抗拒，甚至战栗，产生阅读的共鸣。《罪与罚》中的大学生、赌徒、凶手、妓女的爱情，别人写这些，肯定非常滑稽，而到了陀思妥耶夫斯基这里，就是神来之笔。

9

总的来说，写作是需要不断训练的过程，从模仿开始，接着试图自由表达，把很多事详写出来。而且写作需要坚持，我现在不敢停止写作几个月，我知道停了就真的停了，因为写作也是一种耐力与磨炼的积累。写作和读书不一样，读书可以躺着读，可以轻松地读，写作必须在桌前坐下并认真对待。

用电脑写作是一场革命，这么多文字，若是在以前用手写我肯定得崩溃。当初《寻路英国》和《来去美国》都是手写的，很慢；到了《去以色列读那本书》，我开始用电脑写作，最初很不顺手，但后来越来越快。

即便如此，像我这种消耗方式也是有问题的，比如一个月内完成十万多字的《沸腾香港》，这种速度，才思如泉涌。今天，我写"志雄走读"系列已将近十年，写得我有点累了。

10

走读给我带来太多的东西，一谈，我就很来劲。

最后想说的是，这是一个有些功利的时代，欧美历史上也经历过，看起来活力十足，充满商机，但也很麻烦。

我在大学里学过一个名为"负反馈"的重要概念。如果没有负反馈，只有正反馈，系统就会崩溃。我觉得现在社会上的很多人都生活在正反馈当中。

我读卡夫卡的小说，谈到我们的生活可能是场骗局。我为此想了很多年，觉得生活未必完全是场骗局，看你怎么活了。但如果不注意，还真可能是一场骗局。

我一直在提醒自己，在佩服投资大师巴菲特之余，对他的赚钱术不能过分迷恋。当金钱化运动走得很远时，整个社会也许很有活力，但个人可能会成为历史车轮下的一块石头，被压过去。

我时时刻刻提醒自己为什么行走读书，我们拼命赚钱，自以为很成功，却没想过我赚了钱干什么。我这样拼命劳碌，天天为了钱而奔波，为赚到钱而乐呵呵，却忘了我们的生命在流逝。到最后，我们得到了什么？这不是深刻的哲学。

这也是我经常走入世界各个不同地方的原因。在今天，我们仍然生活在不同的世界里，不要以为现在是全球化，事实上地球非常不平坦。

　　我们出发，努力体会其他地区人们的生活。我们要记住，幸福的人是不说话的，开心的人是不说话的，比你有智慧的人也不会说。你得意忘形的时候，认为自己很有钱、很开心，你是否知道别人比你更幸福、更开心、更有智慧呢？

　　也许人家的幸福只是不说而已，人家只是在旁边笑笑而已。我们不要这么得意，不要自我感觉特别好。所以我经常跑出去，东看西看，左看右看，我要体验世界别样的生活。

　　我们也许无法移居到称心如意的地方，但我们可以通过不断的走读满足自己的一部分心愿。

张志雄

2020年6月初稿

2021年5月二稿

于浦东御翠园

目录（上）CONTENTS

第一章

I

在一般情况下，我们去欧洲总是选择晚上抵达的航班，到酒店后睡上一觉以恢复体力，倒时差。但东方航空飞阿姆斯特丹只有早晨 7 点到达的航班，其他航空公司的商务舱又贵得多，权衡再三，还是选择早上抵达吧。

我记得 2003 年去欧洲，一班人坐的是经济舱，凌晨从巴黎转机柏林，一夜没睡好。那时，法国人眼里的中国人还是穷人，我们在机场被警察拦住，被反复盘问，因为他们怀疑我们是偷渡的难民。现在戴高乐机场到处是中文标识，取代了日文。

我们那次在柏林玩了一整天，看着大太阳，人却是在夜里的感觉，很奇怪。

这次要好一些，毕竟晚上在飞机上睡得不错，早上抵达阿姆斯特丹斯希普霍尔机场（Amsterdam Airport Schiphol），很是兴奋。我们曾在这个机场转过机，大厅设计得非常艺术，餐厅饮食也很美味，机场里还有阿姆斯特丹国家博物馆分馆，展出有 10 件 17 世纪荷兰黄金时代的作品。这让我想起了另一个极端案例——美国的洛杉矶机场，里面空空如也，旅客在里面度日如年。可惜这次从巴黎回中国，没法感受斯希普霍尔机场的气氛了。

斯希普霍尔在荷兰文中是"船洞"的意思。据说，这里原来是个低于海平面 4 米的大湖，因不少船只在这里莫名其妙地失踪而得名。如今斯希普霍尔机场控制塔的底部仍然要比海平面低 3 米，是世界上海拔最低的机场之一。

出机场之前，看到大厅内的直通地铁站，很方便。

II

坐上出租车在阿姆斯特丹的大街上疾驶，当天是星期六，早晨的马路上几乎空无一人，安静得令人讶异，很难想象阿姆斯特丹可是个国际大都市。

车子在皇帝运河（Emperor's Canal）480 号停下，这是一家商务公寓。我先预

斯希普霍尔机场

皇帝运河 480 号商务公寓　　　　　　　阿姆斯特丹市内电车

定了索菲特酒店，但最后还是选择了这家。原因是要在阿姆斯特丹住上 8 天，一直住在酒店里的话，狭小、憋闷。公寓宽敞，而且每天早上可以做饭，米粥、火腿沙拉、鸡蛋面包，中西餐都可以做。遗憾的是，这时刚到欧洲，西餐对我的胃还有吸引力，很少做中餐。最好是旅程快结束的时候，此时的中国胃遇到稀粥和榨菜，那才叫舒服。

　　索菲特酒店临河，离老城区很近，缺点是去博物馆不方便。我们的公寓可以步行到凡·高博物馆（Van Gogh Museum）和阿姆斯特丹国家博物馆，去火车站和老城区，就坐不远处的电车。两个地方各有各的方便。

　　公寓式酒店的每个单元都以荷兰艺术家的名字命名，如伦勃朗（Rembrandt Harmenszoon van Rijn，1606 — 1669年）、哈尔斯（Frans Hals，1581 — 1666年）、约翰内斯·维米尔（Johannes Vermeer，1632 — 1675年）、凡·高（Vincent Willem van Gogh，1853 — 1890年）和蒙德里安（Piet Cornelies Mondrian，1872 — 1944年）等，管理员就在对面的房子里办公，可以随时咨询。唯一不便的是房子内没有电梯，而且楼梯极为陡峭，大箱子没法一级一级地搬上搬下，尤其是搬下去，必须靠一条大腿撑着，一步一步地往下挪。离开的时候，我接连搬了两个大箱子下去，结果大腿拉伤；儿子搬了一个箱子下去，也是元气大伤，整整一个下午昏昏欲睡。

这是后话。

收拾一下，只有早上9点，到哪里去？

刚才看到楼下两岸的房屋和运河如梦如幻，虽然无数次在照片上看过阿姆斯特丹的景观，可真正接触时还是令我极为惊讶。

当时就决定，宁愿舍弃一些景点，也要多走走这些运河，感受气氛。

我设了一个离公寓最近的目的地——鲜花市场（Flower Market），然后跟随个人导航沿着运河走，一会儿就到了。鲜花市场看上去很漂亮，到处是花，真真假假的，还有各种球茎。当然，木拖鞋和冰箱贴等旅游纪念品也是铺天盖地。自1862年以来，花圃工人和女人从自家耕种的小块农田出发，沿着阿姆斯特尔河航行，然后将船停在这里，直接将自己栽种的鲜花卖给客人，就这样形成了鲜花市场。现在的市场自然不再漂浮于水面，而是在陆地上了。

花市比我想象的小，而且大多数是常见品种，并不吸引人。直到最后一家，里面的花卉我几乎都没见过，价格也不菲。我很想拍几张照片，可店家死活不让拍，无可奈何。现在想起来，应该买点样品，拍几张照片，放在书中与读者分享，也很值得啊。想到这里，我很是后悔。

阿姆斯特丹的库肯霍夫公园（KeuKenhof）是世界上最大的球茎花卉公园，占地32公顷，栽有各种球茎花卉达700多万株。但它们只在3月下旬到5月下旬开放，而现在已经是7月下旬，错过了。

喜欢荷兰花卉的朋友，还可以去斯希普霍尔机场以南的小镇阿尔斯梅尔（Aalsmeer）的鲜花中央市场，感受一下壮观的场面。

皇帝运河

荷兰是世界上最大的花卉出口国，花卉出口占国际市场的40%～60%，每年销往国外的各种花卉球茎约70亿个，价值7.5亿美元。阿尔斯梅尔拥有世界上最大的花卉拍卖市场，有80%的花卉是出口的，每天有1700万枝鲜花、170万盆盆花运往世界各地。

荷兰的花卉产业不仅依赖传统，还凭借创新。这里的科研人员不断开发新的花卉品种，有的品种甚至要花5年时间才能研发成功，今天荷兰的郁金香品种已经超过2000种。

中国驻荷兰前大使朱祖寿告诉我们一个有趣的现象：别的国家买了荷兰郁金香的球茎，种了一两年后，开出的花就不再鲜艳，自己又培育不出球茎，就只好再从荷兰进口。

我知道这件事后，对买些球茎回上海种植的兴趣大减。

鲜花市场最后一家花店

皇帝运河两岸的建筑

IV

阿尔斯梅尔花卉拍卖市场（Aalsmeer Flower Auction）是全球鲜花市场的"华尔街"，如英国出售的鲜花有70%来自荷兰。

与运河边的花市不同，阿尔斯梅尔花卉拍卖市场没有摊主、顾客，也没有买卖，只有成排成排的鲜切花。清晨5点，出口大花商来到冷藏室挑选花卉，栽种者将拍卖的玫瑰分为A1、A2和B1，A1级别的花大且花期长、价格贵，通常出口到英国这样比较讲究的地方，比较便宜等级的花卉则出口到俄罗斯和东欧。

清晨7点，鲜花拍卖开始，7个拍卖会同时进行，4个小时要拍卖3000万枝花。

网上售花的电商在仓库里就开始给花拍照，然后上传网站，世界各地的花商马上就能下单。而购买量小的商人则将花放在车内，去欧洲各地销售鲜花。

值得注意的是，阿尔斯梅尔市场上的花并非全部来自荷兰本土，而是来自世界各地。如果生长在欧洲的玫瑰不能满足市场需求，必须从日照时间更长的肯尼亚等地进口，来到阿尔斯梅尔进行集中交易，然后分散到各地，英国七成的玫瑰是肯尼亚的。

肯尼亚是世界上第三大切花生产国，鲜花每天晚上从当地起运，飞行6000多公里后于凌晨到达阿尔斯梅尔。

从皇帝运河到鲜花市场的沿途街景

皇帝运河旁的鲜花市场

V

我很想知道阿尔斯梅尔花卉拍卖市场用的是不是荷兰式拍卖。我们通常采用的英国式拍卖是由低价往高价拍，价高者得。而荷兰式拍卖则是从高价往下报价，第一个应价的为成交者。

这种荷兰式拍卖来自 17 世纪的荷兰土地拍卖，阿姆斯特丹的二手房交易如今还在沿用这种方法，但比现在的荷兰式拍卖复杂得多。

据罗素·修托的《阿姆斯特丹：一座自由主义之都》，拍卖包括两个部分。第一回合就像一般拍卖，由低往上拍，价高者得到一个价格；第二回合，从价高者的价格往下拍，有应价者出现，则拍品为他所有。成交价是第一个高价加上第二次的价格，如第一次是 20 万欧元，第二次往下拍，到 6 万欧元有人应价，则成交价为 26 万欧元；如果第二次往下拍，一直无人应价，最后价格为零，成交者为第一次高价者得，也即以 20 万欧元成交。

这种方法比英国式拍卖更容易炒高拍品，可以想象当年的土地投机狂潮。第一回合的最高价投标者会收到一份现金礼，以感谢他推高价位，无论他在第二回合是否被人以更高价抢标。

自然有人会趁此投机，没有钱也去抢最高价，获得奖金，这种人被称为"绵羊"。当他们遇到第二回合无人应价的情况时，就会被逮捕入狱两个月作为惩罚。但因金钱诱惑力太大，17 世纪的"绵羊"仍然不少。

可惜的是，我没有时间去阿尔斯梅尔花卉拍卖市场，没有深入了解。

VI

鲜花市场的门口是一座蒙特塔（Munttoren），它曾是阿姆斯特丹中世纪城墙大门的塔楼，现在成了钟楼。蒙特是"铸币"（Mint）的意思，1672 年法国侵略荷兰后在这座塔内铸造钱币。游客不能攀登此塔，一楼是代尔夫特瓷器专卖店，

鲜花市场门口的蒙特塔

贝金会修道院

我们几次路过这里，觉得有些瓷器挺有趣。

走一段路，便是贝金会修道院（Begijnhof）。

14 世纪，阿姆斯特丹的天主教非常兴旺，作为罗马教徒的信仰堡垒，古老的教堂周围经常围绕着大量的修道院。1307 年，贝金会修道院正式出现在世人面前，出身于良家的单身女子来到这里，一起居住在这个小院子里，力行善事。

在加入贝金会的时候，这些选择自我解放的姐妹们不需要发誓固守贫穷，她们可以保留自己的个人物品。隐居在这座修道院的姐妹们为当地的穷人和病患献出了自己的一生。

现在的修道院是 1740 年前后建造的，18 世纪进行外部装饰，路易十四风格的钟形山墙，山墙上方装饰的是巴洛克风格的柱顶和金色皇冠。建筑立面上最吸引人眼球的是圣母怀抱婴儿的彩色雕塑，婴孩就依偎在圣母裸露的胸部。圣母站在一轮金色的新月之上，象征着纯洁。建筑内部的装饰并没有掩盖住修女们的宗教信仰，前厅的灰泥天花板上装饰的图案包括 HIS 的字母组合（即耶稣，世人的救赎者）和一只鸽子，这象征圣灵。不幸的是，我们对 18 世纪到 19 世纪之间生活在这里的修女知之甚少。（《海边的小王国：荷兰文化遗产》，马克·杰格林）

VII

从 1880 年开始，凯瑟琳·科尔比埃和玛莲娜·科尔比埃负责给这里的修女们教授法语课。1892 年，科尔比埃姐妹去世后，法兰西丝卡·彼特斯和她的朋友玛丽亚·霍宏接替她们成为修女院的法语老师。作为一个理想主义者，法兰西丝卡在此之前就在其他地方为信仰天主教的女孩子开办了一所私人学校，当时她的这所学校里只有一名学生。在她的教师生涯中，她一直都保留着第一个学生送给她的纪念花篮。

除了一些常规课程，法兰西丝卡·彼特斯和她的同事还为这日益壮大的学生群体教授舞蹈、体操和女红。到了19世纪末，为了满足越来越多的女性独立就业的需求，法兰西丝卡还添加了速记课。不过，这位女校长对修道院的安全并不放心，她让牧师在窗户上添加铁栏，从而确保安全。这位牧师也提醒法兰西丝卡，修道院晚上也应该有个人把门，所以她要么雇用一个管理员，要么另外找地方安排学生住宿。女校长显然把牧师的话听了进去，1899年她将这些学生安置在皇帝运河边的一所房子里。几年后，她的学校成为第一个男女生混合教学试验点，这一举措着实让天主教的神职人员震惊。

贝金会修道院的女子有了恋人或是想结婚嫁人，她们就必须搬离这里。然而，1919年的时候，恩吉莱姆主教搬进了修道院，成了唯一一个入住昔日修道院的男士。他曾是教皇的高级教士，还是修道院后面天主教孤儿院的教区长，是天主教教会杂志《时光》的主编。1929年，这位主教去世之后，这栋建筑再度租给了一位女性房客。

VIII

1979年的扩建与重修将修道院改造成了4所公寓。2009年，建筑立面再度翻修，翻修人员移除了顶部圣母彩雕上覆盖着的杂质和后加的颜料。令人惊讶的是，当这些杂质和颜料全部移除干净的时候，圣母胸前那对圆润饱满的乳房重新呈现在世人面前，而在此之前，它们已经在额外覆盖的颜料下沉寂了好几个世纪。自此，圣母的胸部得以再度绽放其美感，世人也因此得以再度欣赏圣母的柔美纯洁。

马克·杰格林指出，1421年到1452年间的接连几场大火烧毁了中世纪的贝金会修道院的大部分建筑，其中包括几栋精美的木制附属建筑。不过，修女们很快就重建了修道院，到了16世纪的时候，石制的修道院再次屹立于这个小院子。重建所用的砖块都是用当地的黏土混合运河水制成的，这些砖块含盐量很高，因为

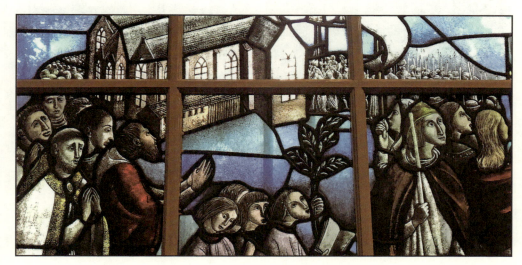

贝金会修道院的彩绘玻璃

当时阿姆斯特丹的河流与含盐量很高的须德海是贯通的。这些盐分经过一定时间的沉淀，结晶就会从砖块中析出；如果谁有兴趣舔一舔阿姆斯特丹17世纪建筑的墙壁，那腥咸的滋味会让你在瞬间穿越回荷兰的黄金时代。

IX

出了贝金会修道院，该吃午饭了。据传，荷兰菜是欧洲第二难吃的，第一是英国菜。传说归传说，我们在伦敦的时候，发现那里毕竟是国际都市，各种菜肴味道并不差。

我们见街对面有家海鲜吧，喜出望外，毕竟主要食材是海鲜，味道不会太差。结果，我们在这里吃了来荷兰的第一顿饭，这家店的质量尚可，我们后来又去吃了一次。

早听说过荷兰人的英语水平高，听几位侍者说英语，非常流利。后来一路上听荷兰人说英语，极少有听得不舒服的。只有一次，当时很纳闷，还以为自己有些疲倦，听不清了。

贝金会修道院对面的海鲜吧

按朱大使在《缤纷郁金香——荷兰》中的说法：荷兰语与德语、英语同属印欧语系的日耳曼语族，但发音较软。最典型的是，荷兰语的"G"和"CH"不像在英语中那样发成"格"和"克"，而是发舌后音"赫"。比如荷兰北部城市Groningen，英语的发音是"格罗宁根"，到了荷兰语就成了"瓦赫宁根"。

二战期间，荷兰被德国占领，英美派了不少间谍潜入荷兰，但德国反间谍机构利用对"G"的发音，识别出了不少英美特工人员。

X

吃完饭，见阿姆斯特丹博物馆（Amsterdam Museum）就在附近，就去看看。

阿姆斯特丹博物馆叙述的是该城市的历史，原本我是排入计划的，可这半天走下来，改变了主意——我想尝试通过运河边形形色色的建筑来了解阿姆斯特丹。所以，把时间留给新的计划吧。

博物馆内有一幅伦勃朗的《德米扬医生的解剖课》（*The Anatomy Lesson of Dr. Deijman*），解剖的对象是死刑犯的尸体，发青的脚板对着我们，他的头颅被打开，露出各种血管和脑部位，让人很不舒服。

这是 1656 年 1 月 29 日起为期三天的解剖记录，遗体是前一天被处以死刑的罪犯乔立斯·方腾（Joris Fonteijn）。

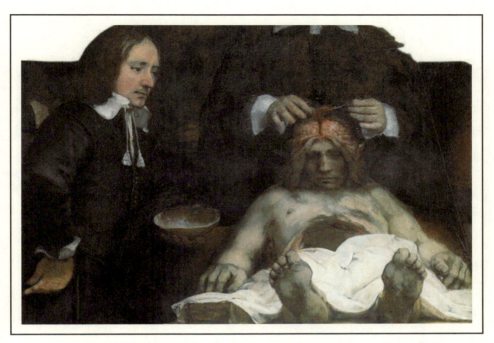

《德米扬医生的解剖课》（残本），伦勃朗，
1656 年，阿姆斯特丹博物馆藏

我们看到不少当年有关外科手术的绘画，异常残酷。比如表现脑部手术的插图，医生让患者趴着，用类似开瓶器的器具抵住他的太阳穴；旋转钻头，两只把手便会打开，慢慢地用双手将把手关闭，头盖骨便会被钻出洞来。这种头盖骨钻孔手术的历史出乎意料地久远，应该是有被箭射中头的人偶然治好了癫痫。（《残酷美术史：解读西洋名画中的血腥与暴力》，池上英洋）

还有病人在没被麻醉的情况下被锯子锯掉腿部的画面，有些恐怖。

博物馆隔壁拱廊是公民卫队画廊（Civic Guards Gallery），陈列着一些 17 世纪的荷兰作品。

XI

接着是水坝广场（Dam Square）。

在欧洲各国首都中，阿姆斯特丹是比较年轻的，没法和罗马或雅典相提并论。由于地理位置恶劣而不宜居，人类在阿姆斯特丹的定居生活要从公元1100年左右才开始。当时为了阻止海岸线发生变化，几百名农民开始在多沼泽的荒野边缘堆叠土堤，那里是他们选定的家园。

这些农民就是后来荷兰省的早期居民。居民们兴建堤防阻挡海水，接着在泥炭沼泽间凿出水道，让沼泽所含的水分流进河里。

但泥炭一旦失去水分便会开始下陷，使得土地高度降至水位线以下，于是陆地再度面临水患危机，人们不得不建造更多的堤防及使用抽水机。

公元1200年后，居住在沼泽土壤区域内的居民为了治理水患，开始在阿姆斯特河上的水体交汇处兴建水坝，河流在此注入于50多英里（约80公里）外与北海相连的大湾，这座水坝后来便成为阿姆斯特丹的中心，被称为水坝广场。（《阿姆斯特丹：一座自由主义之都》，罗素·修托）

XII

水坝广场有些凌乱，如果与威尼斯圣马可广场相比，简直是天壤之别。

这里环绕着阿姆斯特丹王宫（Royal Palace of Amsterdam）、新教堂（New Church）、女皇百货商店（De Bijenkorf）和阿姆斯特丹杜莎夫人蜡像馆等，广场东边还有建于1956年的国家纪念碑（National Monument），以纪念第二次世界大战期间的牺牲者。据说在20世纪六七十年代，这里是全球嬉皮士聚集的场所，嬉皮士在缓缓倾斜的阶梯状小丘上闲坐，就像是"海驴"在山丘上悠然自得地午休，因此被称为"海驴丘"。现在看，这里就是人多，没什么可感受的。

杜莎夫人蜡像，我在洛杉矶的好莱坞看过一次，觉得够了。以后在任何城市遇到类似的蜡像馆，都不会注意。

接下来就是王宫。

水坝广场上的国家纪念碑

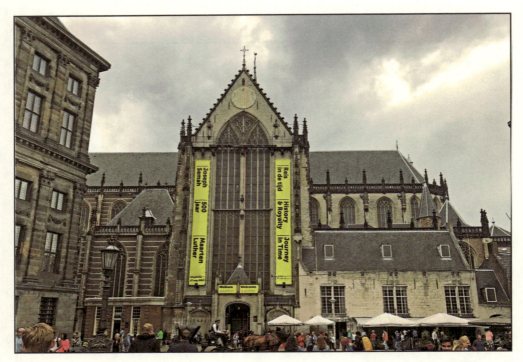

新教堂

女皇百货商店

原为市政厅的阿姆斯特丹王宫

阿姆斯特丹王宫原来是 1655 年兴建的市政厅，为了应对松软的沼泽地质，这座建筑下面有 13659 根木桩。1808 年，这里成为拿破仑的弟弟路易·波拿巴（Louis Bonaparte）的行宫，因此被命名为王宫。今天的阿姆斯特丹王宫有时会举行国事活动，但荷兰的国王住在海牙。

像欧洲的不少王宫，我们走进去也就是看看。位于王宫中央的公民大厅（Citizens Hall）有三张巨大的地图，其中两张是将阿姆斯特丹视为全球中心的世界地图，分别呈现了东西半球，中间那张是 1653 年的描绘夜空的星图。

当年市政厅建成后需要装饰画，彼时伟大的伦勃朗还在世，但已被认为过气了，反倒是伦勃朗的学生和助手富林克成为这桩名利双收的项目的人选。但伦勃朗的学生突然离世，让伦勃朗有机会接手这幅主题为巴达维亚人民在盲人克劳迪斯·西威利斯的领导下密谋反抗罗马帝国的巨幅画。

阿姆斯特丹王宫内景

王宫中央的公民大厅地板上将阿姆斯特丹视为中心的世界地图

《克劳迪斯的密谋》，伦勃朗，1661—1662 年，瑞典国家博物馆藏

在此之前，富林克已经有了构图，呈现的是 17 世纪中叶占主导地位的新古典主义画风，虽然刻板，却颇讨那些自命不凡的官员的欢心。

伦勃朗的作品《克劳迪斯的密谋》（*The Conspiracy of Claudius Civilis*）却是大异其趣，在市政厅中展出没多久就被退回，其大部分被伦勃朗剪碎丢弃。直到 19 世纪，伦勃朗的声誉恢复，人们在瑞典斯德哥尔摩的国家博物馆馆藏中发现了它的部分残片（196 厘米 ×309 厘米），整个画面应该有 36 平方米之大。

尽管是残片，我们看后也明白市政厅的官员为什么无法容忍伦勃朗这幅作品的胆大妄为了。

XIV

西蒙·沙马在《艺术的力量》中充满激情地感叹伦勃朗：

他所热爱的野性和自由极大地改变了他的风格。富林克画笔下受人尊敬的勇士和庄严的长者到了伦勃朗这儿，繁荣时代的阿姆斯特丹人会觉得自己身处强盗窝，或者是面对一群杂牌军。画面中有发色黝黑的东方人（其中一人戴着金链子，投射出犹太人般精明的目光）；一位露齿而笑的老人双唇粗鲁地张开着，似乎更在乎他的酒杯；德鲁伊般的祭司，还有一位俊美的年轻人。伦勃朗在画面中央犯下了最大的暴行：强盗之王克劳迪斯·西威利斯，已盲的双眼对着所有的观众露出狰狞的斑痕（它在富林克的构图中一直被小心翼翼地藏在头巾里）。在人群面前，他的眼睛反而成了焦点。西威利斯戴着高高的冠冕，在箍带中心，伦勃朗描上了一个不透明的金色圆圈，象征着第三只眼——感官。

同《夜巡》一样，这是冲破桎梏的呼告：冷兵器的碰撞摩擦，拥护与效忠的誓言，起义与密谋的低语，还有发自肺腑的嘶吼。士兵的盛宴瞬时变成了野蛮聚会，场面充斥着热血和兴奋、恐吓与庆祝、老练及粗犷。伦勃朗为远古时期狡诈直白而痛苦的自由创作了一首赞美诗。尽管经过精心设计，西威利斯仍不乏原始激情，尽管主人公占据画面的中心，我们也无法忽略那些粗劣的形象，有人虔诚，有人热血，举杯同庆。这便是荷兰共和国之起源。画面敢于直率地表达这就是先祖，这就是我们的模样。伟大帝国的中心，大理石铺就的市政厅终有一日会沉入海底。但只要保持信念，你的自由，你最钟爱之物将会永恒。

30年前，年轻的伦勃朗在画板边缘描上金边，象征思维的灵光。而现在他来了个90度转弯，把那道金边横置于餐桌的边缘。这是所有光源中最炽热的一道，没有烛火，但它散发出来朦胧的金色光芒，原始的自由之火，照亮了密谋者的面容。

XV

一大早跑出来，毕竟有些困倦，去水坝广场上的女皇百货商店顶楼的自助餐厅吃了便餐，买了一只日默瓦（Rimowa）牌旅行箱便往回赶。与其他旅行箱相比，日默瓦的轮子太好使了，对我们到处行走的人来说，很重要。

回到鲜花市场，那儿已经关门了，见旁边有荷兰最大的连锁超市——阿尔贝特·海因（Albert Heijn），赶紧去采购。这家超市在荷兰有近1000家卖场，东西还不错。我们买了意大利的帕尔玛火腿、基安蒂红酒、奶酪、番茄、鸡蛋、沙拉、橄榄、矿泉水、餐巾纸、大米等，装在旅行箱里往住宿公寓跑。

　　即便只是在公寓里吃一顿早饭，临睡前喝点红酒吃些小菜，采购也依然很重要。因为公寓离超市稍远，我们三天两头需要买酒、买矿泉水，有些劳累。

　　回到公寓，已是黄昏，泡杯茶，看着运河水发呆。突然抬起头，见到天空出现晚霞，金光打在两岸的房子上。我拿起手机，冲下楼去，对着房子、桥与河水拍了一通。这么好的天气，可不容易碰到。我这么想，后来果然如此。

沐浴在金色晚霞中的皇帝运河

第二章

凡·高博物馆（上）

I

去阿姆斯特丹的理由之一就是看凡·高。

大学时代看过欧文·斯通的《渴望生活：凡·高传》，算是囫囵吞枣吧。接着是看了一些凡·高绘画的印刷品，诸如《星空》（*The Starry Night*）、《向日葵》（*Sunflowers*）和《卧室》（*Bedroom in Arles*），也是很表面地看看。

真正让我对凡·高的绘画发生兴趣是在欧洲走读的这几年，在欧洲的各大博物馆中总会有印象画派和后印象画派的作品，凡·高作品经常会有一幅到几幅。一路这么看下来，自然有比较，我在凡·高的画前停留的时间长，看得也很仔细。

凡·高的画很耐看。

时间长了，就萌生了去世界上收藏凡·高作品最多的阿姆斯特丹凡·高博物馆的想法。每次出游，选择的地点很多，选择的理由也很多，我选择 2017 年夏天去荷兰，一大冲动就是想系统地琢磨凡·高的作品。

II

以阿姆斯特丹的中央火车站为起点来测算，凡·高博物馆算是远的，但我们住在皇帝运河边的商务公寓，只要走几个街区就可以抵达那里。

凡·高博物馆是从 1969 年开始建造、1973 年 6 月对外开放的。博物馆由荷兰著名建筑师里特维尔（Gerrit Rietveld）设计，外观平常，展出的是博物馆的永久性收藏。1999 年日本建筑师黑川纪章（Kisho Kurokawa）设计了侧翼展馆，形状为椭圆形，像个水泥碉堡或核反应堆。侧翼展馆用于特展，是日本人出资建造的，里面的展台黑洞洞的，像个大仓库。我没看出它的合理性。

凡·高留下了 860 幅油画，1200 多张诸如素描、信中速写、水彩画、石印和蚀刻等纸上作品以及 820 封书信。凡·高博物馆拥有世界上最多的凡·高画作：200 幅油画、500 多张素描、4 本写生簿和这位艺术家几乎所有的函件。

凡·高博物馆广场草坪

Ⅲ

　　博物馆共分四层，底层是以凡·高画作为主的书籍和工艺品商店；第二层则是凡·高的文献展及其自画像展。

　　第三层和第四层才是凡·高的作品，一些印象派、后印象派名家的画作穿插其间。

　　第三层以凡·高在荷兰海牙特别是在纽南（Nuenen）的初作为开始，我们知道凡·高是在27岁时才开始作画的，这是他弟弟提奥的建议。在此之前，凡·高做过职业和业余传道人，结果一事无成。

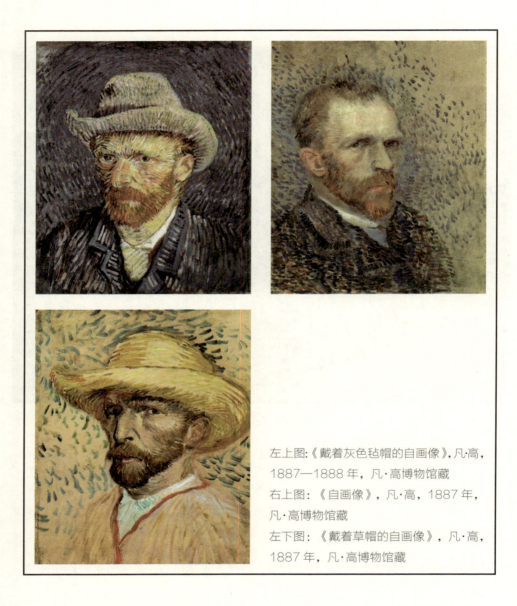

左上图:《戴着灰色毡帽的自画像》,凡·高,
1887—1888 年,凡·高博物馆藏
右上图:《自画像》,凡·高,1887 年,
凡·高博物馆藏
左下图:《戴着草帽的自画像》,凡·高,
1887 年,凡·高博物馆藏

　　凡·高虽偶有人指点,但基本上是自学成才。凡·高开始时作的画很拙朴,
但已有很深的含义。经过大约两年的辛勤练习,他在纽南画出了第一幅被后人认
为是名作的《吃土豆的人》(*The Potato Eaters*)。

《吃土豆的人》，凡·高，1885 年，凡·高博物馆藏

　　BBC艺术总编认为，这幅画"对一名新手画家来说，野心不小。画中五个人在小房间里围坐在桌旁，唯一的光线来自昏暗的煤油灯。这样的构图对任何学生来说都是挑战。凡·高在这阶段想要成为'农民生活'画家，就像作家狄更斯成为社会记者一样。他画中的农民自然而不矫揉，细腻的色调和人物处理巧妙地呈现了农民简陋的食物和生活"，"整幅画以阴暗的褐色、灰色和蓝色铺陈，画里农夫的双手有如大地的颜色，手指和他们正在吃的马铃薯一样粗糙"。

　　画中左侧的女人在凡·高的另一幅《妇女头像》（*Head of a Woman*）中也出现过，她是纽南农妇高娣娜·德·格罗特（Gordina de Groot）。凡·高对描绘农民和农村生活的法国艺术家让·弗朗索瓦·米勒（Jean-François Millet，1814—

《妇女头像》，凡·高，1885 年，凡·高博物馆藏

1875年）推崇备至，他说要寻找"有着低前额和厚嘴唇的粗糙、扁平的脸，不是尖长的面孔，而是圆圆的脸，就像米勒作品中的人物"。

IV

1885年3月26日，凡·高的父亲提奥多鲁斯（Theodorus van Gogh）突然去世。10月的一天，凡·高创作了《静物：圣经》（*Still Life with Bible*）。凡·高的父亲是荷兰布拉班特省宗德尔村的牧师，凡·高也曾想继承父业，成为一名牧师。他对基督教有着强烈的热情，在给弟弟提奥的信中写了许多感言，占了他书信全集相当大的篇幅。可惜，要成为专职牧师，需要通过神学考试，这明显不适合凡·高，他只能败下阵来。

他与父亲的关系并不融洽。

画中的烛台熄灭，象征着父亲权威的消失。《圣经》旁是一本法国自然主义作家左拉的小说《生之喜悦》，意大利艺术史专家保拉·拉佩里认为："这两本书不仅在内容与思想上对比鲜明，在颜色上也大相径庭"，"《圣经》翻开的一页是以赛亚书第53篇，讲述了上帝仆人的到来，却遭到了众人的漠视。这可以看作凡·高暗指自己当时的状况"。

这幅画的笔触迅疾，之前凡·高参观了阿姆斯特丹国家博物馆，受到了伦勃朗尤其是哈尔斯快捷画法的震撼。

凡·高在1885年10月28日写给提奥的信的最后提到了这幅作品："为了回应你对马奈的描述，我要给你寄一张静物，画的是一本打开的有点发黄的《圣经》，用皮革装订，与黑色的背景相对照，前景是黄褐色的，带一点儿柠檬黄的调子。""我是在一天中一口气画完的。由此可见，我的努力也许没白费，这些天来我在画特定对象时确实感到得心应手，无论它的形状或颜色怎样，下笔都毫不迟疑。"

《静物：圣经》，凡·高，1885 年，凡·高博物馆藏

V

1885 年 11 月底，凡·高搬到比利时的安特卫普，1886 年 1 月在皇家美术学院注册，学习素描和油画。他在安特卫普博物馆参观彼得·保罗·鲁本斯（Peter Paul Rubens，1577—1640 年）的作品时，受到他的画风尤其是其对色彩运用的强烈影响。

1886 年 1 月 12 日至 16 日之间，凡·高在写给提奥的信中提到："鲁本斯的风格，他追求一种欢愉、平静、悲伤的氛围，并借助色彩的组合真正实现了——即使他的人物有时显得空洞虚假。"

凡·高对安特卫普圣母大教堂内的两幅三联画杰作《基督被押上十字架》（The Elevation of the Cross）和《基督被救下十字架》（The Descent of the Cross）作出评论：

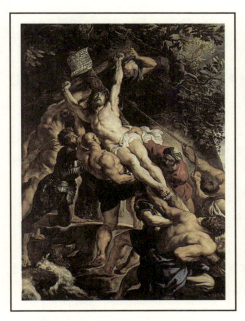 

《基督被押上十字架》，鲁本斯，　　　　　《基督被救下十字架》，鲁本斯，
1610—1611 年，安特卫普圣母大教堂藏　　1612—1614 年，安特卫普圣母大教堂藏

在《基督被押上十字架》中，甚至那在高光、明亮色调下的基督的苍白的身体，也与其他色调很暗的人体形成反差而引人注目。

同样形成反差，但在我看来美得多的是《基督被救下十字架》的魅力。在此画中，基督身体的苍白色调出现在女性人物的金发、苍白的脸庞和脖子上，昏暗的背景也因为那些不同的低暗色块：红色、墨绿、黑色、灰色和紫罗兰，汇聚在一起，获得了色调的协调，显得丰富多彩。

VI

身在巴黎的提奥已经感受到五彩斑斓的印象画派的影响力，而在荷兰比利时的凡·高还没有感受到此氛围，可他通过弟弟的描述，以及自己在安特卫普对鲁本斯和日本版画的阅读与鉴赏，为之后不久去巴黎的画风大变做了充分的铺垫和准备。

他在安特卫普写给提奥的信里（1885 年 11 月 28 日），把雨中的码头看成是一幅巨大的日本风情画：

那里什么都可以入画，城市景观——形态各异的人物——以船舶为主体、水面和天空是别致的灰色——但最重要的是有一种日本风情。

我的意思是，其中的人物总是在行动，我们看到人物所处的背景不可思议，而且始终保持一种自然的有趣对比。

一匹白马站在泥泞之中，伫立在角落里，成堆的货物罩着防水油布，倚靠着又黑又旧、烟迹斑斑的货仓墙壁。很简单，却有一种黑白效果。

透过一座非常优雅的英国客栈的窗户，你会望见，在一片极脏的泥污里，在船上，牛高马大的码头工人或者外国水手正在装卸兽皮和牛角之类的货物；一个十分白皙、精致的英国女孩正倚在窗边，眺望外面的风景。室内和人物的色调一致，在光线上——泥地上的银色天空和牛角形成了一组强烈的对照。还有佛兰芒的水手们，脸庞红得过头，肩膀宽宽，孔武有力，散发出地道的安特卫普风格，站着吃贻贝、喝啤酒，大声喧哗，骚动不安。与此形成鲜明对比的是一个穿黑衣的娇小身影姗姗而来，小手护着身体，悄无声息地滑过灰色的墙。一头乌黑的头发勾勒出一张椭圆的小脸，脸是褐色的还是橙黄的，我不知道。

她飞快地抬起眼睑，一双漆黑的眼睛斜瞥了一眼。这是个中国女孩，神秘，安静如鼠，娇小，天生像一只床虱，和那群大啖贻贝的佛兰芒水手相比是多大的反差。

VII

1886 年 2 月来到巴黎后，凡·高于来年临摹了几幅日本版画。凡·高博物馆展出了《开花李树》（*Flowering Plum Orchard*）、《雨中的桥》（*Bridge in the Rain*）和《花魁》（*Courtesan*），附有日本版画原作作对比。

凡·高不仅对日本浮世绘着迷，也很早就知晓浮世绘版画的升值潜力，凡·高和提奥两人收藏有570幅日本版画。

对浮世绘的痴迷是印象画派的整体现象，爱德华·马奈（Édouard Manet，1832—1883年）、克劳德·莫奈（Claude Monet，1840—1926年）与埃德加·德加（Edgar Degas，1834—1917年）都直接借鉴了歌川广重（Utagawa Hiroshige，1797—1858年）和葛饰北斋（Katsushika Hokusai，1760—1849年）的版画平面视觉、构图和戏剧化手法。

1888年2月，凡·高来到法国南部的阿尔勒，寻找日本版画式的艺术氛围，他在3月8日写给好友与画家埃米尔·伯纳德（Émile Bernard，1868—1941年）的信中提到："首先想告诉你的是这里的景色像日本那样美丽，空气清新，色彩明

右图：《龟户梅屋铺》，歌川广重，1857年

左图：《开花李树》，凡·高，1887年，凡·高博物馆藏

右图：《大桥安宅骤雨》，歌川广重，
1857 年

左图：《雨中的桥》，凡·高，1887 年，
凡·高博物馆藏

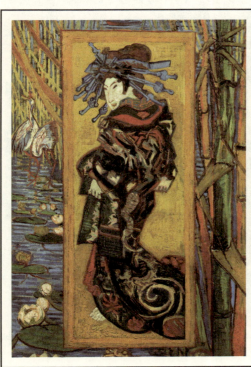
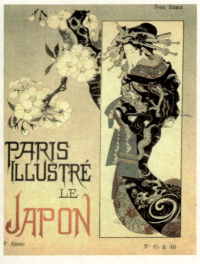

右图：《花魁》（1886 年发表在巴
黎插画杂志的封面上），溪齐英泉

左图：《花魁》，凡·高，1887 年，
凡·高博物馆藏

快，就像我们在日本版画里看到的那样，绵延的河水泛着一片片美丽的翡翠绿，山水间饱含着浓郁的蓝色，浅橘色的夕阳使田野看起来像是蓝色的——橙黄的太阳光辉夺目。"

他确实找到了，凡·高博物馆内一字排开的《粉红色的果园》（*The Pink Orchard*）、《桃树》（*The Pink Peach Tree*）和《开花的小梨树》（*Small Pear Tree in Blossom*），其东方式淡雅真让人喜欢。

1888 年 3 月 30 日，凡·高给他的妹妹写信道："我今天带回来的那幅也许是你喜欢的那种——画的是果园里犁过的地，围着一道柳篱笆，两棵花开得正旺的桃树，桃红色衬着亮蓝的天空，白云飘飘，阳光灿烂。"

"当今的色彩无疑是很丰富的——天蓝、桃红、橘红、大红、明黄、鲜绿、明亮的酒红色及蓝紫色。加强所有的色彩也能重归宁静与和谐，会产生某种效果，就如同瓦格纳的音乐，尽管演奏的阵容庞大，依然让人备感亲切。只不过世人更偏爱灿烂的色彩效果，而我坚信未来会有许多画家奔赴热带国家进行创作。你只要想想无处不在、丰富多彩的日本风景画和人物肖像，就能明白当今的画风所发生的转变。提奥和我收藏了数百幅日本的这类版画。"

《桃树》无疑是其中的一个版本。

VIII

凡·高在1888年4月1日写给提奥的信中又提到了《桃树》："淡紫色的耕地，一排芦苇篱笆——两株粉红的桃树衬着灿烂、蓝白交织的天空。这极有可能是我画得最好的风景画。"

两天后，他又给弟弟写信："我正在疯狂地作画，因为树上的花开得正艳，我想把普罗旺斯果园欢乐至极的场景描绘下来——给你写信时很难保持宁静的心境，昨日写了几封，但随后都撕掉了。"

《桃树》，凡·高，1888 年，凡·高博物馆藏

《粉红色的果园》，凡·高，1888 年，凡·高博物馆藏

　　一个星期不到，凡·高再次告诉提奥："我又完成了一幅果园画，和那幅《桃树》一样好，上面画了一些颜色很浅的粉红色杏树。"这就是《粉红色的果园》。

　　三天后，凡·高在给埃米尔·伯纳德的信中夫子自道："我作画时不会遵循任何技法，笔画不依常规，顺其自然，画布上有厚涂的区域，也有留空的部位——各个角落总有未完成的地方——有些经过润色，有些则粗糙不堪。总之，我自觉这样的效果会令人感到不安和恼火，无法取悦那些对技法有先入之见的人。"

　　"尽管一向直接实地作画，我还是尝试着先画出素描的基线——然后把轮廓线（不管是否明显）框定的、无论如何能感觉到的区域都用简单明了的色彩填满，也就是说所有的土壤都会使用同样的淡紫色调，整个天空是蓝紫色调，绿植则是蓝绿色或者黄绿色，有意去夸张黄色或蓝色的特性。"

凡·高对《开花的小梨树》进行解读

IX

1888年4月13日，凡·高在信中对《开花的小梨树》特意作了解读：

紫色的地面——背景是一面墙，还有笔直的杨树和碧蓝的天空。

小梨树有着紫色的树干，白色的花儿，其中的一簇停驻着一只黄色的大蝴蝶。

左边的角落是一个用黄色篱笆隔开的小花园，有绿色的树丛和花坛，还有一间粉色的小屋。

画果园的同时，凡·高还把目光落在当地的朗卢桥，他创作了一系列的以"朗卢桥"为主题的作品。凡·高博物馆收藏的这幅《朗卢桥》（*Langlois Bridge at Arles with Road alongside the Canal*）是最后同时也是其中最简练的一幅。凡·高似乎看到了故乡荷兰的景物，好像呼吸到家的空气。他自嘲是"有点不常感到的滑稽"。我看到此景，也觉得在荷兰各地似曾相识。这种桥如果遇到大船，它的两头可以打开，让船通过。这很荷兰。

凡·高博物馆的官方指南评论认为："与一带而过勾画出的草地和前景小路相反，凡·高仔细描绘了这座桥，将与桥有关的各个细节，如石砌的桥墩、厚厚的梁木一笔一笔地细致地堆叠，甚至连吊桥板的绳索也画得清晰可见，只不过绳索上的红色油漆已看不见了。"

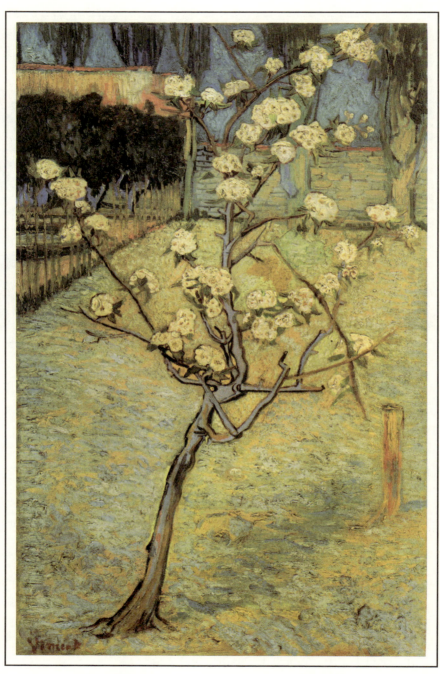

《开花的小梨树》，凡·高，1888 年，凡·高博物馆藏

《朗卢桥》，凡·高，1888 年，凡·高博物馆藏

X

1887年的《咖啡店女老板》（*Agostina Segatori Sitting in the Café du Tambourin*）把我们带回了巴黎，进入了凡·高的爱情故事。

画中的鼓形小桌让人联想到巴黎克利希大街上的铃鼓咖啡店——这是凡·高和朋友经常来的地方，曾举办过日本版画展，这些版画在后面的墙上依稀可见。

头戴高帽的女人应该是来自那不勒斯的阿葛斯蒂娜·塞加托利（Agostina Segatori）。她是咖啡店的女主人，一度还是走俏的女模特，柯罗（Jean Baptiste Camille Corot，1796 — 1875年）与马奈这样的大画家都为她画过肖像。

这时的阿葛斯蒂娜已经43岁了，苦于经营的她在 7 月份将咖啡店转手给了别人。凡·高爱上了她，和她发生了一段短暂的恋情。

《咖啡店女老板》，凡·高，1887 年，凡·高博物馆藏

也在咖啡店打工的阿葛斯蒂娜的新男友要求凡·高离开此地，凡·高并不理会，一场斗殴后，凡·高被禁止出入不再由女主人经营的咖啡店。

凡·高在 1887 年 7 月 23 日写给提奥的一封信中提到了这名女子：

至于塞加托利小姐，那完全是另一回事，我对她仍有感情，希望她也如此。

然而现在她处境尴尬，在自己的房子里既不自由，也做不了主，最重要的是，她病了。虽然我不愿公开说——她流产了（当然，除非她是小产）——不管事实如何，在那种情况下，我不会责怪她。

我希望过两个月她会好转，到时也许她会感激我不曾烦扰她。

请注意，如果她是在健康的状态下冷酷无情地拒绝归还我的东西，或者给我带来伤害，我对她也不会留情——但那并无必要。

而我太了解她了，依然信任她。

XI

众所周知，凡·高的爱情一直很不顺利，可以说是屡败屡战。

1881 年夏天，凡·高第一次有了爱恋的对象——他寡居的表姐凯依·沃斯（Kee Vos-Stricker），他向表姐求婚，遭到了拒绝。糟糕的是，双方家庭都强烈地反对他有这种念头。

凡·高则不依不饶地写信给表姐，遭到的却是他姨夫的警告。

这年的 11 月底，凡·高作为不速之客，来到阿姆斯特丹皇帝运河街的表姐住处，但表姐迅速溜走了。

两天以后，凡·高再次来表姐家，要求见一面，"我把手指放在油灯的火焰上说，让我见见她，我的手指在这火上烤多久，就给我多久的时间见"。凡·高的姨夫把灯给吹灭了。

"那三天里，我在阿姆斯特丹毫无目的地到处走，我感到悲惨极了——直到我开始发现自己令人生厌。"

1882 年 3 月，凡·高遇到了有孕在身的妓女西恩（Sien Hoornik），把她作为模特儿。不久，西恩带着 5 岁的女儿与凡·高同居了。凡·高想与她结婚，遭到了家族的激烈反对，即便是西恩的母亲，见凡·高毫无经济能力，也不赞同此事。提奥曾短暂到海牙看望哥哥，表示如果凡·高一意孤行，他就不再赞助他了。提奥是凡·高唯一的经济来源，凡·高只能离开西恩。

凡·高回到父母身边，遇到了 42 岁的邻居玛格特（Margot Begemann）。玛格特一直独身，性格善良，凡·高与比自己大 12 岁的玛格特好上了。他们的秘密被发现后，遭到两家人的反对。玛格特出身于富裕之家，所以她的家人怀疑凡·高的动机。凡·高的父母对儿子的婚姻则没有什么自信。

玛格特为此自杀未遂，被家人转移到外地。曾表示要与她结婚的凡·高则精疲力竭，也没有表现出过往爱情中的激情澎湃，事情慢慢也就过去了。

接着就是在巴黎遇见了塞加托利。

XII

1883年2月8日，凡·高在给提奥的信中感叹："生活真是个谜，而爱情是谜中之谜。"凡·高的恋爱对象都很成熟，都比他年龄大。凡·高渴望有个家，给予他情感慰藉。他在阿尔勒创作的著名的《卧室》表现了心中的家庭意象，在1888年10月17日给保罗·高更（Paul Gauguin，1848—1903年）的信中，凡·高介绍了这幅画："我又为我的装饰计划画了一幅30号油画，画的是你熟悉的我那间带白色家具的卧室。啊，太好了，这种空无一物的室内画让我感到极为愉悦，它有着一种乔治·修拉的简洁之风。"

"平涂的色彩，但笔触粗犷，完全厚涂，淡紫色的墙壁，已经褪色的地板呈

凡·高写给高更的信中重点介绍了《卧室》

渐变的红色，洛黄色的椅子和床，很浅的柠檬黄的枕头和被单，血红色的床罩，橘红色的梳妆台，蓝色的脸盆，绿色的窗户。我想用所有这些不同的色调来表达一种绝对的憩息之旅，你看，画中唯一的白色是那面镶着黑框（为的是加入第四对互补色）的镜子。"

《卧室》，凡·高，1888 年，凡·高博物馆藏

在巴黎，凡·高的绘画受到印象派画家卡米耶·毕沙罗（Camille Pissarro，1830—1903年）的长子以及西涅克（Paul Signac，1863—1935年）的影响，他的《克利希大街》（*Boulevard de Clichy*）、《从提奥的公寓向外望去》（*View of Paris from Vincent's Room in the Rue Lepic*）和《花园里的恋人：圣皮埃尔广场》（*Garden with Courting Couples: Square Saint-Pierre*）都出现了斑点和斑纹。但不管是毕沙罗还是西涅克，他们的艺术手法都是经过精心计算的，这与凡·高对冲动的表达、出于肾上腺素而大笔挥毫的迷恋是矛盾的。

《克利希大街》，凡·高，1887 年，凡·高博物馆藏

《从提奥的公寓向外望去》，凡·高，1887 年，凡·高博物馆藏

《花园里的恋人：圣皮埃尔广场》，凡·高，1887年，凡·高博物馆藏

　　《艺术的力量》的作者西蒙·沙马对此的看法是："巴黎的邂逅对于凡·高来说更像是一次冲昏头脑的婚外情，而非长久的恋情。印象主义画派通过对光的分解模糊了人的存在，但是凡·高的艺术总是更加强烈、热情、真实——更像是他自己的生活。认为绘画仅仅是光影的游戏、对色彩和形式艺术化处理的观点令凡·高厌恶。"

　　"凡·高的一些画似乎是在对印象派绘画的安逸作出修正。当莫奈画草地上的罂粟花时，他会站在很高的视角，让画面浸透光感。"

《麦田里的云雀》，凡·高，1887 年，凡·高博物馆藏

　　但在凡·高博物馆展出的《麦田里的云雀》（*Edge of a Wheat Field With Poppies and a Lark*）中，凡·高"把视角放低到田鼠的高度。蒿草构成了画面的内容，收割后的短茎上面葱茏的草木，罂粟花窒息而亡，带有一种田园式的幽闭空间感，给我们的感觉是自己刚刚和收割者一样劳动完。在这片葱茏闭塞的植物之上，一只飞翔的云雀超越了乡村的平庸感飞向苍穹。相信凡·高借此表达道德上的敬意"。

XIV

　　凡·高从巴黎来到阿尔勒后，他在春天画的是"果园与果树"系列，夏天则是"麦田与谷物收获"系列。1888年6月夏，他在一个多星期的时间里就该题材画了10幅油画和5幅素描。他全天在烈日的田野下作画，直到6月20日一场暴风雨的不期而至方才作罢。

　　凡·高博物馆的官方指南评论指出："麦浪使他有机会进行笔法和色彩的实验，他将金黄色的成熟麦子用前景中五彩缤纷滚动的黄色、绿色、红色、棕色和黑色作衬托，高高的地平线使整个画面几乎全被田野的色彩占据。"

《收获》，凡·高，1888年，凡·高博物馆藏

他在 1888 年 6 月 12 日对提奥说："这里的天气和春天的时候大不相同，现在早已是骄阳似火，但我对乡野的热爱仍然丝毫不减。现在随处可见古金色、青铜色和红铜色，与炙热得发白的天空呈现出来的青蓝色一起，产生了一种与欧仁·德拉克洛瓦（Eugène Delacroix，1798—1863 年）的渐变色调极为协调的、令人心旷神怡的色彩。"

6 月 16 日凡·高又给妹妹写信，感叹道："这里的色彩真的非常好看，当枝头挂着新鲜的叶子时，植物呈现出一种北方极少有的浓绿色。在阳光炙烤、尘土飞扬的时候，这种绿色不会失去光彩，景色则会呈现出各种色调的金色——绿金色、黄金色、赤金色，以及各种黄色——青铜色、红铜色，简而言之，从柠檬黄到谷物脱粒之后的暗黄色。此外还衬着蓝色——从水里最深的皇室蓝到勿忘我的蓝色。特别是钴蓝色，一种明亮清澈的蓝色——还有碧蓝色和紫蓝色。"

"这自然会产生橙色——阳光烤晒过的脸看起来是橙色的；此外，由于有了各种黄色，紫色就很显眼——柳藤编成的篱笆、灰色的茅屋顶或翻过的耕地比家乡的紫色深得多。还有，就像你所猜测的那样，这里的人大多长得很漂亮。"

XV

凡·高给妹妹的这封信中也提及凡·高博物馆收藏的一幅《画家的自画像》（*Self-Portrait as a Painter*），这是少数半身像之一（因为凡·高在自画像中尤其专注于刻画头像和强调面部表情）。

以下是我对着镜子画出来的一幅自画像，画像在提奥的手上：略带粉色的灰色脸庞、绿色的眼睛、灰色的头发、额头和嘴角带着皱纹，面容僵硬呆板，深红色的胡须，凌乱邋遢，神情忧伤；但嘴唇十分饱满，身披蓝色的粗亚麻罩衫，调色板里有柠檬黄、朱红、韦罗内塞绿、钴蓝等颜色；简而言之，具备了所有的颜色，除了胡须部分的橘红色，在调色板上却是完整的色调。画像的背景是灰白色的墙，你会说这有点像是——譬如一张死神的面孔——凡·埃伊丹书中的人物或者类似的形象——好吧，然而难道你不觉得画一张自画像可不是易事——这样的一幅画无论如何都与照片不同。你要知道这就是印象派——在我的心目中比其他流派高出一筹，它不落俗套，与摄影师相比，画家寻求的是一种更深层次的相似性。

《画家的自画像》，凡·高，
1887 — 1888年，凡·高博物馆藏

057

XVI

1888年5月底，凡·高去了几天地中海沿岸古老的小渔村——圣玛丽（Saintes-Maries-de-la-Mer），创作了两幅海景和一幅渔村景色，其中的《圣玛丽岸边的渔船》（*Fishing Boats on the Beach at Saintes-Maries*）和《圣玛丽海景》（*The Sea at Les Saintes-Maries-de-la-Mer*）收藏在凡·高博物馆。

1888年6月3日凡·高写信告诉提奥，滨海圣玛丽"有着鲭鱼一般的颜色，换句话说它变幻无常——你始终搞不清它到底是绿色的还是紫色的或是蓝色的，因为一眨眼的工夫，不断变化的波光已经染上了一层淡淡的粉色或者灰色"。

"一天夜里，我沿着海边散步，走在寂寥的海滩上，既不快乐也不哀伤，那种感觉很美。"

"湛蓝的天空点缀着深蓝色的云，云朵的色调比本蓝色深，是一种强烈的钴蓝色，还有些云朵呈稍浅的蓝色，类似银河的蓝白色。蓝色背景的深处繁星闪烁，色彩明亮，有浅绿色的、白色的、浅粉色的，比家里的，甚至比巴黎的更明亮，更璀璨，也更像宝石。因此，把它们形容成蛋白石、翡翠、天青色、红宝石或蓝宝石一点都不为过。海水是很深的群青色——海滩在我看来像是蒙上了一层淡紫色和浅红色。"

《圣玛丽海景》的笔触与气势让我想起了法国画家古斯塔夫·库尔贝（Gustave Courbet，1819—1877年）的《海》（*The Sea*），而《圣玛丽岸边的渔船》则十分接近日本版画。

在6月5日写给提奥的信中，凡·高写道："我希望你能来这里生活一段时间，你会深有体会的——不久你的视野就会改变，你更像是在用日本画家的眼睛去看东西，对色彩的感受也会不同。我深信，只有在这里停留很久，我才能更好地释放自己的个性。日本画家作画很快，非常快，如闪电迅雷一般，因为他们的神经更加敏感，情感更加淳朴。我来这里才寥寥数月，但是我若在巴黎，可能在一个小时内画完那张渔船的素描吗？"

我在前面摘录了大量凡·高的书信是有意为之。我们也会看其他艺术家的书简，那是为了了解艺术家和作品，凡·高书简也有此作用。可我浏览完凡·高的书信全集后，深信凡·高的书简本身就是伟大的文学作品，它完全可以独立于凡·高的画而存在。在我的印象中，能写出这么多又如此出色的书简（文字）的作家很少很少。

《圣玛丽岸边的渔船》，凡·高，1888 年，凡·高博物馆藏

《圣玛丽海景》，凡·高，1888 年，凡·高博物馆藏

第三章

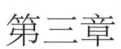

凡·高博物馆（下）

I

凡·高博物馆的《黄房子》（*The Yellow House*）有许多故事可说。

凡·高的书信中多次提到这幢在阿尔勒大街上的黄房子，"哦，对了——今天我租下了那幢房子右边的房间，一共有四间，或者更确切地说，两个房间，外加两间小房间。"

"房子的外墙被漆成了黄色，里面则是白色——有充足的光照，我以每月15法郎的租金租下了它。现在我想布置好一个房间——二楼的那间用来当卧室，这里仍旧用作我南方计划的画室和储藏室，这样就不必再为那既昂贵又令人沮丧的旅馆与人吵吵闹闹。"（1888年5月1日）

"昨天我忙着布置房子——我买了一张胡桃木的床，又给自己买了一张杉木的，我以后会把它画下来"，"我为其中一张床添置了床单并买了两张草褥。如果高更或者其他人要来，他的床不出一分钟就能准备好。从一开始，我并不只是为自己布置这间房的，也是为了安置别人，这花掉了我大部分的钱，我用余下的钱买了12张椅子、一面镜子以及一些零碎的必需品。总之，这意味着下个星期我就能去那里住了"。

"如果要安置别人，楼上有一间最漂亮的房间，我会尽可能地把它布置得好看一些，就像女人的闺房那样具有真正的艺术品位。至于我自己的卧室，我想把它弄得极其简单，但要有方方正正的、又大又宽的家具。"

"床、椅子、桌子都是用杉木做的。楼下有一个画室，另外一个房间也是画室，不过同时也当厨房用。"（1888年9月9日）

"同样是一幅30号正方形油画的速写，呈现出硫黄色阳光下的一幢房子及其周围的环境，衬着纯钴蓝色的天空。这个题材真的十分难画！但正因如此，我想去攻克它。这些房子沐浴在阳光和无比清新的蓝色中，实在妙极了。"

"地面全部呈黄色。我会给你寄去另外一幅，比这幅凭借记忆画出来的速写

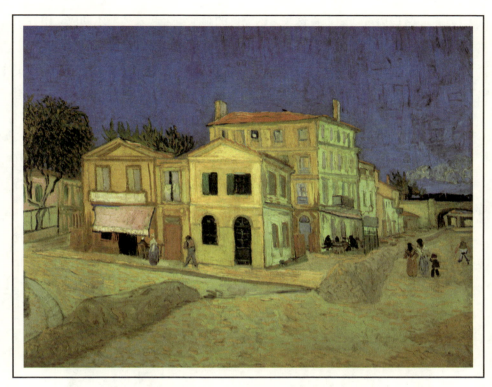

《黄房子》，凡·高，1888 年，凡·高博物馆藏

画得更好。右方的房子是粉红色的，有着绿色的百叶窗；在树荫底下的那幢房子是我每天吃晚饭的餐馆。我的邮差朋友住在左边介于两座铁路桥之间的街道的尽头。"（1888 年 9 月 29 日）

Ⅱ

凡·高曾告诉妹妹："尽管在被称为印象派的约 20 位画家中，有几位变得非常富有，在世界上也成了响当当的人物——但绝大多数人还是穷光蛋，在咖啡馆里度日，在廉价的旅馆里过夜，这样日复一日地活着。"

凡·高与提奥策划能否将这些穷困潦倒的画家集合起来到阿尔勒成立南方画家联盟以造声势。

他们首先邀请的画家之一就是高更。高更那时也在到处流浪，一幅画也卖不出去。提奥答应高更，只要他能来阿尔勒，就提供他全部的经济费用。

凡·高认为："我们所提的条件已经仁至义尽了，其他人是做不到的。"

他对提奥说："我呢，则为在自己一个人身上花费如此之多感到不安，但若要作出补救，唯一的办法就是娶个有钱的老婆或者找一个可以在绘画上相互扶持的伙伴。我目前是找不到那种老婆的，但可以找到伙伴。"

"这将是合作的开始，伯纳德也会到南方加入我们；我坚信，你迟早会成为法国印象派画家协会的领军人物。此外，如果我能发挥点作用，把他们聚集起来，我很乐意把他们看作是能力高我一筹的画家。"（1888年5月28日）

《有着埃米尔·伯纳德肖像的自画像》，高更，1888 年，凡·高博物馆藏

1888 年 9 月 11 日，凡·高又写信鼓励提奥："高更来和我一起工作，如果他在给你油画时表现得比较慷慨大方，你不就是给两个离开你就将无所事事的画家提供了工作吗？尽管我完全同意你说的——就经济而言，你看不出这有什么好处，但从另外一个角度讲，你所做的将类似于杜朗-吕埃尔做过的事情，在别人还未认识到克劳德·莫奈的独特之处时，他从莫奈那里买画。杜朗也没从中赚到钱，他曾有过不计其数的油画，甚至都来不及处理。但不管怎样，他仍然干得很漂亮，如今他可以对自己说，我笑到了最后。"

III

姗姗来迟的高更受到了凡·高的热烈欢迎，但两个人的性格格格不入，画风也迥异。凡·高的作品是写实的，高更则是想象的。

凡·高为此画了《高更的椅子》（*Gauguin's Chair*）和《凡·高的椅子》（*Van Gogh's Chair*），表现两者性格的反差。"高更的椅子似乎带着夜行动物的特征——煤油灯的光泽、艳丽的雕刻，还有一些打开的书，凡·高认为这很适合像高更这样的知识巨匠。凡·高的椅子则象征着早晨——阳光照在放着一团烟草的稻草坐垫上，其中一幅画作于两人发生口角之后，可以想象，凡·高是在一种孤独的心境下完成的，这种情形真是令人心酸。《高更的椅子》的主体色调是红和绿，是冲突的象征，也代表了互补。"（《艺术的力量》，西蒙·沙马）

1890 年 2 月 9 日，凡·高写给法国评论家阿尔贝·奥里埃的信又回忆了当时的场景：

在我们分开的前几天，当疾病迫使我进入精神病院的时候，我尝试着画下"他的空地方"。

这是一幅习作，画的是一把扶手椅，椅子是用红褐色的木头做的，坐的地方

《高更的椅子》，凡·高，1888 年，凡·高博物馆藏

《凡·高的椅子》，凡·高，1888 年，英国国家美术馆藏

是浅绿色的草秆，在本该坐人的地方点着一支蜡烛，还有一些现代小说——整幅画都是由不连贯的绿色和红色构成的。

高更当时也画了一幅凡·高肖像画《画向日葵的文森特·凡·高》（*The Painter of Sunflowers*）。《艺术的力量》的作者西蒙·沙马的评论有点意思：

对于凡·高笔下一系列的向日葵作品所散发出来的力量，高更在感到怀疑的同时，也把嫉妒的情绪灌注在他画的凡·高像中，在《画向日葵的文森特·凡·高》这幅画中，凡·高萎靡地坐在椅子上，身体和脸部扭曲，似乎是个病入膏肓之徒。高更版本的凡·高是凋萎的，是令人同情的。

《画向日葵的文森特·凡·高》，高更，1888 年，凡·高博物馆藏

《向日葵》，凡·高，1889 年，凡·高博物馆藏

最后凡·高把愤怒施向自己的身体，割了自己的耳朵送给一个妓女。高更吓得逃走了。

凡·高的画家联盟纯粹是乌托邦，以前没有，未来也不会出现。

Ⅳ

凡·高的所作所为很容易让人联想到他经常寻花问柳，放浪形骸。但从凡·高1888年8月5日给朋友伯纳德的信中可以看出事情没那么简单。

凡·高先是评论印象派画家德加："你认为德加为什么不能勃起？德加像个小律师一样活着，对女人无爱，因为他知道如果喜欢女人，和她们频繁做爱，他就会犯脑病，画起画来就会变得无能。德加的油画很有阳刚之气，不带个人色彩，正是因为他放弃了自我，身上只保留了小律师的个性，对放荡的生活怀有恐惧。他之所以看着比他强壮的、和人一般的动物勃起并交配，并且把它们画得很棒，正是因为他没有那种勃起的强烈欲望。"

然后是鲁本斯和库尔贝："鲁本斯，啊，说到这位，他可是个美男子，深谙房中之术，库尔贝也是；他们的健康状态允许他们吃喝做爱。"

"就你的情况而言，亲爱的伯纳德，我可怜的老伙计，我早在今年春季的时候就对你说过：好好吃饭，好好军训，做爱不要过度；只要你不纵欲过度，你的画会显得更有精气神。

"啊，巴尔扎克——这位具有力量的艺术大师早就告诉我们：现代艺术保持一定的节操会让他们更加强大。

"那些荷兰人娶妻生子，这是一项美妙的工作，非常符合人的天性。

"我个人觉得节欲对我颇有益处，这足以使我们这些意志薄弱、易受影响的画家把精力留给自己的艺术创作。因为在思考、设计、殚精竭虑的过程中，我们要消耗脑力。"

《阿尔勒盛开的果园》，凡·高，1889 年，凡·高博物馆藏

1888年年底，凡·高被送进阿尔勒医院。来年4月，状况转好的凡·高回忆起于1888年春创作的果园系列，又创作了《阿尔勒盛开的果园》（*Orchards in Blossom, View of Arles*）。他写信告诉画家朋友保罗·西涅克："另外一幅风景习作几乎全为绿色，加上些许淡紫和灰色——是在雨天画的。"

V

凡·高在1889年5月自愿进入法国圣雷米的一家精神病疗养院，凡·高博物馆出版的《直面文森特·凡·高》认为："凡·高究竟患了什么疾病至今仍然是个谜。他在圣雷米的主治医生提到过他癫痫病严重，后来的心理学家认为他患有精神错乱或两极性精神紊乱。凡·高在疗养院期间健康状况很不稳定，状态好的时候他创作了许多作品，在发病时他并不知道自己在做什么，他告诉提奥：'据说我从地上捡脏东西吃。'"

圣雷米的病人不多，"医院有一间空房给他做画室。入院最初几周，凡·高被禁止外出活动，所幸院内郁郁葱葱的花园里高耸的松柏给他带来了足够的灵感。此外，凡·高从卧室窗口还能看到一块被围起来的玉米地和远处的阿尔卑斯山脉。此时他用色节制，调色板上常有赭石色。到了6月份，当他获准可以外出作画时，便把精力集中在周边的山地、柏树和麦田风景，与此同时，创作农民在田间劳动的画面也使他感到安慰。四季的更迭和农民播种与收获，让凡·高看到生死的循环往复"。

就在凡·高最后一年多的生命里，他的艺术又飞跃了一个层次，凡·高博物馆第四层的走廊和倒数第二间展厅集中展示了这些画作，它们表面上不像我们常见的"向日葵"和"卧室"系列作品那么夺目，可复杂性与底蕴大大增强。或者说，戏剧性和故事性少了，但多了绘画的形式感。在此之前，也许有人可以质疑凡·高不会"画"，可这个阶段的作品画得极佳。

VI

这里要澄清有关凡·高的电影和小说中的一个误会：疾病导致凡·高的眼中出现了常人无法见到的幻象。疯子确实可以作画，但凡·高最后期的作品很正常，只是极为精彩罢了。换句话说，凡·高是在发病停止期间、思维清晰时创作了不朽的杰作。

我自己多少有所体会。我有飞行恐惧症，害怕颠簸。我每次长途旅行前两个小时要吃两片小药丸，下面的一整天会压抑自己的神经，对周围事物的敏感性差，仿佛梦游。这种药物最大的特点是事后你对当时经历的事情模模糊糊，可以说是失忆吧。

我睡眠一向不好，很少深度睡眠。但服药后的第一天尤其是第二天晚上，会睡得很沉很沉，接着精神状态极佳。

在圣雷米疗养院的花园里，凡·高看见了这个被他误称为骷髅蝴蝶的蛾子而创作了《皇蛾》（*Giant Peacock Moth*）："昨天我画了一只很大的、孤独的蛾子，我称它为骷髅蝴蝶。它有着奇异的色彩，黑色、灰色，还有以红色光泽相间的白色（或变成朦胧的橄榄绿）；为了画它，我必须将它弄死，真遗憾，那么好看的飞蛾。"凡·高画了海芋作为蛾子的背景，而凡·高也曾为海芋画过详细的素描。（《凡·高博物馆的杰作》）

凡·高在昆虫上寄托了他的情感。

在 1889 年 7 月 14 日写给提奥的信中，凡·高说："随信寄上我在这里画的知了素描，它们在盛夏酷暑中的高歌如同农夫炉边蟋蟀的低鸣一样动人。我亲爱的伙伴——别忘了，细微的情愫是我们生命中伟大的船长，我们在不知不觉中被其左右——我很高兴，如果说这里的食物里有时有蟑螂的话，你家里有的是妻子和孩子。"

将蟑螂和家与妻子和孩子相提并论，凡·高多么渴望有个家，想不再孤单。

《皇蛾》，凡·高，1889 年，
凡·高博物馆藏

VII

侧翼展厅中正在举办从巴比松到莫奈再到凡·高有关树和森林的特展，其中一幅是凡·高的《林下草丛》（*Undergrowth with Ivy*）。《凡·高博物馆的杰作》

的介绍是："以疗养院中被人们忽略的常春藤覆盖的花园为题，他创作了多幅油画。在这幅作品中，他集中描绘光线穿过树叶射向常春藤缠绕着的树干和地面的情景，光线和阴影的效果产生了近乎于波浪起伏的笔调，以抽象的图案布满整个画面。这种低视野的透视画法借鉴了日本版画技艺。"

这幅画确实具有日本绘画的阴翳之美。

拉尔夫·斯基在《凡·高的花园》中分析认为：尽管凡·高在给别人的一些信件中把常春藤看作"永恒的爱"，在其他书信中，他又暗示在古老的迷信中，常春藤是大自然中的邪恶力量。

《林下草丛》，凡·高，1889 年，凡·高博物馆藏

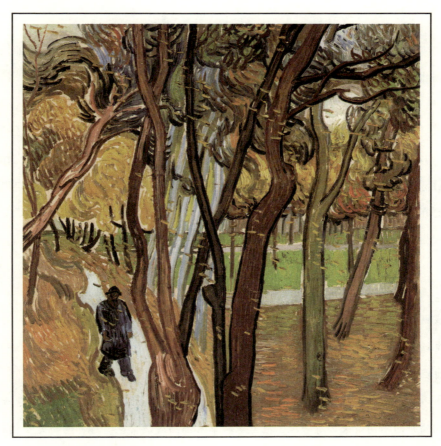

《圣保罗疗养院的花园》（又名《落叶》），凡·高，1889 年，凡·高博物馆藏

　　描绘秋景的《圣保罗疗养院的花园》（*The Garden of Saint Paul's Hospital*）（又名《落叶》）采取的是高视点，树干轮廓被油画的上下边缘切掉了。凡·高在圣雷米的花园里减轻了沮丧感，他在美丽的花园中平静了不少。凡·高在1889年5月31日给提奥的信中写道："当你收到我在花园里完成的画作时，你会发现我在这里并不那么忧郁。"

　　凡·高还告诉提奥，南边的风景和落叶总让他想起北方的风景（荷兰）。在他生病期间，童年时光和早期在荷兰的许多记忆又回到他的脑海中。

"既然许多叶子已经飘零，这里的风景看起来更像北方，我真的觉得如果我回到北方，观望景色我会比过去更加真切。"（1889 年 11 月 3 日）

VIII

1889 年 11 月 26 日，凡·高给他的画家好友伯纳德写了封信，反思自己作画的目标。他先是直言不讳，批评伯纳德的一幅作品是平庸之作，然后回顾自己和高更在阿尔勒时的情景，"我有两次任人牵着鼻子走，被引向抽象派作品"。这个人当然是高更。

那时候抽象作品对我来说似乎更有吸引力。但那是被施了魔法的土地——很快我就发现自己撞了南墙。我并不是说一个人不能冒险追求充满阳刚之气、寻寻觅觅的生活，但就我自身而言，我不愿为那种事情殚精竭虑。整整一年，我一直让自己画很大的星星等，遭遇到新的挫折，我已经受够了。

所以现在我在画橄榄树时追求的是灰色天空与长着深绿色调草木的黄色大地互相映衬的不同效果，有一次，把大地和草木都画成浅紫色，与黄色的天空相衬；还有一次是红褐色的大地衬着粉色和绿色的天空。那比所谓的抽象艺术更让我感兴趣。

我让自己彻底沉浸在小山和果园的空气中，我的雄心真的只限于几块泥土、蓬勃生长的麦子、一丛橄榄树、一棵柏树上，这棵柏树就不容易画好。你们这些喜爱并研究原始派画家的人，我问你们为什么装作不知道乔托？高更和我在蒙比利埃见过他一幅很小的版面油画，画的是某位圣女还是别的什么人的死亡。画中痛苦和喜悦的表达如此充满人性，尽管现在是 19 世纪，你会觉得你就在画中——如此感同身受。

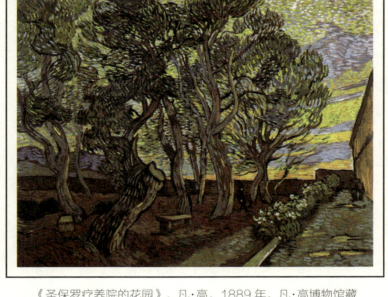

《圣保罗疗养院的花园》，凡·高，1889 年，凡·高博物馆藏

IX

　　在表明了自己的创作态度后，凡·高以另一幅同名的《圣保罗疗养院的花园》为例：

　　这是我住的病院的花园，右边是一个灰色的露台，一些花朵凋零的玫瑰花丛。左边是花园的地面，泥土是橘红色的，已经被太阳晒干了，上面覆盖着落下的松枝。花园的边上种着高大的松树，树干和枝条是红褐色的，绿色的叶子上染着深浅不一的黑色，显得很深暗。这些高大的树木挺立在夜幕中，夜空中有一道道紫色，背景是黄色的。更远一点，黄色渐变为粉色，粉色又变为绿色。一堵墙——也是红褐色的——阻挡了视线，除了一座紫色和黄褐色的小山以外，空无一物。第一棵树的树干十分粗壮，但经受过雷电劈打被锯开了，带着密集的暗绿色的枝条倒伏了下来。

这个黑色的巨人就像一个潦倒的高傲的人，就像一个生命，与花丛中最后一朵玫瑰苍白的笑容形成反差，而这朵玫瑰就在他的眼前凋零。树下是空空如也的石椅，雨后的水潭倒映着黄色的天空。一线阳光——这最后的亮色将深褐色提升为橙色。树干之间，小小的深色的影子四处潜行。

　　对比画面，揭示得极为准确。

<h2 style="text-align:center">X</h2>

　　凡·高自称《采石场的入口》（*Entrance to a Quarry*）是件试验作品，采石场就在疗养院的附近，凡·高画这幅作品时发病了，休息了几个月后才将它完成。

《采石场的入口》，凡·高，1889 年，凡·高博物馆藏

亲爱的弟弟，刚出现的危机是在田野里从天而降的，那是个刮风的日子，我正在画画，我会给你寄上当时画的作品。尽管发病，我还是完成了。那的确是一个试图画得比较素淡的尝试，颜色较暗淡，并不鲜艳夺目：支离破碎的绿色、红色、发锈的赭石黄。正如我不时告诉你的那样，我有一种愿望，要像在北方那样重新用当时那样的调色板上的颜料作画。（1889 年 8 月 22 日）

可惜，上帝没有给凡·高更多的时间，我们没看到他在这方面的深入尝试。

XI

1889 年 9 月 20 日，凡·高对弟弟说："想到米勒和德拉克洛瓦，他们形成了多么强烈的对比啊——后者无妻无子，前者比任何人都家庭完满。但他们在画画方面的相同之处真令人感慨。"

凡·高不太喜欢在卧室里看到自己的画，于是他临摹了德拉克洛瓦和米勒的几幅画。

就在前一天（9 月 19 日），凡·高给妹妹写信：

德拉克洛瓦的是《圣母怜子图》，就是死难的耶稣和悲伤的圣母玛利亚在一起的画像。油画中，山洞洞口处，一具筋疲力尽的遗体向左侧卧，屈向前方，双臂张开。圣母玛利亚站在他的身后，那是风暴过后的夜晚，这位身穿蓝衣、

《圣母怜子图》，德拉克洛瓦，1850年，挪威国家博物馆藏

孤立无援的女性形象突出——她的衣衫在风中飞扬——镶着金边的紫色云彩在她身后的天空中飘浮。绝望之中，她张开她空空如也的双臂，人们可以看到她的手，是一位劳动妇女擅长劳动、结实的双手。她衣袂飘扬，所以看起来她的宽度和高度相差无几。而且，因为死者的脸部在阴影处，女子苍白的面容在云彩的映衬下显得十分明亮——这样就形成了一种反差，看起来像是一明一暗两朵花，这是有意为之，使得两者都更为鲜明。

　　9月10日凡·高写信给弟弟，谈道："你知道欧仁·德拉克洛瓦的作品为什么拥有如此魅力？比如他的宗教和历史题材的油画，像《基督的小船》《圣母怜子图》和《十字军战士》。他在画《客西马尼》作品时，会事先亲临现场观看一丛橄榄树是什么模样，也会去观察猛烈的密史脱拉风（Mistral）是如何在大海上兴风作浪的。因为他必须对自己说，这些历史对我们讲述的人物，包括威尼斯总督、十字军战士、使徒，神圣的妇女，和他们今天的子孙一样，是一样类型的人，过着相似的生活。"

　　《凡·高博物馆的杰作》分析道：也有可能是凡·高的病情和"不被理解"使他把自己比作耶稣受难。他写道："我不是冷淡的，这幅受难画中的宗教思想使我得到许多安慰。"也有人强调，画家与《圣母怜子图》中有着红胡子的耶稣形象很相似。

　　对后一种说法，我不是很能接受。

XII

　　《圣母怜子图》是凡·高作品中很特殊的一幅，因为凡·高虽然宗教情结很深，却一般不画基督教题材的作品。

　　伯纳德画过一幅《橄榄园里的基督》。橄榄园的名称叫客西马尼，基督就是

《圣母怜子图》，凡·高，1889 年，凡·高博物馆藏

在这里被犹大出卖的。凡·高却提醒伯纳德："要使人留下焦虑的印象，你不一定要直奔客西马尼的历史花园中，一样可以达到效果。为了提供一个能抚慰人心的主题，不必描绘来自《山峰上的布道》的人物，这毫无疑问是明智的。是的，为了《圣经》而感动，但现实牢牢地抓住我们，甚至在我们的思想中努力抽象地重构古代——恰恰在那个时刻，生活中鸡毛蒜皮的琐事不再让我们继续深思，我们自己的经历用力将我们推向自我的感觉：欢乐、无聊、痛苦、愤怒和微笑。米

勒从小就读着《圣经》，他过去只读这本书，但他从不或几乎从不创作《圣经》题材的油画。柯罗画过《基督在橄榄山上》和《伯利恒之星》，画得非凡出众。在他的作品中，你有时还能感受到荷马、埃斯库罗斯和索福克勒斯，但看上去非常冷静，也适当地体现了我们都熟知的现代的感觉。但你会说德拉克洛瓦——那时你得用一种大不相同的方法来研究，就像研究历史，然后让事物各就其位。"

凡·高在圣雷米创作了十来幅以"橄榄园"为主题的作品，看到它们，我们为什么不能联想到客西马尼？

XIII

凡·高早年就受到米勒的巨大影响，他在圣雷米又临摹了米勒的不少作品。

1890年1月13日，凡·高写信给提奥："你说的关于临摹米勒的《夜》之事让我很高兴，我越是想这件事，越是觉得有理由把米勒没时间用油画创作的作品复制出来。即便有朝一日它们受到批评，或者因为是复制品而受到鄙视，有一点是颠扑不破的，那就是，使米勒的作品更加亲民，让普罗大众更加容易接近他的作品。"

"印象派画家在色彩上的创新会发展，但很多人忘了联系现在和过去的纽带。在印象派画家与其他人之间并没有宗教上的隔阂，我觉得这是很让人高兴的事，在现在这个世纪中，像米勒、德拉克洛瓦和梅索尼埃（Ernest Meissonier，1815—1891年）这样的画家，无人能超越他们。"

米勒描绘农民在田间劳作的系列作品被凡·高临摹成10幅小的油画，其中有7幅收藏于凡·高博物馆，例如《捆麦子的农妇》（*Peasant Woman Bind Sheaves*）、《收割者》（*Reaper with a Sickle*）、《切割禾秆的妇女》（*Peasant Woman Cutting Straw*）和《剪羊毛的人》（*The Sheep-shearer*）等。凡·高通常以金黄和明蓝色的色彩组合来表现农民生活。

《雪景下的犁与耙》，凡·高，1890 年，凡·高博物馆藏

  凡·高博物馆还有一幅临摹米勒的《雪景下的犁与耙》（*The Plough and the Harrow*）没展出，我是在《凡·高博物馆的杰作》上看到的。阅读凡·高的真迹和印刷品是两个概念，但我还是能感受到它的苍凉。

  "凡·高从一幅版画中借鉴了天空上飞着鸦群、有着农具的、白雪覆盖下的田野这一主题，这幅版画就是阿尔弗雷德·德洛内（Alfred Delauney，1830 — 1894 年）临摹米勒油画的一幅蚀刻画。凡·高使用了黑白版画的构图，并以自己独特的笔法加上自己的颜色。这幅风景画比米勒油画所表现的更显得寒冷与荒凉，原画面上的紫色调在这幅蓝绿色画面上荡然无存。这与其说是纯临摹作品，不如说是一件真正的米勒作品的变异。"

《切割禾秆的妇女》，凡·高，1889 年，凡·高博物馆藏

《剪羊毛的人》，凡·高，1889 年，凡·高博物馆藏

《捆麦子的农妇》，凡·高，1889年，凡·高博物馆藏

《收割者》，凡·高，1889 年，凡·高博物馆藏

《播种者》，凡·高，1888 年，凡·高博物馆藏

XIV

凡·高用类似的情感来表现自己原创的农耕作品。

在阿尔勒时，凡·高就画了《播种者》（*The Sower*），"作品中西下的夕阳犹如播种者头上的一个光轮。凡·高给伯纳德的信中称播种者和麦捆是永恒的象征，喻指始于播种的农作物的生长、开花和收获的循环往复"（《凡·高博物馆的杰作》）。

拉尔夫·斯基则认为：

在这幅具有现代性的作品中，凡·高把之前从大自然中选取的诸多题材进行了强有力的结合：截头的柳树、正在播种的人、宽阔的田野、天空中巨大无比的太阳。他通过记忆创作了这幅油画，这是他最具有诗情画意的即兴之作，画面中平展的、多彩的设计，很大程度上归因于日本彩色木刻水印画的影响。画面上暗含了准宗教寓意，凡·高之前在他的书信中写过"渴望播种人和成捆谷物作为这种含蓄的宗教意义的象征"。这张小小的画布的寓意几乎充当了圣人的角色，给地球带来了新生的生命，阳光也因为神圣的农民形成了耀眼的光环。

1889年9月5日，在圣雷米的凡·高致提奥信中说到自己在画两幅相似的《收割者与麦田》（*Wheatfield with a Reaper*）："画的是收割者，习作全是黄色的，浓墨重彩，但题材美丽简洁。我在这位收割者的身上看到，在一天中最炎热的时候，一个模糊的身影拼尽全力地工作，期望能尽快完成所有的苦力活。于是，我在其中看到了死神的形象，从这个层面上讲，人类就像被收割的麦子。如果你愿意的话，你可以把这幅作品当作我过去画的那幅《播种者》的反面。但这样的死亡没有什么可令人悲伤的，因为它发生在光天化日之下，阳光给一切涂上了一层金黄。好的，我又来到了这里，我没放松，我又尝试创作一幅新的画作。啊，我几乎可以相信眼前又是一段清澈明朗的时光。"

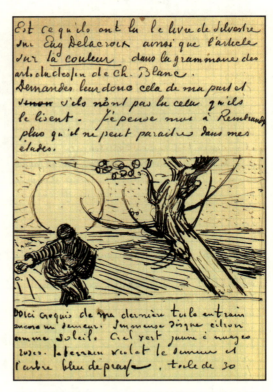

画完《播种者》，凡·高给弟弟提奥写了这封信，介绍和分享他的新画作

《收割者与麦田》，凡·高，1889 年，凡·高博物馆藏

　　我站在这幅画前，想象着凡·高透过病房的窗户看着外面的麦田。那个收割者就是死神？凡·高被病痛折磨得失去了对死亡的恐惧，他真正害怕的是自己就此疯下去，失去了正常人的理智。如果这样，死亡也许会让他解脱。

　　可作为一个健康的人，看着死神在像模像样地收割，滋味完全不同。

　　我看过中世纪或文艺复兴期间死神收割人类的画作，它们张牙舞爪，今天看来有些滑稽。可凡·高画的是金黄的麦田和一个认真干活的农人，联想就丰富了。

接下来凡·高在圣雷米创作的两幅花卉图，则是异常优美。

第一幅是《杏花盛开》（*Almond Blossoms*）。

1890年1月底，已经结婚的提奥告诉凡·高说他有了个儿子，他的儿子以凡·高的名字取名为文森特·威廉。

2月19日，凡·高写信给妈妈："我想你的思绪和我一样，萦绕在乔安娜和提奥的身旁。好消息传来的时候，我是多么高兴啊。我宁愿他用爸爸的名字给宝宝起名而不是我的名字。我这些日子非常想念爸爸，但无论如何，现在已经这样了，我已开始给他画一幅画，可以挂在他们的卧室里。画的是蓝天下盛放的白色杏花，长在粗壮硕大的枝干上。"

《杏花盛开》，凡·高，1890 年，凡·高博物馆藏

3月17日，凡·高又写信给提奥："工作进展顺利，最新一幅《开花的枝条》（即《杏花盛开》），你可以看出这是我最具耐心的作品，是我已经完成的最好的画作，创作时内心平静，用笔更加自信。"

我第一次看到时，觉得它像极了日本画。

拉尔夫·斯基对此画的评论是："这幅画是凡·高经过近距离观察之后创作的开花的杏树枝，歌颂了新生命的奇迹。盛开的杏花铺满了整个画面，将观察者的眼睛向上吸引。这幅光辉灿烂的油画堪称艺术史上最著名的生日礼物。凡·高在绘画时极为谨慎，描绘出了每一根树枝、小嫩枝以及每一朵花朵。令人遗憾的是，完成了这幅画作之后，凡·高病倒了，几乎一个月无法创作。等到他恢复过来时，果园里只有很少的花朵了。"

现在画中白色的花蕾原本是粉红色的，可惜的是，它们在光照下褪色了，失去了鲜亮的色彩。

XVI

1890 年 5 月 11 日，凡·高给提奥写信，说画了两幅鸢尾花："另外两幅是大束的紫色鸢尾花，其中一幅是粉色的背景映衬着一大把花，还有绿色、粉色和紫色，创造出柔和的效果。另一幅则相反，紫色的花束（颜色从纯胭脂红到普鲁士蓝）映衬着醒目的柠檬黄背景以及花瓶与底座上其他黄色的色调，通过它们强烈的反差互补，创造了增强彼此特点的效果。"

相比凡·高的"向日葵"系列，我更喜欢他的这幅《鸢尾花》（*Irises*），气质更加不俗，非常华贵。

XVII

凡·高在1890年5月下旬来到距巴黎西北30公里的村庄奥维尔，这里住着业

《鸢尾花》，凡·高，1890年，凡·高博物馆藏

《加歇医生》，凡·高，1890 年，私人收藏

余画家加歇医生，由于他收藏塞尚（Paul Cézanne，1839 — 1906年）、雷诺阿（Pierre Auguste Renoir，1841 — 1919年）和毕沙罗的作品，提奥得以认识他，让加歇医生照看凡·高似乎是个不错的主意。

凡·高来到奥维尔三个星期后，就说与加歇医生交上了朋友，对当地的感觉也不错。

也就在这短短的70天里，凡·高完成了大约80幅风景和肖像作品，且质量很高。

1890 年 5 月 21 日，他在写给提奥的信中如此描述奥维尔的风光：

奥维尔确实非常美丽，美丽得让我觉得画比不画好。这里异彩纷呈——中产阶级的乡村别墅很漂亮，对我来说，比阿尔勒等地漂亮多了。

《奥维尔的风光》，凡·高，1890 年，凡·高博物馆藏

凡·高的前辈——巴比松派画家杜比尼（Charles-François Daubigny，1817—1878年）曾在奥维尔居住，凡·高来的时候，他的遗孀杜比尼太太还健在。杜比尼的家外有个很大的花园，凡·高很喜欢。凡·高博物馆有一幅《杜比尼家的花园》，只是花园的一景，后来他创作了两幅更大的展示花园全景的油画。因为没有画布，就画在了茶巾上。

　　在凡·高自杀4天前的1890年7月23日给提奥的信中，描述了《杜比尼家的花园》（*Daubigny's Garden*）全景画：

《杜比尼家的花园》（花园局部），凡·高，1890年，凡·高博物馆藏

前景是绿色和粉色的草地，左边是一丛绿色和紫色的灌木，还有一些植物，带着发白的叶子，中间是玫瑰花坛。右边是栏杆，一堵墙，墙边是有紫色叶子的榛子树。

然后是一篱笆的丁香，一排形态完美的黄色酸橙树。粉色的房子位于背景中，房顶上是发蓝的瓦片。有一条长凳和三把椅子，一个暗色的身影戴着黄色的帽子，前景中有只黑色的猫。天空是淡绿色的。

XVIII

1890 年 6 月 27 日，凡·高写信给高更，谈到《麦穗》：

全是麦穗，蓝绿色的麦秆，像带子一般的长长的叶子，通过反射，呈现出一片绿色和粉色；发黄的麦穗，边缘开着粉状的花，轻轻地点缀着淡粉色。在底部，一株粉红的旋花属植物缠绕着枝茎。在它的上面，在一片非常生动却十分宁静的背景上，我想画上肖像。它是不同质地的绿色，有同样的明暗关系，以至于能够形成一个绿色的整体，通过它的振动，让人联想起麦穗在微风中摇曳的轻柔的声音。这样的色彩布局非常不容易。

我是第一次看到《麦穗》（*Ears of Wheat*），站在凡·高博物馆里有些发愣。这幅画真是极好，但不知如何描述。回到上海，找到了凡·高自己对《麦穗》的描写，对画家细腻的文字佩服得五体投地。

不久，凡·高把这幅画作为1890年的肖像画——《麦田前的农妇》（*Peasant Woman Against a Background of Wheat*）的背景，农妇"戴着一顶很大的黄色帽子，天蓝色的帽带打了个结，脸色红润。带橙色圆点的蓝色粗布上衣，背景是麦穗组成的"。（1890年7月2日）

《杜比尼家的花园》（整座花园），凡·高，1890 年，巴塞尔美术馆藏

《麦穗》，凡·高，1890 年，凡·高博物馆藏

但这里的麦穗背景与《麦穗》的区别很大。

《麦穗》让我想起1888年9月18日凡·高写给提奥的信："点彩派画家们有了一些新发现，我向来喜欢他们。但是，坦率地说，我自己却愈加倾向于回到我去巴黎前所追求的东西，我不知道在我之前是否有人提过联想性色彩，德拉克洛瓦和阿道夫·蒙蒂塞利（Adolphe Monticelli，1824—1886年）虽然没提过，但有实践。然而，我又回到了在纽南时的老路子，我那时想学音乐却没学成——即使在那时，我也强烈地感觉到我们的色彩与瓦格纳的音乐之间强烈的联系。"

《麦穗》是不是在表现联想性色彩？在《杜比尼家的花园》中也有类似的感觉，只不过《麦穗》更突出些。《麦穗》没有了凡·高极为擅长的色彩鲜明的特色，可真是耐人寻味。我面对真迹，越看越觉得有意思。

XIX

凡·高在7月27日突然对自己胸口开枪，被人及时发现。如果这时将凡·高送到附近的医院治疗很有可能得救，但加歇医生崇尚顺势疗法，没这么做。应该说，提奥等人将凡·高托付给加歇医生是个巨大的错误，不久前他已经认为凡·高的精神状态没事了。

有位觉得事情不对的奥维尔画家还是跑到巴黎，将提奥与太太乔安娜叫到凡·高的病床前，提奥见凡·高坐在床上抽烟斗，也以为无大碍，可凡·高很快高烧不退，昏迷不醒，两天后过世。

凡·高自杀那天，身上带着一封7月23日写给提奥但没寄出的信，信中写道："你用不着向我保证你们家里平静祥和的状态。我认为我看到了好的一面，同样也看到了另一面。再说，在五楼的公寓里养育一个小孩是艰苦的劳动，对你是如此，对乔安娜也是如此。既然一切顺利，我有必要谈不那么重要的事吗？相信我，在有机会更加心平气和地谈论事情之前，也许还有很长的路要走。这是我

《麦田前的农妇》，凡·高，1890 年，私人收藏

现在唯一能说的话。就我而言，我认识到这一点的时候感到某种恐慌，我没把这种感觉隐藏起来，真的只是这些。好吧，我为我自己的工作赌上了性命，而我的理智在其中崩溃了一半……唉，不说了……"

XX

凡·高不像伦勃朗，他是个对金钱非常敏感的人。

凡·高给提奥的信中经常提到各种费用与花销，他有次把自己的绘画事业看成是包养情人："我经常感到很郁闷，因为画油画就像包养情妇，她一直都在花钱，没完没了地花，怎么花都不够。即使偶尔也能画出一幅差强人意的画，相比之下，还是从别人手里买画便宜得多。"（1888年6月23日）

接下来的10月25日，凡·高在给弟弟的信中更为直白：

我意识到我作画必须干到精疲力竭的地步，归根到底是因为我没有任何别的法子把花掉的钱赚回来。

如果我的油画卖不掉，我就无能为力。

不过，终有一天人们会明白，它们的价值要超过颜料和生活成本，所花的每一分钱都会物超所值。

在金钱或理财方面，我最渴望的是不欠债，除此之外别无他求，亦无兴趣。

但是，我亲爱的弟弟，我所欠的债实在是太多了，当我把它还清的时候（我相信我能做到），作画的种种艰辛亦将夺走我的整个人生，以至于我会以为自己从来没有活过……

它们现在没有市场，这让我担心你会因此受苦，如果你不会因为我颗粒无收而过于拮据，我是一点都不在乎的。

在钱的问题上，我已经完全意识到这一点，如果一个人活到50岁，每年花费两千法郎，一生花了十万法郎，他必须要赚到十万法郎。作为一个画家，即使油画价格到了一百法郎，一辈子要画一千幅价值一百法郎的油画也是非常、非常、非常困难的。我们的担子非常沉重，可我们无法改变这个事实。

我相信，将来我的画也会有市场，但我欠你太多了，花了钱却一分钱都没赚到。那种感觉有时让我心碎不已。

凡·高在生命的最后一年卖掉了一幅画，价格是400法郎，这是他生前卖出的唯一一幅画。如果凡·高再乐观一些，将其看作是良好的开端，情况或许就不一样了。

我们知道凡·高生前留下了860多幅油画，他已经快要实现自己1000幅油画的目标了。

XXI

问题是凡·高完全依赖于弟弟的经济支持。1890年初夏，提奥向哥哥表露出自己对未来的担忧——自己在艺术经销公司的工作不顺，准备独立开业，以及如何维持自己刚建立的家庭的开销。

提奥并没有扔下哥哥不管的意思，他表示担忧后马上补充道："老伙计，别为我发愁。你要明白，你好好地画你的画，那就是对我最大的安慰。你能这样，多么可敬啊。你已经饱受磨难，而我们仍然必须为从现在开始的长时间战斗做好准备，因为我们要拼尽我们的生命来战斗……"（1890年6月30日）

但这一切都于事无补，凡·高的精神过于脆弱了，对他来说，自杀只是一念之间的事情吧。

XXII

凡·高博物馆的四幅大作标志着绝唱的高峰。

《树根》很有可能是凡·高的最后一幅作品。

西蒙·沙马对此评论道：

所有的树结和令人窒息的灌木丛，有疙瘩的、如爪子般的植物，它们看上去像是骨瘦如柴的人体结构而不是植物（这也回应了凡·高六年前在纽南画的冬天的树，此时，他的情绪也是很激烈的）。这幅作品是现代主义绘画有史以来最棒的作品之一（甚少被关注），是用线条和色彩传达出活力的实验性作品，也是大自然力量的彰显形式。像《杨树林中漫步的情侣》一样，视线依旧迷失于画面制造的幻觉中，完全抛弃了传统风景画的限制。微型的树在扭曲的巨大树根中争夺空间和光线，难道是崇拜日本的凡·高禅师希望看到的盆景效果？这幅画同时具有两极的视角：老鼠和鹰的视角。色彩是麦子的金黄色和泥土的棕色，让眼睛误以为这是田野或是山脉，但紧接着画面就打破了这种想象，陷入一片混乱中。一般的审美判断——美或丑——在这里都失去了意义。在《树根》中，画家砸碎了我们的传统格局。在奥维尔这几周创作的画作中，绿色和金色的麦秆成为画面的主角，占据了我们的视线。没有开始，亦没有结束，这种无限感将湮没我们。对天空和大地的极度挤压将观众卷入一场天与地的葬礼中。

我看到的是明代画家徐文长的枯木野藤的长卷。

XXIII

在凡·高作品展厅的最后一面墙上，只挂着《黄昏的景色》《暴风雨中的麦田》和《麦田群鸦》。雄壮的气势扑面而来，让我目瞪口呆。

《树根》，凡·高，1890年，凡·高博物馆藏

《杨树林中漫步的情侣》，凡·高，1890年，辛辛那提艺术博物馆藏

《黄昏的景色》，凡·高，1890 年，凡·高博物馆藏

关于《黄昏的景色》，《凡·高博物馆的杰作》的评论是：这幅画描绘的是在夕阳刚西下时奥维尔城堡周围的景色。凡·高这样描述："黄昏的情景：已变黄了的天空、麦田以及由深色树叶包围着的紫色的城堡衬托出两棵全黑的梨树。"

凡·高以不同寻常的扁长画布（50 厘米×100 厘米）来描绘奥维尔壮丽的风景，关于《暴风雨中的麦田》和《麦田群鸦》，凡·高对弟弟叙述道："你瞧，回到这里，我立刻开始工作，然而画笔几乎从我手中滑落，而且清楚地知道我要什么，我从那时起又画了三幅大的油画：天空中云潮汹涌，天底下是一望无际的麦田，而我刻意地表现了悲伤和无尽的孤独。我希望你能尽快看到这些——因为我相信这些画能告诉你我无法用语言表达的东西，能告诉你我认为的乡村给人的健康和令人鼓舞的一面。第三幅油画是《杜比尼家的花园》，是自从我来到这里以后就一直想画的一幅作品。"（1890年7月10日）

《暴风雨中的麦田》，凡·高，1890 年，凡·高博物馆藏

《麦田群鸦》，凡·高，1890 年，凡·高博物馆藏

同一天，凡·高写信给妈妈和妹妹："就我而言，我完全被山脚下绵延起伏的巨大麦田所吸引，柔和的黄色、浅绿与紫色的色调，翻过土且除过草的土地，像海洋一样辽阔，开花的土豆苗子的绿色规整地点缀着这片土地，这一切都处于柔和的蓝色天空下，天空中除了蓝色，还带有白色、粉色和紫色的色调。"

XXIV

　　许多人想当然地把《麦田群鸦》看成凡·高预见死亡之作，可是凡·高在上面的信中只是说要表现"悲伤和无尽的孤独"，重要的是让人看见"乡村给人的健康和令人鼓舞的一面"。

　　西蒙·沙马感叹道：

　　在《树根》中，至少还有天空这个空间可以缓解视觉上的压抑感和窒息感。但在《麦田群鸦》中，天空黑暗得几乎看不清楚，深蓝色的云中混杂着块状的乌云，预示着一场暴风雨即将到来，乌云看起来似乎要席卷观者——第一眼看《麦田群鸦》似乎很容易让人进入，它与我们的视觉期待并没有太多的冲突，麦田中似乎有一条路伸向遥远的方向。但是第二眼看，视角变得有点模糊，像是拉维克咖啡馆中的苦艾酒再现，画面的视角再次被颠覆。这是一条没有方向没有尽头的路，侧面的那条小道也没有方向。那几道突兀的绿色线条又是什么呢？篱笆？绿色的分割线？我们解读视觉画面的所有经验都派不上用场，它更像是路上"向上"的箭头标志，指引我们的视线往前走，最后却变得悬浮起来。

　　画面不是要带观者进入更深层次的空间，似乎像是一道卷帘。从视觉上看，我们似乎被卷进了扭曲的线条中，这似乎是一道明亮的墙。这种被活生生地吞没在画面中的感受正是当年在席凡宁根、在德伦特黑暗潮湿的旷野中拿起画笔作画的凡·高一直追求的境界。多年来，他一直试图实现一种视觉效果——完全沉浸在大自然的活力中，制造兴奋的感受，让人忘记现代社会的孤独感。这和托尔斯泰对生命意义的发现很接近，托尔斯泰认为，生命的意义仅仅是日常的生活，并在流水似的生活中产生极度的喜悦。然而，对于可怜的凡·高来说，极度的喜悦有时和极度的痛苦并无二致。

XXV

凡·高从学画到自杀身亡只有 10 年时间，可他却成了与莱昂纳多·达·芬奇（Leonardo da Vinci，1452 — 1519 年）、米开朗琪罗（Michelangelo Buonarroti，1475 —1564 年）、卡拉瓦乔（Michelangelo Merisi da Caravaggio，1571 — 1610 年）以及鲁本斯等人齐名的伟大的艺术家。在印象画派中，凡·高当之无愧地成为艺术家中的第一人，莫奈、塞尚或者毕加索（Pablo Picasso，1881—1973 年）都无法与其相比。即便有天赋的画家突然离世，也只不过让人哀惋而已。哪像凡·高，不出 10 年，就成了不世出的画家呢。

更让人惊讶的是，凡·高开始时并没有显现出天才般的画艺，他开始绘画时已经 27 岁了，而且是在走投无路时听取弟弟提奥的建议而被迫选择。

可我看着凡·高最后的作品，却有着说不出来的遗憾，这几幅作品明显是凡·高下一个艺术高峰的开始，孕育着更伟大的可能。

他的死不是必然的，他还年轻得很，如果再给他 10 年时间，可能会进一步改写世界现代艺术史。凡·高不是一个容易定型的人物，他总是在追求完美，不断冲刺。

对凡·高自己来说，如果不自杀或者被救了过来，应该会开始过上比较顺遂的日子了。后来的研究者都认为，凡·高很快就会被艺坛承认，经济状况会明显好转，养活自己不成问题。

凡·高的突然死亡加速了他知名度的提升。可是如果他活着，因为提奥和他

《深秋的白杨林荫道》，凡·高，1884 年，凡·高博物馆藏

自己都处于巴黎最前沿，他是不会被埋没的。

让人伤感的是，提奥也在 6 个月后去世，后来和哥哥合葬在奥维尔。

幸运的是，提奥的妻子乔安娜大力推广凡·高的作品直至去世（1925 年）。20 世纪 20 年代，凡·高完全被国际社会认可后，她保存的凡·高作品只卖了一幅，所以才有了藏品如此丰富的凡·高博物馆。

凡·高博物馆还收藏了其他印象派画家与受凡·高画风影响的画家的作品，不过在凡·高如此之多的作品的光芒下，显得有些无足轻重。

《蝴蝶与罂粟》，凡·高，1890 年，凡·高博物馆藏

《绿色麦田》，凡·高，1890 年，苏黎世美术馆藏

《紫甘蓝和洋葱》，凡·高，1887 年，凡·高博物馆藏

第四章

阿姆斯特丹国家博物馆
（一）

I

从凡·高博物馆出来，就是博物馆广场大草坪。走过去是一个大型水池，前面就是阿姆斯特丹国家博物馆建筑的背面。

阿姆斯特丹国家博物馆（Rijksmuseum）在1885年向公众开放时还位于阿姆斯特丹的偏远地带，即旧城区和新城区的接合部，新哥特式的红砖建筑中间是个现在仍可通行自行车的门洞。国家博物馆当时是荷兰最大的建筑，今天看去，仍然巨大。

博物馆有80个展室，如果细细观赏的话，花上一整天也没法看完。博物馆共分四层，第一层是1100—1600年（即中世纪和文艺复兴时期）的藏品；第二层陈列有18和19世纪的藏品；第三层是17世纪的荷兰藏品；第四层展示的则是20世纪的藏品。

博物馆最精彩的部分当然是17世纪的荷兰绘画展览。

要理解这点，必须先了解究竟什么是荷兰的"黄金时代"。

阿姆斯特丹国家博物馆背面的大型水池

阿姆斯特丹国家博物馆门洞

博物馆门洞内的街头乐队

阿姆斯特丹国家博物馆

II

20世纪荷兰著名的人文主义学者约翰·赫伊津哈认为17世纪荷兰的崛起是个谜："我们试问，如此一个弹丸小国、偏居一隅、初出茅庐的年轻共和国何以成为政治上、经济上和文化上的先进国家？我们不难理解雅典、佛罗伦萨、罗马和巴黎能成为各自时代的文化中心，但此殊荣居然曾落到了荷兰这样一个小国的手里，似乎就难理解了，这个水乡泽国位于埃姆斯河、维莱河、马斯河和斯凯尔河之间，饱受水浸的困扰。"

不仅如此，在很短的时间内，荷兰作为一个刚成立的国家就达到了最伟大的巅峰状态。就在伦勃朗诞生之前的50年，世界上根本就不存在现在所谓的荷兰民族。1584年到1588年，谁也不敢预言尼德兰的前途如何。可是一个新国家突然诞生了，它建立在乌特勒支联盟摇晃的基础上，成为低地国家的躯干，勃艮第将其结为一体，查理五世领有这片土地。

阿姆斯特丹国家博物馆内景

"它诞生后的100年里，这个狭小的舞台上上演了一台台大戏，伟大的成绩与杰出的人物纷纷登场：政治家、将军、航海家、画家、诗人和学者以及商业帝国的缔造者。你还能够举出另一个创立不久即迅速达到文化巅峰的国家吗？"

　　"倘若我们发现17世纪的荷兰文化只不过是欧洲文化最完美、最合理的体现，我们可能不会如此震惊，然而，情况并不是这样的。我们的国家虽然位于法兰西、德意志和英格兰之间，但它与这些国家截然不同，其差异表现在许多方面，所以它是欧洲的特例，不符合欧洲普遍的规律。"

　　继15世纪至16世纪的文艺复兴后，17世纪的欧洲通常被称为"巴洛克时代"。

　　"以炫耀与排场、戏剧性姿态、严格的规矩和封闭的体系为目标的时代精神，以对教会和国家的顺从为时代理想。一方面，人们承认君主制是政府的神选形式；另一方面，各地又接受无限制的自治与自利。铺张的排场与彬彬有礼并行不悖，浮华排场风行一时。复兴的信仰体现在鲁本斯、西班牙诸多画家以及贝尼尼的油画中。"

　　"巴洛克的概念虽不完美，但它非常适合教廷和威尼斯，也非常适合描绘威廉·劳德时期的英格兰和骑士，适合法兰西'伟大世纪'初的场面。可它适合17世纪的荷兰文化吗？——鲁伊斯达尔或戈因的风景画、扬·斯特恩的风俗画、哈尔斯或凡·德·哈斯特描绘的'夜巡人'以及典型的伦勃朗的作品——这些作品焕发出截然不同的精神，奏响完全不同的调子。事实上，17世纪的尼德兰与同时代的法兰西、意大利或者德意志的相似之处微乎其微，它们僵化的风格、炫耀和张扬的姿态都不是我们国家的特征。"

Ⅲ

　　我们先介绍一下基本史实。

　　16世纪的尼德兰（荷兰）受哈布斯堡王朝统治，后者最有名的君主是查理五

APELLES

WILLEM VAN HEERLE

阿姆斯特丹国家博物馆大厅的彩色玻璃

世（Charles V，Holy Roman Emperor），他的外公和外婆就是派遣哥伦布进行航海之旅的西班牙国王斐迪南二世（Ferdinand II of Aragon）和王后伊莎贝拉一世（Isabella I of Castile）。

查理五世统治时期的尼德兰因其强大的经济力量而成为帝国的巨大支柱。查理五世很现实，尊重尼德兰的自治传统，只要能收到税赋就可以。此时宗教改革已经出现，查理大帝对尼德兰的新教倾向很敏感，但他主要是从帝国统治的稳定性而不是从宗教本身来考虑的。

1556年，查理五世从尼德兰的统治中心退位，帝国分为两部分，分别由他的弟弟斐迪南一世（Ferdinand I，Holy Roman Emperor）和他的儿子腓力二世（Philip II of Spain）所继承，尼德兰归腓力二世。

腓力二世并不是昏君或残暴的国王，他很勤勉，对天主教也很狂热。可他不像他父亲那样尊重尼德兰贵族和人民的意愿，又不能恰当处理与当地新教的矛盾，最终引发了尼德兰人的叛乱。

1566年8月，尼德兰境内发生了激进的新教徒捣毁天主教堂的圣徒雕像、祭坛和壁画的事件，史称"新教徒的愤怒"（Beeldenstorm）。

腓力二世大为震惊，1567年派阿尔巴公爵（Duke of Alba）率1万多名士兵前来镇压。阿巴尔公爵以强悍严厉著称，他下令逮捕了当地贵族领袖爱格蒙伯爵（Lamoral, Count of Egmont）和霍恩伯爵（Philip de Montmorency, Count of Horn）。

结果，近2000人被处死，1.2万人的财产被没收。

但有个重要的贵族领袖沉默者威廉（William the Silent）（编者注：于1544年成为奥兰治亲王，所以又名威廉·奥兰治）却流亡海外，反抗西班牙军队。1581年，尼德兰的北方七省：荷兰（Holland）、泽兰（Zeeland）、乌特勒支（Utrecht）、赫德兰（Guelders）、上艾瑟尔（Overijssel）、菲士兰（Frisia）、格罗宁根（Groningen）宣布正式脱离西班牙政权。信奉新教的南尼德兰人为了避免天主教徒迫害，大规模迁移到北方，他们带去的财富和技术让北方联省受益多多。

尼德兰同为一体的十七省分裂为北方以加尔文派为主的荷兰七联省共和国以及南方归属西班牙政权之下的天主教尼德兰。

IV

我们再看看赫伊津哈的条分缕析。

在荷兰共和国中，真正有实力的是荷兰、泽兰和乌特勒支，中心则是荷兰省，它拥有共和国40%的人口，却承担了整个国家60%的花销。"伦勃朗时代的荷兰文明集中在60余平方英里的狭小地区。"

海运和毗邻大洋当然是促使其快速发展的首要因素。到了14世纪，荷兰省与泽兰省已成为海上强权，他们的海船为英王提供了极好的服务。一个世纪以后，荷兰与泽兰的商业影响已相当巨大，其海军得到了勃艮第公爵的支持，使得这两个省成为汉萨同盟强大的竞争对手。

但赫伊津哈提醒我们：在中世纪晚期，尼德兰南部的内河航运对荷兰的贡献跟北海的海运一样大，从德国北部到佛兰德斯的水路由规整的内河航道网组成，甚至可以说，这些内河航道在荷兰崛起过程中所起的作用要胜过海洋。"你在其他地方见过类似的天然交通网吗？这仿佛是由动脉和静脉组成的完备的循环网络，在大大小小的天然水道和运河上，靠无数互联的支流，你可以在东南西北纵横的国土上扬帆航行，也可以靠船桨和纤绳行船，安全、舒适，且相当快捷。"

V

从某种程度上来说，这种水文地理结构体现在荷兰人的民主结构中，在水道纵横切割的国土上，一定程度的地方自治势在必行，市政官和司法官等古老的官职随着时间的流逝或改变或消失，但负责管理堤坝的官员却一直不变。

"最穷的农夫或渔夫也可以驾着自己的小船通行全国，在这一点上，他们并不比地位最高的绅士吃亏，当然，他们常常不得不绕道以避开过路费或其他障碍。虽然沼泽地里响起狩猎者的马蹄声，但马车在日常交通中并没有起到很大的作用，因此，当地贵族的社会地位远远不如国外的贵族。尼德兰濒临三个大水体，即瓦登海、须德海和北海，又是莱茵河、马斯河与斯海尔德河汇聚成的三角洲（Rhine-Meuse-Scheldt Delta），所以它必然成为并始终是水手、渔夫、贸易商和农夫的国土。"

VI

尼德兰的国土特征不仅限制了城镇的无节制扩张，还有助于克服地主土地所有制泛滥的弊端。即使在重农的几个省，虽然那些庄园具有相当的规模，但比起法国或德国的庄园，它们就小得不足挂齿了。

当地拥有土地的贵族多半生活朴素，待人时有一种家长式的情怀，他们的钱袋也相当羞涩，像传统的德国贵族一样，也不带贵族头衔。对于荷兰大多数显赫而古老的家族而言，他们的命运变幻无常。

总之，荷兰贵族的权势始终比较弱小，至少在荷兰和泽兰两省是这样。

作为一个社会等级的教士随着新教的胜利而不复存在，如果教士阶层的根基更加牢固，加尔文派是不可能很快传播的。低地国家北部地区接受基督教比较晚，由于远离政治和等级社会的中心，不会成为握有金钱和权力的高级教士的肥田沃土。

因此在低地国家，宗教改革和后来的造反都用不着跟一个非常强大的教会较量。这里的教会没有富裕的修道院和强大的高级教士，作为精神力量的教会对人民的控制力几乎丧失殆尽，因而不可能阻挡新教传播的热潮，无论路德派、洗礼派、唯灵论或加尔文派的浪潮都无力阻挡。

结果，商人成了社会上层唯一有经济活力、能够发出自己声音的群体，他们还说不上富有，但均衡地分布在各个城镇，尤其是在荷兰和泽兰两省。由于贵族力量衰落和古老教会力量的崩溃，商业阶级的经济优势必然转化为政治和社会优势，顶尖的商人成为行政官员，同时又不完全切断与贸易界的联系。

VII

尼德兰繁荣的根子在几百年前就已经扎得很深了，到中世纪晚期，与挪威和波罗的海国家的海上联系，与法国、西班牙、黎凡特和印度的贸易都给低地国家带来了繁荣。虽时有战争，但规模较小，商业并没有受到严重干扰。尤其是在1575年以后，敌人很少有踏上荷兰省土地的机会。1596年，当共和国才成立15年时，荷兰的海运规模与贸易额已经大大超过英国和法国。

荷兰人掌握世界贸易并不是源自其进步的商业理念或优越的经济理论，更重要的原因是国家干预的缺失。毫无疑问，东印度公司在合股公司的兴起中扮演了领衔的角色，或者说靠把组织化减少到最低限度。这就是中世纪所谓的"自由"，凭借这样的自由，每个地区都享有自主权，制定有利于自己的法律，这是其能大规模商业扩张的主要原因。在荷兰繁荣的同时，其他欧洲国家在经济上却消极以待，由于阿姆斯特丹的商业重心是谷物贸易，如果波兰、瑞典和丹麦尽一切可能来控制波罗的海，阿姆斯特丹是不可能那样繁华的。阿姆斯特丹之所以选择自由贸易而不是经济理论——诸如此类的经济理论当时并不存在，继续走习惯的路子最有利于它得到立竿见影的利益。金融业随商业之后兴起，荷兰人看到了重商主义的不足，阿姆斯特丹才成为进步经济思想的摇篮，不过，当时它并不是科学的经济理论的摇篮。由此可以说，荷兰共和国绕开了重商主义。

17世纪荷兰繁荣的原因显而易见，繁荣自然而然地从中世纪的体制中流淌出来，从来就不曾有过旧体制被刻意摆脱、新体制受热烈欢迎的断裂点。

共和国经济结构的特点同样是其政治体制的特点，国家同样是非常保守的，它谨守古老的传统和既定的法律。对自由的热爱带来勃勃生机，政治自由的观念仍然是中世纪的观念。总之，自由只不过是免受一般法律管束的权利，这种自由观比18世纪的自由观狭隘得多，尽管如此，其强势和凝聚力并不亚于18世纪的自由观。

对七省联盟而言，反叛的胜利不仅意味着新教占了上风，而且意味着一整套制度的保留：城市自治、庄园对乡间的治理以及与之相伴的过时的产业制度。

荷兰共和国政治结构弱点多多，然而确保这个国家福祉的并不是其政治形式的完美，而且，时代精神在这里的体现并不像在其他地方那样绝对。这个不完美的国家不仅在200年的时间里繁华富裕，其政府管理国家和人民的方式比当时其他的欧洲国家更完美、更仁慈。共和国议会和各省议会无疑都是迟钝、笨拙、不周全的，然而，它们为共和国提供的政策却能与时俱进，跟危险而残忍的英国斯图亚特王朝、瑞典的瓦萨王朝和法国的波旁王朝相比，这一政策非常优越。许多外国人相信，七省联盟的政策只有一个目的，那就是讨好贪婪的商人。商人当然有贪婪的动机，但正是这些政策使全国人民受益，而且比大多数欧洲君主的冒险政策更加明智、更加人道。

即便如此，这个年轻的国家之所以在欧洲地位显赫，是由于它小国寡民的奋斗精神，但那也只是部分原因。其他的原因在于：对手岌岌可危的处境使荷兰人能够利用他们新发现的自由和有限的资源，并将这些有利条件发挥到极致；德国卷入30年战争；法国刚摆脱宗教战争，还要抵抗哈布斯堡王朝的进逼；后伊丽莎白时代的英国在制宪斗争中徒耗精力；强大的西班牙在镇压荷兰惨败后未能恢复元气……总之，在16世纪末，大多数欧洲国家忙于应付自己的麻烦，无力在国外发挥重要的作用。七省联盟的共和国充分利用了这样的环境，政治的和经济的环境，邻国的削弱使得它能放手发展工商业。在差不多100年的时间里，荷兰没有遭遇过关税的麻烦。德国的贸易和海运不再是激烈的竞争对手，汉萨同盟成为时代的错乱；西班牙和葡萄牙从商人蜕变为纯粹的顾客；法国还在等待建立经济霸权的路易十四的财政大臣柯尔贝尔；英国则远远落在荷兰之后。

然而，到了1660年，这一切政治经济优势迅速褪色，但优势的丧失未必是致命的。从政治和经济上看，17世纪后半叶仍然是荷兰共和国的全盛期，直到18世纪初的西班牙王位继承战争，低地国家才遭遇灾难。作为一个大国，它被迫卷入欧洲冲突，共和国发挥了作用，却破坏了先前的强大地位。在1713年的欧洲，英国崛起，奥地利力量渐增，普鲁士和俄国开始扮演领头羊的角色，荷兰共和国却退缩到自己虚幻的"荷兰屏障"中，沉入睡梦，享受持久和平、金玉满盆的美梦。

IX

我们继续聆听赫伊津哈关于荷兰17世纪黄金时代的看法。

荷兰人的一个特点是不好战，他们没有成为尚武的战士，打仗的任务主要交给国外雇佣军。荷兰的贸易和产业、围海造田、造船和渔业都需要人手，总之，就业的机会非常充足，他们不必当兵。荷兰人宁可选择面对航海可能的危险，也不愿接受战场的风云变幻，但不要把这样的人民叫作"懦夫"。

在海上服役的主要是荷兰人，海军不仅在民族形成中产生了很重要的影响，而且发挥了凝聚社会的作用。

总之，战场对荷兰画家没有吸引力，这并不是说荷兰的艺术家不想表现军人。在荷兰画家许多广为人知的油画作品中，都描绘有军人抽烟、喝酒、求爱、访友、聊天的场景，画中旁观者则露出一丝疑惑。这些作品是荷兰风俗画不可分割的一部分。

阿姆斯特丹国家博物馆

《从东面眺望绅士运河上的黄金转角》，格雷特·阿德里安斯·贝克海德，
1671—1672年，阿姆斯特丹国家博物馆藏

　　荷兰的社会生活和精神生活没有围绕贵族演进，他们的城堡并不豪华，装潢也很一般，根本谈不上富丽。在社交与精神上都不太有趣，也没有多大的成就。

　　阿姆斯特丹的魅力远胜其他城市，1648年的时候，阿姆斯特丹的人口约有15万，是欧洲最大的城市之一。在50年的时间里，其规模扩大了3倍。城市规划堪称大手笔，运河呈同心圆，运河两岸成排的住宅富丽堂皇，却很古朴。从社会经济和纯建筑的立场来判断，阿姆斯特丹的城市规划比凡尔赛更讨人喜欢。倘若想感受17世纪荷兰的氛围，最好的选择无疑是春季清晨或夏末夜晚的阿姆斯特丹运河河畔。

　　随着贸易与繁荣的不断扩大，原本明显落后于阿姆斯特丹的城镇也都变成了文化中心且自成一体，如哈勒姆、鹿特丹、莱顿、多德雷赫特、代尔夫特、乌特勒支和米德尔堡等。许多城镇涌现出了自己的画派,这是星罗棋布的文化中心最好的产物。城市之间的竞争对促成这样的自治和多样性起了很大的作用。除了少数例外,大多数城镇在议会中的发言权并不亚于阿姆斯特丹,它们在国家的运行上也拥有很大的权利。所有的城镇都拥有著名的拉丁文学校,古典学问使这些城镇成为思想种子的肥田沃土,而贸易和产业的发展能够使这些种子生根发芽、开花结果。

X

17世纪荷兰文化的基础是都市社会。阿姆斯特丹运河建成后不久,拥有富丽堂皇的住宅就成为时尚。这些住宅的风格嫁接异域风情,大多数人都会订购或收藏绘画作品、赞助诗歌、资助教会、出资兴学……其结果是都市上层阶级逐渐成为名副其实的贵族,这些新贵有权势、富有,对文化艺术也颇感兴趣。

17世纪的欧洲不能在贵族制和理想民主之间进行选择,而是必须在君主制和贵族制之间选择,君主制和贵族制这两种制度同样有其人性的弱点。当时,欧洲其他地方的腐败和惰性远超尼德兰——在这里,人人都参与公共事务。尼德兰的统治阶级管理国家时间之久、靠武力压制之少,其仁慈惠及大众的程度,在其他国家都是极其罕见的。

在17世纪的荷兰都市社会里,其文化创作的特点是其艺术家独立于社会地位或财富多寡,在促进新艺术形式和表达新思想的过程中,贵族、律师、医生和教士携手并进,其关系几乎可以说是亲如兄弟。

与专业人士一道,由贸易商和中下阶级成员组成的一个阶层也积极参与文化活动,起源于中世纪晚期的市民卫队和文艺社这两种社交组织为文化活动提供了社会框架。在17世纪的欧洲,相对应的是意大利的学园、法国的文学沙龙和英格兰的咖啡屋(紧接着出现了英国社交生活俱乐部)。

在市民卫队的射击场里和文艺社中，小店铺的老板和大商人聚在一起享受文化教育。正是因为荷兰人不喜欢彻底抛弃传统，他们才能维持新兴贵族和资产阶级的社会交往，虽然这两个阶级的政治经济利益在日益分道扬镳。

XI

众所周知，17世纪的荷兰人不怎么欣赏自己国家的艺术，人气颇高的是诗人而不是画家，大多数画家出身于小资产阶级家庭，其社会威望很难超越其阶级的桎梏，他们在国外的威望不如天主教尼德兰的鲁本斯和凡·艾克，他们并没有引起注意，连维米尔都被人忽视甚至完全被人遗忘。荷兰画家大多文化程度不高，即使高高在上的执政者给他们写信时，他们那和蔼的态度中也夹杂着一丝不可能被人误解的居高临下感。唯一引起人注意的是伦勃朗，但那不是由于其作品，而是由于其半波希米亚式的隐居生活；他的晚年虽然穷困潦倒，但仍然桀骜不驯，晚年的自画像非常清楚地显示出他的孤芳自赏。

然而，对艺术和艺术家的鄙视却阐述了一个非同寻常的结果，倘若伦勃朗通过意大利老师的画室获得了崇高的地位，在商人、教师和官员中闻名遐迩，他最伟大的杰作也许就不可能问世了。

XII

油画和素描是17世纪荷兰艺术最重要的表达方式，荷兰文化的兴起无疑在这一过程中发挥了重要的作用。几乎所有东西都是小巧的——国家的面积小、城镇之间的距离短、阶级之间的差异小……与这些小尺度并行的是对文化的浓厚兴趣和精神上的追求。荷兰艺术家大多在创作油画、素描画或蚀刻画，几乎没有从事巨型建筑或雕塑的用武之地，这不是因为缺少石材，而是缺少赞助人。古典和繁复的纪念碑是帝王、红衣主教和贵族的特权，而荷兰没有这样的人物。

荷兰国富民丰，荷兰人热爱油画，其需求量大大超过其他国家。艺术家寻求的赞助人不限于最富有的人，也不限于地位最高的权贵，只要看一看肖像画的委托人就足以说明这一点。伦勃朗和哈尔斯并非只画市长和显贵，他们还为代书人、布道者、犹太医生、镌刻师和金匠作画。

XIII

17世纪的荷兰人崇尚淳朴、勤俭节约与清洁卫生，这种品格既不崇高，也不空灵，却极其重要。他们的衣着和住宅朴素大方，色调简单，他们的土地也没有特别吸引人的特色——平坦的国土上没有大树，没有南欧国家所拥有的那么多伟大的古迹遗址，目力所及不过是线条简单的祥和景色，远方雾霭氤氲，随着距离而缓慢变化。蓝天白云从古到今都在抚慰不安的心灵，外观平平的小镇绿苔攀墙、碧草如茵、流水环绕，这是创世之初最悠远的自然要素，也是最朴素的构造，难怪这片土地的人民十分淳朴——他们的一切言行都朴素大方。

17世纪荷兰的熙熙攘攘已然过去，取而代之的18世纪的生活方式可以比作夏日黄昏时分的昏昏欲睡。

赫伊津哈对于将17世纪的荷兰称为"黄金时代"的提法颇不以为然：

"黄金时代"的名称让人想起古典的愚人天堂，我们童年时代时，奥维德著作里的天堂使我们厌烦。倘若我们伟大的时代一定要取个名字，那就让它成为木材和钢材、沥青和焦油、颜料和油墨、勇气和虔诚、热情与幻想的时代吧。"黄金"一词更适合18世纪，那时，我们的金库里塞满了金锭。

赫伊津哈的《17世纪的荷兰文明》，不单带我参观博物馆内的荷兰绘画，也是我10多天走读荷兰的精神线索。

第五章

阿姆斯特丹国家博物馆
（二）

I

如果时间有限，用一个半小时观赏荣耀画廊是比较明智的。我们虽然大半天泡在阿姆斯特丹国家博物馆里，但还是把主要的精力放在最能代表17世纪荷兰绘画精品的荣耀画廊上。

幸运的是，国家博物馆指南的中文版介绍得很详尽，让我一路上受益匪浅。

17世纪荷兰画派的始祖弗朗斯·哈尔斯出生于现在属于比利时的安特卫普，1585年安特卫普落入西班牙人的手中，大批新教徒迁出，哈尔斯同家人一起搬到哈勒姆。1610年，他加入哈勒姆画家公会，随着哈尔斯的声望不再仅仅局限于哈勒姆，阿姆斯特丹、海牙和乌特勒支都有了他的肖像画主顾。哈尔斯有14个孩子，5个孩子后来成了画家。

赫伊津哈对哈尔斯的评价很高：

哈尔斯首先是自然天成的，没有丝毫的精心策划、刻意而为，没有一丝矫揉造作。他画笔下的人物都身穿盛装，衣领考究，但不能有一丝虚荣，即使是贵族凡·海修森也没被拔高。哈尔斯没有尝试赋予他笔下的平民以帝王或英雄的雍容华贵，他肖像画中的人都是有血有肉、健康强健的，但如果我们仔细看，就会发现一些病态的、萎靡的人。将近80岁高龄时，哈尔斯何以能创作不朽的《哈勒姆养老院的女管事们》始终是艺术史上的难解之谜，这些老妇饱经风霜，满脸皱纹，虽然我们不知其名，不了解其日常起居，但清楚记得她们的音容笑貌。这是他对心理的洞悉，哈尔斯成功地洞察她们的心灵深处，他眼光的犀利、技法的力度使他的作品成为一首首令人难忘的史诗，想起了一个时代和那个时代的人。在这里，他取得了委拉斯凯兹难以相比的成就。

尼德兰南部的扬·凡·艾克（Jan Van Eyck，1395—1441年）也是肖像画大

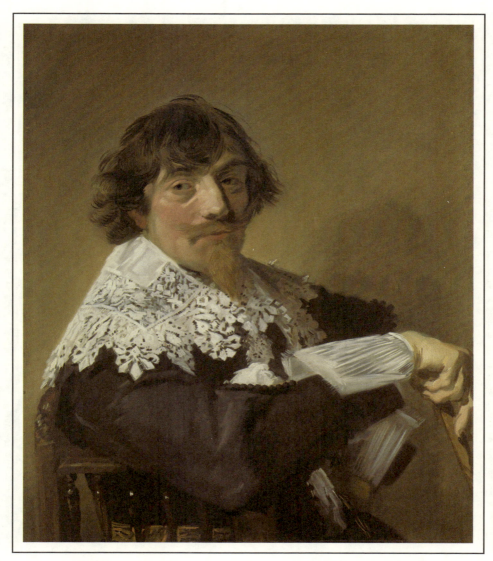

《男人的画像》，哈尔斯，1630—1635 年，阿姆斯特丹国家博物馆藏

《一个女士的画像》，哈尔斯，约 1635 年，阿姆斯特丹国家博物馆藏

家，赫伊津哈的观点是：

凡·艾克的特征是宏大、典雅、精致、独特，这些特征在17世纪的荷兰省并不多见，几百年来，凡·艾克的这些特色失去了一部分光辉；哈尔斯的特征是率真、质朴，连不太了解我们国家和人民的外国人也觉得，哈尔斯的特色比凡·艾克更加持久。

II

哈尔斯不善理财，一生贫困，因债务官司一再上法庭。1652年，他70多岁时，因为赊欠面包店的钱，家当全被没收，余生只能靠微薄的救济过活。从17世纪60年代到19世纪60年代，哈尔斯完全遭人遗忘，他的快速凌厉的笔法预示着200年后印象画派的出现，被今人日益推崇。

荣耀画廊中有一幅哈尔斯的《花园中的夫妻肖像画》（*Married Couple in a Garden*）。画中的人物是哈勒姆商人伊萨克·马萨和比阿娅特丽克丝·范·德林，哈尔斯以他特有的大胆流畅的风格为他们绘制了一幅真人大小的婚礼肖像。这对夫妇紧挨着坐在树荫下，这是很独特的，因为当时丈夫和妻子很少同时出现在一幅画像里。此外，他们都在笑！这是不符合常规的。

伊萨克是个皮革商人，也是处理俄罗斯事务的外交专家，与哈尔斯私交甚笃。他戴着一副浆洗过的、白色的亚麻手套，手按在胸口，这是一个表示"忠诚"的手势。

比阿娅特丽克丝迷人地望着我们，她那顶漂亮的帽子由耳边的装饰固定着，那个饰物都压到脸颊里去了。

颈项周围奢华的褶皱拉夫领体现了她的社会地位，这种领子要一直保持得像雪一样白，清洗和上浆都要耗费不少人力。

《花园中的夫妻肖像画》（又名《婚礼》），哈尔斯，约 1622 年，
阿姆斯特丹国家博物馆藏

　　比阿娅特丽克丝右手食指上戴了两枚戒指，一枚是素圈，一枚上面镶着一颗大钻石。伊萨克大概把戒指送给了妻子，以此纪念他们的订婚或结婚仪式。

　　比阿娅特丽克丝深红色的袖子展现出哈尔斯高超的技艺，他寥寥数笔就将女主人身上高贵的哑光丝绸面料表现了出来，精心描绘的蕾丝袖口与袖子形成了鲜明的对比。

　　和其他富有的同代人一样，夫妻俩也穿着素净的黑色衣服。虽然这种颜色看起来有些朴素，但黑色的布料是用昂贵的靛蓝色染成的。

在17世纪，缠绕在树干上的藤蔓象征着无条件的爱和忠诚，哈尔斯巧妙地把这个意义深远的图案放在妻子和丈夫的中间。

画面左下角的蓟草代表爱的两个方面：性爱和忠诚。人们认为蓟草是种春药，所以它与性有关联，荷兰人给蓟草起的诨名是"男性的忠诚"，这种含义在这幅画中表现得非常明显。

就像常春藤需要依附墙壁或大树一样，男人和女人要因爱结合在一起。常春藤画在比阿娅特丽克丝的脚边，象征着她对丈夫的忠诚。

背景是哈尔斯依据"爱情花园"描绘的象征爱和生育的花园，两只孔雀代表朱诺，她是罗马神话中掌管婚姻的神后。

III

在创作《花园中的夫妻肖像画》时，哈尔斯打破了他以往画婚礼肖像的所有陈规，这幅画的旁边有哈尔斯描绘的哈勒姆商人夫妇卢卡斯·德·科勒斯及其夫人费因洁·凡·思婷基斯特所作的肖像，我们可以比较两者的差别。

两位男士都穿着奢华的黑色衣服，这看似朴素的衣服是为了与新教禁止炫富的规定保持一致。伊萨克选择了一顶华丽的帽子，卢卡斯则戴了一顶朴素的帽子。

在17世纪，笑被认为是愚蠢的，是傻子才做的事情，因此，当时的人们很少在画像里笑。费因洁面无表情，但比阿娅特丽克丝没理会这些习俗。一个明显的差别在于，比阿娅特丽克丝的姿态随意、开放，而费因洁的姿态僵硬，她的双手保护性地捂着肚子。

坐得笔直的卢卡斯和坐姿放松的伊萨克截然相反，卢卡斯和费因洁夫妇虔诚的宗教信念是不是他们选择老派画像的原因呢？

《卢卡斯·德·科勒斯像》，哈尔斯，1635 年，阿姆斯特丹国家博物馆藏

《费因洁·凡·思婷基斯特像》，哈尔斯，1635 年，阿姆斯特丹国家博物馆藏

伊萨克是一位温和的新教徒，而卢卡斯和他的妻子是门诺派的教徒，他们以基督使徒为榜样，过着克制保守的生活。这就可以解释为什么伊萨克夫妻画像充满了爱的象征符号，后者的肖像画中就没有。

奇怪的是，后者的婚礼肖像画中的新郎和新娘没画在一起，而是面对面地分开坐着——新郎在左边，新娘在右边。伊萨克和比阿娅特丽克丝在他们的双人像上也是这样安排的。

卢卡斯喜欢朴素的背景，不希望有什么事物分散人们的注意力，画家只在费因洁的身边放了张椅子，所有的注意力都集中在画中坐着的人物身上，他们向我们展现了端庄体面的形象。

17世纪的画像很少显示如伊萨克夫妇的"全身像"，它需要更大的空间，价格也更贵。所以很多人只画全身的四分之三，就像卢卡斯和费因洁那样。

IV

和这些画在一起的还有哈尔斯的《快乐的酒鬼》（*The Merry Drinker*）。博物馆官方指南介绍道："一位国民护卫队员举起酒杯，眼睛中闪烁着友好的光芒。画家看似随意地快速挥动画笔，人物形象即跃然纸上，貌似简单实则用心，其粗犷的笔触如同酒徒的个性那般轻松而自然。哈尔斯轻快活泼的描画为画面中的人物注入了生命力，酒徒的头和双手给人一种处于运动中的幻觉。哈尔斯的大部分作品都是应主顾委托而作的，但这幅《快乐的酒鬼》可能是个例外。生动的面部特征表明哈尔斯可能使用了模特，他可能打算在公开市场上出售这幅画。"

V

扬·斯特恩1626年出生在莱顿的一个啤酒酿制商家庭，他的作品故事性很强，融入大量幽默、双关语（有的带有黄色意味）和视觉双关的元素。他曾在代

《快乐的酒鬼》，哈尔斯，1628—1630 年，阿姆斯特丹国家博物馆藏

《自画像》，斯特恩，1670 年，阿姆斯特丹国家博物馆藏

尔夫特做过短期的酿造商，还在莱顿经营过旅馆，但仍是高产画家，现今有900幅作品归于他的名下。斯特恩的作品有的极为精彩，但也有草草了事的。画家经常让他的朋友、妻子和孩子进入作品，展现他们的各种面貌。

茨维坦·托多罗夫在《日常生活颂歌：论十七世纪荷兰绘画》中写道：

斯特恩毫无疑问是首屈一指的大师，他的作品数量庞大，尽管他也留下了大量"历史"画，但他创作的精髓还是风俗画。他具备将一切入画的能力：目光无精打采的情侣与收信的女孩、医生和吃牡蛎的人、高雅或低俗的场景、邪恶与美德、寓言与肖像……他最具特色的画再现了各种人物形象，他们都是普通百姓，置身于某种喜气洋洋的混乱气氛中。事实上，从很多方面看，斯特恩都是个边缘人物，在这个世纪的下半叶，人们普遍喜好精致优雅的、人物较少的室内场景。无论是从主题还是从结构看，他的画都属于一个已经结束的时代：构图说明了某个普遍真理、某句谚语、某种说法，如同勃鲁盖尔或范·奥斯塔德的画。在19世纪，人们倾向于将斯特恩的画解读成对生活之乐趣的表达，导致"公民"托尔认为自己有义务提醒他的读者："斯特恩粗鲁的意图远不是对他欣然描绘的放荡行为的颂歌，它们的深处始终有一种道德含义。"我们今天可能太习惯于强调他的构图中所隐藏的意义（实际上并没隐藏得那么深），需要同时察觉到斯特恩的这两个方面，它们是互为补充而不是互相排斥的。

VI

国家博物馆的《快乐的家庭》（*The Merry Family*）是斯特恩的代表作。

画中描绘的家庭生活场景看似愉快之至。17世纪，描绘普通人生活场景的风俗画非常流行，这些画里常常蕴含着丰富的道德含义，同时也具有"教育和娱乐"的意义。扬·斯特恩想要敦促观赏者为自己的孩子树立好的榜样。

左上角吹着风笛望向我们的就是斯特恩本人，风笛在17世纪时暗指傻瓜。此外，画面中还有各种管子，这些事物则被赋予了道德意义。斯特恩另有自画像，也在荣耀画廊中，要比这幅画严肃得多。

斯特恩的帽子周围有一圈明显的阴影。斯特恩作画的时候先画背景，给这个人物的帽子和脸部留了一大块空间，等待后来补上。人物的头部画完之后比预留的空间小了点，后来这块阴影就变得更黑了。

斯特恩旁边的老妇是全家三代人中最年长的，象征着代际。

这家的主人太喜欢喝酒了，举起酒杯，醉醺醺的。通过使用淡淡的黄色，斯特恩表现出锥脚球形酒杯（17世纪一种有粘花装饰的酒杯）上反射的光。

《快乐的家庭》，斯特恩，1668 年，阿姆斯特丹国家博物馆藏

桌上的猪腿占据了整幅画的中心，饿的人都可以切一块吃。

左下角，打开的蛋壳、锅子、盘子都在地上堆着，所有的人都在专心做他们喜欢的事情。所以，当时的人们用"扬·斯特恩式的家庭"来形容这种乱七八糟的家庭场景。

右下角，家庭中的一个小孩在尝酒，他的姐姐则稳稳地拿着青灰色的酒壶。孩

子穿着裙子，17世纪时，无论男孩还是女孩都穿这种裙子，有的甚至穿到6岁。

斯特恩在钉在墙上的便签上写了一个"管"字，这个荷兰字在17世纪时指"抽烟斗"或"吹奏音乐"（现在这个字含有低俗的意思）。两个孩子在抽烟，还有一个在玩长笛，左边的大人（斯特恩）也在吹风笛，窗户外的男孩嘴里叼着烟斗。

当中的女士在引吭高歌，她穿着低胸露肩的衣服，看上去十分迷人——按照17世纪的标准，这有点太过性感。在这样一个富有魅力的人物形象里植入道德的含义其实是遵循了荷兰的传统：寓教于乐。

右上角的纸上的谚语意思是"长辈唱歌，小辈就会吹奏管乐"，换句话说就是：上梁不正下梁歪。

荣耀画廊中另外几幅斯特恩的作品都很有趣。据博物馆指南介绍，12月5日这一天，荷兰家家户户都会庆祝圣尼古拉斯节，这一传统得到很好的传承并保留至今，孩子们在那天有唱歌的习俗，他们把鞋子放在壁炉前的地上，希望"圣尼古拉斯"能够在里面装满礼物和糖果。表现好的孩子能收到礼物，而淘气的孩子只能得到一根鞭子。《圣尼古拉斯节》（*The Feast of Saint Nicholas*）前景中的女孩收到了圣施洗约翰玩偶和很多糖果，糖果装满了小桶。她旁边的男孩幸灾乐祸地指着正在抹眼泪的兄弟，她们后面的一位女仆在让他看鞋子里的鞭子。在画面的后景中，一位老妇人向心烦意乱的男孩示意，暗示在带天篷的床上还藏有一份给他的礼物。

法国象征主义诗人保尔·克洛岱尔对这幅画的描绘就比较活泼：

画中所有的眼睛都在说话，每只手都有响应。一幕小戏，两种情绪：有人高兴，有人向隅而泣。小姑娘穿着漂亮的亮色上衣，看她搂着教士木偶有多高兴！左手挽的小桶装了多少好东西，噢，母亲伸出双手要她过去，倘转身过去不会有摔跤危险的！右侧的男孩已长大，该是她的小哥哥，笑中含有讥讽，从胖脸上可看出他要大几岁。向隅而泣的是这个小家伙！尼古拉不会垂怜你，在这欢快的家里，你会遭众人摈弃。现在可借想象的翅膀略加评点：有象征意义的是少女手上拿的空鞋，实际上是构图的中心。然而，布帷后面藏着什么，祖母在招呼，以示好意。右侧略上方有两个小男孩，一个张大了嘴，一个弯着手臂，手里攥了个丑八怪。为什么这不是他们所瞩意的未来？未来就像那娃娃偷取的糕点。

所有这些手，注意，请仔细看，听听这手与那手之间的交谈！后景中央是父亲，他很安闲，手搁在膝上。不是吗？他是一家之主，一切都出自他。他忙于和我们一起观察和端详，唯有他在思考。

《圣尼古拉斯节》，斯特恩，1665—1668 年，阿姆斯特丹国家博物馆藏

还有一幅《盥洗室中的女人》（*Woman at her Toilet*）：画面中的女人包裹着头巾，身穿一件毛皮内衬短上衣坐在床边，正在从右脚脱下长袜，长袜在她的腿上留下清晰的印痕。床上，一条小狗蜷缩在枕头上睡觉。作为这一私密场景的目睹者，画家让观赏者充当了偷窥狂的角色：在无法回避的情况下，我们看到女人正要脱衣睡觉，她裙摆扬起，大腿若隐若现，露骨的情色描绘令人们对它褒贬不一，直到100年前人们在女人的大腿上增画了一条衬裙才算作罢。

158

《盥洗室中的女人》（又名《梳妆》），斯特恩，约 1660 年，阿姆斯特丹国家博物馆藏

《阿姆斯特丹国家博物馆指南》关于17世纪荷兰静物画的评论是我看到的这方面文字中最精练的：

16世纪时，随着艺术家逃离佛兰德斯并在米德尔堡、哈勒姆以及阿姆斯特丹等地扎下根来，静物画这一绘画风格也随之抵达北尼德兰。这些移民让荷兰公众接触到了不同的绘画作品，这些作品所画的有时是插满五颜六色鲜花的花瓶，有时是堆满肉、水果和蔬菜的厨房，有时是布置妥当的餐桌。这些非常受欢迎的主题吸引着越来越多的画家投身这一绘画类型，并由此发展出形形色色的新变体。静物画中的特定事物可能会代表某种寓意或宗教意义，"虚空派"静物会使用头盖骨、肥皂泡或熄灭的蜡烛等标志性的事物来强调人类必死的命运。宴会静物则重在描绘品类丰富、花费不菲的美味佳肴。其他一些艺术家则倾向于运用更为保守的方法，他们通常以餐具、厨房物品和熏肉为素材进行创作。

欧美大中型博物馆里几乎都有这一时期的荷兰静物画，我看了不少，却分不清这些静物画之间的风格区别。上述指南指出了彼得·克莱兹（Pieter Claesz，1579—1661年）的《火鸡馅饼静物画》（*Still Life with a Turkey Pie*）与威廉·克莱兹·海达（Willem Claesz Heda，1594—1680年）的《鎏金高脚杯静物画》（*Still Life with a Gilt Cup*）的不同。

彼得·克莱兹和海达是17世纪荷兰静物画最优秀的画家，彼得·克莱兹的这张静物画生动地再现了17世纪人们食用肉、鱼和禽类的风俗。画面中，火鸡馅饼上装饰着火鸡的头和羽毛；馅饼的前方摆放着一个鹦鹉螺酒杯、一个盛放牡蛎的白镴盘、一个装满水果的瓷碗以及一个盐瓶及胡椒盘，胡椒包在一页年历中，17世纪的人们以这种方式对纸张进行再利用。左侧摆放的是一个橄榄油浅盘和两个

《鎏金高脚杯静物画》，海达，1635 年，阿姆斯特丹国家博物馆藏

《火鸡馅饼静物画》，克莱兹，1627 年，阿姆斯特丹国家博物馆藏

上面分别放有小馅饼和柠檬的白镴盘，打磨得光滑明亮的酒壶和锥脚球形酒杯反射着照在上面的光线，我们甚至可以看到房间的窗户。

海达与彼得·克莱兹两人都专注于描绘放有食物和丰富餐具的餐桌，他们所创作的静物均具有鲜明的写实主义风格。然而，进一步观察则会发现，两人在场景安排上存在很大的不同，对象间的组合形式表明两人在逻辑上很少有相似之处。海达的用色相比克莱兹更为保守，白色、棕色、绿色和灰色是他最常用的色彩，他尤其推崇灰色，这幅静物画让我们看到他驾驭不同灰色度的能力，柠檬是画面中唯一带有明亮色彩的元素。

IX

《绘画中的食物：从文艺复兴到当代》的作者肯尼思·本迪纳认为：17世纪荷兰的静物画创立了许多规范，当时及后来的作品纷纷仿效。举几个例子来说，这类画里器皿和食物都是随意摆放的，桌布斜拉在一边，形成许多褶皱；餐刀胡乱摆着，刀把对着观众；柠檬皮削成螺旋形；酥皮糕点只吃了一半……只有闪闪发光的盛酒的金属瓶和半满的玻璃杯还算放得工整。

这些荷兰静物画通常给人一种用餐的印象，观者好像处在进餐者的位置，餐具摆放得很凌乱，食物也零散地放着，就像刚刚有人用餐剩下的一样。

这种凌乱的表现手法与餐桌上饭菜必须按顺序摆放整齐的常规背道而驰，原因之一是要表现一种动态感，对于17世纪的艺术家而言，这至少提高了巴洛克艺术对于变化中的事物以及瞬间的感悟及品味。一张准备用餐的桌子要是摆放整齐，它就是静止的，没有活力，失去了表现力和艺术价值。这一时期画家笔下的人物都是瞬间的形象，有人张着口，有人刚转过头，有人突然失去平衡，房间也在光影明暗中挺立着、牵扯着、挣扎着。这种动态感正是静物画所要体现的。

在荷兰静物画里，饭往往只吃了一半，吃饭的人中途离开，很快就要回来等等，这恰恰和巴洛克风格相吻合。削了一半皮的水果和喝了一半的酒，也使得这顿饭看起来更加可口诱人，更能给人一种甜美愉悦的感觉。

还有人认为，这些静物画画的并不是一顿饭，而是一些让人看着舒心的东西，现实中并不是这样的。许多荷兰静物画是贵族画，画的是财富、象征着社会地位的珍贵物品。

《火鸡馅饼静物画》至少是一场豪华的婚宴。

X

保罗·约翰逊在《艺术的历史》中说，荷兰的黄金时代出现了20多位名副其实的伟大艺术家，约200位次要艺术家，这些所谓的次要艺术家若放在其他时空，大部分都会跻身杰出艺术家之林。

我们来看看几位不是太有名的画家的杰作。

扬·阿瑟兰（Jan Asselijn，1610—1652年）在1650年前后创作了《受惊吓的天鹅》（*The Threatened Swan*）。画中的天鹅张开翅膀，凶猛地保护着自己的蛋免遭游过来的恶狗的偷袭。大约100年后，这幅精彩的动物画因添加上去的署名而演变成了一则政治寓言。

阿瑟兰把这只惊恐的天鹅画得和实物一样大，这是为了最大限度地接近真实。天鹅的头向前伸着，似乎要从画中跳出去。这种立体感也使这幅画变得更加逼真。

通过给天鹅的右侧增添背景光，阿瑟兰在画里引入了紧张的气息。天鹅左翼的用色比较明亮，它的胸部向外突出，进一步增强了恐惧感。

天鹅白色的羽毛是由不同的色彩组成的，如果仔细看，我们会看到白色、灰色、黄色，甚至是蓝色。

金色的光线洒到右边中部的一绺稻草上，这就是天鹅窝。阿瑟兰在罗马度过

《受惊吓的天鹅》，扬·阿瑟兰，约 1650 年，阿姆斯特丹国家博物馆藏

了七年时光，他在那里画的主要是风景画。回到荷兰后，他画的这些具有荷兰景物的作品——比如这幅《受惊吓的天鹅》都沐浴着温暖的意大利式的光。

右侧地上逼真的水珠让天鹅变得更加晶莹剔透。

水珠的左侧是天鹅拉的一坨大便——是因为害怕还是为了震慑恶狗？画家一定仔细研究过天鹅的粪便，从他精心调制过的颜色就能说明这一点。

左下角是让天鹅发怒的狗，它从左边游了过去，它那蓬乱的黑色卷毛与天鹅白色顺滑的羽毛形成了鲜明的对比。

由于画家是从一个很低的位置——所处位置与狗差不多——画的天鹅，所以看起来气势汹汹。

天鹅羽毛的尾部描绘得极为精细，它们看起来是如此轻薄，甚至能透过光线。

天鹅左翼一片飘飞的羽毛像是被风吹走了，阿瑟兰擅长描绘事物的质感和纹理，他甚至能够画出天鹅身上的绒毛漂在水上的感觉。

天空中有两种深浅不同的蓝色：上面的蓝色较暗，下面的较亮。这里似乎用了两种不同的颜料：深蓝色的和天青色的。后者是一种比较昂贵且持久的颜料。

XI

《受惊吓的天鹅》右下角的签名是阿瑟兰的。18世纪时，奥兰治王室的支持者和敌对者之间的关系比较紧张，18世纪末，荷兰"爱国者"和"奥兰治主义者"甚至打了起来，他们在这幅画上加了三处签名（狗和天鹅的旁边以及一颗蛋上），把它变成了政治宣言。

1800年，阿姆斯特丹国家博物馆（当时叫"艺术画廊"）完成的第一笔收购就是《受惊吓的天鹅》，当时收购的原因大概是这幅画具有丰富的政治意义。现在，人们不仅看重它的历史价值，也欣赏它极高的艺术价值。

1641年，奥兰治王室的威廉二世与英国斯图亚特王朝查理一世的女儿玛丽结婚。1647年，他担任荷兰七联省中的五省执政官并担任军队总指挥。1649年，查理一世被处死，威廉二世企图集结军事力量干预英国政治。

但荷兰省的摄政者（自由派）不支持威廉二世在军事上的庞大花费。1650年9月，威廉二世逮捕了荷兰省阿姆斯特丹的6位摄政。可他在两个月后去世，其子威廉三世在他死后9天才出生。荷兰省决定不再设置执政官并在海牙召开联省议会，各省和各大城市派遣代表参加会议，该会议由当时荷兰省的大法议长凯茨主持。会议决定荷兰共和国的各省将拥有自己的军队，即7个省份将拥有7支军队，而非共和国统一的中央军队，也决定不设执政官。

英国的克伦威尔提出与同为实行新教主义的荷兰共和国结盟，但荷兰不同意，于是英国制定了《航海法案》，旨在保护英国本国贸易，排挤荷兰船队运输业和海上贸易。1652年，第一次英荷战争爆发，荷兰战败，许多荷兰商人被俘。1654年，英荷签订《西敏寺条约》，重点是荷兰承认《航海法案》，还达成一个公开的秘密条款：荷兰不再支持奥兰治家族的人做他们的执政官，以防止奥兰治家族支持斯图亚特王朝的复兴。

此时担任荷兰省大法议长的是德维特，他于1653年继承了凯茨的职务。德维特是一个有远见与领导能力的共和派政治家，担任荷兰大法议长

《奥兰治亲王威廉三世，英格兰国王兼荷兰省督》，戈德弗里德·沙尔肯，约1695年，阿姆斯特丹国家博物馆藏

后，德维特赞成奥兰治家族不再担任执政官。在荷兰无执政官时期，德维特成为共和国的外交政策主谋，事实上扮演了荷兰共和国实际政治领导的角色，他的理想是尽量使荷兰避免在国际上参与战事，并推动欧洲和平，以保障商业利益。当时，支持奥兰治家族为执政官的奥兰治派与德维特产生了激烈的冲突。

1672年是荷兰共和国的灾难之年，当时荷兰内忧外患。法国国王路易十四和英国同时入侵荷兰，后者连连挫败。德维特遭到4名奥兰治派人士的攻击，身受重伤。摄政们认为，荷兰急需一个使人信服的军事主将，以维持国内的秩序与安全。于是，摄政们转向支持威廉三世，并宣布其为海陆军队司令。而大法议长德维特和他的兄弟克乃利斯则被定罪为密谋刺杀威廉三世，遭暴动的群众以残忍的方式将其谋杀并悬尸于众。这些暴动的群众事实上是被奥兰治派所利用，杀害

《德维特兄弟的尸体》，让·德班，约 1672 — 1675 年，阿姆斯特丹国家博物馆藏

德维特兄弟的凶手后来不但没有被判罪，反而还得到威廉三世的奖赏。（《荷兰史》，张淑勤）

国家博物馆藏的让·德班（Jan de Baen，1633—1702年）的《德维特兄弟的尸体》（*The Corpses of the De Witt Brothers*）描述了那年8月20日在海牙发生的惨剧，德维特兄弟被暴民以私刑处死，他们残缺不全的尸体被人用绞架悬挂起来，脚趾和手指被当作纪念品出售。这幅作品揭示的残酷性不亚于后来的西班牙弗朗西斯科·戈雅（Francisco de Goya，1746—1828年）的作品。也许是太血腥了，这幅画很少出现在媒体书籍中。

我们回看《受惊吓的天鹅》。

天鹅是德维特家族的象征，把这一白色的生物与德维特联系起来很容易，因为维特（wit）在荷兰语中就是"白色"（white）的意思。

窝里的一颗蛋上写的是"荷兰"——德维特保护自己的国家就像天鹅疯狂地保护自己的蛋一样。下面的水象征着向"荷兰"游过来的国家的敌人——英国，因为它越海发动战争。

狗在这里的意思是国家的敌人——法国和英国。

在天鹅粪便附近写有约翰·德维特的字样。

对这幅画的政治解读一直持续到1971年。一位艺术史家指出，阿瑟兰在1652年就去世了——在德维特开始领大笔抚恤金前一年，这证明了这些签字不可能是画家写上的，而是后来加上去的。1653年荷兰省指定德维特可以领取大笔抚恤金，他实际上成了荷兰共和国头等重要的政治家和最有权势的人。

阿瑟兰说到底是个风景画家。18世纪的艺术品收藏者更喜欢具有深刻含义和象征性的作品，像这幅画描绘了处于一片风景之中的受到惊吓的天鹅的画就太"肤浅"了。当时，很多作品都被赋予深刻的含义。

第六章

虽然我已经无数次看过阿姆斯特丹国家博物馆中的维米尔作品的印刷品，可对观赏真迹还是充满了期待。

赫伊津哈对维米尔的评价是"这位大师难以被归为任何技术类别，他使一切审美原理都相形见绌"，"他会展示一位男人、最好是一位妇人，这个人做简单的事情，处在简朴的环境里，表现出关爱的细心，或看信，或倒奶，或候船，所有的人物似乎都从平凡的生存状况中移植到了澄明和谐的背景中；在那里，人物的行为笼罩在神秘的氛围里，宛若梦境中的人物。'写实主义'一词似乎完全格格不入，一切都具有诗意。如果我们仔细看，就会发现，维米尔的画中人物与其说是16世纪荷兰的妇人，不如说是来自挽歌世界的人物，和平、宁静。她们的服装也不是特定时代的服装，其穿戴犹如幻景，是蓝色、白色与黄色的和谐组合。闪光、生动的红色不太贴近维米尔的心——即使那充满光环的大作《画室》也不闪光。容我斗胆断言，宗教题材正是他失手的题材，如《基督在厄玛邬》就不成功。因为他关心的首先不是福音故事，而是用色彩表现题材。虽然个性突出，但他是名副其实的荷兰画家，从不提出神秘创作原理；从严格的意义上说，他缺乏一种固定的风格，至少从这一点来看，他是地地道道的荷兰画家。"

国家博物馆有维米尔的四幅作品《倒牛奶的女仆》《读信的蓝衣女子》《情书》《小街》。

先看《情书》（*The Love Letter*）。

维米尔是描绘室内场景的大师。这些画很少有深层含义，但维米尔在这幅《情书》里添加了很多具有象征意义的图案，它表现的并不是普通的日常生活场景。维米尔是在讲故事，但我们可能永远也不会知道画里正在上演怎样的故事。

《情书》，维米尔，1669 — 1670 年，阿姆斯特丹国家博物馆藏

女仆给女主人递上一封信，维米尔没说明她为何笑着：她是想给女主人一个惊喜或安抚？或者书信来往比想象的更有趣？

　　这位夫人给女仆的眼神是焦虑还是期待呢？她的表情成了整幅画的焦点，她的眼神流露出对信件内容的好奇或关心吗？她手中拿着一把西特琴，这是一种弦乐器，有点像中国的琵琶，椅子上放着一本乐谱。17世纪，音乐有时象征夫妻和睦之爱，但是西特琴也能让人联想到情欲。

　　夫人身着华丽的衣服。维米尔的父亲是位丝绸纺织工，也是一位艺术品交易商，因此维米尔可能仔细研究过这类衣服和织物。他继承了父亲的生意，这让他经济上有了保障，所以他不用靠画画谋生。

　　维米尔在他的一生中画了许多珍珠饰品。这样的图案是很受欢迎的，这位夫人的耳朵上就戴了一副巨大圆润的珍珠耳坠。维米尔大概买不起这样的首饰，他一定是借了一颗珍珠或用假的玻璃耳饰当作绘画的模型。

　　夫人手中的信占据了中间的位置。写信或看信是17世纪荷兰艺术一个流行的主题。维米尔描绘了送信的时刻，信仍然用红蜡封着，里面的内容只有写信的人才知道。

　　仆人背后墙上贵重的镀金皮革镶板表明住在这里的人身份尊贵且富有。

　　家务与恋爱不能同时进行，17世纪的画家们深知这一点。这位夫人关心的不是家务，她已被这封信深深吸引了，拖把、洗衣篮、带有蕾丝的窗帘都在一旁放着。

　　这位夫人把拖鞋放在过道里：这么漂亮的鞋子一般只能在室内穿，随意放置的拖鞋说明我们无意间看到了房间里比较私密的一幕。

　　维米尔通过画面左下角的"透视的视角"增加了画面的深度。我们通过昏暗的大厅向屋内看去，这位夫人鲜亮的衣服颜色把我们的视线吸引到画的后面。

　　画面右上角挂起的帘子成了观赏者和这个房间里私密时刻的巧妙载体，它的存在也使我们成了这个私密时刻的见证者。

我们下面要看的《倒牛奶的女仆》和《读信的蓝衣女子》中的桌子都体现了类似的功能。

维米尔在这幅画里署上了自己名字的缩写"IVMeer"，即Joannes Vermeer（约翰内斯·维米尔）。另外两幅画没签名。虽然维米尔现在闻名全世界，但他已经被埋没了几个世纪，直到19世纪下半叶人们才发现了他的价值。目前，人们认为维米尔存世的作品最多只有35幅。

III

维米尔的室内画以线条、图案、光影和色彩的完美组合而著名，他的作品充满了一种克制的、无与伦比的宁静感，他常常使用相同的元素来创造这种效果。下面再看《倒牛奶的女仆》（*The Milkmaid*）。

维米尔在女仆右手正上方的油画布上戳了一个小孔，构成了画面的消影点，即所有视线的集合点。我们在他的13幅作品中都能找到这样的小孔。

维米尔对于微小的细节给予极大的关注，他甚至还非常精确地在墙上画出了钉子的影子。

维米尔画里的光都是自然地落在人物或事物的身上——常常是从左边落下，比如《情书》里的珍珠耳饰以及这幅画里牛奶罐的边沿处都有光亮透出。为了获得这种效果，他在画里加入了光点作为自己的点睛之笔。

维米尔的画中到处都充满了"爱"的暗示，地上的暖脚器象征恋人之间对爱的"坚持"，与对彼此的"关怀和温暖"的美好愿望联系在一起，瓷砖上的小丘比特像也具有爱情的含义。

有些艺术史家走得更远，认为此画蕴含性主题——女仆手里拿的陶罐让人联想起肉感的外形，窗户上的一块碎玻璃让人联想起女人失去的童贞。在17世纪，女厨娘、女仆以及挤奶女工的名声不佳，她们是那种给几个小钱就可以出卖色相

《倒牛奶的女仆》，维米尔，1658 — 1660 年，阿姆斯特丹国家博物馆藏

的轻浮女子。

但对此画进行X光透视发现，维米尔曾在墙上画过诸如画框的东西，在暖脚器旁放了一只洗衣篮，最后只剩下暖脚器，以强化它与陶瓷踢脚板的关联。

最主要的则是维米尔把注意力放在女仆的炊事活动上，不是更多地关注她的其他家务活动。

因此，维米尔并不想给女仆的面容涂上一层性感的色彩，而是要颂扬她的美德。

IV

继续对比维米尔在国家博物馆的三幅室内画。

维米尔把所有事物的质地都描绘得很真实。《读信的蓝衣女子》（*Woman Reading a Letter*）中折叠的信纸看起来跟真的一样，另外两幅画里的粗陶牛奶壶和光滑的木制乐器也画得很逼真。

维米尔的画充满了静止的事物，但这三幅画里都有一处是个例外，《读信的蓝衣女子》这幅画里的动作是由女人弯着手臂拿信的手表现出来的，在另外两幅画里，这一点分别由倒牛奶的动作和那位夫人意味深长地转头的表情展现出来。

维米尔非常有名的是他喜欢在画中使用饱和的蓝色，比如读信女子的上衣，这种效果只有用深蓝色的颜料才能获得，而这种昂贵的颜料是从仅次于宝石的天青石中获得的。在这里，他通过女人身上铜绿色的衬裙进一步增强了蓝色的效果。

《维米尔》的作者让·布兰科认为：

在《读信的蓝衣女子》里，人们注意到，维米尔所展现的是读信本身的精神空间及内心活动，而不是读信女子所处的房间。把焦距集中在那把空椅子上，就是要吸引我们的注意力，它所表达的正是空虚、无助，甚至是与心上人天各一

《读信的蓝衣女子》，维米尔，约 1663 年，阿姆斯特丹国家博物馆藏

方的处境。表达天各一方的另一个意境是背景中挂的那张荷兰及西弗里斯兰省地图——17世纪的荷兰画家经常将这幅地图嵌入自己的作品，维米尔也不例外，他还把这幅地图画入《军官和微笑的年轻女子》中。读信的蓝衣女子似乎尚未做完晨妆，珍珠还留在桌子上，另一页信纸盖住了部分项链。读信女子低着头，嘴微微张着，好像在默读信上写的内容。地图的坠底轴头衬托着她双手捧信的姿势，好像这封信太沉重了，需要什么东西去支撑似的。

V

博物馆指南认为《小街》（*The Little Street*）在荷兰17世纪的绘画作品中占据着独特的地位。维米尔在这里所画的不是某座具体建筑，而只是一个无名之地，不具有任何可辨识的特征。画家没有醉心于展现大城市的喧嚣，而是用朴实无华的笔触描绘安静小街的风情。房屋的右侧以及屋顶山墙的上部均落在画面之外，这种构图上的截断效果令作品的随笔风格更加突出。如果目光快速扫过的话，很容易忽略这条小街上的人物，但如果仔细观察，会发现有个女人正坐在门廊处，一名女仆站在通往后院的过道里，还有两个小孩子在玩耍。画家逼真地描画了房屋正面砖块剥落的拱门以及带有明显修缮痕迹的裂缝，从而令画面弥漫着心酸的意味。历史学家长久以来一直试图在代尔夫特寻找作品中所描绘的地方，最终发现这很可能是维米尔凭借想象力对现实景物的重构。

克洛岱尔对此画的评论是："直线与斜线、门窗与护板，像演示几何定理一样清清楚楚，各部分的关系由三扇门确立：左面一扇关着；右面一扇开着，门里一片黑暗；中间一扇，看不清门框内的景象。须知维米尔善于交错轴线，拓展空间，即使是平面画也富有立体感。"

《小街》，维米尔，约 1657—1658 年，阿姆斯特丹国家博物馆藏

VI

同样生于代尔夫特、仅比维米尔多活了12年的彼得·霍赫（Pieter de Hooch，1629—约1683年）也是最成功的风俗画家之一，他的室内画中的人物虽不及维米尔，但处理房屋里的各种空间感有其独到之处。

博物馆指南评论道：霍赫的许多室内画都灵活巧妙地施展了透视法的魔力，打开的门廊将我们的视线拉到更深处的房间、街道抑或是更远处的运河。从室外投射进来的明亮的日光与室内柔和的光线形成鲜明的对比。

《信使与拿着信的女子》（*Young woman with a letter and a messenger in an interior*）的右边，一个男人正在将一封信交给坐着的女人：这里涉及的是爱情的基调。然而，在画面左侧，一个小女孩站在门洞中，似乎在等母亲陪她一起去阿姆斯特丹运河边散步。这个被追求的女子是位母亲？就在我们的眼前显示一种婚外恋关系？《日常生活颂歌》的作者托多罗夫却认为："在画面宁静的和谐中，没有任何因素允许我们作出结论，认为德·霍赫在此加入了一丁点的谴责。"

VII

托多罗夫指出，在霍赫的作品中，尤其是他在代尔夫特（1654至1660年）的绘画，我们能够看到的是他对家庭美德的再现。这里涉及的是女性（在他的画中，男性从来不是美德的象征），她们的举止行为是贤妻良母的典范：给婴儿喂奶、教育孩子；其余时间，她们在准备食物、打扫卫生、收拾房间、缝缝补补或购买东西。美德同社会地位无关，它体现在女仆和主妇的身上。

大多数时候，颂扬的意图都是毫不含糊的。体现这种意图的，一方面是女子面庞散发出的宁静气息和孩子幸福、崇拜的目光，另一方面是绘画对房间和庭院的理想化再现，它们显现出无可指责的整洁，浸淫在一片光亮之中：我们几乎以为身处教堂。

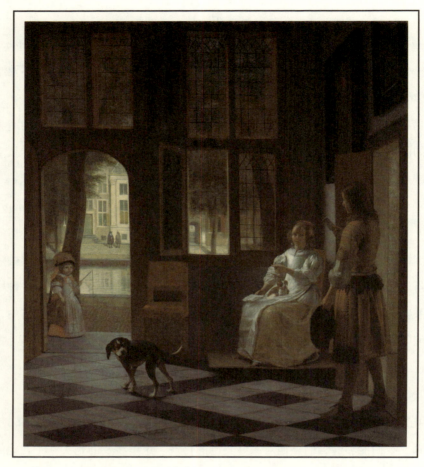

《信使与拿着信的女子》，霍赫，1670 年，阿姆斯特丹国家博物馆藏

　　霍赫通过光线成功地神圣化这个私密的空间，在这个空间中展开的是一些女性化的活动。他没有发明对家庭美德的颂歌，但令颂扬达到了顶峰，并将其同某种形式结合起来，这种形式是一种创新，是绘画史上的一个里程碑：光线同某个严格按照透视原则构建起来的空间之间的结合。光线同美德在此处似乎是互为代名词的。

VIII

博物馆指南对霍赫的《母亲的责任》（*A Mother's Duty*）的解释是：画面中，女人坐在箱形床旁的椅子上，孩子则将头乖乖地放在她的膝盖上，女人的手指在其头发中探寻——母亲正在为孩子捉虱子，这一不经意的举动增加了母子间的亲昵气氛。女人的身后挂着一个暖床器，上床前向其中加入热炭可起到加热被褥的作用。石板地的中间蹲着一条小狗，它正在向房间外张望，沿着它的目光，我们看到门的上半部分已经打开，阳光照进房间并在瓷砖地板上投下清晰的轮廓。

《母亲的责任》，霍赫，约 1658—1660 年，阿姆斯特丹国家博物馆藏

《站在衣柜旁的两名妇女与孩子》，霍赫，1663 年，阿姆斯特丹国家博物馆藏

保罗·约翰逊则很赞赏霍赫的晚年作品《站在衣柜旁的两名妇女和孩子》（*Two Women Beside a Linen Chest, with a Child*）：他让女主人穿上豪华的连衣裙（他所擅长之物），掩盖了自己不擅画人像的短处，尽管女主人得撩起裙子处理家务。他笔下人物的脸部总是稍显粗糙，这是求快的代价，相较之下，维米尔再怎么穷困潦倒，也不会为求快而牺牲品质。但这幅杰作的创作目的不在于描绘女主角，而是表现从窗户和敞开的大门射进的柔和光线是如何透进幽室的，让室内的一些东西泛着微光——霍赫显然有意表明一般人都应奉行的某种社会道德观——结婚生子，在家庭里平静地度过一生，这是最完美的人生。他的兴趣主要

在艺术审美上，他迎合上层消费市场创作时，采用更豪奢的对象和材料来反映光线，这类绘画性的要求也是他诸多考量的重要因素之一。

霍赫的父亲是砌砖工，霍赫当年也是画砖的好手，伦敦国家画廊里的《代尔夫特民宅内院》（*Courtyard of a house in Delft*）是其杰作，画了八种砖块，而且采用三种不同的光线系统来呈现。国家博物馆的《乡村之家》（*Village House*）也有异曲同工之妙，一对男女在庭院里聊天，另一位女性在看着他们，女仆则在附近清洗铜锅。女子往酒杯中挤着柠檬，让人联想起荷兰谚语中爱情有苦有甜的比喻。光线从庭院的阴暗处到庭院门外层层递进，房子的砖瓦也是形形色色的，煞是好看。

IX

另一位风俗画好手是加布里埃尔·梅曲（Gabriël Metsu，1629—1667年）。1648年，年仅19岁的他就在家乡莱顿创办了画家协会，1657年移居阿姆斯特丹。

托多罗夫对梅曲的评价是："他留下的画中有几幅是这一时期最美的。然而，矛盾的是，当我们从整体上考察他的作品时，后者却失去了力量。我们发现，梅曲实际上缺少真正的绘画个性：他擅长的是兼收并蓄——他先后受到一些风格迥异的画家的影响，他看过并很欣赏他们的画：首先是他的老师，然后是尼古拉斯·马斯（Nicolaes Maes，1634—1693年），再晚些是博尔奇，之后是赫里特·道（他的新画风）及其另一位弟子范·米利斯（Frans van Mieris，1635—1681年），之后是维米尔。每一次，梅曲都做得同他的范本一样好，甚至更好，他的画单独来看都是无可挑剔的，但作品整体没能产生协调一致的感觉。梅曲英年早逝，去世时才39岁：最多产的年份可能还没到来。"

无论如何，国家博物馆的《患病的孩子》（*The Sick Child*）是梅曲最杰出的作品之一，画面一目了然，不复杂，却具有一种打动人的力量。

《乡村之家》，霍赫，1663—1665 年，阿姆斯特丹国家博物馆藏

《代尔夫特民宅内院》，霍赫，1658 年，伦敦国家画廊藏

《患病的孩子》，梅曲，约 1665 年，
阿姆斯特丹国家博物馆藏

　　另一幅尼古拉斯·马斯的《祈祷中的老妇》（*Old Woman Saying Grace*）似乎
更有趣味。

　　克洛岱尔评论此画："一位老妇，闭着眼睛，合拢双手，白帽白上衣，黑
边红袖套，对着做好的饭菜独自做餐前祷告。桌上有两个面包，一个完整一个已
掰开；一锅汤，还很热；白盆子旁有一只小酒壶，但请注意！桌边上斜搁着一把
刀，刀柄悬空。墙的凹处放着一些象征性物件，为画家所乐于绘制的，计有一只
计时沙漏、两本书（一开一合）、两把钥匙、一只小铃铛（此件依我看是召唤亡
灵复活的）。但此画的全部解释在画的右下角。"

　　"几乎看不见处有一只猫在用爪子拉桌布，顺着刀的方向，构成一个三角
形，三角形大的口子涵纳了整个构图，下半部的暗斜部分，互为呼应。"

　　"这幅画像许多荷兰绘画一样，动静结合，而平衡状态正在被馋猫贪婪的爪
子打破。"

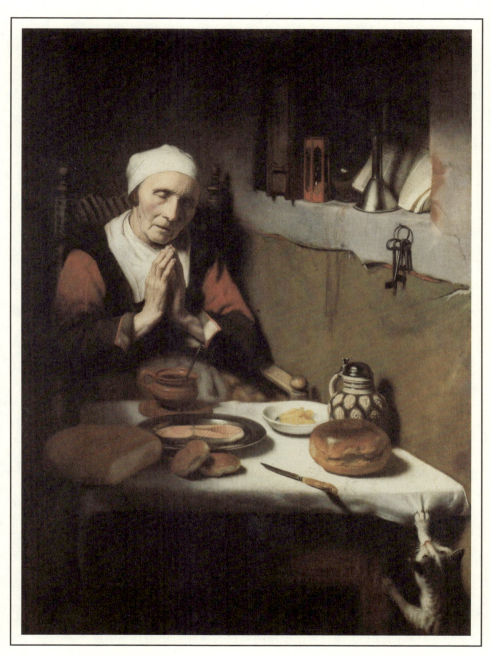

《祈祷中的老妇》，马斯，约 1656 年，阿姆斯特丹国家博物馆藏

X

还有一位荷兰风俗画大家杰拉德·特·博尔奇（Gerard Ter Borch，1617—1681年），"他成熟期画作的惊人之处，不仅在于它们描绘了一个优雅、静谧、精致的世界（他忽略了厨房，粗野的集市也没能打动他），还在于它们蕴含了某个隐晦的、游移不定的、含混的部分，促使我们超越画面展现的事物去寻求阐释，它们更多地采用了暗示和影射的方式。"

托多罗夫继续分析《勇敢的谈话》，这幅画在18世纪被命名为《父亲的劝诫》（*Father's Admonition*）。博尔奇喜欢让中心人物背对观众，这里也是一个只见背影的年轻女子，穿着绿色锦缎裙子（另一个收藏在柏林画廊内的版本的裙子是白色的）。另一个坐着的女子正在喝酒；还有一个军官，也是坐着，一边说话一边做着手势。《父亲的劝诫》代表了过去的阐释——我们看到德国大诗人歌德在《亲和力》中提及并评论了这个阐释。

现在这个旧阐释已无法自圆其说，画中的男子太年轻，不可能是女子的父亲。喝酒的女子更像是老鸨，而不是一位有尊严的母亲。

歌德是通过一幅版画认识此画的，误判情有可原。

持有这是肉体交易的看法的人认为军人手中曾有一枚金币，后来被抹去了。另一些人看到的是求婚的场面。

将这三个人物联系起来的心理和构图之间有着一定的复杂性：男子是唯一在行动的人物，尽管他构成了画面的主题，他仍然是最没有神秘感的。正在听他说话的女孩，即构图的中心，只是行动的承受者，因为看不到她的脸，所以我们无法知晓她的反应，尽管博尔奇善于令脖颈具有表现力。但是，怎么评价第三个人物呢？她是真正的见证人，可能是个老鸨，她一点反应都没有，全部注意力似乎都集中在杯底的酒上。她对自己扮演的角色很满意？还是有些困惑？她的思绪飘向何处？在显得与眼前发生的一切格格不入的同时，她保留了自己的神秘性。

《父亲的劝诫》，博尔奇，约 1653 — 1655 年，阿姆斯特丹国家博物馆藏

XI

　　17世纪荷兰画家皮特·扬斯·桑里达姆（Pieter Jansz Saenredam，1597 —1665年）画的宁静的教堂内部画享誉全世界，他尤其擅长画建筑物视图类型的画。鉴于此，人们认为他开创了荷兰画派的一个新的题材：视图画或建筑画。《阿森德尔夫特圣阿道夫教堂内部》是他最出色的作品之一。

《阿森德尔夫特圣阿道夫教堂内部》，皮特·扬斯·桑里达姆，1649 年，阿姆斯特丹国家博物馆藏

这幅画最显著的特色是画面明朗、安静，细节的处理精确细致。画中，光线从左边进入——桑里达姆选择了正午，这时景物的阴影还没那么显眼。

　　普通人坐在低处的长椅或地上，重要的人物则坐在高处的长椅上。17世纪，做礼拜是人们日常生活的一部分，人们跟随自己的心意来来去去，孩子和小狗则围在他们身边活动。一道光线刚好落在中央侧卧在地上的一个小男孩的身上，他正在全神贯注地看书。

　　一位牧师正在布道：桑里达姆描绘的这个教堂正在做礼拜，牧师虽然显得渺小，但并没有被这宏大的空间淹没。

　　看这幅画的时候，观赏者似乎觉得自己也站在教堂里。桑里达姆利用这一有利地点制造了空间感，他也通过青瓦地板线条的减弱强化了这种感受。

　　画面底部右侧有桑里达姆父亲的墓碑，上面的拉丁文碑文是："著名雕刻家扬·桑里达姆在这里安息。"这块墓碑现在保存在阿森德尔夫特文物室里，它是圣阿道夫教堂保留下来的唯一一件文物，该教堂在19世纪被彻底摧毁了。

　　画家出生于阿森德尔夫特。1607年，父亲去世后，母亲就把11岁的他带到哈勒姆居住。这座教堂他至少画了四次，其他版本上没出现他父亲墓碑的碑文，这赋予这幅画一种特殊的个人情感。

　　桑里达姆把自己的名字写在右侧长方形"阿森德尔夫特长官"的墓上，看起来很显眼。后来他改变了主意，顺着他的名字和日期，又在唱诗班的左边加了一处碑文。

　　教堂极为素净，右上部的菱形家族纹章是教堂唯一的装饰。原始的圣阿道夫天主教堂建于1410年前后，1582年被新教徒接管，教堂里也随之变得简朴。

　　木制屋顶是典型的荷兰建筑风格，由于当地多沼泽，无法承受石制屋顶的重量。此外，建筑石块需要进口，轻便且廉价的木材就成了首选的建筑材料。

桑里达姆在准备这些描绘建筑的作品时真是煞费苦心，他首先按照事物原来的位置画出草图，认真地记录事物之间的比例和引起他注意的所有信息，这些都保存在他的资料柜里。他在1634年画出了圣阿道夫教堂的草图，大约10年后开始结构图的创作，1649年最终完成。

1634年7月31日，桑里达姆创作了第一份教堂内部草图，图中他精确地绘制了教堂内部的空间结构。在这幅草图中，长椅上没有坐人，那些做礼拜的人是画家后来加上去的，他们的渺小使教堂的宏伟感变得更加具体。

这幅手绘草图没有描绘地砖，逐渐消退的地砖的几何图案在结构图的描绘中，借助水平尺能表现得更好。

画家在这幅草图中还加入了教堂的家具，比如左边接近中央的柱子上的烛台。凭借这些细致的记录，多年以后当教堂不再存在的时候，仅仅依靠这些草图和细节的记录也能完成图画的创作。

虽然桑里达姆为教堂绘制了精确的草图，但如果他觉得改变一些细节能够提升最终的效果，他也会改变原来的结构。比如，草图里右边的尖拱门在完成图里就变成了圆拱门。

XIII

1643年12月9日，画家完成了《从西面看到的阿森德尔夫特圣阿道夫教堂内部结构图》。

整个结构图被分成大小相同的方格子，这些方格使得桑里达姆能够把手绘的草图扩展成一幅与预期的图画尺寸相同的真实图画。

与视线平行的是水平线，所有的线条都在这条水平线上的一个点上汇集——位于唱诗班席位中间的消影点。通过透视法，所有的事物都能准确地表现出来。

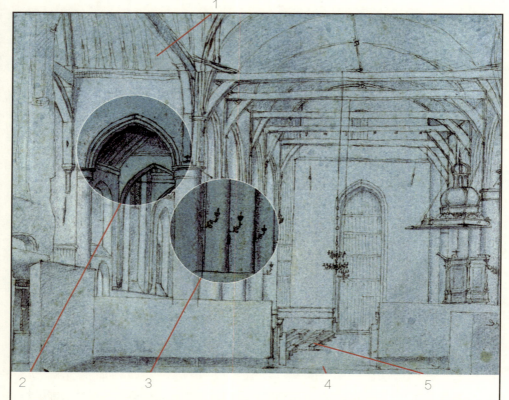

1

2   3   4   5

1. 1634 年 7 月 31 日，桑里达姆创作了第一份草图，图中他精确地绘制了教堂内部的空间结构。

2. 虽然桑里达姆为教堂绘制了精确的草图，但如果他觉得改变一些地方能够提升最终的效果，他也会改变原来的结构。比如，草图里此处为尖拱门，而完成图里就变成圆拱门了。

3. 画家在这幅草图中还加入了教堂的家具，比如这些烛台。这些细致的记录让他在多年以后仅仅依靠这些草图和细节的记录也能描绘出一座已不存在的建筑。

4. 这幅手绘草图没有描绘地砖，因为逐渐消退的地砖的几何图案在下一步——结构图——的描绘中，借助水平尺能够表现得更好。

5. 在这幅草图中，长椅上没有坐人；那些做礼拜的人是画家在完成图中加上去的。他们的渺小使教堂的宏伟感变得更具体。

《阿森德尔夫特圣阿道夫教堂内部草图》，1634 年，桑里达姆，阿姆斯特丹国家博物馆藏

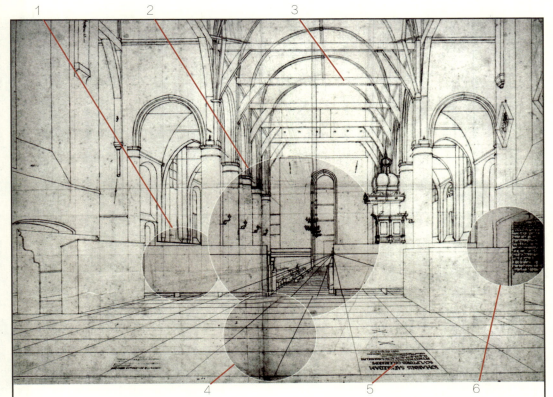

1. 整个结构图被分成大小相同的方格子，这些方格使得桑里达姆能够把手绘的草图扩展成一幅与预期的图画尺寸相同的真实图画。

2. 与视线平行的是水平线。所有的线条都在这条水平线上的一个点上汇集——这就是消影点，它位于唱诗班席位中间。通过使用一点透视法，所有的事物都能准确地表现出来。

3. 这个结构图与完成图大小一样。它的背面涂黑之后又固定在画板上。通过使用尖角工具，桑里达姆把那些最重要的线条都记录了下来，比如房梁的线条。这些记录建筑轮廓的黑色线条在画板的白色背景上都能看到。

4. 与第一份草图相比，我们可以看到这幅结构图上的地砖的描绘大大增加了画面的空间感。

5. 皮特·扬斯·桑里达姆出生在阿森德尔夫特。1607 年，父亲去世后，母亲就把 11 岁的他带到了哈勒姆居住。这座教堂他至少画了四次。其他版本上没有出现他父亲墓碑的碑文，这赋予这幅画一种特殊的个人情感。

6. 桑里达姆明确指出这幅教堂画"是在一张画布上画的"。的确，事实就是如此。17 世纪很少出现这种情况。由于没有拼接的地方，所以画面看着光滑无瑕。

《从西面看到的阿森德尔夫特圣阿道夫教堂内部结构图》，1643 年，桑里达姆，文化遗产局藏这个结构图与完成图的大小一样，它的背面涂黑之后又固定到画板上。通过使用尖角工具，桑里达姆把那些最重要的线条都记录了下来，比如房梁的线条。这些记录建筑轮廓的黑色线条在画板的白色背景上都能看到。

画家明确指出，这幅教堂画"是在一张画布上画的"。的确，事实就是如此。由于没有拼接的地方，所以画面看起来光滑无瑕。

与第一份草图相比，我们可以看到，这幅结构图上地砖的描绘增加了画面的空间感。

XIV

下面我们再看两幅复杂的作品。

阿德里安·彼得兹·凡·德·范尼（Adriaen Pietersz van de Venne， 1589—1662年）通过这幅人群密集的画表达了他对当时的宗教和政治的态度。他画了一幅河流的景观图《捕捞灵魂》（*Fishing for Souls*），左岸是新教徒，右岸是天主教徒。河面上是两个阵营的船，船上的人在努力地"打捞"水里的灵魂。这幅画传达的信息是：新教教义才是真正的信仰。

在画面右下角的第一排，我们看到德·范尼自己也在新教徒中，包括许多牧师。画家通过把自己的真实肖像加入新教徒阵营中，从而明确表明了自己的选择。河对岸的天主教徒就像漫画里的小丑一样。

左岸中心有一组衣着华丽的人，这是奥兰治亲王和他们的同盟者。他们前面的泥土中长了棵橘子树，象征着奥兰治王室，他们发动了反抗西班牙天主教的起义，反抗标语就是莫里斯王子的格言：纤弱的幼苗终于长成了参天大树——这句话表达了他对未来的信念。

橘子树不远的河面上有一只苍蝇，这是德·范尼脑洞大开的一个玩笑，还是为了证明他的艺术造诣高超？

《捕捞灵魂》，范尼，1614 年，阿姆斯特丹国家博物馆藏

　　新教徒后面的岸上的大树上贴了一张纸，上面写着"《诗篇I》"。《诗篇》将一个正直的人比作一棵长在水里的树，它不但永远不会枯萎，还会开花结果。

　　为了表现《圣经》在自己教会中的核心地位，新教徒在他们的船上都放了这本书，书中的基督说："来跟从我，我要让你们得人如得鱼。"这就是这幅画的主题。

　　天主教试图以黄金圣物匣和僧侣的焚香诵经来吸引这些灵魂。最初，天主教眼看就要失败了，因为德·范尼刻画的天主教徒的船上都是空网。后来，他才在他们的船附近画了一些人。

　　右岸后面，教皇保罗五世坐在一顶轿子里，轿子由红衣主教抬着，身后还跟着长长的队列。

　　教皇队列前的大树旁有个弯腰驼背的老妇人，衣服上用拉丁文写着"真正的天主教徒"。

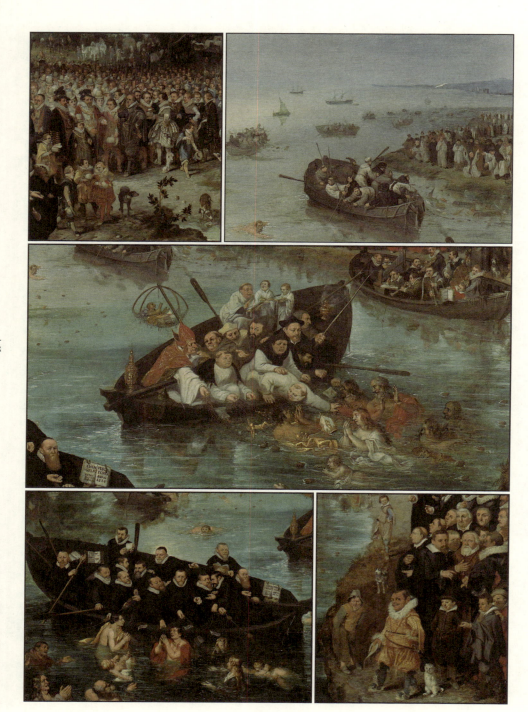

《捕捞灵魂》局部细节

老妇旁空地前的几个服装华丽的人是荷兰南部天主教的领导者：艾尔伯特和伊萨贝拉大公以及安布罗焦·斯皮诺拉将军。

这些天主教徒都是怪人，他们甚至还带了一个牵着猫的小丑。

右岸的一棵枯树上挂着传统的天主教圣母像。树的上方十分昏暗，天空上乌云滚滚。这边的景色与河对岸反差强烈，那边的天空明亮清朗，树木郁郁葱葱。

河岸上方架着一道彩虹，它让人想起了《最后的审判》里的场景，基督为最高的判决者，他就坐在彩虹上面的宝座上。右边难逃一死的灵魂要下地狱，左边受到救赎的灵魂将升入天堂。

XV

巴塞洛缪斯·凡·德·哈斯特（Bartholomeus van der Helst，1613—1670年）的《庆祝签订明斯特条约》（*The Celebration of the Peace of Münster*）。

哈斯特把晚宴场景画成了一幅生动的人物群像，他的绘画技艺体现在不同事物的搭配和画面的布局上，如华丽的衣服、青灰色的锡壶、红酒杯和面包。

这幅画上的卫兵正在享用美酒美食，他们以此庆祝明斯特重归和平。《明斯特条约》在荷兰的历史上具有里程碑的意义，它在1648年10月24日结束了荷兰与西班牙之间的80年战争，也向整个欧洲宣布，荷兰正式成为一个独立的共和国。

虽然左端有人拿了一把枪，但这组人其实是弓箭队公会的人，他们的职责是维护城市的和平与秩序，紧急情况下也要抵御敌人入侵。卫兵们以公会的形式联合起来，而公会的名字通常以他们所使用的武器命名，比如长弓公会和弩兵公会。

正中的掌旗官带着卫兵公会的蓝色旗帜，上面画的是阿姆斯特丹的少女和这个城市的纹章：三个X形的图案纵向排列着。

掌旗官后面羔羊酿酒厂和耶稣施洗教堂的窗户里透出的细节告诉我们，卫队宴会是在阿姆斯特丹辛格运河上的公会总部举办的。

　　画家把这组人物群像的构图布置得十分巧妙,通过掌旗官身旁的桌子把画面分成前后两部分,重要人物安排在桌子的前面,不太重要的人物都在桌子后面。

　　画面右上角附近,这组人里唯一的女士端着一大盘火鸡肉饼。此外,有一个仆人负责倒酒,那个店老板则拿了一个酒壶,这位女侍者则在服侍这些卫兵。

　　维希恩上尉正在将象征卫兵公会的仪式性器物——银角杯传递给魏福伦中

《庆祝签订明斯特条约》，哈斯特，1648 年，阿姆斯特丹国家博物馆藏

尉，角杯上装饰着"圣乔治屠龙"的场景。

维希恩上尉身上闪亮的铠甲上映出了三个人脸，想要加入弓箭队公会的人必须自己出钱买铠甲和武器，这意味着只有富人才能加入卫队团。

掌旗官脚边的鼓上粘着一张纸，这是扬·沃斯写的赞美条约签订的诗，它谴责流血牺牲，宣布放弃使用大炮和刀剑，并歌颂作为和平象征的银角杯。

黄色的长筒袜、红色的腰带、蓝色的旗帜和象牙白的衣领……这些鲜亮的颜色给整个场景增添了生气。

哈斯特是一位集肖像绘画艺术和静物画艺术于一身的画家，除了这25个精彩人物肖像，他还加入了一些静物：银酒杯、剥了一半的柠檬、几只玻璃杯和左下角放着葡萄藤的大冷酒器。

XVI

衣服往往能透露穿衣者的大量信息，这在黄金时代也一样。在17世纪的荷兰阶级社会里，每个阶级或专门的团体都有各自的服饰，有些材料或颜色甚至是某个特定的社会阶层专用的。

《庆祝签订明斯特条约》中多个人穿了黑色衣服，我们在讨论哈尔斯绘画时提到，17世纪时，只有上层人士才穿得起昂贵的黑色衣服，这种漂亮的、不褪色的颜料是用靛蓝染料提炼的——这种染料是荷兰东印度公司从印度运来的。

左七这位白头发的人穿着一件有破洞的紧身上衣和短裤，黑色外衣上的斜缝露出里面的黄色衬衣，这是一种给素色衣服点缀一抹亮色的简单方法。

白发人与坐着的黄衣人说话，我们在后者的身上清晰地看到他的裤链和缀了金色的纽扣，这在画中很少见。这些纽扣在17世纪时很时髦，他敞开两腿，难道是故意安排的？

这人后面的年轻人富有个性的衣服的胸口和袖口都被划出了一道道细缝，这是一种对16世纪穿衣时尚的演变的描绘，它展现了里面昂贵的亚麻衬衣。

魏福伦中尉的紧身上衣缀了大量的金色蕾丝边，这些蕾丝是用金线编织的，金线以蚕丝为芯，外面缠绕着金丝。

绅士们的丝绸长筒袜很容易被脚上的粗制皮革长靴弄破，那些白色的棉麻"鞋袜"或护膝就是专门用来保护丝绸长袜的。后来，人们又在护膝上镶缀了蕾丝，这样一来，它就成了当时流行的身份象征。

中尉和上尉之间的一个人脖子里围着厚厚的拉夫领，和左边的白发人一样。这两人都比他们的同事年长一些，后者则围着平平的衣领。平领看上去朴素，其实是用薄如蝉翼的亚麻布制成的，有的还缀着蕾丝花边。

右三人物的黄褐色上衣是用结实的厚水牛皮做的，非常适合卫队和士兵。这件外套很大，长到大腿那里，有很长的衣缝，适合骑马时穿。

右二人物的腰带在背后打了一个大玫瑰花结，他的吊袜带也绾了一个玫瑰花结，脚上的鞋子还装饰着蝴蝶结。

这些卫兵穿着盛装参加宴会，富有的人们希望国家更加繁荣。

第七章

阿姆斯特丹国家博物馆
（四）

I

伦勃朗是荷兰的象征，阿姆斯特丹国家博物馆则是伦勃朗作品的重镇。

馆内的伦勃朗作品几乎都是精品，如果放在其他大中型博物馆（世界最著名的博物馆例外），应该都是镇馆之宝吧。

比如《伦勃朗早年自画像》（*Self Portrait as a Young Man*）。画面中的画家栩栩如生，似乎在与我们进行目光交流，此时的他只有22岁。尽管这是他的第一幅（之后还画过多幅）自画像，伦勃朗却进行了大胆的尝试，他在这里选用的是一种不常见的几乎呈现黄铜色的光线，他右侧的脸颊在光线的照射下异常明亮，脸部的其余部分则因为落入阴影而变得模糊不清。伦勃朗在油漆未干时用画刷手柄划出的线条，增强了头发在凌乱状态下卷曲的效果。（《阿姆斯特丹国家博物馆指南》）

《约翰内斯·文博加特像》（*Portrait of Johannes Wttenbogaert*）。约翰内斯·文博加特是位颇具影响力的公使，以出色的口才著称，他是王子毛里茨的宫廷牧师。然而，在1615至1619年间的一场险些导致国家分裂的宗教纷争中，两人因为立场对立而关系破裂，文博加特被迫逃离共和国，于1626年返回海牙，花费数年时间编订教会通史。1633年4月13日，他在日记中记录了自己为得到一幅肖像画而坐在伦勃朗工作室的经历，在画家的笔下，文博加特身穿毛皮内衬大衣，头戴一顶无檐便帽，一副典型的学者打扮。（《阿姆斯特丹国家博物馆指南》）

II

《玛利亚·翠普像》（*Portrait of Maria Trip*）。主人公是武器商埃利亚斯·翠普的女儿玛丽亚。从女人所穿的衣服和所戴的珠宝首饰可以看出，她显然来自有钱人的家庭。她身穿一件用透明薄绸裁剪成的丝质长袍，是当时最新潮的法国时尚款式。她的肩上披着佛兰德梭结蕾丝，在珍珠项链下面，我们看到她还戴着一

《伦勃朗早年自画像》，伦勃朗，约 1627 年，阿姆斯特丹国家博物馆藏

《约翰内斯·文博加特像》，伦勃朗，1633 年，阿姆斯特丹国家博物馆藏

《玛丽亚·翠普像》，伦勃朗，1639 年，阿姆斯特丹国家博物馆藏

枚钻石胸针。她的左手拿着一把折起的扇子，让人产生一种它已伸出画面的错觉。伦勃朗通过这个道具产生幻象效果，以此增加画面的纵深感。（《阿姆斯特丹国家博物馆指南》）

《扮成使徒保罗的自画像》（*Self-portrait as the Apostle Paul*）。伦勃朗画过装扮成各种人物的自画像，其中包括扮成东方人、士兵、悔改的罪人、古典画家宙克西斯以及穿着华贵有时甚至是奢侈服装的人们。在这幅画中，他将自己扮成使徒保罗，手中捧着书卷，上衣中露出剑柄，书卷和剑正是保罗的标志性物件。保罗是一名基督教传道者，写有看似希伯来文的羊皮卷可能暗指他的以弗所书，他在其中将上帝的话语比喻为"圣灵的宝剑"。伦勃朗的头上戴着一顶无檐帽，灰色的鬈发从帽子的两侧散落下来，他的额头上有着长长的皱纹，挑起的眉毛令

《扮成使徒保罗的自画像》，伦勃朗，1661 年，
阿姆斯特丹国家博物馆藏

他友善的凝视目光略显古怪。（《阿姆斯特丹国家博物馆指南》）

  《犹太新娘》（*The Jewish Bride*）。画面中是一对穿着华丽衣服的男女，男人充满深情地将女人拥入怀中；女人的眼睛望向下方，目光迷离。尽管没有眼神的交流，但从两人侧向对方的站姿中，我们能感受到浓浓的深情。收藏家德胡珀在1833年买入这幅画时，将其描述为"犹太父亲在女儿的婚礼当天为她戴上项链"。然而，男人放在女人左胸上的手，以及女人的指尖在触碰到对方的手时所传达出的浓情蜜意让人感觉这种解释颇为荒诞。时至今日，这幅画仍然沿用《犹太新娘》这一名称，主要是因为人们对于它的含义尚未达成一致的看法，有种观点认为这是装扮成《圣经》人物以撒和利百加的一对夫妻的肖像画。（《阿姆斯特丹国家博物馆指南》）

《犹太新娘》，伦勃朗，约 1667 年，阿姆斯特丹国家博物馆藏

《身着修道士服的提图斯》（*Titus as a Monk*）。伦勃朗的儿子提图斯双眼低垂，正陷入沉思，他身上穿的是一件方济各会修道士服，可能是要将自己扮成圣方济各。按照方济各会的规矩，修道士应当过一种清贫而谦卑的生活。画家通过粗劣的服装以及年轻人脸上恍惚的表情折射出会规对人的影响，这正是这幅画所要表现的真正核心。画家对于人物所处的环境作了模糊化的处理。提图斯于1668年去世，当时只有27岁，他甚至没能看到女儿提蒂亚的出生。

《身着修道士服的提图斯》，伦勃朗，1660 年，阿姆斯特丹国家博物馆藏

《石桥风景》，伦勃朗，1636 年，阿姆斯特丹国家博物馆藏

III

　　《石桥风景》（*Landscape with a Stone Bridge*）。水边的牧场田园、幽静的草地、荒芜的房屋、风车、小桥，都是伦勃朗风景画凸显的主题。斜射的日光勾勒出事物的轮廓，并闪烁在树木与树叶之间，同时，苍穹之上层层乌云飘过，弥漫着一丝柔和的忧郁。虽然十来幅风景画只占伦勃朗作品很小的一部分，但毋庸置疑，它们代表着他作品中绝不容忽视的部分，表明他深爱着祖国的乡土风情与大自然。希望了解渗透在伦勃朗油画中的那股精神气的人，绝对不能忽视他扎根的荷兰文化渊源与他看待世界的独特方式。（《伦勃朗》，祖菲）

《托比特和安娜》，伦勃朗，1626 年，
阿姆斯特丹国家博物馆藏

　　《托比特与安娜》（*Tobit and Anna with a Kid*）。这件小幅杰作创作于伦勃朗早期的莱顿时期，当时的伦勃朗刚20岁，作品已展现出他独特的画技、风格和主题等众多元素，这些元素将成为伦勃朗后期作品的特点。就在这幅早期作品中，展现了他依据《圣经》中尚无艺术形式表现过的题材进行作画的本领。我们在这里可以看到他尝试如何通过用色和笔触，以近乎触手可及的方式再现各种事物的立体感。伦勃朗将失明和视力题材处理为重中之重，也使这幅画独具一格。

　　老者托比特的眼睛失明了，正在等儿子托拜厄斯回来。人物刻画富有感染力，举止戏剧化，这也是这个阶段伦勃朗绘画生涯的典型特征。（《伦勃朗》，祖菲）

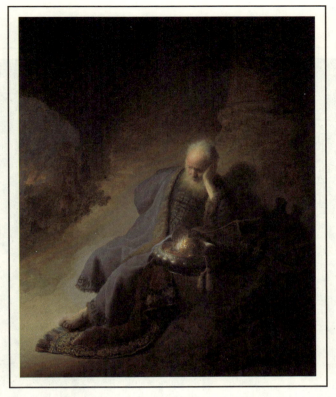

《先知耶利米哀悼耶路撒冷的毁灭》，伦勃朗，1630 年，
阿姆斯特丹国家博物馆藏

　　《先知耶利米哀悼耶路撒冷的毁灭》（*Jeremiah Lamenting the Destruction of Jerusalem*）。这幅作品画于伦勃朗第一个创作高峰临近尾声之时，它的魅力在于对光线的处理独具匠心，光线弥漫在每一处和每一个细节之中。金制物件的透视渲染，从这幅小画的左下角的前景中铺陈开来，似乎要捕捉正在吞噬城池的火焰发出的火光，令人称绝。

　　远处燃烧的城池正是耶路撒冷，这个场景取材于《旧约全书》。它描绘的是先知耶利米哀悼被巴比伦国王尼布甲尼撒二世摧毁的耶路撒冷。（《伦勃朗》，祖菲）

《死去的孔雀》，伦勃朗，约 1638 年，阿姆斯特丹国家博物馆藏

IV

　　《死去的孔雀》（*Still life with two Peacocks and a Girl*）。在这幅画中，一个小女孩站在半黑暗处，神情庄重地凝视着明亮前景中两只刚刚被杀死的孔雀。鲜血从死去的孔雀脖子上滴落，孔雀的羽毛看上去栩栩如生，几乎可以触摸到它们。与孔雀质感一样逼真的还有其他物件：一个柳条编织的果篮、一张木桌，一

处石楣梁、一扇木制拉窗，还有铁制窗螺栓和铰链。构图的景深印象同样效果非凡。虽然如此，最突出的是画中传递有关死亡短暂而逝的美，伦勃朗以此表达了自己非常个人的思考。理解了这点，甚至无须诉诸孔雀象征不朽这样的意义，在引进火鸡之前，欧洲各地把孔雀当作一般家禽屠宰。（《伦勃朗》，祖菲）

《彼得的指控》（*St Peter's Denial*）。伦勃朗的晚期油画作品，如今被公认为艺术史上最深刻、最感人的一幅作品。当时这些作品频频遭遇那些荷兰顾主的误解，当大众开始偏好精细工笔和清晰构图的古典画风之时，他的艺术不断达到一种普世意境，超越了各种盛行一时的画风与画类，也超越了当时占主导的古典主义画风。（《伦勃朗》，祖菲）

《彼得的指控》，伦勃朗，1660 年，阿姆斯特丹国家博物馆藏

《女预言家安娜》，伦勃朗，1631年，阿姆斯特丹国家博物馆藏

　　《女预言家安娜》（*The Prophetess Anna*）。1631年，在伦勃朗25岁的时候，他离开了自己的家乡莱顿，来到阿姆斯特丹。也就是在这一年，他创作了这幅作品。画中年迈的女先知在努力地阅读《圣经》，她的手在抚摸着《圣经》的书页。这是画家以自己的母亲为原型，也许画家刻意描绘的衰老和沧桑更给画中人物添加了神圣的感觉。（《阿姆斯特丹国家博物馆》，达尼埃拉·塔拉布拉）

V

有意思的是，伦勃朗的艺术才华至今仍有争议，曾任纽约大都会博物馆馆长和艺术评论家的蒙特贝罗就认为"伦勃朗并不能算画家"，"他钟情于颜料，热爱驾驭色彩。你能感受到他对色彩的热情，他在色彩的世界里如鱼得水。委拉斯凯兹同样钟情于颜料，颜料在他的笔下幻化成一名魔术师，创作出的形象，仿佛来自无形，却又那样真实地存在。而伦勃朗——为什么在这里停下？——我觉得有时候他过于看重个人风格，陷入伦勃朗式的思维定式，总想吸引我们关注那厚厚的颜料层，先入为主地认定我们看到的是伦勃朗的真迹"。

20世纪著名的英国史家弗莱也说过，一位著名的意大利艺术评论家曾说："收藏伦勃朗的画，还不如立刻去收藏旧靴子。"

弗莱对此的解释是，艺术的戏剧性表现与形式美之间是存在某种冲突的，当艺术家想要达到其中一个目标时，他会在某种程度上放弃另一个。

显然，诉诸生活情感的那种艺术家会表达、诠释这种情感，比那种只追求形式美的艺术家获得广泛得多的欢迎，因为人人都能够响应这类情感诉求，能够响应另一类诉求的人则要少得多。

伦勃朗是个"绘画中的莎士比亚"，戏剧性的大师，这让注重绘画形式美的艺术内行不以为然。

弗莱晚年对"伦勃朗现象"作了阐述。他认为，作为日耳曼文化对抗地中海文化的主角，伦勃朗与莎士比亚是肩并肩地站在一起的。

这里说的地中海文化主要是指意大利艺术吧。

我们可以举另一个同时代的尼德兰画家安特卫普的鲁本斯为例，鲁本斯就吸收了意大利文化的精髓，很讲究艺术的形式感。

伦勃朗的第一位老师拉斯特曼就是最受欢迎的意大利人之一，不过伦勃朗所继承的文化，其真正基础却是本土的哥特文化，在其中增加了对《旧约》的大量研究，正如人们在英国所做的那样。

伦勃朗本人显然不是鲁本斯式的文化人，他拥有几座古代雕塑，但并没有接触文艺复兴时期的文化精髓，也没有为古典文学中的诗歌所打动。

伦勃朗好奇心很强，涉猎广泛，不像鲁本斯那样将意大利艺术奉为伟大的榜样。他从头开始，直接从生活开始，他那种巨大的、包罗万象的移情想象使他成为一个无与伦比的插图画家，而他正是从描绘他感受的生活开始的。

VI

除了一般生活，他还有纯视觉的激情，首先是对珠宝、黄金、金属……一切会闪闪发光的东西的强烈热爱，他强烈地爱着光的辐射，他仿佛被这些光线的闪烁催眠了，热衷于从各个角度来探索这些光线的中心，追踪它们的辐射，直到它们消失为止。然后，他放弃了探索，只有从阴影中反射出来的光线再度产生一种温和的暖光时，他的兴奋才会再次被激发。

因此，伦勃朗的形式尽可能地远离了伟大的意大利人那种有实体感的素描。事实上，人们可以说，他没有那种诸如平面的连续序列的形式概念，对他来说，形式只存在于能接受或直射或折射光线的地方，对于能聚集光线的两个凸起状之间的东西，他在大部分情况下拒绝发表意见。

弗莱相信这确实解释了伦勃朗著名的明暗法，光线在他看来不再是形式的揭示者，而是他的兴趣本身。他画中的阴暗并非来自他对黑暗的爱，而是来自他热爱的闪光之物，他对空间深度与纵深感有一种本能的情感，即使这更多的是出于戏剧性效果，而不是其审美品质的追求。

VII

总之，弗莱认为伦勃朗的天才来自三个方面。

第一，对生活的各个方面的热爱，以及发现能表现生活本身的形式的异乎寻常的能力，使伦勃朗成了伟大的插图画家。

第二，他对闪亮的光线的热爱。这并不是审美品质（与鲁本斯那种本能的韵律感相比更是如此）。这只是一种古怪的激情，唯有通过不断地创作艰难的作品来加以满足，这也许就是他晚年所发生的那些事情的原因。它似乎有违于对一切伟大艺术家来说似乎都是必要的形式的观念。在他那里发生的事实是，到了生命终点，他确实实现了一种伟大的形式美感。

鲁本斯是个伟大的插图画家，特别是他的再现能力是如此的出众，以至于在描绘任何可见对象时从来不会手忙脚乱——他想象力丰富，总是唾手可得，不过伴随着这种想象力的图像在某种意义上却平凡得很，它们是对生活睿智而愉快的关照，却不是一种深刻的观照。他从对象那里所看到的东西，无疑比普通人所看到的更精确、更富有色彩、更丰富。

伦勃朗却以另一种方式成为伟大的插图画家。当他观看人与物的时候，呈现在他面前的是普通人根本看不到的东西——它们揭示了它们的内在本性，它们最终的本质特征。

第三，他对空间关系的本能情感。

VIII

作为一个插图画家，伦勃朗显示出高度的想象力，能立刻以直接而简洁的方式抓住本质，揭示它们，而无须任何附加或装饰，这总能在瞬间就使我们产生愉快的惊奇感，赋予我们一种被揭示事物既自然又必然的感觉。伦勃朗与莎士比亚及其他罕见人物身上共同拥有的就是这种品质，一种彻底而又坚定地创造生命并呈现在人们面前的近乎神奇的能力。

这种发自内心而又能自由进入他人心灵的能力，在弗莱看来几乎是北方人的想象。伦勃朗就有这种最高程度的移情角色的本领，甚至是了无生机的对象，经由某种感情误置，对他来说也会成为将自己的情感投射其中的富有个性的个体。

IX

当然，今天的艺术圈更欣赏代表形式感的维米尔。按弗莱的说法，生活情感即使只是被人在想象中唤起，也是如此强烈，以至于它们需要消除别的情感，但是，它们的效果也会很快消失。当我们已经熟悉了艺术品的时候，这种情感就会消失殆尽。这就是为什么拥有形式美的作品长久以后才会被人们认可，最终胜过那些更令人激动的戏剧性作品的原因。

在伦勃朗的个案中最初出现的是戏剧性情感，只有到了其生命终点，形式美才提出了它的要求。

弗莱认为伦勃朗曾是个极端的错觉主义者。这个概念不好解释，我的理解是有些艺术家热衷于玩弄视觉魔术，让观众获得一种感观上的刺激，这就是错觉主义者。

但伦勃朗本人在其后期作品里放弃了这种错觉主义，然后通过重新确认绘画的表面为我们提供了答案。伦勃朗艺术人生的故事，其精神是如此具有戏剧性，以至于它本身就具有令人激动的戏剧效果。很少有什么精神冒险比这种个人的事业更加迷人，他天生可以获得深受大众喜爱的成功，却在一种内在的压力下被迫过着贫穷、卑微而被人遗忘的生活，最终在一步步走向衰落的命运中发现其内心冲动更加强大，也更加清晰。他以不绝的能量向前推进，直到实现了什么。而相比来讲，他周围的世界则没有什么价值可言。

伦勃朗一开始就是一个伟大的人物，接着他成为绘画实践的激情恋人。只有通过不断的试错，不妨这么说，只有通过偶然，他才在他的后半生或者说最后岁月，成为他自己——一个伟大的艺术家。

X

现在我们再来看一下伦勃朗的两幅杰作。

《质检官员》（*The Sampling Officials*）。

阿姆斯特丹布料商公会每年都要向委员会指派五名质检官员或取样官员，他们专门负责检查纺织品的质量。1662年组建的委员会委托伦勃朗为其绘制了一幅成员肖像画，这幅画后来成为世界上最著名的集体肖像画之一，尤其值得一提的是画中的每个人似乎都与观赏者有着某种交流，他们表情丰富，有的面露轻视之色，有的则挂着非常友好的微笑……他们围在桌子周围，看样子是刚刚被进屋的人打断了会议。伦勃朗在构图时调整了角度，令我们的视平面与桌平面重合，进而增强了空间效果。这幅集体肖像画悬挂在位于斯达尔斯扎特的布料商公会的办公室中，这里之前已挂有五幅集体肖像画，画中的官员都是正襟危坐的姿势。

《质检官员》，伦勃朗，1662 年，阿姆斯特丹国家博物馆藏

《质检官员》最左面的这位理着过时短发的人是这组人里年龄最大的。左二的人正要坐下，正是因为这个动作，你可以看到这些人的头部并不在一条直线上。这一巧妙的布置让整个画面变得生动。

坐在中间的评审员是这个行会的主席威廉·凡·都因博格，他是一位成功的布商。

主席面前的书页像是用厚纸做的，伦勃朗通过使用较干的颜料获得了这种效果：这种颜料里只加了一点油，所以能达到粗糙的、厚涂法的效果。质检官通常依赖染色布料样品簿来评估染料的好坏，但我们在这本书上没看到什么样品，说明它大概是本账簿。

主席后面是评审员的仆人，他住在大楼里负责日常维护。依照传统，他不必像这些评审员一样为画像付费。17世纪，人们习惯在头上戴点什么东西，甚至在屋里也是这样，这个仆人戴了一顶瓜皮帽，而质检官员都戴了黑礼帽。

长头发和平坦的衣领在1662年非常流行，最右侧那位年轻的质检官比左边那些年长的同事穿得时髦多了。

年轻人的身后，伦勃朗在壁炉上面的镶板上画了一座瞭望塔，质检员用这一图案来夸耀自己工作的伟大：明亮的灯塔能够指引航船安全地进入海港，与此相同，他们也在小心谨慎地指导着布料行业。

主席面前的桌角向上倾斜，就好像从下面看过来，这种透视法叫作"Di sotto in su"，意思是"自下而上"。伦勃朗非常清楚画应该挂在哪里，即挂在大楼的墙上。这幅画采用这样的视角，其用意是让你从远处看。

左上方的窗户是室内光亮的唯一来源，光从那里照进来，落到了桌毯上。

XI

当人们的品位向更加精致细腻的绘画风格转变时，伦勃朗的创作方式却变得更加松散，结果是他得到的工作机会大大减少了。尽管1662年他仍然创作了大量的肖像画，并得到了为布商行会质检官创作肖像画的大好机会，但这是他创作的最后一幅大型肖像画。18世纪晚期，这幅画的某些部分还经过了复绘。

《质检官员》是一幅纪念画像。质检官的任期是一年，新的质检小组任期从这一年的耶稣受难日到下一年的耶稣受难日，有些质检官会在年末的某一天请画师为他们画一张画像留作纪念。

人们不知道伦勃朗画这幅画收了多少钱，按照平均标准，一个人要想在这组群像中加入自己的画像，他就要付60荷兰盾。所以，伦勃朗可能一共得到了300荷兰盾（仆人不用付费）。伦勃朗花了几个月就完成了这幅画，当时的面包师和木匠一年才能挣300荷兰盾。

X射线荧光扫描法对《质检官员》的扫描结果表明，伦勃朗曾经不断地调整这些人物的位置，直到他觉得满意为止。比如我们可以看到主席和另一个人的头原来是紧挨着的。

伦勃朗可能让主席摆了两次姿势：一次是画草图时，一次是正式创作的时候。伦勃朗很可能让这些人单独坐着摆姿势，然后再在他的画室里把他们的肖像合并到一幅画里。

伦勃朗艺术生涯晚期的典型风格就是松散，他不会画出特别清晰的轮廓，只是在主席拇指的边缘涂了一些色彩，这创造出一种闪烁不定的运动感。伦勃朗也用松散的笔法描绘了最右边年轻人手中的手套，仔细看，我们会发现伦勃朗故意在手套上刮擦了几下，这样就制造出刺绣花边的效果。

伦勃朗在1656年宣布破产，他的房产和大量艺术品、收藏品都被拿去拍卖了，拍卖清单中有一条手工缝制的桌毯，大概就是图中描绘的这条。

画有瞭望塔的镶板上也有伦勃朗的签名和日期，但人们对这幅画所用颜料的检查表明，它的某些部分被复绘过。这个签名下面有18世纪的颜料，这表明签名是假的，这也许是为了代替之前的那个在桌毯上的亲笔签名，现在它已经不太清晰。1661年这个署名日期也是不对的，实际上，这幅肖像画是伦勃朗在一年后创作的。

画中的墙面在18世纪经过了重新描绘，当时流行描绘"细腻"的作品。但是，伦勃朗喜欢画面的生动，他常常故意将未完成的背景搁置在那儿。

XII

荣耀画廊在阿姆斯特丹国家博物馆的中央，而伦勃朗的《夜巡》（*The Night Watch*）又是荣耀画廊的中心，堂而皇之地挂在画廊的尽头。

《夜巡》的内容是弗兰斯·班宁克·科克巡长指挥下的阿姆斯特丹第二区城市护卫队。伦勃朗是最早描绘行动人群群像的，画面表现了城市护卫队的人员做好准备正要出发的情景。他对光线的描绘手法也是前所未有的，伦勃朗为火绳枪手会议厅——阿姆斯特丹城市卫队的大楼——创作了这幅巨制。

伦勃朗并没有给这幅画起名，19世纪时，油画的画布已经很脏了，也很暗，人们认为这是"夜巡"的场景，即一组在夜间巡逻的护城兵。画布清理之后，人们发现这些卫兵就站在被一束光照亮的昏暗的屋里。

伦勃朗把比较重要的人物安排在有光的地方，比如后面中间靠左的让·维斯切尔·科内利森少尉，不太重要的人物则被放在昏暗的地方。这样强烈的明暗对比在17世纪的人物群像中是很少见的，通常所有的人物接受的光线都是均匀的。

这位少尉是连队的旗手，他左手叉腰，用一种自我满足的目光看着旗帜。旗手是连队的关键角色，代表着连队的形象，通常穿着引人注目的服装。

这也是第一幅描绘即将行动的城市卫兵的图画，在其他的卫兵画里，守卫的士兵都是整齐地安静地排成一排。而在这幅画中，他们的眼神和动作很不一致，如左二和左三。

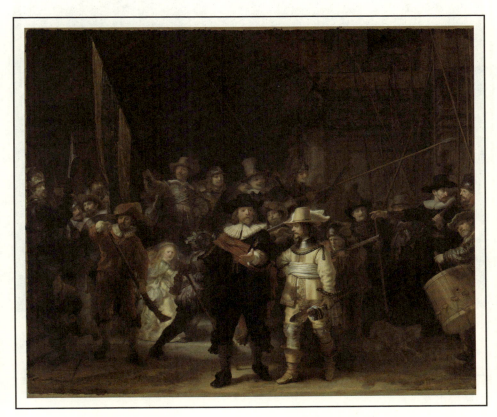

《夜巡》，伦勃朗，1642年，阿姆斯特丹国家博物馆藏

　　在队员中央有一个小女孩，她身上的缎袍光彩夺目，甚至让人感觉她本身就是发光体。她的腰带上挂了一只爪子很大的鸡，鸡后面是一把枪，即人们所说的"火绳枪"。鸡爪和火绳枪是火绳枪手组织的标志，这个女孩是他们的"福神"。

　　这个女孩在某种程度上代表伦勃朗1642年过世的妻子萨斯基亚。

　　在少尉旗手和背景中头戴闪光头盔的男人中间露出一只眼睛，他戴着贝雷帽，这可能是画家自己——露出的那部分脸和伦勃朗的一些自画像有相似的地方。

　　两位官员，连长和中尉走在前面。

弗兰斯·班宁克·科克连长身穿一件配有红色肩带的黑色外套，他的手好像要从画的右边伸出来一样。他以这个手势命令中尉把人们召集起来准备行动：护卫队要出发了。

连长挂了一根拐杖，作为他权威的象征。

威廉·范·鲁伊坦伯希中尉穿着华美，他的左手拿着戟（一种用来刺杀的武器），上面缀着厚厚的流苏。专家从X光照片上清晰地看到伦勃朗按照透视法缩短这把戟的刀尖时遇到了麻烦。

连长的手在中尉的衣服上留下了影子，这就表明了画中光线的走向。

XIII

中尉后面的卫兵让·雷戴克斯刚开了一枪，枪用过后一定要擦拭干净，他正在将弹药从枪膛里吹出来。

连长后面有个士兵若隐若现，他头戴一顶扎了一圈橡树叶的头盔。他打了一枪，发出了明亮的火焰和一股浓烟，火焰和浓烟在中尉帽子上的白羽毛后边渐渐消失。他射击的目标是挂在右边的长矛上的红丝带。

小女孩左边的火枪手扬·凡·德·西德在给一种比较轻的火枪装弹药，他把一盒火药都装进了枪筒里。

队员所携带的武器中，有些即便在伦勃朗所处的时代也已经过时，它们主要用于一些仪式性的场合，如最左侧的龙布·坎普中士肩上所扛的长戟。

右下角的鼓手此时正在击鼓，这惹恼了蹲着的狗，狗冲着他吠叫。这条狗原本只是为了填补空白，所以它的描绘比画中其他的事物略显粗糙。这就是伦勃朗区分重要与次要信息的方式。

1975年，一个精神失常的人用刀子把这幅画划出了一道道口子。后来，它经过了大范围的修复，现在除了狗上面有一处划割的痕迹，人们几乎看不到当年破坏的痕迹了。

伦勃朗对鼓手的袖子的描绘比鼓上的木头粗糙得多，他用不同的方式仔细区分了不同的材料和质地。

伦勃朗在这幅作品上花了一年时间，他不是一次性地把所有的人物都描绘完，而是一个一个地来。他的画室里装不下这么大的画布，这幅画大概是在圣安东尼大街花园的单坡屋里完成的。

中间有一张盾牌，上面写着18位军官以及阿姆斯特丹第二分区其他将士的名字，这是在1653年加上去的，目的是记录和保留这些人物的身份。经过几年的调查，研究者终于在2008年搞清楚了所有人的来历。

伦勃朗当时画这幅画的报酬是1600荷兰盾。据说，士兵们对《夜巡》并不满意，但也没有具体的记录。不过，有些火枪手明显看上去不高兴，比如那些身处阴影里的或只露一部分脸的人，然而，他们还是给伦勃朗付了钱，接受了这幅画，并将它挂了出来。但是，完成这幅《夜巡》之后，伦勃朗在随后的很多年里很少接到画人物像的活。

《夜巡》原本很宽很长。1715年，这幅画从火绳枪手会议厅转移到了阿姆斯特丹市政厅那里，画与墙不符合，只能割掉一部分，从此，它就少了一块。多亏了杰瑞特·伦丁的复制品，人们才得以知晓失去的那部分描绘了什么。

XIV

亨德里克·阿维坎普（Hendrick Avercamp，1585—1634年）十分擅长画冬景，国家博物馆收藏的《冬景》（*Winter Landscape with Ice Skaters*）是他最早期的、描绘得最细致的作品。画家选取了一个较高的位置来俯视冰冻的河面上玩耍或工作的人们，这幅画具有全景视角和叙事的风格，说明阿维坎普遵循了弗拉芒的绘画传统，尤其是大师彼得·勃鲁盖尔的传统。

左边的红砖建筑是一家啤酒厂，叫作"半月啤酒厂"。

在对着我们的墙面上刻有安特卫普的城市纹章，吊钩两旁悬挂的东西叫"鸟雀罐"，是一种鸟巢。

啤酒厂左面墙边的一艘残破的、倒置的小船成了一间厕所，我们从缝里可以看到露出的船底。

啤酒厂前红衣人旁的冰面凿了个洞，人们用吊桶从洞里打水来酿造啤酒。

左下角大树底下有匹死马。荷兰谚语说："一个人的尸体是另一个人的食粮。"意思是"一个人丢弃的东西，对另一个人来说是宝贝"。这匹马的尸体成了乌鸦和狗的盛宴。

死马旁的空地上有个捕鸟器，这个捕鸟器设计得十分精巧：鸟儿只要蹦到这个板子下面啄食，支撑板子的木棍就会被抽走，鸟就被逮着啦！捕鸟器的图案可能是阿维坎普从他的弗拉芒同行彼得·勃鲁盖尔那里借鉴来的，如后者的《冬景画和捕鸟器》（维也纳艺术史博物馆藏）。

捕鸟器右边空地上的一条小狗好像在追逐一个鬼魂，其实这是阿维坎普后来画上去的，时间一久，这层增添的油彩就变得有些透明了。

中间的这个人在打叩尔夫，它是现在的高尔夫和冰上曲棍球的前身。这个游戏的玩法是用一根木棍在最少的次数之内把那个木球或羊皮球打到目标位。

哎哟！打叩尔夫的人的斜右方，有人摔倒了，手中的棍子和头上的帽子也飞了出去。

摔倒者上方的帆船上安装了铁制的旋转叶轮，这样的船可以达到很高的速度。

摔倒者的斜右上方，有人在那艘冰冻的船附近掉到冰窟窿里，旁边的人赶紧跑去搭救这个可怜的人。

摔倒者右边的空地上，由一个马车夫驾驶的红色雪橇是当时冰上进行的一项奢侈的运动。

《冬景》，亨德里克·阿维坎普，约 1608 年，阿姆斯特丹国家博物馆藏

阿维坎普在他的风景画里加了一捆芦苇，他的镰刀也别在上面。

背芦苇的斜右方大树底下，有人用特制的捕鳝叉从冰洞里捉了好多条美味的鳝鱼。

捕鳝人旁小木屋的墙板上的涂鸦其实是画家的签名，阿维坎普签了"Haenri-cus Av"的字样，又在旁边加了一处小的简笔画。

《冬景》里的每栋房子似乎都是从不同的角度刻画的，它们是画家从其他的画里"借鉴"来的。

XV

阿维坎普在人物的衣服上给予了极大的关注，他们的服饰表现出年轻人与老年人、富人与穷人、当地人与外地人等的区别。对于这些人物服饰的描绘，他主要依赖自己一手的观察，也受到了同伴和服装书籍的启发。所以，他的《冬景》里，过时的服饰与外来的服饰都与上艾瑟尔省当时的服饰相一致。

左边红砖啤酒厂门口，一个女士正在把一双冰鞋递给一个男士，她高高的头巾也是斯霍克兰岛传统穿着的一部分，这个岛是画家生活和工作的地方。

捕鸟器旁的女子把她的裙子掀起来裹在身上来保暖；

打叩尔夫的人戴了一顶舒适的皮帽来抵抗寒冷；

此人的左上方有个男士正在和一个女士往公路边的坡上走，她来自荷兰北部，披了一件有沟槽的、鸟嘴帽状的兜帽斗篷，或者叫带帽斗篷。这对夫妇后面有个人在对着树小便。

打叩尔夫的人右边不远处，一个身穿灰白破烂衣服的乞讨者与那些身穿"天堂的鸟儿"一样色彩艳丽服饰的贵族形成了鲜明的对比。那个穷人穿了一件没有染色的粗呢大衣。几个贵族的帽子上都装饰着鸵鸟毛，而这位绅士的衣服——紧身上衣加丰富的装饰袖子——都已经过时了。另一个人披了件毛呢披风：防水抗风的，十分昂贵。

最右边的女士穿了一条法式的鼓形撑箍裙，她那立起的领子是由一种叫"褶裥领"（portefraes）的构造支撑起来的，这个词是法语"穿"（porter）和"立领"（fraise）的缩略词。

右边红色雪橇前有四名滑冰者，他们戴的帽子的高度渐次降低。第一个滑冰者的帽子看上去尖尖的，是当时最流行的。创作《冬景》的时候，那些扁平的宽檐帽已经过时了，他们在故意炫耀自己宽松的短罩裤。

四人组前面的女士前额的头发上系了条红丝带，她的旁边，一位殷勤的男子正在帮妻子把冰鞋绑在脚上。女子曲着腿，这样我们就可以更清楚地看她身上的"小飞人"——这样叫是因为她肩膀上尖尖的无袖斗篷就像小翅膀。斗篷绑在背后，衬裙就露了出来。

右下角的那位女子披了一件荷兰南部的斗篷，这是一件黑色的披风，它从扁平的帽子上垂下来，帽子顶上还装饰着一个圆球。

左边是一对男女，女士用她的皮手筒捂着鼻子来抵抗寒冷。

他们身后的男人穿了一条宽松的短罩裤——这是一种宽大的、蓬松的穿在紧身裤外面的短裤。这种搭配从1580年开始就流行起来。他的紧身衣上面有金钱的刺绣，膝盖下面的吊袋袜上还装饰有时髦的玫瑰花结。

XVI

古往今来，就风景画的多样性来说，几乎没有能与雅各布·凡·鲁伊斯达尔相匹敌的大师，鲁伊斯达尔的作品以主题的多样性见长且画法娴熟。

鲁伊斯达尔于1628或1629年出生在哈勒姆，是一个穷困潦倒的艺术品经销商的儿子，他的父亲伊扎克·凡·鲁伊斯达尔是没什么名气的风景画家，从伊扎克留存的作品看，质量平平。

18世纪50年代初，鲁伊斯达尔前往荷兰东部省份与德国之间的边境地区漫游，他并没有走到很远的地方，在距离哈勒姆只有175公里的地方发现了一些半木制结构的建筑（尤其是水磨），这些图案后来成了他永久应用在自己作品中的元素。

18世纪50年代中期以后，鲁伊斯达尔搬到阿姆斯特丹居住。

当年的公证书等文件表明，鲁伊斯达尔在其作品成熟期，所挣的钱足以维持他的生计，也许能赚得更多。

有人认为鲁伊斯达尔通过医生诊疗来增加收入，如保罗·约翰逊的《艺术的历史》就持有这种看法。"雅各布·凡·鲁伊斯达尔"的名字确实被列入了《阿姆斯特丹医生的名单》，注解中说他于1676年10月在法国北部的卡昂大学获得医学学位。但这个名字被用力划掉了，这是名单中唯一被划掉的名字，被划掉名字的那个人是不是画家本人存在争议，鲁伊斯达尔不太可能在去世前不到6年的时间完成了法国医学学位课程。17世纪70年代初期和中期的令人惊叹以及稳定的高产出率表明，鲁伊斯达尔不可能长期离开阿姆斯特丹画室。令人遗憾的是，这些都不能到卡昂大学进行调查核实，因为该校从1702年才开始将注册学生的名单存档。

单身的鲁伊斯达尔在1667年所立的两份遗嘱表现了他对亲人令人感动的关切。

XVII

鲁伊斯达尔选择风车作为风景画和城市景观的主题很容易理解，在他那个年代，风车帮助荷兰人从湖泊、沼泽和低洼地带抽水来满足人们对更多土地和居住地的渴望。风车的用途还有磨碎谷物和谷壳、从压碎的种子中榨油、锯木材、磨碎橡树皮用来制革，制作面粉、纸张、火药、芥末、鼻烟和胡椒粉等。

1670年，鲁伊斯达尔完成了收藏在荷兰国家博物馆的著名作品《韦克拜杜尔斯泰德的风车》（*Windmill at Wijk bij Duurstede*）。这幅画的精髓在于把凌驾于小

《韦克拜杜尔斯泰德的风车》，鲁伊斯达尔，1670 年，阿姆斯特丹国家博物馆藏

镇之上的垂直圆柱体形谷物碾坊与阴云密布的高空、广袤无边的大地和辽阔无际的河面紧密凝聚在一起的形式美。

巨大的风车手臂不仅与厚厚的云层方向有关，所有地面上和水中的每一点都与厚重的灰色天空中的一个地方有着微妙的联系。

鲁伊斯达尔通过强调远近交替的风景、光与影之间的对比，把空间浓缩在一幅画上，从而产生有节奏的张力。

在鲁伊斯达尔的作品中经常会出现这样的情况：高超的构图与对自然表现的一丝不苟的观察相结合。

艺术史作者西摩·斯利夫介绍道：在《韦克拜杜尔斯泰德的风车》前景中，鲁伊斯达尔描绘了表示两个独立的波源的横波线，这可能是两条河流合并的结果，也可能是沿着河岸堆积起来造成的。类似的细节通常被水文学家而不是艺术家所捕捉。

XVIII

鲁伊斯达尔同样专注于像风车帆这样的人造发明。

在艺术家的时代，可能只有很少的荷兰人不知道风车的帆是逆时针旋转的（大多数现代荷兰人都知道这一点）。

因此，它们最初被放置在风车的中部，之后，在鲁伊斯达尔的时代，它们移动到前缘。如果放置在尾部，它们会剧烈摇晃，甚至会粉身碎骨。

鲁伊斯达尔的风车视图将帆桄放在一个实用的位置，在帆的前缘。

根据航空工程师、风车历史学家兼风车空气动力学家扬·德里斯的看法，《韦克拜杜尔斯泰德的风车》描绘的是现存最早的一种帆桄，距其前缘有四分之一的距离。这是一个17世纪的风车制造者在试验中发现的位置，现代工程师则将其置于帆气动力中心或旋翼的气动力中心附近。

值得注意的是，伦勃朗的蚀刻版画《风车磨坊》（*The Windmill*）也展示了风车的镜像。

《风车磨坊》，伦勃朗，1641 年，阿姆斯特丹国家博物馆藏

《七月里》（又名《圩田水道上的风车》），保罗·约瑟夫·康斯坦丁·加布里埃尔，
约 1889 年，阿姆斯特丹国家博物馆藏

这座风车归阿姆斯特丹麂皮制造商协会所有，用来制作鳕鱼肝油软化鞣制皮革，这个过程会产生恶臭，因此它的昵称是"臭磨坊"。

伦勃朗作为磨坊工人的儿子，他小时候应该熟悉风车，其精湛的蚀刻画显示出磨机后缘附近的帆叶是朝着反方向运转的，而不是朝向它们所属的前缘。

XIX

《韦克拜杜尔斯泰德的风车》呈现的是拜杜尔斯泰德附近韦克的风景，这是一个坐落在乌特勒支东南约20公里处的小镇，中世纪的时候，这个地方叫里斯特，是个重要的贸易中心，联结着斯堪的纳维亚半岛、波罗的海国家、英格兰和法国海岸。

直到20世纪中期，人们都认为鲁伊斯达尔画的磨坊仍然保留在周边附近，但这个猜想是错误的。

正如保罗·约翰逊所言，在20世纪，鲁伊斯达尔的风景画成为学界热门的解读对象。瀑布、断树被视为生命短暂的象征，鲁伊斯达尔画中常出现的风车则在喻示人类生命在上天意志的吹拂下不断转动。但这类臆测是没有证据的，当时的文献也没有片文只字证明这类说法言之有理。不过很显然，鲁伊斯达尔喜爱乡间和气候变化并乐于加以描绘。大自然自有其寓意，何须另作解释。鲁伊斯达尔的名作《韦克拜杜尔斯泰德的风车》雄浑有力而优美动人，描绘一座巨大的磨坊耸立于陆地上，海水与天空连成一片。这幅画具体而微地表现了荷兰自身，也表现了鲁伊斯达尔的构图技巧和笔法，它就是美的作品。套用一句济慈的话："这就是你们所知道和该知道的一切。"

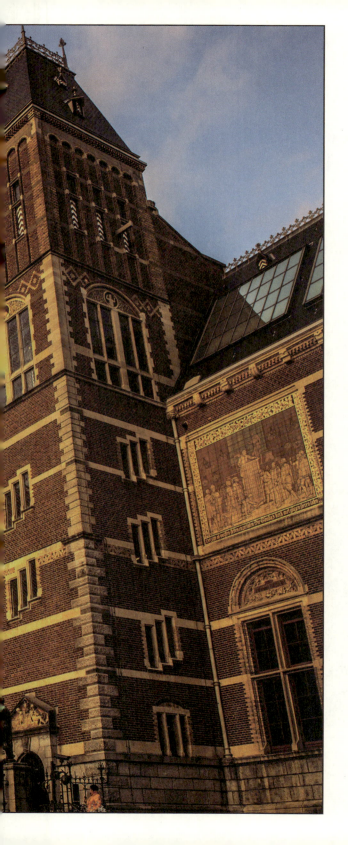

第八章

I

对很多孩子来说，沙滩就是大型的游乐园。赤足走在沙滩上与海水中，听着背景中海浪的声音，感受着照在皮肤上的温暖阳光，这种对海滩的感受是永恒的，而且能引起所有人的共鸣。

约瑟夫·伊斯拉尔斯（Jozef Israëls，1824 — 1911年）的《海洋的孩子》（*Children of the Sea*），这幅描绘沐浴在阳光下的场景的画作创作于1872年，是阿姆斯特丹国家博物馆中最受公众欢迎的画作之一。

《海洋的孩子》，伊斯拉尔斯，1872 年，阿姆斯特丹国家博物馆藏

而且，即使在《海洋的孩子》创作的时期，它也引发了很多人的热烈反响，比如一个历史学家在1884年写道：

看哪！这幅画中的四个孩子多么开心地玩着玩具船，这只船由旧的木屐制成，是祖父送给他们的礼物！看那些闪耀着欢乐的小脸！妈妈甚至没办法让最小的孩子待在家里，最小的孩子吵着，说她一定要跟他们一起去。因为她还太小，不能站在海浪里，所以她爬到哥哥的背上，这样他们都可以享受这次小型的海洋航行。

美术史学者杜沃杰·德克斯认为：这幅画的主题肯定是这部作品受欢迎的原因之一，它描绘的方式非常有吸引力，模糊的氛围、浅浅的颜色和各种灰色的阴影赋予这幅画梦幻般的特质，而这种特质又被孩子宁静的姿势所强化。考虑到这些特征、生动的笔触以及光线的运用，《海洋的孩子》可以被视为海牙画派的早期典型。

海牙画派于1870年左右在荷兰兴起，代表人物有安东·莫夫（Anton Mauve，1838—1888年）、雅各布·马里斯（Jacob Maris，1837—1899年）等人。除了所谓的"灰色基调"，海牙画派的艺术还以再现如真实生活般的现实为特色，荷兰未被污染的景色是该画派画家最喜欢的主题之一。

II

约瑟夫·伊斯拉尔斯是海牙画派领军人物之一，他尤其对渔民生活中的织物感到着迷。他出生在格罗宁根的一个犹太家庭，19世纪40年代在阿姆斯特丹和巴黎接受绘画训练。1847年，他定居在阿姆斯特丹，致力于描绘浪漫主义场景，比如一幅以小河边梦幻般的年轻女子为特征的画作以及另一幅描绘荷兰历史题材的画作在阿姆斯特丹引起轰动。但是，1855年他在巴黎世界博览会上展出的第一幅作品《委员会上的奥兰治亲王和巴拿马执政玛格丽特》却并未得到赞许。

伊斯拉尔斯在赞德福特度过夏天，开始熟悉渔村的生活，并且作为其新的专长，他很快开始以此为题材作画。12个月之后，他展出自己的第一幅渔民场景的画作，这幅风俗画不仅为他建立了声望，而且使他成为当时收入最高的画家。

1871年，伊斯拉尔斯搬到作为艺坛中心的海牙。海牙一边是海洋和沙丘，另一边是围垦地的风景，很适合他理想中的现实主义场景。此外，海牙当时的氛围对收藏家和艺术商是非常有利的。到达海牙的一年后，伊斯拉尔斯创作了《海洋的孩子》。

Ⅲ

　　伊斯拉尔斯创作《海洋的孩子》时，他已经精心研究过"渔民"的特点。最初，他主要把焦点放在一般的场景上，比如年轻的渔民向心爱的人求婚的场景，或者是渔民生活中的典型场景，抑或是渔民的妻子站在沙丘上等待丈夫归来的场景。他以渔民生活戏剧性的一面为题材的画作取得了巨大的成功，直到1863年，他才创作了第一幅描绘渔民的孩子的画作——《渔民的孩子》（*Fisherman's Children*），这幅画展示的是一个女孩专注地看着自己的弟弟，他正跪在地上，让玩具船在水潭中行驶，从他们身后的海洋中可以看出，海天相接处有一艘真正的帆船。通过这幅画，伊斯拉尔斯引入了渔民的孩子玩耍玩具船的主题，简而言之，即"海洋的孩子"的主题，这与孩子生活的场景相关，是当时非常流行的绘画题材。

　　这类题材起源于17世纪西班牙画家描绘小顽童的画作，但直到19世纪中期，画家们才把这种题材的画发展成专门的绘画类别。这类画的灵感来自人们对童年生活不断增长的兴趣，孩子不再被看作是成年人的微缩版，而是独立的个体，每个孩子都有自己的个性。画家在创作这种新题材的画作时创意十足，他们展现了孩子如何成为爱的对象，或如何被用作阶级的象征，比如卖花的小女孩的形象。但是，画家通常避免过度描绘社会批判的主题，他们更喜欢描绘孩子专注地玩耍、走路去上学或者在家聚精会神地阅读图画书的场景。一个非常流行的绘画主题是一个小女孩或小男孩在自然风景中做白日梦的场景，画家关注的是孩子的内心世界，表现出孩子拥有无忧无虑地虚度光阴的自由。这种题材变得非常流行，以至于盎格鲁撒克逊的评论家称之为"童年崇拜"。

　　尽管伊斯拉尔斯的名字总是与渔民的孩子在沙滩上玩耍的主题紧密相连，但他并不是这个主题的发明者，19世纪20年代，英国画家威廉姆·柯林斯（William Collins，1788—1847年）因为他创作的表现渔民的孩子正在抓贝类或仔细查看渔网的场景的画作而出名。实际上，伊斯拉尔斯很可能直接从柯林斯的作品中得到灵感。

《渔民的孩子》，伊斯拉尔斯，1863 年，阿姆斯特丹国家博物馆藏

Ⅳ

1863年，画家创作了《驾驶小船的孩子》，再次描绘水潭边的两个孩子。在较早创作的《渔民的孩子》中，孩子们和玩具船组成了传统的三角形构图，而这幅画中小孩子是并排坐在一起，他们专注地看着前景中正在行驶的玩具船。画家使用的画幅之大令人吃惊，他似乎在声明：即使是出身低微的渔民的孩子也值得描绘在大幅的帆布上。

在稍晚创作的《海岸边的母亲和孩子》中，画家更进了一步，让四个人物围在玩具旁。在这幅画中，脱离了一贯风格的第二个新主题是年长的哥哥姐姐（这幅画中是姐姐）把一个幼童驮在背上，这个主题同样出现在国家博物馆的《海洋的孩子》中。伊斯拉尔斯后来详尽描绘兄弟姐妹这一主题，也颇受市场欢迎。

1872年的《海洋的孩子》是直接基于这些早期画作的主题创作的，只是颜色有几分灰暗。早期作品的特点是明亮温暖的色彩，尤其是服装的色彩。后期的作品展现了更加均衡的构图：四个人物和谐地与玩具船联系在一起。

Ⅴ

19世纪70年代，这个主题越来越受收藏者的欢迎，于是伊斯拉尔斯增加了画中人物的数量。他设计出新的主题，比如《驾驶小船的孩子》：两个女孩在旁观看，一个男孩弯下腰来，让玩具船驶进水中，然后用手为之导航。

人物更多的画是《帆船聚会》，它描绘了新的主题，画中的三个男孩让他们的玩具船进行比赛，左边背景中，三个渔民的女孩在旁观看，右边一个大点的孩子背着自己的小妹妹。在男孩子的斜后方，一条狗也在关注比赛的进展。这幅画的构图相对简单，由三组人物和一条狗作为凝聚的元素。

1890年左右，画家给自己的"海洋的孩子"系列作品增加了另一个主题——一个小女孩和一只木屐制成的船，《在海岸边》就是一个很好的例子，一个蹒跚

《驾驶小船的孩子》，伊斯拉尔斯，1863 年，阿姆斯特丹国家博物馆藏

《海岸边的母亲和孩子》，伊斯拉尔斯，约 1864 年，阿姆斯特丹国家博物馆藏

《帆船聚会》，伊斯拉尔斯，1876 年，阿姆斯特丹国家博物馆藏

学步的小女孩正在拉她身后无帆的玩具船。这幅画中一个惊人的细节是那条大型捕鲱船（一种用于捕捞鲱鱼的宽广平底的单桅帆船）正在驶来。两个渔民的真实生活融入了孩子的游戏中，这个场景给人留下了更加自然和可信的印象。

几年后，伊斯拉尔斯创作了包含很多人物的大幅画作：《海滩上的孩子》。这幅画包含之前所有的主题：孩子们在玩耍他们的小帆船、把年幼的孩子驮在背上、让船下水以及捕鲱船到来等主题。船只比赛的主题也暗含其中，由于第二条船的下水很可能激起竞争，这种构图造成了一种复杂的印象，但构图非常优美且均衡，没有特别清晰的主要人群。这也是他最朝气蓬勃的作品之一，即使是甚佳的天空也在散发着活力。总之，《海滩上的孩子》完全没有传闻逸事，它是伊斯拉尔斯基于海洋的孩子主题的全部作品中最优秀的。

VI

除了创作以渔民的孩子为主题的油画之外，伊斯拉尔斯还运用其他技术，比如水彩、粉笔和蚀刻等技术描绘相似的海滩场景。

《在海岸边》，伊斯拉尔斯，约 1890 年，阿姆斯特丹国家博物馆藏

《海滩上的孩子》，伊斯拉尔斯，约 1894 年，阿姆斯特丹国家博物馆藏

《渔民们抬着一个溺死的人》，伊斯拉尔斯，1861年，阿姆斯特丹国家博物馆藏

直到1911年去世为止，伊斯拉尔斯一直在创作以玩耍的渔民孩子为主题的画作（仅仅油画就可能接近100幅），两个孩子占主导地位的构图的作品非常适合在市场上出售。画家以快速的笔触描绘了人物形象、他们中间的一艘玩具船以及在海天相接处的左边或右边的一艘渔船。他最好的一幅描绘海洋的孩子的油画非常符合这种描述，只是这幅作品的风格与该系列的画作不同：它浅浅的颜色、松散的笔触有着印象派画家作品的特点。

其实，伊斯拉尔斯也因描绘关于渔民生活的悲剧性的大幅场景而出名，比如他的著名作品《渔民们抬着一个溺死的人》，但这些画作无法挂在私人的客厅里。这种溺死的渔民或年轻的妈妈死去的灾难富有普遍的感染力。但是，一位对此感到害怕的评论家直言不讳地评论道："谁敢在自己的客厅里挂这样真人大小的不幸的画作？"这样说并不是毫无道理。与这里的画作相比，描绘渔民的孩子的画作显然更加明亮和多彩，以至于收藏家争相购买此类画作。

VII

杜沃杰·德克斯在《海洋的孩子》这本小册子中还介绍了伊斯拉尔斯首批"海洋的孩子"系列画。1865年权威媒体评论《孩子驾驶小船》："对有些人来说它是一颗珍珠，但对其他人来说只是一只海参。"而保守的评论家1875年仍然认为"我喜欢的是他描绘痛苦悲伤的人类心酸场景的画作，而不是那些描绘阳光场景的小巧的画作"。

当然，不少评论家很快对这些画作的主题产生了兴趣，尤其是喜欢画中欢快的气氛。老派的评论家中很多是职业作家，他们主要关注画作场景中的叙事性元素，希望从中找出更深刻的含义。根据最早的评论，孩子的形象可能象征着人类渺小的形象。另一位诗人在1871年专门为伊斯拉尔斯作了一首诗，第二节写道："小女孩轻轻地对着帆吹气／但是小男孩认为这样太过平静／他搅动海水／激起风暴／小脚在水中拍打、踩踏／他把蓝色的水面变为涟漪、海浪／直到木鞋做的船倾斜，翻倒／船上的洋娃娃跌落到水潭中／啊！小女孩哭了／我们的父亲就是这样航行的/现在你彻底毁掉我们的小船。"

其他人把这种略带感伤和说教性的观点加以延伸，认为这是在警醒渔民的孩子，要他们珍视自己的抱负，因为他们的抱负注定会受到挫折。伊斯拉尔斯本人显然对此感到烦恼，从他对这首诗的反应中可以清楚地看出来："这首诗的主旨很好，但不应该反复诵读，因为它是如此敏感，与多愁善感只有一线之隔。"

VIII

10年之后，荷兰评论家受到外国同行的启示，开始更多地关注绘画技巧，很少再提及绘画的主题。罗菲尔特是海牙年轻一代评论家，1885年他表达了自己对伊斯拉尔斯晚期作品的偏爱："伊斯拉尔斯在《海洋的孩子》中描绘了他所有作品中最充足的阳光、最清新和最富感染力的户外风景，描绘得如此自由，散发着温暖和活力。在这里我们看到了大师的风范，在他绘画能力达到顶峰的时期其灿烂的心情。"

罗菲尔特非常痴迷于这些小小的人物富有表现力的描绘风格，对《帆船聚会》中描绘的三个小男孩更是如此，他认为这幅画较少地描绘其"精神"。罗菲尔特的确非常欣赏早前《渔民的孩子》中灿烂的色彩："《渔民的孩子》的红色粗呢衣服可以与东方杰出的画作相媲美。"但在天空的蓝色中辨认出绿色令他非常吃惊，他认为这是一种"错误"，与荷兰的油画风格格格不入。他还认为人物的姿势不够自然："过度情绪化、学院派风格式的强壮体格。"

对于罗菲尔特来说，伊斯拉尔斯是描绘童年的杰出画家：他捕捉到孩子灵魂的真实特性，而其他画家只对其进行了肤浅的描绘。对于《海洋的孩子》，罗菲尔特评论了每个孩子独特的面部表情，比如，小男孩专注地看着，想知道他的玩具船能否扬帆起航，左边的小女孩带着一种"冷静的兴趣"旁观，另一侧蹒跚学步的孩子则睁大眼睛凝视着玩具船。

1884年，有篇评论认为《海洋的孩子》比《渔民们抬着一个溺死的人》更令人印象深刻："后者被悲剧情节主导，而且画中故事转移了人们对整幅画的注意力。与之相反，《海洋的孩子》主题是如此简单，但对绘画的处理技巧又是如此杰出。"

伊斯拉尔斯本人说他主要是从绘画方面考虑主题，正如他1910年对一位来访者说的那样，"我只是想描绘他们简朴生活本来的样子。"他接着说，"我同情他们的感受及其不幸的命运，同样体会到孩子们对快乐的坚不可摧的感受力。我试图完全进入他们的世界，在我的作品中记录那个真实的、栩栩如生的世界。"

IX

19世纪60年代和70年代早期，艺术爱好者经常去伊斯拉尔斯的画室拜访他，购买他的作品。从19世纪70年代中期开始，几乎所有售出的画作都在整个艺术市场上流通。海牙的古皮和西埃公司是荷兰最有名的艺术商，从1879年开始，他们直接从画家那里订购画作或是从其他艺术商那里购买。

荷兰的主要收藏家都保有一幅渔民的孩子玩耍的画作，世界范围内对伊斯拉尔斯画作的需求也在不断增长。

大多数"海洋的孩子"系列的画作最终都由苏格兰的两位收藏家收藏，即亚历山大·扬和詹姆斯·斯塔茨·福布斯，他们都居住在伦敦。后者是铁路大亨，拥有3000多件艺术收藏品，他收藏有伊斯拉尔斯的100多幅油画和水彩画，仅卧室里就挂着14幅伊斯拉尔斯的画作。

美国人收藏"海洋的孩子"的画作数量远低于苏格兰人，大多数美国人只购买一到两幅这样的画作。

国家博物馆的《海洋的孩子》是富有和狂热的艺术收藏家韦斯特伍德特委托伊斯拉尔斯所绘。

韦斯特伍德特收藏艺术品不仅是出于对艺术的热爱，还希望通过向美术馆捐赠或出借藏品来提升自己的社会地位。1906年他去世时，其大多数藏品都遗赠给了阿姆斯特丹博物馆，包括《海洋的孩子》。

由于《海洋的孩子》展出的机会很少，后来索性储存起来。毕竟，20世纪20年代和30年代，伊斯拉尔斯的声誉已悄然降低。

二战后，伊斯拉尔斯主要是作为肖像画家出现在公众视野中。1947年，乌特勒支中央博物馆的一次展览将《海洋的孩子》纳入其中，公众终于看到了这幅画。1950年后，《海洋的孩子》长期出借给阿姆斯特丹市立博物馆，一直到1976年才回到国家博物馆。

1983年，在巴黎、伦敦和海牙举办的海牙画派作品展极大地促进了人们对他们作品的重新欣赏，但即使是当时，《海洋的孩子》也遭到数年的忽视，作品目录里没有它。

直到1991年，国家博物馆的展览相隔一个世纪开办时，这幅曾经深受公众喜爱的作品终于永久地离开储藏室。两年后，有人提到这幅画时说到，这是"一个被遗忘的世纪"，这幅充满阳光的画作使人们看了感到愉悦，它笼罩着一种"浪漫主义式的贫穷"。

《海洋的孩子》最近荣耀回归，重新成为公众最喜爱的作品。2008年，与HEMA百货公司合作设计的托盘中间就是以这幅画为图案，三个孩子在一起的场景成为2010年发行的四季系列邮票的封面，印有这幅画的海报、马克杯、钢笔和冰箱贴都是博物馆商店里"炙手可热的畅销品"。

《海洋的孩子》终于在画廊的墙上占据了一个持久展览的位置。

X

正如《阿姆斯特丹国家博物馆指南》所言：与在远离喧嚣之处取材的海牙画派画家不同，印象派画家从市场、购物街、火车站、船坞和建筑工地获取灵感，许多年轻的画家对紧张、充满活力的都市充满兴趣。领先法国印象画派一步，他们并不在意是否能生动真实地展现都市景象，而是希望能捕捉瞬间的情绪和印象，这就是他们被称为阿姆斯特丹印象派画家的原因。主要代表人物包括伊萨克·拉撒路·伊斯雷尔斯（Isaac Lazerus Israels，1865—1934年）和乔治·亨德里克·布莱特纳（George Hendrik Breitner，1857—1923年），他们试图用生动的画笔勾勒出喧嚣的城市生活。为了创造出瞬间效果，他们采用与众不同的方法来为作品取景，有时也使用照片作为创作对象。

布莱特纳的《辛格尔大桥》（*The Singel Bridge at the Paleisstraat in Amsterdam*）画的是灰蒙蒙的冬日，阿姆斯特丹派勒斯街的辛格尔大桥，虽然地上铺着厚厚的雪，但街上行人川流不息，一位女士紧裹她的皮草大衣，好像马上要走出画面。

《辛格尔大桥》，布莱特纳，1896/1898 年，阿姆斯特丹国家博物馆藏

在她的身后，一位妇女手拉孩子，旁边跟着一条小狗。图像的剪切创造出一种瞬间印象的效果，这并不是巧合，因为画家使用照片作为这幅画的创作素材。原先前景中的人物是位女仆，在画商执意要求下，将其换作一位富裕的女士。

XI

这幅"快照"式的图画让我们对阿姆斯特丹大街上的人物有了一个简单的印象，布莱特纳自诩为"平民的画家"。"'平民的画家'是我努力的方向，因为那是我的理想。"他主要的描绘对象就是日常的城市生活，他的素描、图画和照片里记录的都是这些场景。

在这幅画中，我们可以清晰地看到阿姆斯特丹老城区中心辛格尔运河和派勒斯大街上的临街建筑。

对于布莱特纳来说，阿姆斯特丹市区富有特色的临街建筑、运河、马、车、船只以及熙熙攘攘的人群是他用之不尽的灵感源泉。位于达姆广场皇宫后面的派勒斯大街过去曾是——现在也是一条店铺林立的热闹大街。

布莱特纳对于画笔和颜料的灵活运用体现在他对最右边的女士掀裙子的动作上，画家采用随意的涂抹油彩的方法描绘了这条裙子和红色的围巾或衣领，这种轻快的"印象式"的笔法是海牙画派的画家在1860年发明的，包括布莱特纳在内的年轻的阿姆斯特丹艺术家们普遍采用了这种新的绘画风格。

布莱特纳是第一批从事摄影工作的荷兰艺术家之一，他喜欢近距离地拍摄运动中的人物，这种经验大大影响了他的观察力和构图的方式。

前景中的优雅女士穿着最时尚的巴黎时装：毛领长披肩大衣（短斗篷式样的），为了让手暖和点，她把手伸进了装饰着相同皮毛的袖管里。她的脸被一块漂亮的黑色波点蕾丝面纱遮着。

阿姆斯特丹的桥以坡度陡峭而著名，从画面看，画家是站在桥根下，他的前面有一条大街，这一视角使画面非常有深度。

阿姆斯特丹人常说"这是真的布莱特纳天气"，他们以此来描述阴沉沉灰蒙蒙的天气。布莱特纳是描绘这种天气的大师，从画里的天空看，一场大雪即将来临。

XII

布莱特纳的另一幅《穿白色和服的女孩》（*Girl in a White Kimono*）的姿态和神情强烈吸引着我。《阿姆斯特丹国家博物馆指南》的描述是：女孩双臂交叉在脑后，神情发呆，好似在做白日梦。1894年前后，布莱特纳创作了一系列身穿和

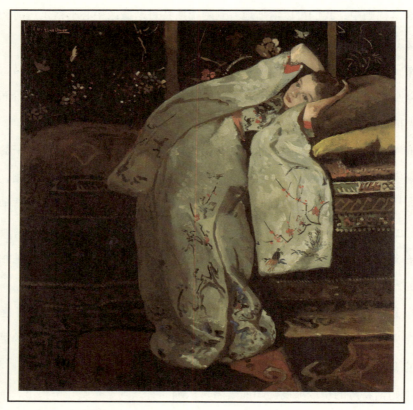

《穿白色和服的女孩》，布莱特纳，约 1894 年，阿姆斯特丹国家博物馆藏

服女人的画作。画中女孩16岁，是女帽商店的销售助理，常给布莱特纳做模特。
与同时期的凡·高一样，布莱特纳钟爱日本版画，日本版画对比鲜明，平面感较
强，与西方艺术传统大为不同。女孩身后的折叠屏风限制了这幅画的深度，加强
了亲切感。

　　我也极喜欢特蕾莎·施瓦兹（Thérèse Schwartze，1851—1918年）的肖像画
《利奇·安辛格肖像》（*Portrait of Lizzy Ansingh*），主人公英气逼人，我很想进
一步了解她的身世。施瓦兹是19世纪末荷兰首屈一指的社会画家，王室为其提供

《利奇·安辛格肖像》，施瓦兹，1902 年，阿姆斯特丹国家博物馆藏

的画像佣金在其成长过程中厥功至伟。这位在帽檐下露出自信眼光的女子是施瓦兹的侄女安辛格，透过衣袖的透明布料，可以看到她的手臂。

安辛格本身也是位画家，擅长城市风景画和静物画。

XIII

至此，我们已经看完了阿姆斯特丹国家博物馆第一层的18、19世纪的藏品以及第二层的17世纪荷兰黄金时代的作品展，第三层是20世纪藏品，来不及看了，还是去参观地下一层的中世纪和文艺复兴展吧。

我仍然跟着《微观阿姆斯特丹国家博物馆》的脚步，仔细看几幅比较有意思的作品。

《出自波旁王朝伊萨贝拉墓的十座随葬雕像》。

这10座铜质雕像曾是宏伟的波旁王朝伊萨贝拉墓中随葬品的一部分，该墓位于安特卫普圣迈克尔修道院内。伊萨贝拉是勃艮第公爵大胆查理的妻子，他们育有一个孩子玛丽亚，玛丽亚后来嫁给了奥地利的马克西米安，哈布斯堡王朝与勃艮第王朝实现了联姻。

伊萨贝拉墓受玛丽亚委托而建造，塑有一座真人大小的公爵夫人铜质雕像，雕像平躺在大理石板上，双手合拢，充满虔诚，脚边还有两条象征忠诚的小狗。

作为装饰，陵墓中放置了24座铜像，铜像有男有女，穿着典雅。这类随葬人像通常会呈现忧伤的表情，因此被称作"哭泣者"。然而，陵墓中的这些人物却没有哀痛的神色，他们代表着家族的各个分支。准确地说，他们都是伊萨贝拉的祖先，刚好组成了一个族谱，能够很好地表现她高贵的血统。

左一人物的皮帽上面的皇冠表明他是位国王，他的领子是用白色的冬衣和貂的黑色的小尾尖的毛制成的，他应该是伊萨贝拉的叔叔、好人菲利普（1396—1467年）。

左三的女士戴了顶贝金会女修会的帽子，一种由笔挺僵硬的麻布制成的有尖尖的褶角的帽子，这种帽子在1460年左右很流行。

左四的女士把她的胡普兰衫（一种有装饰袖子的长袍大衣）提到肚子那里，她这样做是为了凸显自己圆圆的肚子，这在中世纪晚期也是一种美。

左五的巴伐利亚的路德维希一世皇帝（1282—1347年）的身上有很多象征王权的物件，比如，他穿了一件皇帝披风，戴了顶皇冠，手里还拿着一颗帝王的圆球，这是一位身份最明确的人物雕像。另外一位是右一的巴伐利亚的阿尔布雷希特一世（1336—1404年），他穿的这件胡普兰衫有一对长长的风笛袖，这位君主展示了两种穿法：把手臂从下面的袖口里伸出来，就变成了一种蓬松的装饰袖；手从上面的开口处伸出来，下面的袖子就变成了一个可以装小东西的便携袋。

右五的女士帽子装饰了一串珠子，前面还有一颗大宝石。勃艮第的贵族们佩戴这些珍贵的宝石、珍珠和红宝石来表现他们的权力和地位。她的脸上的暗色表层已经磨损了，因为人们总是喜欢摸一摸她那漂亮的圆圆的头。

右四的男士头戴一种用来装饰各种头饰的有衬里的圆形头巾，叫作固定头箍。男士们戴的头箍都是圆形的，就像甜甜圈或面包圈。这种头箍都会装饰一块有褶裥的布和一条长尾巴，不过，后者已经坏了，那个勒紧头箍的孔就露了出来。

这应该是这场"时装秀"里设计得最奇怪的配饰，右三男士戴了一顶软软的、拖尾一直耷拉到肩膀上的帽子。这种帽子有两种戴法，第一种是把头从帽子里套进去，留下一个口把脸露出来；第二种就像他那样直接把帽子戴在头上。这位男士的左手没了，这可能是新教徒1566年的圣像破坏运动期间将它破坏了。

《出自波旁王朝伊萨贝拉墓的十座随葬雕像》，据认属于扬·博尔曼二世（Jan Borman Ⅱ）和雷尼尔·凡·蒂宁（Renier Van Thienen）的作品，约 1475 — 1476 年，阿姆斯特丹国家博物馆藏

XIV

镶嵌画《圣伊丽莎白日的洪水》（*Saint Elisabeth Day's Flood*）的佚名画家描绘了75年前发生的一桩大事件，即在1421年11月18至19日夜间多德雷赫特一带的洪灾，由于11月19日是匈牙利的圣伊丽莎白日，故以此命名。

左上角一个漂浮在梅尔韦德河上的大木筏向着重要的商业城市多德雷赫特的方向漂移。

在画的上方中间，房子前面画着一只在摇篮里跳来跳去的不起眼的猫，正在试图使摇篮在汹涌的洪水中保持平衡。据当地的民间故事，这个婴孩幸存了下来，并取名为"贝娅特丽克丝"（蒙神赐福的人的意思）。据传说，贝娅特丽克丝后来亲自委托画家画了这些镶嵌画，难以置信。

左边一个背着一大捆东西的男人正在进入城门，紧随其后的是一个女人和一个孩子，她们寻求在多德雷赫特避难。

在画的下边，洪水淹没地区的农民背着装有补给品的包、用手推车运送棺材，将这些东西带到船上、推车上和雪橇上。

右上边，有个赤裸的男人爬到一棵树上自救。

XV

1421年，风暴潮在荷兰海岸肆虐，11月，多德雷赫特附近的威尔德雷赫特村的堤坝决堤，淹没了一块4.5万公顷的圩田。

在洪水中，地势较高的多德雷赫特为逃离周边洪水淹没地区的人们提供了安全的天堂。

威尔德雷赫特和韦尔肯丹德的堤坝维护不善，无法抵御猛烈的暴风雨，堤防保卫人员从泥炭沼泽中提取盐来赚钱，结果，土壤压得太结实，阻碍了排水，大片土地最终被淹没在水底。

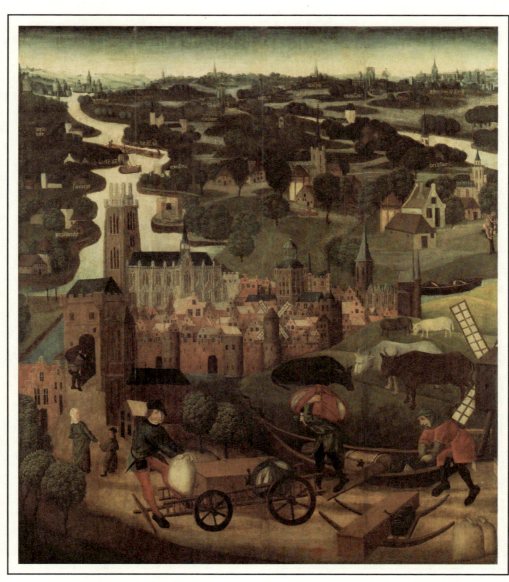

《圣伊丽莎白日的洪水》，佚名画师，约 1490 — 1495 年，阿姆斯特丹国家博物馆藏

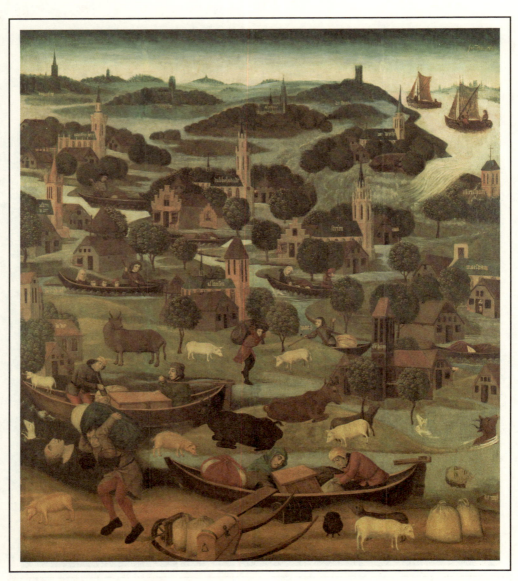

《圣伊丽莎白日的洪水》，佚名画师，约 1490 — 1495 年，阿姆斯特丹国家博物馆藏

圣伊丽莎白日的洪水形成了莱茵河和马斯河向内陆延伸宽阔的大河口——荷兰水道。从那以后，荷兰水道将多德雷赫特市与格尔特鲁登伯格镇分离了开来。

1421年洪灾的破坏力非常大，部分土地无法恢复原状，尤其是多德雷赫特的东南部地区，如今多德雷赫特被称为比斯博施国家公园。

我们再来看第二幅镶嵌画。

左下角一头猪拼命想游上岸，一个男人刚划船经过，前面一个男人在他背上驮着一大捆东西：两个手臂上都挂着烹饪锅的把手。

左上面中央有男人划船把他的妻子和三个孩子带到一个干燥些的地方。

画面中央的店主在等待顾客，但货物都堵在她的窗口，所以等待是徒劳的。附近那条船上的男人和女人太专注于解决自己的问题了。

右边中间的一名女子被抛弃了，她正在探头看着外面的形势。

女子的头上，洪水淹没了村庄教堂旁边的圩田。

这位佚名画家并没有忠实地呈现多德雷赫特周边被淹没的地区，但他把南部地区和城市的西部"挤"到一个场景中去。像编年史家一样，他在风景中加入了各种细节，通过像高空中的鸟儿一样俯瞰下面的景色，把更多的细节挤进去。

XVI

来自威尔德雷赫特的幸存者在多德雷赫特的格罗特·克尔克建造了纪念在洪水中丧生的同村村民的祭坛。大约在1490年前后，他们的后裔订了一幅祭坛画，其翅膀部分是镶嵌画，现在收藏于阿姆斯特丹国家博物馆。中央部分是木雕雕像，后来遗失了。

威尔德雷赫特的灾难性风暴发生在圣伊丽莎白节的盛宴上，当地人的后裔将他们的祭坛画献给了伊丽莎白，并在翅膀内描绘了她的生活。到格罗特·克尔克旅游的参观者只有在神圣的日子里才能看到翅膀内的这些场景，一般情况下只能

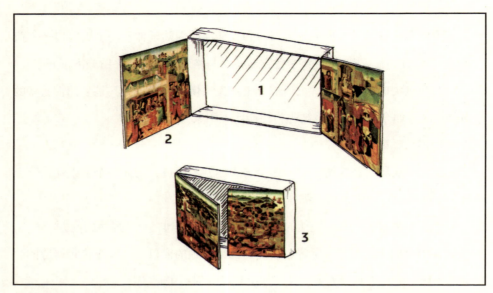

《圣伊丽莎白日的洪水》，佚名画师，约 1490 — 1495 年，阿姆斯特丹国家博物馆藏

看到翅膀外面的洪水场景。

宗教改革时期，威尔德雷赫特包括格罗特·克尔克在内的所有天主教徒物品都被移除，包括这个描绘圣伊丽莎白日洪水的翅膀。1800年之后，厚厚的双面翅膀被锯成两半，分成四块，然后出售给私人收藏家。阿姆斯特丹国家博物馆于1933年购买了这些镶嵌画。

XVII

皮耶罗·迪·柯西莫（Piero di Cosimo，1462 — 1522年）的《父子双肖像画》描绘了佛罗伦萨建筑师朱利安诺·达·桑伽罗和他的父亲弗朗西斯科。

朱利安诺的肖像画是之前画的，他父亲弗朗西斯科去世后，为了让自己能名垂青史，他又委托画家画了他父亲的遗像画，并将遗像画与自己的肖像画组合成一幅双联画。

朱利安诺坐在画家面前，他40岁左右，画家画出了他灰白的头发以及眼角的鱼尾纹，刻画得非常逼真。

左面背景中搭建的建筑可能是参考了朱利安诺的职业——建筑师。从15世纪开始，建筑演变成一种人文艺术。

前景中央的两脚圆规和羽笔管是朱利安诺的工具，像父亲一样，朱利安诺后来成为他那个时代最负盛名的建筑师之一，他的作品有洛伦佐·美第奇的宅邸以及后来的罗马圣彼得大教堂。

朱利安诺穿了一件袖子上有黑色波形花纹镶嵌的羊毛大衣，里面是一件镂空绣花镶边的亚麻衬衫。这种端庄的装束表明他有一定的地位。

XVIII

《父子双肖像画》是胸部以上的半身画。在这种肖像画中，画中人倚靠在"窗口"，身后的背景是窗外的风景，这种画法在15世纪以后的意大利很流行。这一类型的肖像起源于佛兰德斯，所以被称为弗拉芒风格的肖像画。

父亲弗朗西斯科头饰上华丽的红色在文艺复兴时期的画作中经常出现。

弗朗西斯科右面的教堂前正在举行露天弥撒，主持人戴着一顶红帽子，这可能是指弗朗西斯科是专业音乐家。

弗朗西斯科的形象一定基于一张死亡面具，这可以从尖锐的轮廓、凹陷的脸颊和胡子中推断出来。

弗朗西斯科前景的中央是意大利画作中最早出现的一个乐谱——多声部音乐中的男中音部分，它暗示弗朗西斯科以音乐家和唱诗班歌手的身份参加了一系列活动，特别是由佛罗伦萨的强人科西莫·德·美第奇组织的活动。

《父子双肖像画》，柯西莫，1482—1485 年，阿姆斯特丹国家博物馆藏

《父子双肖像画》，柯西莫，1482—1485 年，阿姆斯特丹国家博物馆藏

《父子双肖像画》于2004年得以清洗和复原，这为研究皮亚诺·迪·柯西莫如何运用材料和绘画技法提供了绝佳的机会。

儿子右面背景的树充当了将两幅肖像画连接成一幅双肖像画的平稳过渡区。

朱利安诺的面部有些磨损，因为在早期的修复过程中，他的面部被涂抹过。在紫外线的修复中，这些为大量颜料覆盖的区域显示为黑乎乎的阴影区。在最近的修复过程中，颜料上的褪色部分被剔除，以尽可能恢复原貌。

画家为前景的画布上了两次颜料，在原始的颜料层中，条纹汇聚到朱利安诺右太阳穴附近的一个点。为了使两个镶嵌画组合在一起的同时创建一个统一的视角，他后来重新涂上了画布，使得条纹向右移。

完成了弗朗西斯科的肖像画之后，皮耶罗才把两脚圆规和羽笔管加到朱利安诺的肖像上，而另一张肖像画的画布中，他预留了空间，用于摆放乐谱。

在两度覆盖颜料后，弗朗西斯科左方天空上的云朵边缘部分看起来像一朵积雨云，而天空显得非常明亮。

画家最初绘制的弗朗西斯科头戴一顶高级小黑帽，这在X射线摄影中仍然清晰可见，后来在它上面又画了一顶醒目的红色帽子。

通过对木制镶板的调查显示，这些木制镶板不是从同一块木板上锯下来的。

XX

《胡格利县工厂》（*The Trading Post of the Dutch East India Company in Hooghly, Bengal*）。

这个地方是由荷兰东印度公司在印度建立的工厂兼贸易站，通过鸟瞰这个地方，我们可以观察到很多细节。当地的仪式活动大概是荷兰人人为增添的，因为委托人想要通过这幅画来让自己回想起这个充满异国风情的景点。

前景中央，守门人的房子是印度风格的，带有优雅拱门的窗户让人回忆起莫卧儿建筑。

进门的第一个场景中，当地的仆人在东印度公司雇员的监督下把货物运到仓库里。东印度公司工厂是周边地区棉花、丝绸、鸦片和盐等产品的集散地，然后货物被运往亚洲其他地区。

按照荷兰模式，操场右侧花园的布局是对称的。印度人在那里当园丁，一个仆人打着太阳伞遮挡太阳光。

画面中央，马匹在大水池里洗澡，仆人预备好了毛巾。

水池的右上方，带有轿子的队伍正在行进：也许这位董事刚结束了他去卡西姆巴扎的东印度公司小屋的年度旅程。这次盛大的展示是为了给当地居民留下深刻的印象，但非常费钱，所以1687年，VOC（荷兰东印度公司的简称）禁止了这些旅行。

旁边，在公众的极大兴趣之下，一个男人被刺穿背部的钩子吊在空中，这个印度教仪式通过钩子使人进入恍惚状态，以更接近神明。

右侧围栏中间屋子内一名高官正在等待东印度公司代表团的到来，他可能是接受来自荷兰的礼物的帝国特使，东印度公司用礼物和执照税换取莫卧儿帝国皇帝颁发的交易执照。

右下方树木围绕的公墓位于大门外，这些陵墓小小的，属于伊斯兰风格。这个"荷兰墓地"仍然存在于印度钦苏拉镇的胡格利县。

陵墓下方图案描绘的是商人斯特西缪斯和他的妻子卡兰德里尼的家传兵器。斯特西缪斯是荷兰东印度公司在胡格利县的贸易站的首席董事，他委托亨德里克·凡·舒伦伯格（Hendrik van Schuylenburgh，约1620—1689年）画了这幅画。

图案下面的铭文被翻译为："荷兰东印度公司贸易小屋联合会，位于胡佛市的孟加拉总部，由舒伦伯格于1665年绘制。"

《胡格利县工厂》，亨德里克·凡·舒伦伯格，1665 年，阿姆斯特丹国家博物馆藏

洗马池的斜左上方表现的是当地丈夫死亡、寡妇自焚殉葬的习俗，这种恐怖的习俗直到不久前才被废止。欧洲人对这些图像和怪异的描述很是好奇。

画面的左上角，一艘荷兰商船正在驶向恒河。胡格利县的东印度公司小屋位于这条河畔，是运送商品和物资的重要纽带。

作为一个贸易站，胡格利县的地位越来越重要，起初，它只是一个木制的堡垒，后来建造了白石建筑，散发着富足的气息。

1664年，舒顿在《东印度旅行记》中写道："城墙和塔楼非常优雅，完美无瑕，高大，仅用石头砌成。这个庄严的小屋的内部相当宽敞，很适宜为荷兰的董事、顾问和公司职员提供合适的住处。"

XXI

阿姆斯特丹国家博物馆收藏的不仅有绘画和雕塑，还有大量的"杂项"——瓷器、玻璃器皿、陶瓷、乐器、服饰、武器和家具等。

这里仅举两例。

阿勃拉哈姆·列特根（Abraham Roentegen）的桌子。

这张桌子是德国家具师阿勃拉哈姆·列特根的工作室里生产的最漂亮最昂贵的家具，它令人惊叹的细节是由无数的小木头、象牙和龟甲组成的。列特根和他的儿子大卫专门从事这种镶嵌艺术，一旦打开，桌子里的秘密就无从遁形了。

我们先看桌子的一面。这是一幅细节指示图片，现在欧美的一些优秀的博物馆都会在展厅里放一些类似的杰作细节解说卡片，供观众参考，但不能拿走。阿姆斯特丹博物馆比较体贴，还为此出版了《阿姆斯特丹国家博物馆指南》合集，在书店里有售，让读者回去以后也可品味，毕竟在博物馆中不可能完全消化这些信息。我们介绍国家博物馆的作品，得益于《阿姆斯特丹国家博物馆指南》不少。

《桌子》，阿勃拉哈姆·列特根，约 1758 — 1760 年，阿姆斯特丹国家博物馆藏

　　桌子左侧上方镀金底座和奢华的蛇纹石是典型的法国洛可可风格，这种风格在18世纪风靡整个欧洲，清淡的颜色和优雅的线条奠定了该作品的基调。不对称也是洛可可风格的一大特点。"洛可可（Rococo）"一词来源于法语的"Rocaille"，原指一种混合贝壳和小石子制成的室内装饰物。

　　桌子顶部的肖像徽章是镶嵌在珍珠母上的。

　　特里尔的大主教和选举人瓦尔德多夫，委托列特根制作了这张桌子。而且，他经常从他那里购买作品。

《桌子》，阿勃拉哈姆·列特根，约 1758 — 1760 年，阿姆斯特丹国家博物馆藏

1.肖像徽章是镶嵌在珍珠母上的。

2.列特根巧妙地利用了各种木材不同的颜色和纹理。为了装饰，他把黑檀木放在质量更轻的木材旁边，比如樱桃、橡木、枫木和胡桃木。

3.这个天使和其他人物的皮肤都是用骨头雕刻而成的，衣服则是用珍珠母做成的。此外，这张桌子还使用了16种以上的木材，还有象牙、玳瑁、银、黄铜和镀金青铜。

4.与其他房间的黑白瓷砖地板相比，这个宫殿大厅中央地板的视角没有正确呈现出来。中央地板就像一个木板框架，上面穿插着白色的图案：要走上去真的有点难度！但艺术家更感兴趣的是展示他的精湛技艺，而不是再现一个真实的空间。

5.树上的这些小叶子是由一片片的漆木做成的。

6.这个铜座可以被拉出来，它的长柄支撑着书写台，桌子上没有把手，更特别的是，所有的零部件都可以打开或滑开，而且通常都有秘密的抽屉或隔间。

7.镀金青铜铸造件和弯曲的桌腿使得桌子展现出一种法式的优雅。在这点上，列特根与他的德国同事区别开来，后者往往倾向于制造"更沉重"的家具。

8.和那些风景一样，这个牧羊人的场景也是由几十块小木片组成的，这个手工艺人从现存的版画或绘画中得到了他的设计灵感。

9.镀金青铜底座和奢华的蛇纹石是典型的法国洛可可风格，这种风格在18世纪风靡整个欧洲。清淡的颜色和优雅的线条奠定了该作品的基调。不对称也是洛可可风格的一大特点，"洛可可（Rococo）"一词来源于法语的"Rocaille"，原指一种混合贝壳和小石子制成的室内装饰物。

列特根巧妙地利用了各种木材不同的颜色和纹理。为了装饰，他把黑檀木放在质量更轻的木材旁边，比如樱桃、橡木、枫木和胡桃木。

右侧这个天使和其他人物的皮肤都是用骨头雕刻而成的，衣服则是用珍珠母做成的。此外，这张桌子还使用了16种以上的木材，还有象牙、玳瑁、银、黄铜和镀金青铜。

右下侧树上的这些小叶子是由一片片的漆木做成的。

桌子中间的铜座可以被拉出来，它的长柄支撑着书写台，桌子上没有把手，更特别的是，所有的零部件都可以打开或滑开，而且通常都有秘密的抽屉或隔间。

镀金青铜铸件和弯曲的桌腿使得桌子展现出一种法式的优雅，在这点上，列特根与他的德国同事有所区别，后者往往倾向于制造"更沉重"的家具。

和那些风景一样，桌子左侧的牧羊人场景也是由几十块小木片组成的，这个手工艺人从版画或绘画中获得了他的设计灵感。

XXII

在镶嵌的过程中，各种材料被拼接在一起，就像拼图游戏一样。由木头、铜、银和玳瑁壳做成的装饰薄片交叉拼接，有绘图的那面朝上放置。按照绘图的线条，可以同时看到所有的装饰层，也可以拆开。接着，艺术家再把小巧的成形的装饰片组合到一起，然后黏到木质框架上面。这种工作对精确度的要求极高。

再看桌子的另一面。

猜猜看钥匙孔在哪里？它就在桌子上层小嵌板的后面，它会向上滑动，桌子可以用配备的备用钥匙打开，然后写字台面就会降下来。

一个巧妙的旋转系统将桌面的顶部转变为微型的祭坛。这样一来，空间就可以容纳一个圣像了。

仔细观察紧闭的桌子，你可以看到到处是黏合的缝隙：它们暴露了小抽屉、按钮、盖子和滑片的位置。桌子的中央部分至少包含26个抽屉。第一排后面是附加的可以从反方向打开的小抽屉，这些小抽屉是用颜色对比强烈的木头做成的。

桌子第一层两边的架子从侧面滑出来，是用来支撑烛台的。第二层的两边各有一个可以打开的架子，可以充当书架，书架上精心装饰着鲜花和水果篮图案。

这种折叠脚凳有两个作用，因为它还可以作为"跪下祈祷的地方"。在桌子上方摆上圣像，再在可以拉开的架子上点上蜡烛，家庭祭坛就制作出来啦。

大量的装饰元素和奢华材料，比如镀金铜、象牙和乌木，并不是阿勃拉哈姆·列特根和他的儿子大卫特意选择的材料。他们是摩拉维亚教会的信徒，此为新教的一个分支，该教会厉行节俭。他们如此精心制作的家具显然背弃了这些信仰，因此他们经常与摩拉维亚的信徒发生争执。话虽如此，他们的风格仍然是相对朴素。

XXIII

我们来看看一次大战时期的FK23双翼战斗机。

1918年，荷兰飞机设计师弗里茨·克霍文（Frits Koolhoven）为英国皇家空军设计了这架飞机，英国人希望用这架轻盈的双翼战斗机击败德国人，然而，新型的超快引擎无法在此战斗机中运作，由于测试期过长，这种战斗机从未上过战场。

飞机制造公司（BAT）是由一名家具制造商创立的，考虑到在飞机建造中使用的木材加工技术，这是有道理的，飞机前端这个由胡桃木和桃花心木组成的精巧的螺旋桨就很不错。

螺旋桨旁是一个170马力的星形引擎，飞行速度每小时可以达到220公里——这在当时是前所未有的速度。为了克服空气的阻力，机身看起来像一条流线型的鱼雷。

《FK23 矮脚机》，克霍文设计，英国航空运输公司制造，1918 年，阿姆斯特丹国家博物馆藏

在飞行员旁边有两架维克斯机枪，可以从机舱头部的一些洞向敌人发射子弹。战后，飞机上的枪支被移除了。

进入飞机需要掌握一些杂技——飞行员得用两个登机台爬到机身顶部，将双腿摆放在椭圆形开口的边缘之间，然后降落在柳条椅子上。

飞行员要穿上防护服，这是一种厚衬里的织物，有一个凸起的皮草领子，延伸到鼻子上，还有防弹的皮制帽子和护目镜。

由于使用轻质材料，飞机的重量只有375公斤，在1919年阿姆斯特丹首个航空展览会上，一名男子轻而易举地抬起了飞机的尾部。

飞机尾部的字母FK代表的是弗里茨·克霍文，23号指的是他设计的第23架飞机。1938年，当他在鹿特丹自己的飞机制造厂担任总裁时，他设计出了自己的第58架飞机——FK58，这是他设计的最后一种飞机。

飞机的机翼上覆盖有涂有保护漆涂层的亚麻布，为了减轻重量，顶部只涂了油漆。

XXIV

图书馆是阿姆斯特丹国家博物馆最吸引人的地方，高高的大厅、美丽精致的铁制螺旋梯和栏杆、具有纪念意义的书架，散发着独特的19世纪的气息。参观者可到阅读室咨询或者在电脑上查阅书籍、目录、杂志和数字信息。此外，图书馆设有自修室，以供参观者检索和研究馆内的印刷品、图画、善本、照片和相册。目录包含40万本书籍、期刊和拍卖目录。

1876年库贝斯（Petrus J. H. Cuypers）被任命为国家博物馆的设计师时，就计划增加图书馆，他认为图书馆是博物馆不可分割的一部分。

该图书馆是库贝斯对整个建筑物远景规划的缩影———种总体艺术或者说是一种可以为游客提供全面体验的艺术作品。这里不仅是学习的空间，也可以通过室内以及装饰品领略历史故事。

XXV

库贝斯为图书馆设计了大天窗，让读者可以在日光下阅读。博物馆于1885年开放时，读者可以在白天无须借助煤气灯光的情况下阅读，在当时实属高度现代化。

房间顶部的圆形浮雕上面刻着艺术史家的名字，如17世纪晚期的作家兼艺术家阿诺德·胡布芮肯，他以黄金时代荷兰画家的传记而闻名。

在椭圆形装饰镶板上刻有铭文，如"如果科学和艺术是相左的，这是一间致力于艺术知识的房子"。

又如："你有两只眼睛，但只有一张嘴，这预示着你应该如饥似渴地阅读和保持沉默。"（这句格言提醒游客在图书馆时需要保持安静：图书馆是个学习的地方。）

图书馆有好多地方是砖墙，这些墙其实是彩绘的人造砖的细部，画家们通过使用特殊的工具达到石灰缝的效果。

阿姆斯特丹国家博物馆最吸引人的地方——图书馆

上层画廊天花板上的每个拱形隔间都装饰有小花或星星，在修复过程中，这些装饰是由艺术学校的学生们重新粉刷的，一个学生一天只能粉刷一个拱顶。

XXVI

库贝斯在建立荷兰国家博物馆方面有几个指导原则，他对于将现代材料与手工技术相结合表现出极大的兴趣。此外，他希望能够看见建筑物的解剖结构。在这个图书馆里，铁的承重件很常见，许多元件在翻新过程中恢复了原貌。

1876年，库贝斯以荷兰文艺复兴风格的设计赢得了建造荷兰国家博物馆的竞赛，这个比赛的一项规定是，新建筑必须涉及荷兰17世纪的黄金时代。

他的最终设计融入了各种早期风格（中世纪和文艺复兴时期）的元素——高塔、彩绘玻璃窗，还混搭了装饰品雕刻、雕刻浮雕和图案。

库贝斯为图书馆设计的大天窗

博物馆对外开放不久之后即遭遇了火灾，在荷兰，当时人们对库贝斯的复兴风格和豪华装饰的组合一无所知，或知之甚少。

此外，新教徒批评博物馆看起来像座大教堂，所以，在接下来的几十年里，许多库贝斯的装饰被除去或被覆盖。在最近的复原期间，几十个物件还原了昔日的风貌。

当时的威廉三世国王认为博物馆看起来太像天主教堂了，他问库贝斯为什么去艺术学院而不是去建筑职业技术学校学习。库贝斯回答说："陛下，我选的是建筑类的艺术，而不是建筑！"（由于国王认为博物馆像"大主教宫"，拒绝出席1885年7月13日的新博物馆开幕仪式，但博物馆在头几个月中就接待了超过50万名参观者。）

在库贝斯的设计下，图书馆的房间的铁结构是刻意可见的，柱子支撑着栏杆，栏杆支撑着屋顶，栏杆天衣无缝地融进螺旋梯中。这个结构是用锻铁制作的，库贝斯对这种材料很感兴趣，它们在19世纪末被认为是很时髦的。但库贝斯想要用一种老式的手工方式——手工锻造的方式来处理这些材料。

图书馆内别出心裁地树立着多根铁柱，库贝斯用这些柱子演绎了一个光学把戏——其顶部的锥形，使柱子看起来比其真实的高度高得多。他想让阅览室成为一个宏伟的空间，同时营造出一种亲密的温馨氛围促使读者集中注意力专注于手头的阅读。这个房间确实又高又大，且具有引人入胜的人性化的氛围。

库贝斯所有的原始绘画装饰几乎都被覆盖了。在恢复过程中，刮掉了几处顶层涂料，以此来确定原先的颜色。从阳台往上看，在彩绘装饰框架的左上方装饰的颜色稍浅。

整个博物馆的彩绘装饰品都是纯手工打造的。库贝斯认为，手工工艺品是人类发展和找到幸福的最佳途径，在恢复图书馆的过程中，这些装饰再一次借助于手工操作模具。

在图书馆的地板上可以看到两个圆圈：它们在螺旋楼梯的底部，库贝斯喜欢对称。这是原始的马赛克地板，然而，在过去的几年里，它遭受了一些破坏。在翻修过程中，它和镶嵌物一起得到了修缮。

XXVII

国家博物馆底楼的米其林餐厅味道很不错，我们在那里吃了午饭，享受了下午茶。参观大型博物馆是件劳累的事，需要好的餐厅。不幸的是，很多大博物馆在这方面做得很差，例如柏林的博物馆岛，只有新博物馆中有一家勉强可以吃吃的餐厅，广场上只有一家卖点三明治的饮食店，很糟糕。那不勒斯的卡波迪蒙特国家博物馆的展品很好，但餐厅只是个小卖部，空空荡荡的，使人有买不到食物的恐惧感。由于它在城外，也不知道附近有没有餐厅。

维也纳艺术史博物馆的餐厅装饰世界一流，可必须排长队吃饭，而且速度匆匆，让人困窘。

国家博物馆旁边的凡·高博物馆餐厅干净明亮，但餐饮水准只能说一般。

国家博物馆外的花园也是库贝斯设计的，风格各异，却别有情趣。

国家博物馆底楼的米其林餐厅

第九章

那天，我们从凡·高博物馆出来，见天色尚早，坐出租车去中央火车站等老城区看看吧。

在阿姆斯特丹，我们极少坐出租车，主要是走路，只有从皇帝运河的酒店去火车站要坐电车。从博物馆区去火车站更远些，还是叫出租车吧。

建于1889年的中央火车站（Centraal Station）也算是阿姆斯特丹的标志性建筑了。可惜，它正在修葺，正立面不是很美。

我们特意去了中央火车站的后面，从那里可以看到阿姆斯特丹港。建造车站的时候，这里还是海湾，为此兴建了3个人工岛，打下了8000多根桩。

1932年阿姆斯特丹大坝建成后，这里的须德海就成了艾瑟尔湖（Ijsselmeer）。如果没人告诉我的话，看着波涛滚滚的湖面，我会认为这就是大海。

阿姆斯特丹中央火车站

阿姆斯特丹中央火车站

II

　　艾瑟尔湖的故事与科内利斯·莱利的梦想有关。1854年，莱利诞生于阿姆斯特丹的雷德赛运河（Leidseracht）39号，他是家中的第七个孩子，他的童年是在运河边上度过的，这也促成了他对于水的浓厚兴趣。在他16岁的时候，阿姆斯特丹外围的水闸系统完工，有了这个系统，城内的运河水位就可以处在可控范围之内而不受外力作用的影响了。之后不久，莱利就动身前往代尔夫特，在盛名远扬的科技大学学习土木工程，21岁学成毕业，来到政府供职。36岁的时候，他被任命为贸易和水利部部长，任期3年。

　　到了19世纪末，莱利搭配了一个宏伟的计划，他想将须德海从北海隔离出来，使之成为一个淡水湖。须德海上的内海贸易已经为城市经济助力了好几个世纪，但与此同时，汹涌的浪潮也对这个沿海城市以及周围的村庄甚至腹地造成了

艾瑟尔湖

持续性的威胁。在莱利看来，解决这一危险最好的方式是修建堤坝截断须德海，使之成为一个内陆湖泊，从而缩短海岸线。此外，他还打算进一步对这个新辟出来的内陆湖进行开发，从而回收和开发更多宝贵的土地资源用以耕种。

莱利的雄伟计划问世之后并没有受到大众和当局的重视，一直到1916年的一场洪水过后，当局才正视这个计划，并将其视为眼下解决燃眉之急的最佳方案。截断须德海这一计划可谓前所未有，通往内陆海域的面积有5900平方公里，这一区域全部由堤坝围拦，从而彻底阻断洪水。在莱利过世三年后的1927年，他的宏伟计划正式施行，长30公里、宽90米的围坝将须德海和北瓦登海分隔开来。1932年，工程的最后一部分正式竣工。

Ⅲ

中央火车站后面的湖边是自行车停车场（Bicycle Flat），这个长达100米的停车场有微微倾斜的三层楼面，可以容纳千辆自行车。我们在荷兰其他地方的火车站也看到类似的自行车停车场，似乎这个最大。第一次看到这样的规模，还是挺震撼的。

湖的对岸大多是现当代的建筑，最高的是高达100米的22层的荷兰壳牌大厦，它的顶部设计得像顶皇冠。房东告诉我们，大厦顶部有一个"超越巅峰"的游乐设施，是欧洲最高的秋千，在秋千上，阿姆斯特丹一览无遗。后来我查了照片，这种项目太刺激了，我还是避免尝试。

Ⅳ

火车站正门口达姆拉克大街（Damrak）上的旧证券交易所是当时引领世界建筑潮流的阿姆斯特丹学派的大师贝尔拉赫设计的，于1903年落成，是座红砖大楼，最醒目的是那高高的40米钟塔，装饰简洁明快。阿姆斯特丹学派是一个由志

荷兰壳牌大厦

艾瑟尔湖对岸的现当代建筑

艾瑟尔湖边自行车停车场

中央火车站门前

趣相投的理想主义建筑师组成的松散的团体，当时荷兰首都的大部分居民都住在可怕的贫民窟里，阿姆斯特丹派认为不同寻常的建筑可以提升居民的生活质量。1911到1923年间，阿姆斯特丹的大部分杰出建筑都是由他们设计和建造的。

1984年，证券交易所搬迁后，这里成了展览馆、音乐厅和私人聚会场所。

阿姆斯特丹新交易所位于旧交易所的正后方，在一座低调的宫殿式建筑中，它与纽约证交所、布鲁塞尔证交所以及巴黎证交所合并，正式名称是纽约泛欧证券交易所。

阿姆斯特丹证券交易所成立于1602年8月31日，是世界上最古老的证券交易所。当时的业务不仅包括简单的直接交易，还有今天流行的包括买入选择权、附买回协议、期货契约、卖空、无券放空等衍生性金融商品。也就是说，这些交易模式都是在17世纪的阿姆斯特丹发明或率先出现的。

18世纪早期（1701—1725年）去世的阿姆斯特丹精英中，有15位没有后代，他们中没有或几乎没有股票投资的有4个人，但分别配置了41%、70%、76%、95%的债券。配置股票在26%以下的有5人，在50%以上的有6人，比例最高的配置了77%。

有意思的是，他们在房地产上的配置比例都不高，只有一位是59%，第二位38%，第三位和第四位是33%和30%，还有一位为零，一位是3%。

无一例外，他们的资产都配置有债券，最低的也有12%。

V

1602年8月31日，是认购荷兰东印度公司（VOC）股票结束的日子，也可以说是开始合法买卖那些股票的日期。

16世纪末，英国与荷兰都渗入当时由葡萄牙掌控的印度洋与亚洲海域，虽然英国的扩张先于荷兰，但由于其活动以掠夺抢劫为中心，在商业发展方面较为落后。与此相反，荷兰起步较晚，但活动的重点在于和平的商业贸易。

在1595至1602年的短短几年中，荷兰在亚洲国家陆续建立了14家贸易公司，但是，这些公司彼此竞争，各自单独派遣船队前往印度洋收购胡椒和项链，导致这些货物在当地的收购价格不断抬高，在本国的贩卖价格反而大幅下滑。如果过度竞争导致这些公司全部倒闭，荷兰千辛万苦建立起的东印度贸易航线就不得不就此终结。于是，在荷兰政治家的斡旋下，1602年3月终于促成这些公司合并成荷兰东印度公司。

荷兰东印度公司聚集了650万荷兰盾的资本，成为历史上第一家股份公司，而且是有限责任制的，股东只需以出资的形式为公司负责，是一种避免将个人私生活一并牺牲的体制。

荷兰东印度公司持续经营了200年之久，公司规定出资时间以10年为一期，在出资期间不得擅自撤资退出。而新的投资者与原投资者必须在10年后的"一般清算"时才可加入或退出。

在此之前一年，英国东印度公司率先成立，但与荷兰不同的是，英国无法完成巨额资金的筹集，未能建立一个持久而稳定的公司，它更像个项目公司：每次出海前征集资金，船只从亚洲载满货物返航后，再将其进口货物或进口货物的销售额按照投资比例回馈给各位股东。换言之，每完成一次远航，本金与收益全部回馈给各个股东。这种单次航海从1613年起步，前后一共进行了12次，其间当然也出现过船队遇难、分红回报为零的惨淡结局。

然而，不管收益如何，每航海一次就清算一次的体制终究难以同已经形成稳定组织的荷兰东印度公司相抗衡。

欧洲还出现了法国、德国、丹麦和瑞典等东印度公司，它们都是荷兰人或英国人为对抗本国的东印度公司、开展自身的非法贸易而出资创建的。

现在阿姆斯特丹恩特多波克河旁的一排楼房就是18至19世纪的东印度公司仓库原址。建于1551 — 1643年的东印度公司的办公地点东印度屋（East Indies House）也在新市场区。

VI

离中央车站不远就是唐人街善德街，我发现路中的一段运河与浸泡在水中的建筑最像威尼斯。人们经常将阿姆斯特丹比作"北方的威尼斯"，其实还是大不相同的。

威尼斯可谓古城，或者是古城的"活化石"，几百年来变化很小，现代人身穿古装在威尼斯活动，完全像活在古代（参见我的"意大利看画"系列）。阿姆斯特丹的古建筑也保存得不错，但明显可以看出这是个现代化城市。

威尼斯是个旅游城市，当地几乎所有的居民生活都是围绕着游客转的；但阿姆斯特丹是个正常生活的大都市，这里充满了创新和活力。

威尼斯主要是一条大运河，其他都是小河浜，蜿蜒曲折；阿姆斯特丹则有多条长长的宽阔的运河，气势要大一些。

所以，当我看到善德街附近的运河与屋子显得老旧和衰颓，才会想到威尼斯。其他时候，两个城市没法对比。

VII

善德街非常古老，建造于14世纪，起着市区外围堤防的作用，同时也是船只靠岸出海的地点。随着商贸发达和人潮来往，善德街成为阿姆斯特丹的主要街道，也是第一条安装固定路灯的街道。

1485年，阿姆斯特丹以其坚固的城墙和极具防御力的运河挡住了入侵者。一个世纪之后，由于八十年战争和与西班牙的对抗，这座城市里涌入了一大批来自欧洲各地的新移民，这使得原本偏安一隅的阿姆斯特丹在一夕之间濒临崩溃。

到了17世纪，城市规划者开始沿东西向扩展城市，市中心迁至绅士运河（Herengracht），善德街沦为贫民窟，一直到20世纪80年代后，这里的治安环境才有所好转。

街上有川菜和广东菜等中餐，餐饮环境不甚理想，拥挤，略显肮脏。

从善德街的巷子里穿出去就是著名的红灯区。荷兰在1810年将性交易合法化，2000年将妓院合法化。但2008年后，阿姆斯特丹政府计划缩减妓院的规模。

不过，从15世纪开始，这里吸引了一批又一批游客。

卖春女站在或坐在一个个橱窗内，向人们搔首弄姿，如果客人愿意，可以直接走进橱窗（门）内。在白天或黄昏时分，一般都是人老色衰的女人在橱窗里，

路中的一段运河与浸泡在水中的建筑最像威尼斯

人也很少。随着夜幕降临，年轻漂亮、穿着暴露的女郎越来越多，这时是生意的理想时刻，自然由竞争力强的女郎出马。我估计这时橱窗的租金比较昂贵吧，据说每8小时的租金是75到150欧元。

我还看到一个橱窗里有个赤身裸体的男人，外面有几个人在起哄。是男妓还是客人？最夸张的是有几个年轻人坐在巷子旁，他们是在看实况转播？

橱窗女郎并不是集中在一个地方，偏僻的地方也有，会让你猝不及防。其实，阿姆斯特丹有橱窗女郎的地方很多，包括附近的奶酪小镇阿尔克马尔。

VIII

20世纪70年代，辛格尔运河（Singel）81号的前楼建筑和地下室被改造成了橱窗女郎的所在。自1902年以来，辛格尔地区就允许橱窗美色存在，有80多个橱窗里的女人在做着各种挑逗动作。

1593年，当时还被称为城市运河的辛格尔运河失去了它原本的防御功能，因为人们又开凿了一条与之平行的新运河。于是，辛格尔运河就变成了专供国际船只来往停泊的码头，名字也随之改成了伦敦码头或是英国码头。

1613年，中世纪的城墙被推倒，为了纪念法国国王亨利四世在对抗西班牙的八十年战争中对北荷兰伸出援手，城市运河的名字被改成国王运河。不过，这个新名字并没有为人们所接受，当时的阿姆斯特丹人始终将这条运河叫作带有阶梯式立面的建筑。19世纪，位于阿姆斯特丹城市西面的建筑被拆除或重建，辛格尔运河81号的前后楼被拆分开来，成为两栋建筑，前楼的正立面上添加了样式简约的木制檐口，顶部添加了挂梁和屋顶平台，立面底部的木制基座则保留了下来。

据说，一对来自泰国的双胞胎姐妹就在这里上班，这里的女郎大多来自哥斯达黎加和多米尼加共和国，阿姆斯特丹的橱窗女郎只有5%来自荷兰。

阿姆斯特丹15和16世纪的建筑很少可以经受得住时间的考验：黄金时代就

唐人街善德街

黄昏热闹非凡的红灯区

拆除了很多古老的建筑，然后重建一座座新楼。如今的辛格尔运河周围差不多有390座古老建筑留存了下来，其中有291座被列入纪念性保护建筑。不过，辛格尔运河81号可不是其中之一。

IX

还是善德街附近的红灯区热闹，黄昏时分运河两岸到处是人，灯红酒绿，类似性博物馆之类的小店发出艳俗的气味。这里还有酒馆和咖啡馆，其中的一些咖啡馆是可以吸食大麻的。严格地说，大麻在荷兰并不是合法的，只不过当地法律对此采取容忍的态度。

阿姆斯特丹有名的还有棕色酒吧（Bruin Kroeg），指的是可供品酒和试酒的场所，有点像品酒屋，"总而言之，像尼古丁那样的深褐色是其一个基本的色彩元素，这体现在墙壁、家具，甚至人的服饰上。这种颜色来自生活的沉淀，来自伦勃朗，来自生锈的废弃自行车，来自烟草。在这种颜色中，世界变得模糊，空气变得慵懒，啤酒散发的是冬天的气味，就连角落的弹球机也厌倦地躺着。"（《阿姆斯特丹》，克劳迪奥·卡纳尔）

阿姆斯特丹地址本上就有1500家棕色酒吧。

据说荷兰最古老的酒馆位于海尔德兰大省杜斯堡，距离德国很近。

从1478年开始，荷兰那些统称为café的酒馆里就已经开始出售大杯啤酒了。阿姆斯特丹最古老的酒馆应该是卡帕修克酒馆（Café Karpershoek，于1606年开张），虽说这家酒馆是最古老的，却不是唯一一家声名卓著的酒馆。

在阿姆斯特丹经营一家老酒馆并不困难，从黄金时代开始，这座城市里至少有10家酒馆是可以给顾客提供啤酒或是金酒的，其中一家位于格拉汶街（Gravenstraat）上的名字叫作"三个小瓶"（De Drie Fleschjes）的酒馆，它的历史可以追溯到1650年。

格拉汶街距离水坝广场非常近，这条小街一直以来都十分热闹。17世纪的时候，这条街上开了两家旅店——布伦伯爵酒店和怀特杜布莱酒店，还有一些小酒馆，比如牡蛎女孩和盐窖。酒馆里一盘简餐的售价为25分，想吃的精致一些，则要花一个荷兰盾，酒馆还附送饮料。1650年，一家新酒馆开张营业，这家酒馆旁有一条小巷，这条小巷的名字听起来颇有些恐怖——深洞巷。当时这家新酒馆的名字不叫"三个小瓶"（De Drie Fleschjes），而是叫"口哨"（Het Sufflet）。

《海边的小王国：荷兰文化遗产》的作者马克·杰格林介绍说，这家酒馆的第一任主人名叫海·艾斯德列，他在1662年将这家名叫口哨的酒馆卖给了扬·兰伯茨·希瑟玛。酒馆后门的旁边住着的是著名的制图师和出版商人乔安·布劳，布劳用作出版业务的房子名叫"九个缪斯"，房子里有九台印刷机全天候地印刷地图和书籍。1672年2月的22、23日这两天，一场大火从印刷厂迅速蔓延开来，瞬间吞没了整座建筑。那天是周一，天气十分寒冷，消防水管都冻住了，尽管房主扬·希瑟玛拼尽全力，也只来得及抢救自己的酒馆。这场大火给酒馆里的人提供了好些年的谈资，九台印刷机全部报废，坤舆全图的铜版也全都熔化了，这次火灾造成的损失大约达35万荷兰盾。大火对于这位制图师而言就是一场噩梦，彻底摧毁了他的生计，也让他多年来的心血灰飞烟灭。自此，乔安·布劳就彻底沉沦了，一年之后他就过世了。

18世纪中叶，沿着辛格尔运河向前，距离格拉汶街只有一箭之遥的位置就是酒馆"三个小瓶"。当时酒馆建筑早已年久失修，1743年7月29日，城市年代记编者雅各布·比克·雷伊记录道："三个小瓶所处的建筑十分高大，今天它轰然倒塌的同时，也带倒了邻近的建筑。这栋建筑的倒塌给人们带来了恐慌和惊愕，但所幸没有造成人员伤亡或是其他事故。"这栋倒塌建筑的主人于同年买下了口哨酒馆，在对建筑进行重建翻新之后，这家酒馆再度对外开放营业。建筑的正立面是路易十五风格的细长苗条的钟形山墙，顶部还装饰了一个雕刻的皇冠，大门上方的扇形窗上装饰有三个小酒瓶。后来，这家酒馆几经易手，前后换了好几拨老板和管理人。

酒商亨德里克·伯茨给"三个小瓶"量身打造了一个宏伟的计划：1816年，他买下了这家小酒馆，并将它改成了品酒屋。之后，他又拆除了邻近至少九栋建筑来给新的现代化酿酒厂提供厂房空间。工业革命的浪潮并没有遗漏阿姆斯特丹，新一代以蒸汽为动力的酿酒设备取代了古老的酿酒设备。从那之后，伯茨的酿酒厂一天就可以生产7000升金酒，而酿酒厂的工人在经历了漫长而忙碌的一天之后也会时不时来品酒屋里喝一杯。

运河边的建筑

"三个小瓶"酒馆里靠后的地方有一张狭长的长凳，上面可以坐三个人。这是酒馆里唯一可以落座的地方，不过来这儿的常客都宁愿站着，也不愿意坐在上面。据说曾有八位客人坐过这张长凳后没多久就相继去世了，所以他们坐下休息过的这张长凳很快就赢得了一个绰号——"死人的长凳"。

　　布劳印刷厂那场大火过去后差不多两个世纪，历史又一次重演。1890年7月26号，"三个小瓶"酒馆后面的印刷厂（Arnd en Zoon）发生了火灾，这家印刷厂很快就付之一炬，前面的品酒屋也差点变成灰烬。幸运的是，品酒屋最后还是保住了，只是内部的陈设稍稍作了些改动。沿着墙壁立着的是非常古老的"精髓"，这是一个支架，架子上放了好些个带有铜质龙头的木桶，酒馆老板将金酒或是利口酒从这些木桶里倒出来，倒到一个容器里，然后再分倒到杯子里端给客人。那些来自社会各个阶层的酒馆常客特别喜欢站在吧台前享用美酒；传统的喝法是，喝第一口酒的时候要把头弯向玻璃杯，而不是倾斜玻璃杯使之接触嘴唇。这种喝法是很科学的，因为喝第一口的时候，酒杯里盛满了酒，酒水几乎和杯子边缘齐平。与此同时，酿酒厂里也在忙碌着，生产大批量的优质金酒和利口酒。苦橙酒（Oranjebitter）和伯茨之尖（Tip van Bootz）是伯茨酿酒厂出产的最为知名的两款酒，此外，这里出产的相当一部分品种的酒都曾获得过国际大奖。

　　1950年6月29日举行了"三个小瓶"诞生300周年的庆典，但这家百年老店的未来依旧难以预料，最后一代继承人威利·伯茨去世后，这栋建筑卖给了蒂沃利的葡萄酒商，品酒屋老板变成了约翰·凡·戈培尔，他在周年庆典的时候作出了一个令人匪夷所思的决定：向最大的竞争对手威南德·福京克酒馆寻求合作机会。从1679年开始，威南德酒馆就在500米开外的位置和"三个小瓶"分庭抗礼，然而四年之后，威南德酒馆被波士酒馆收购了。1956年，波士将目光盯住了伯茨家族品酒屋的股份，之后不久，"三个小瓶"也成为波士酒馆旗下的一部分。

乔普和艾伯·凡·德尔·莱利在1967年接手了品酒屋，从此，这里除了出售金酒和利口酒，还出售啤酒和葡萄酒。艾伯在尝试了不同的草本植物之后，发明了几种不同的新利口酒，比如漫步森林（De Boswandeling）和格拉汶之苦（Gravenbitter）。那时候，在地上撒沙子成为一种传统，但是原本用来装"精髓"的木桶却空了，成了酒馆墙壁上单纯的装饰。1970年，酒馆决定将51个木桶分发给合作商和常客，领到木桶的人都会得到一把钥匙，他们可以在自己专用的木桶里存放任意一种他们喜欢的酒水。1986年，约普·德·康宁接手了"三个小瓶"，他在2000年的时候为这家酒馆举行了350周年庆。德·康宁之后又和约翰尼斯·波太士合作，此后一直到今天，"三个小瓶"仍然是一家以提供好酒而闻名的深受大众喜爱的酒馆。

"三个小瓶"酒馆里有一种独一无二的收藏，那就是一小部分拥有几个世纪高龄的小火鸡（kalkoentjes）或是马蹄铁（paardehoeven），这两个名字是来源于酒瓶的形状。按照阿姆斯特丹的传统，即将离任的市长都会得到一项殊荣：将自己的肖像印在这两种形状的酒瓶上，迄今为止，差不多有30位阿姆斯特丹的市长获得过这项殊荣。科内利斯·皮耶特斯佐恩·霍夫特（1547—1626年）是最早在小火鸡酒瓶上印上肖像的市长，这种"市长肖像酒瓶"是维南酒馆的独家发明，如今，这些收藏的酒瓶都在"三个小瓶"的"死人的长凳"两边的展示柜里展出。不过需要警惕的是：如果你打算坐在那张"死人的长凳"上仔细研究这些酒瓶，你很有可能从此与世长辞哦！

XII

按马克·杰格林的考证，阿姆斯特丹著名的红灯区诞生于15世纪旧港附近两条狭窄的小巷子里，其中有一条小巷名叫皮尔斯蒂格（Pijlsteeg），这条小巷是以阿姆斯特丹市长——德克·皮尔的名字来命名的。如果他知道18世纪的一条妓院小巷会用他的名字来命名，可能就不会像平时那样好说话了。

皮尔斯蒂格巷子里那些妓院的名字至今仍能引人遐想，比如红铃铛、黄金池和皇室假发。17世纪下半叶，做水管生意的格里特·凡·盖尔想拓展业务，多赚点钱，就在这里开了一家叫作紫色小屋的妓院。

格里特的邻居扬·比尔曼则开了一家经营利口酒和金酒的酒厂，除了这两种常规酒，这里还出售茴香酒、樱桃白兰地、红带香槟、朗姆酒和一种叫作蓝橙力娇酒的新酒，据说这种酒是波尔斯的新发明。这家品酒屋选择在皮尔斯蒂格是十分明智的，拘束的嫖客都是在比尔曼这里喝够了酒壮足了胆之后才能大摇大摆地去隔壁的紫色小屋寻欢作乐。毕竟，酒是色媒人，一杯利口酒，禁果我所有。

1685年，格里特·凡·盖尔在一个偶然的机会下花了1000荷兰盾买下了皮尔斯蒂格31号的建筑，一开始，他还没想好这栋建筑派什么用处，也许他原本想过把它用作仓库。四年之后，他对这栋建筑进行了全盘翻新，工程结束后，他就把它租给了扬·比尔曼，比尔曼在这里开了家品酒屋。建筑立面上的年份1689年就是那次翻新的年份。

1731年6月26日，时年37岁的葡萄酒商人威南德·福京克以6500荷兰盾的价格从格里特·凡·盖尔手上买下了这家品酒屋，之后，他就给这家品酒屋换了一个新名字"戴冠冕的野蛮人"（D'gekroonde Wildeman），并且还挂出了一幅海报，上面描绘了一个大力士，大力士一只手拿着击棍，另一只手拿着带有字母"WF"的盾牌。在威南德·福京克的管理下，这家品酒屋很快就成为荷兰境内规模最大的酿酒厂。

酒厂生意越做越大的福京克并没有顺心如意，没有男性继承人的他在为今后酒厂的去向感到忧虑，他的膝下只有一个女儿玛丽亚。要知道在18世纪的时候，女人不能享有继承权，哪怕玛丽亚是福京克唯一的女儿。1775年，他邀请约翰·邓泽尔加入酒厂。说实在的，这位老人家的这个决定是非常明智的，邓泽尔不仅将酒厂打理得井然有序，甚至还将业务拓展到了柏林、维也纳、布鲁塞尔和巴黎这些国际化大都市。

XIII

1810年，荷兰共和国成为法兰西帝国的属国。照理说，在这样的政治环境下，经济一般都不会怎么景气，不过威南德·福京克的生意却依旧十分兴隆，拿破仑钦定其为御用供酒商，专门为拿破仑提供"精神安慰"。约翰·邓泽尔过世后，酒厂一度陷入困境，但迎娶了创始人福京克曾孙女的约翰尼斯和皮特鲁斯·施密茨兄弟接手酒厂后，又将业务拉回正轨。1815年，拿破仑·波拿巴彻底失势后，荷兰经济开始复苏。当时阿姆斯特丹68家酒厂中只有3家酒厂从这场危机幸存了下来，而威南德·福京克酒厂就是其中之一。法兰西退出荷兰之后，这家酒厂就成了荷兰国王威廉一世的宫廷酒品承办商。

313

19世纪，威南德·福京克除了是宫廷酒品承办商，同时还为一些贵族家庭供应酒品。1887年，阿方斯三世加冕为西班牙国王，阿姆斯特丹的这家酒厂向西班牙皇室递交了酒品承办申请书，之后不久，他们就收到了来自皇室的回函："国王陛下目前无法允准此项提请，因为陛下如今只有一岁，唯一可以进用的饮品是奶水而非酒精。"若干年后，福京克酒厂顺利成为西班牙皇室的酒品承办商。荷兰的摄政女王爱玛就是这家酒厂出产的利口酒的忠实粉丝。

工业革命的浪潮带动了威南德·福京克酒厂的产业大升级，蒸汽机的到来给厂里的五台蒸馏器带来了巨大的助力。继世纪初关掉一大批酒厂之后，阿姆斯特丹的酿酒厂数量也因为工业革命而一下子上升到30家。威南德·福京克酒厂因为其悠久的历史，品质和名气始终独占鳌头，当然，其皇室御用承办商的身份也奠定了它无可撼动的业界地位。在1883年的世界博览会上，福京克酒厂向世界展示了其生产的优质利口酒和金酒，一下子吸引了世界各国的注意力，这些注意力很快就转变为源源不断的订单。到了1887年，威南德·福京克酒厂6%的产品是销往美国的。

1920年，酒厂转为公家持有后，家族企业就正式解体了。在富有的新股东的支持下，这家酒厂成功接管了竞争对手，如伯茨酒厂（H. Bootz）和莱福特公司（Levert & Co.）等几家酒厂。然而，到了1954年，威南德·福京克酒厂也面临同样的命运，接手福京克酒厂的新主人名叫卢卡斯·波尔斯（Lucas Bols），他将福京克酒厂的生产线和办公室都搬到阿姆斯特丹的罗贞运河（Rozengracht）边上。一直到1970年之前，福京克酒厂生产的金酒和利口酒还是贴威南德·福京克的牌，不过到了1970年之后，这个品牌就从市场上彻底退出了。

之后，皮尔斯蒂格小巷这些小巧玲珑的建筑被一个叫皮耶特·吉斯伯蒂·霍登皮尔的高调商人租了下来，他在这里重新开了一家品酒屋，店里供应60种不同类型的酒，每一种酒都有一个十分特别的名字，比如"一半一半""完整的幸福""新娘之泪"和"酒窖里的小汉斯"等。黄金时代，怀孕的女人如果点了利口酒，酒保就会把酒倒在特制的银质高脚酒杯里端出来给她。女人喝酒的时候，杯子上的盖子会打开，然后会跳出一个小男孩来（这就是所谓的酒窖里的小汉斯）。这样一来，那位点酒的准妈妈就会趁机告诉周围的人自己怀孕了。当然，这里也售卖非常著名的荷兰琴酒，按照传统，喝这种酒的时候，第一口往往是站着喝的，酒杯放在桌上不动，人站起来弯下腰，两手放在身体两侧不动，头伸出去，嘴巴对准酒杯喝第一口，这是老规矩。后来，这家品酒屋的辉煌也走向终结，关门大吉。之后这栋建筑一直空置了好些年，再后来一些寮屋居民（指擅自侵占房屋的人）破门而入，擅自侵占了这栋建筑，一直到1993年才将其归还。

两个年轻的创业者看中了这家荒废已久的古老品酒屋，并为其制订了一个雄心勃勃的计划，打算将其重新打造一番，为其注入新的活力。他们在新酒厂隔壁开了新的品酒屋，取名为爱（De Liefde），这个名字有两层意思，一层意思是表

老城区运河建筑

达他们对于酿酒这项事业的热爱和激情；另外一层意思则是纪念皮尔斯蒂格这条运河边小巷那充满了男欢女爱的风流史。酒厂仍旧沿用威南德·福京克的牌子和波尔斯的生产执照，用以生产利口酒、伏特加和苦艾酒，此外还有用传统工艺酿造的100种不同类型的金酒。

2008年，欧盟决定为金酒提供保护，这项保护规定，只有酒精度不低于30%的酒类，且出产地为荷兰、比利时、法国北部两省区和德国两个联邦州的酒类才可以冠名为荷兰琴酒。2013年，卢卡斯·波尔斯正式吞并威南德·福京克，从此之后，荷兰波尔斯琴酒再度名震阿姆斯特丹。

XIV

善德街的尽头就是新市场（Nieuwmarkt），这个宽阔的广场也有400年的历史了，最早的时候是运河，后来被填平了。周一到周五，这里是贩卖食品蔬菜和鲜花的集市，我们那天黄昏来到这里，天上时不时飘点小雨，气氛有些冷清。

没有导游或熟人带领，缺点是有时搞不清状况。我们站在新广场上，看到一波一波的旅行团来了走了，导游叽里呱啦地讲了不少，还用手指了指前方的一条街。我当时真的很费解，很努力地猜测这究竟是什么意思。我看到了新市场西侧的一排传统山形墙房屋，从立面上的年代知道这是17到18世纪阿姆斯特丹古老的建筑。

后来我才猜测导游说的是从前面的大街到这里，几百年前都是一条运河吧。

原来是河，现在变成了马路，这需要一点想象力。就像我们站在上海的肇嘉浜路陆家浜路，向外地朋友介绍说，这里原来都是河，后者也是要琢磨一下的。上海与阿姆斯特丹有些类似，到处是河流与桥梁，只是河都是水乡自然的。这种感觉在浦东还有些，如花木的张家浜、张江的吕家浜，我经常在那些河边走走，比较野趣，没什么都市味道。

新市场中央有一个城堡般的建筑，是建于1488年的过磅屋（Waag），再之前，它是阿姆斯特丹的圣安东尼旧城门，是当时的主要城门之一。过磅屋的具体情形是什么，我们在游览奶酪小镇阿尔克马尔时会详细说到。

过去过磅屋的楼上是不同行业公会的办公室和警卫室。收藏在海牙莫瑞泰斯皇家美术馆的《杜尔博士的解剖学课》，画中的背景伦勃朗就是取材于这里。

现在过磅屋变成了一家餐厅。可惜我们刚在善德街上吃了顿中餐，否则来这里看看环境，才是最佳选择。

过磅屋

泪水塔

XV

从新广场沿着运河往回走几条路，就是旧港。这里有座阿姆斯特丹仅存的防御塔楼"泪水塔"（Schreierstoren），也曾是阿姆斯特丹城墙的一部分。"泪水塔"貌似是当年女人们在此挥泪送别满载水手的船只的意思，但塔楼的荷兰名表明其实源于"锐利"一词（用以形容深入海湾的角度）。

《阿姆斯特丹：一座自由主义之都》的作者罗素·修托发现，在泪水塔的入口处上方有一块献给"1595年第一次东印度群岛航程"的纪念碑，上面描绘了四艘小船在黑暗中航行于波浪汹涌的大海上，并附上拉丁文格言"航行乃必须"。

1595年3月，30岁的孔尼留斯·豪特曼，达豪酿酒商之子，率领三艘大船和一艘小艇，船上载有249个人，从阿姆斯特丹出发，去东印度群岛。

在此之前，多位阿姆斯特丹的商人决心突破葡萄牙人对于东印度群岛的贸易垄断，他们购买葡萄牙人的航海地图，并给予豪特曼阿姆斯特丹商业代表的头衔，去葡萄牙首都里斯本收集了两年的情报。

然后，这些商人投入29万荷兰盾，让不是专业海员的豪特曼展开其冒险之旅。

豪特曼的船队开始比较顺利，2个月后来到赤道后，麻烦不断，他们因为天气太热而昏厥，储存的食物发臭腐败，不少人生病，还有人死去。

接着，他们先被恶浪朝西甩往巴西的方向，然后才往东展开一段令人筋疲力尽的漫长航程，前往好望角。等他们绕过好望角，出海6个月时间，远征队已有超过四分之一的成员死亡。

他们停留在马达加斯加外海的一个小岛上，希望找到能治坏血病的新鲜蔬果，却一无所获。

当他们再度启程时，豪特曼与副指挥官鲍宁根之间的权力冲突加剧，高级干部支持豪特曼，见习军官力挺鲍宁根，结果豪特曼将鲍宁根铐了起来。

这时有不少人要求返航回家，但豪特曼坚持穿越印度洋。又经过4个月地狱般的航程，他们终于来到位于爪哇岛西端的班谭镇。

葡萄牙人早已捷足先登。豪特曼与当地的苏丹谈判开始时很顺利，但到了讨论最重要的胡椒时，葡萄牙人制造麻烦，挑拨苏丹说荷兰人要发动攻击。豪特曼情绪失控，严厉谴责葡萄牙人，苏丹更加信以为真，把荷兰人关入大牢。

荷兰人后来付出赎金获释，他们沿着爪哇航行，载了几袋丁香和胡椒，遭到了不少袭击。

豪特曼还想继续前进，可是其他人已经无法忍受了，此时一名船长暴毙，大家都认为是豪特曼毒死了他，他们禁闭了豪特曼，打道回府。

两年四个月后，他们回到阿姆斯特丹，总共只有89个人归来，这简直可以说是灾难。豪特曼在第二年找到另一位赞助者，再度前往东印度群岛，结果再次触怒当地人，遇害。

尽管如此，船上的品质中等的胡椒足以让投资他们的商人收回资金。

最重要的是，这次航行激发了阿姆斯特丹人进军东印度群岛的信心，后来的船队十分顺利，最后促成了东印度公司的成立。

XVI

此时天色已晚，我们去火车站附近坐游轮观赏阿姆斯特丹的夜景。途中，我们会看到绅士运河、皇帝运河和王子运河岸上的各种建筑，欣赏河岸两侧的船屋和一些独特的水上景点（比如修士运河的7座砖桥以直线排列，桥的倒影一个接一个地倒映在河面上），还有独特的桥梁（其中木结构的马海丽吊桥在夜光中尤为美丽）。

游船行至河水开阔处，可见船形绿色宏大建筑科学技术中心（NEMO），接着是阿姆斯特丹最大的中餐馆海上皇宫以及海洋博物馆等。最后，我们再次回到火车站，登岸看到前面一排五彩斑斓的建筑，有些类似上海的外滩，这是许多明

木结构的马海丽吊桥在夜光中尤为美丽

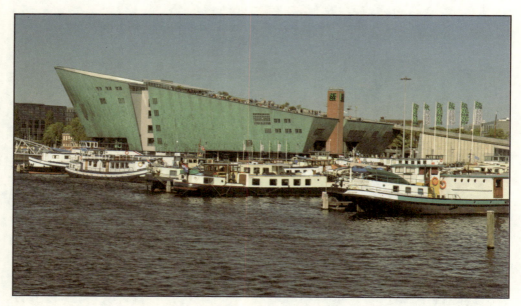

宏大的绿色船形建筑：科学技术中心

阿姆斯特丹最大的中餐馆海上皇宫

信片中出现的场景。

如果在阿姆斯特丹行色匆匆，乘坐游船游当地是快捷了解城市的最佳方式。

XVII

第二天的下午我们又路过老城区，照例应该参观阿姆斯特丹最古老的建筑老教堂（Oude Kerk），它建于1306年。我的计划是在阿姆斯特丹的最后一天去教堂，因为这天是礼拜天，气氛更好些。可后来去了阿姆斯特丹和邻近地方的大教堂，发现荷兰的教堂没多大意思。老教堂虽然周日还有主日崇拜，但通过介绍，它大多数时候起到的是博物馆的功能，举办很多艺术展，它旁边还开了个咖啡馆，基本上失去了教堂的功能。所以，那个周日我们去了风车村。

有些讽刺意味的是，老教堂旁边的阁楼教堂博物馆（Museum Ons' Lieve Heer Op Solder）却在诉说着当年的阿姆斯特丹人的坚定信仰。

阿姆斯特丹最古老的建筑——老教堂

阁楼教堂博物馆

19 世纪的厨房

XVIII

　　我们走进阁楼教堂博物馆后，先进入的是个19世纪的厨房，它建于1888年，是为门房服务的。当时房子已经成了博物馆，作为唯一的雇员，门房既要接待客人，还得看管财产。所以，它并不属于当年阁楼教堂的一部分。

　　这间厨房用了不少回收的历史材料来装饰厨房，如18世纪的石水槽和儿童游戏特写图案的蓝白色瓷砖，这样平添了一些历史氛围。

　　我们来到会客厅——17世纪富有的天主教商人扬·哈特曼（1619—1668年）在这里接待他的客人。客人们会情不自禁地对会客厅里富丽堂皇的布置留下深刻的印象，而这正是房子的主人用意所在。哈特曼最初只是德国科斯费尔德镇的面包师学徒，后来一跃成为成功的阿姆斯特丹商人，他希望人们看到自己的成

会客厅

功和财富。虽然哈特曼不是贵族，但他还是在壁炉架上摆放了一枚纹章来彰显自己的地位。

　　会客厅的风格是荷兰新古典主义的，采用对称性设计，尤其值得注意的是脚下对称的地板瓷砖图案与天花板上的九块面板相映成趣。这种设计代表了荷兰"黄金时代"时尚的巅峰。

　　虽然这个房间里所有的家具都是来自17世纪的，但在2015年结束的修复过程中，通过小心翼翼地移除顶层来检查底层的颜色，修复者发现墙上的白石膏来自之后的年代。如今，墙面已经还原到哈特曼最初选择的颜色：带有一丝橙色的黄色。

XIX

　　接着是休息室或起居室。白天在这里可以欣赏到窗外的美景，晚上则是卧室。床架还在原来的门旁边，24岁的哈曼特1661年买下这所房子时，已经是5个孩子的父亲了。

起居室

　　我们爬上二楼，可以看到墙内镶嵌的圣水盘。来阁楼教堂参加弥撒的天主教信徒，先是上楼梯在圣水盘里蘸圣水画十字，最后才进入教堂。该教堂可容纳150个人，在天主教节日里，弥撒前后，楼梯上人山人海，非常拥挤。

　　建造楼梯的时候，这一层还预留了足够的空间——隔间，里面摆放着一个床架，可以居住、工作和睡觉，透过窗户可以看见里面。

　　我这时有种回到童年的感觉。小时候，我先是听，然后编些恐怖故事：公安局李科长接到举报，来到这幢大楼，先是到厨房，有几个碗没刷；然后是会客厅，桌子上还有支香烟在燃烧；休息室的床铺被子有些乱。走到二楼隔间，看到床上有支口红。

　　情形越来越紧张啊。

镶嵌在二楼墙壁上的圣水盘

尽管已经知道楼上是教堂，可是当我看到真实环境后，还是目瞪口呆，这远远超出了我这个童年就受过阶级斗争教育、具有敌情观念的人的想象。上面不是一层，而是两层富丽堂皇的教堂空间。

1661年5月10日，哈曼特用从事亚麻贸易和征收酒税获得的利润，买了这栋建筑和两套毗邻的侧街的房子，再把三栋建筑的阁楼合成一个私人天主教教堂。

阿姆斯特丹新教徒在1578年驱逐了当地的天主教徒。在17和18世纪，虽然天主教徒是阿姆斯特丹的第五大人口，却是二等公民，他们再也不能在被新教徒占据的官方礼拜堂里做礼拜了。

最初阁楼教堂被称为"圣哈特教堂"。如果今天哈特曼回到这里，他可能也认不出自己建造的阁楼教堂了。修复者尽可能还原到17世纪，教堂则被复原成1862年的风貌，外观颜色是当时的卡普特红，这种绚丽的枣红色更接近棕色、深赤褐色和紫色。19世纪煤气灯的复制品则从老照片和版画里走进了现实。

教堂巴洛克式的祭坛以及圣龛由两根看似大理石的木柱相伴左右，祭坛也恢复了19世纪的红棕色大理石。为了节省空间，小讲坛被创造性地隐藏在祭坛左侧柱子的三角墙内。

阿姆斯特丹的天主教画家雅各布·德威特创作了祭坛画，内容是代表圣灵的鸽子和圣约翰在为耶稣洗礼。画家1716年在约旦完成了天主教的洗礼，之前在安特卫普当学徒，从画风看，显然受到大师鲁本斯的影响。德威特绘制了20多幅祭坛画，其中大部分是为阿姆斯特丹的私人教堂创作的。

祭坛画两边的柱子前各自站着一个抱着百合的圆润的丘比特。

靠两面墙壁的长凳安装于1750年，是为杰出的教徒预留的席位。当阁楼教堂在19世纪变成博物馆的时候，这些长凳成了陈列柜，用来摆放天主教信徒慷慨捐赠的物品。

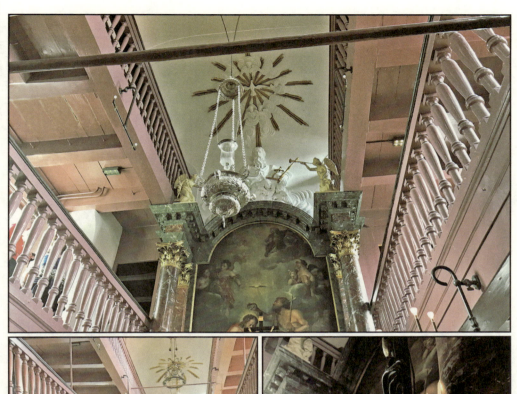

329

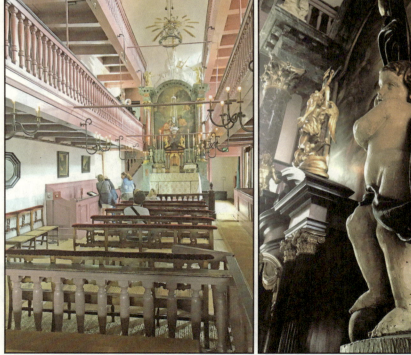

楼上的教堂很出乎我的意料，居然是两层富丽堂皇的空间

教堂内巴洛克式的祭坛

XXI

教堂的上层是1794年的管风琴设备，但我更感兴趣的是阁楼上的杠杆和绳索。由于传统上是以建筑立面的宽窄收税的，所以阿姆斯特丹的建筑都是狭而深，这样家具很难从正门通过楼梯搬上去，所以，家具都是从外面吊上去的——房屋故意建成倾斜的角度，人们可以在不撞坏窗户的情况下将家具吊上顶楼。但1565年制定的一项法规规定，房子倾斜的角度不得超过25°，以防止角度过大导致房屋倒塌。

今天，我们会看到运河边的房子东倒西歪的，煞是有趣，有的是因为地基没打好，有的则是故意倾斜的。

我们走回阁楼教堂底层的圣坛，在它的背后又是一番天地。

阁楼上的起运杠杆与绳索和教堂上层 1794 年的管风琴

圣器室是一个壁橱，供神父做布道前的准备工作和存放物品之用

圣器室是个壁橱，神父在布道前完成各项准备工作，有用于存放教袍和仪式用纺织品的抽屉。

天主教徒对圣母玛利亚尤为尊崇，但阁楼主教堂没为她设立单独祭祀的空间，圣母礼拜堂只能设立在祭坛后面。这里有一个颜色明亮的菩提木圣母玛利亚雕塑（大约1690年），它可能是教堂财产清单上的原物件，圣母玛利亚怀抱耶稣，站在一轮新月上，并把一条象征万物之恶的蛇踩在脚底下。

告解室也是天主教教堂特有的，作为七圣礼之一的告解，是天主教信仰的基础。阁楼教堂的告解室建于1740年前后。告解者跪在右边承认自己的罪孽，神父则坐在左边的小房间里倾听，然后神父会以主的名义赦免告解者的罪过。告解的正式称呼是"忏悔圣事礼"。

设在祭坛后面的圣母礼拜堂与天主教教堂特有的告解室

XXII

从楼梯往下走，又是一个秘密空间。自从阁楼教堂建立以来，即1662到1887年，教堂的神父一直住在这栋房子里，这里既是他们的书房，也是卧室。

这是一套相对奢华的公寓，1662年哈特曼为他的朋友帕门蒂尔神父铺设了大理石地板，哈特曼每年还为帕门蒂尔交纳250荷兰盾的房屋租金。

现在帕门蒂尔的床架和其他的内部设施一起被还原了。

侧间住宅的地下室有三个部分：前厅、装有壁炉的厨房和洗涤室（清洗碗碟和存放食物）。在17世纪，洗手池也可以用来洗涤东西，它是房子里唯一有水的地方。厨房也是如厕的地方，到时用一桶水冲干净即可。

厨房部分面向侧街，所以光线很暗。今天的修复者改善了房间里的光线，重

教堂神父的书房兼卧室与侧间住宅地下室内景

现了"黄金时代"的气氛，他们还从窗框和天花板上小心翼翼地取下油漆层，以确定厨房家具的原始颜色——深红色和深褐色。

XXIII

哈特曼于1668年逝世，享年59岁，留下了巨额债务，短短几年，家庭财政恶化到被迫变卖家产的地步。所以，他虽然临终前口述遗嘱，允许帕门蒂尔神父按照自己的意愿使用教堂和公寓，但帕门蒂尔还是搬离了这所房子。

接替者是沙伊克神父，就是他委托德威特创作了祭坛画。可是，阁楼教堂博物馆没介绍是谁继续维持至1887年。

1887年，更小的家庭教堂接替了阁楼教堂的使命。第二年，阁楼教堂作为博物馆继续开放，现在每年的访客超过10万。

一个有意思的问题出现了，当年政府知道这个阁楼教堂吗？

他们完全知道这里发生的一切，事实上，他们允许大多数的宗教团体在阿姆斯特丹活动。

也就是说，他们对像阁楼教堂这样的"秘密"宗教活动采取了睁一只眼闭一只眼的态度。

赫伊津哈在《17世纪的荷兰文明》中写道："管理宗教信仰的制度既不是宗教自由的制度，也不是宗教宽容的制度，而是这样的官僚体制——对偶尔的贿赂睁一只眼闭一只眼，且予以接受，用微调的方式改变官方教会之外人士的命运。天主教信仰被官方禁止，但人人都知道哪里能找到天主教的秘密教会。不坚守'真正的归正宗'教义的人被排除在公职之外，但也有例外，在有些省份里，天主教贵族被允许担任法官和高级军官。新教里的异见者比如路德派和洗礼会很少受到法律的制裁，因为和犹太人一样，他们不谋求公职。"

在海峡对岸的英国却因同样的宗教差异引发了长达半个世纪的冲突，先是清教徒在内战中获胜，然后是有着天主教暗流的王朝复辟，最后才是英格兰健全的理性的最终胜利。比起冲突使民族生活严重分裂威胁到文化的稳定的英国，1625到1675年的荷兰文化处在比当时的英国文化更先进的阶段。

而且，荷兰把这个在冲突中找到和谐的解决方法作为传统传承了下来，直至今日。

第十章

I

我打定主意在阿姆斯特丹漫游，先设定一个目标，然后跟着猫途鹰的导航走，不去管途经哪里，反正到处是风景。

我设定了伦勃朗故居为终点，然后从皇帝运河的住处出发，路过鲜花市场和蒙特塔，沿途有一条宽阔的运河，两边都是很气派的房子。如果沿着这条路走，就会来到贝金会修道院。

今天这里的阳光真好，运河与建筑漂亮极了。

我们这次来荷兰，运气不错，很少碰到雨天，下起雨来，也就是一阵子，马上晴朗。我记得夏天的伦敦也是这样，不过荷兰的阵雨更是突然，刚才还是艳阳天，一会儿就一场大雨浇了下来，不给你躲避的机会。所以，如果你没有带伞，只要有点下雨的迹象，马上跑到躲雨的地方，也许可以避开。

有一次我们在中央车站门口的电车站下来，一看要下雨，拔腿就往车站大厅跑，也就几十米的距离。我们刚到门口，一场雨就劈头盖脸地砸下来，如果在外面，从头到脚一定会湿透。

II

我们从蒙特塔过了马路，直接往前走，走过一段路，我记得从这里岔过去就能去索菲特大酒店，再过去就是红灯区和旧教堂了。

继续往前走，看到一座吊桥，很美。

再往前走，就是阿姆斯特尔河（Amstel）了。说起阿姆斯特丹，人们都会大谈特谈它的运河，却很少提到阿姆斯特尔河。其实，阿姆斯特尔河才是真正的自然河流，壮阔，上面有许多大船在行驶，它发源于荷兰的阿姆斯特尔胡可地区，最后在阿姆斯特丹入海。而阿姆斯特丹的运河是利用阿姆斯特尔河的河水人工开凿的吧。

阿姆斯特尔河

河岸边有滑铁卢广场（Waterlooplein），可以看到著名的大会堂歌剧院（Stopera），包括市政厅和歌剧院两个部分，建于1986年。当时，由于有四分之一的旧犹太区被夷为平地，引发了一系列当地居民与警方的冲突事件。

大会堂歌剧院白天看上去比较平常，但晚上灯火通明，还是很有看头的。

这里是荷兰歌剧团和国家芭蕾舞团的根据地，内部奢华。

阿姆斯特丹的剧院大多在娱乐街莱顿广场（Leidseplein）周围，最著名的音乐厅（Concertgebouw）、市立剧院和天堂音乐厅都在那里。

莱顿广场离我们的住处也不远，有天晚上抽空去看看，煞是热闹，也有许多

大会堂歌剧院

吃的地方，包括中餐厅，但明显是为游客服务的，档次不高。我们勉强找了家海鲜餐厅，价贵质量却一般。

　　单纯靠旅游指南可能会误事。莱顿广场离博物馆区不远，凡·高博物馆旁就有一个建筑很特别的市立现代美术馆（Stedelijk Museum of Moderm Art），看似很吸引人，但票价昂贵，而且观众口碑不佳，我们在门口看了一下，没有进去。

　　但经马克·杰格林的《海边的小王国：荷兰文化遗产》渲染，这些剧院音乐厅都不及也在阿姆斯特尔河岸边的卡雷剧院（Theater Carre）有趣。

音乐厅

莱顿广场周边街景

市立现代美术馆

19世纪初，6岁的柯内莉亚成长于鹿特丹贫民窟，她来自单亲家庭，母亲常年入不敷出，拮据的生活迫使母亲将她托付给了一个巡回马戏团。柯内莉亚的养父母郑重发誓会好好教育她，培养她读书写字，但没过多久，柯内莉亚就成为马戏团表演的成员。

在一个叫小奶猫（Katchen）的舞台上，柯内莉亚骑在马背上为观众表演了惊险的杂技。16岁的时候，她嫁给了同在马戏团工作的驯兽师威廉·卡雷。三年后，她生下了一个儿子，取名为奥斯卡，这个名叫奥斯卡的孩子就是后来创办了名震全世界的国际化剧院——卡雷剧院的创始人。1868年，奥斯卡·卡雷从父亲

卡雷剧院

手上继承了马戏团，成为新一代马戏团团长，几个月之后，他迎娶了自己的外甥女艾美莉亚。婚后不久，夫妇两人就带着马戏团在荷兰境内巡演，当时表演的重头戏是针对普鲁士特拉肯纳种马的传统花式骑术训练。1870年在海特鲁皇宫表演之后，国王威廉三世将其钦定为皇室御用马戏团，于是这家马戏团从此改名为荷兰皇家奥斯卡·卡雷马戏团。之后，这位马戏团团长成了上流社会的宠儿——奥地利的茜茜公主在驻留阿姆斯特丹期间还延请了奥斯卡·卡雷教授自己古典花式骑术。

为了表示感谢，茜茜公主的丈夫弗朗茨·约瑟夫一世送给这位马戏团团长一匹阿拉伯纯种马和一个制作精美的烟斗，上面雕刻着他心爱的马。

奥斯卡·卡雷非常懂得如何迎合大众，从而为自身做宣传。1874年，沙皇亚历山大二世对阿姆斯特丹进行国事访问期间，当沙皇出现在皇宫阳台上的时候，卡雷骑着马在水坝广场上表演十分优雅的屈膝礼。另一个噱头更是有意思——和他最大的竞争对手、号称可以让12匹骏马同时腾跃而起的恩斯特·伦茨的那场比赛，据说直到两年后还占据着当地报纸的头条。当时比赛的场景是这样的：这两个人在科隆的大马戏篷里的表演迷倒了一众观众，卡雷成功地让12匹骏马同时腾跃，而他的竞争对手只让8匹骏马同时腾跃而起。最终卡雷赢得了总计一万马克的赌注。

1879年，奥斯卡·卡雷在阿姆斯特尔河沿岸买下了一块土地，距离阿姆斯特丹最著名的酒店阿姆斯特尔酒店仅有500米，他准备在这里修建一个冬季马戏团，即带有石制立面的木制马戏篷。仅仅用了8个月的时间，建筑师凡·罗瑟姆和维克就将奥斯卡·卡雷的这一梦想实现了，新古典主义的剧院立面上有带马戏团特色的装饰，两匹表演专用的骏马腾跃而起，巍然屹立。但这座剧院尚未完全竣工，各界人士就热烈欢呼，将其誉为"阿姆斯特丹的瑰丽珍宝"。

剧院的内部更是让观众惊艳，这多亏了天花板上描摹的荷兰历史上的著名人物和重要历史事件，其中有一幅天顶壁画描绘的是奥斯卡·卡雷本人向俄国沙皇行屈膝礼的场景。按照我们如今掌握的资料看，剧院在1887年竣工，而这座顶级的娱乐天堂在当时就意味着高尚品位的圣殿。

那时的荷兰皇家奥斯卡·卡雷马戏团有2000个观众席，最便宜的票价是66分，如果花1.99个荷兰盾，就可以享有一个相对舒适的上座。马戏团1887年12月2日正式对外开放，当时比较著名的节目有马术大巡游、花式马术表演和体操表演。闭幕表演的时候，来自剧院旁的阿提斯动物园的异域动物和表演者们一同亮相于马戏团的舞台中央，这些动物包括一头长颈鹿和一些袋鼠。

IV

一向福星高照的卡雷一路顺风顺水，然而1891年，一场重大的火车事故却在一夕之间改写了命运。一辆满载着卡雷马戏团巡回演出人员和道具的火车在途经德国的时候，与另一辆行驶中的火车迎面相撞，他的妻子艾美莉亚在这次火车事故中丧生，相当一部分马戏团成员多多少少都受了伤。然而，演出还得继续，两周之后，卡雷回到了马戏团。之后，他在阿姆斯特丹的佐齐维尔德墓地给他心爱的妻子艾美莉亚置办了一个墓穴，墓穴的设计和建造托付给了当初在阿姆斯特尔河岸建造马戏团剧院的建筑师们，墓穴是仿照位于法国南部尼姆的古罗马圣殿的式样建造的。

艾美莉亚去世18个月之后，奥斯卡·卡雷就迎娶了他的第二任妻子艾达，艾达是一位很有天赋的古典花式骑术杂技演员。然而悲剧的是，1897年，艾达在一场手术中去世了，这一连串的悲剧重重打击了奥斯卡疲惫的心灵。他认输了，关掉了自己苦心经营的马戏团，而他拥有的那些纯种骏马的下落却成了一个谜。

根据一名已经退休了的马戏团团长的说法，奥斯卡在结束了告别演出之后就开枪射杀了他心爱的纯种骏马。奥斯卡·卡雷说："我不想它们落入其他人的手中！”他曾经向一位记者透露过心声：“我曾经想过把它们卖掉，我真的这么打算过。但我只要一想到这些可怜的小家伙可能要去拉车，我就受不了。”没有证据可以证明这一极富传奇色彩的做法是否属实，但另外一件事却给这则城市逸闻增添了戏剧性。

尽管奥斯卡·卡雷仍旧沉浸于悲伤之中，但他在几个月之后再度结婚了。他把阿姆斯特丹的剧院租给了歌舞杂耍大师弗里茨·凡·哈勒姆，自己带着第三任太太伊迪丝搬到了科隆。一年之后，卡雷带着自己的歌舞杂耍表演回归剧院。1904年，马戏团剧院得以扩建翻新，从那之后，这座剧院就变成了集马戏表演、歌舞杂耍和卡巴莱歌舞表演于一体的综合性剧院。1911年，卡雷的身体状况开始恶化，同年6月，他因为感染急性肺炎去世。之后，这位马戏团的传奇人物被埋在位于阿姆斯特丹的佐齐维尔德家族墓地中。

卡雷的继任者全盘接手了马戏团剧院的管理，并将其更名为Henri ter Hall，即国王的滑稽剧团。但剧院的负债却在与日俱增，1920年，剧团管理人员不得不将剧院出售。不幸的是，剧院的买家在后来的经营中依然入不敷出，在不到四年的时间里，剧院在一次拍卖会上以43.9万荷兰盾的价格再度卖出。之后，卡雷马戏团以全新的节目和热情再度征服了观众，取得了巨大的成功，它还吸引了活跃于国际舞台上的明星大腕，比如来自蒙特卡罗俄罗斯芭蕾舞团的约瑟芬·贝克、巴黎丽都的芭蕾舞者和玛琳·黛德丽。到了秋天，剧院大厅的观众席会围成一个圆圈，之后的几个月，剧院会变成马戏团艺术家的表演天堂。

1956年，卡雷剧院上演了荷兰历史上第一场音乐剧：《波吉和贝斯》。这出音乐剧是《贵妇人》的荷兰改编版，由荷兰著名演员维姆·索涅维尔德领衔出演，于1960年第一次公演。三年之后，既是喜剧演员和歌手，也是作家的图恩·赫曼斯以一场前所未有的全新表演赢得了观众的青睐，这是从美国引进的独角戏，他后来承认说第一次公演那个晚上是“他生命中最伟大的一夜”。首次公演之后的30多年里，他都会定期在卡雷剧院演出。

20世纪60年代末，乌云再次笼罩着这座饱经沉浮的剧院——剧院的主人打算拆除剧院，然后在原址上重建一家酒店。然而，经过漫长的博弈之后，卡雷剧院1977年转而成为阿姆斯特丹市政名下的建筑。一直到今天，这家剧院仍旧是荷兰境内最具影响力的演出场所，每年都向全世界慕名而来的人提供一场场音乐会、卡巴莱舞蹈表演和各项生动有趣的戏剧演出等。

为了纪念卡雷剧院百年庆，荷兰的顶级戏剧制作人乔普·凡·登·恩德1986年为世人贡献了著名的音乐剧《猫》。1987年，百年庆典如约而至，这一年，一系列的演出让一个人的名字逐渐为世人所知：喜剧演员安德烈·凡·杜恩。四年之后，卡雷皇家剧院再度翻新扩建，这次升级工程耗资2000万荷兰盾。建筑师奥诺·格雷那和马汀·凡·古尔对剧院建筑的后面进行了全部重装，十年之后，他们又改造了剧院建筑的内部装潢。

2012年12月3日，卡雷剧院举办了诞生125周年的庆典，剧院高层策划了一场特殊的庆典节目，还邀请以女王比阿特丽克斯为首的一众客人。然而，演出当天下午，一位表演艺术家在最后彩排的时候不幸生病，并于不久后去世了，为了向这位不幸的艺术家及其家人致意，剧院方取消了这次庆典演出。四个月之后，即2013年4月，这出剧的其他表演艺术家齐聚卡雷皇家剧院的舞台，最终完成了庆典演出。

能在卡雷剧院演出，对于一众表演艺术家而言是一桩难得的幸事；对于观众而言，能在卡雷剧院欣赏一场演出，可比在外头其他地方度过漫漫长夜有价值得多。卡雷皇家剧院未必是荷兰最古老的剧院，但它那极富传奇色彩的历史却在荷兰的戏剧史上留下了浓墨重彩的一笔，并且使之本身也成为荷兰境内最具价值的纪念建筑。

V

大会堂歌剧院不远处竖立着大哲学家巴鲁赫·斯宾诺莎（Baruch de Spinoza，1632—1677年）的塑像。滑铁卢广场的东北角有一座摩西和亚伦教堂，建于1814年，为新古典主义建筑，是犹太区里传统的天主教礼拜堂。现在教堂的所在地就是斯宾诺莎诞生的地方。

斯宾诺莎的父亲是犹太人，经营一家进口葡萄干、橄榄油和其他地中海产品的贸易公司，是家中老三。

斯宾诺莎出生的1632年，伦勃朗从莱顿迁居阿姆斯特丹，住进赞助者范·尤伦堡的学院，就是斯宾诺莎所在的犹太区主要地段的另一侧。

斯宾诺莎在葡萄牙犹太人自成一格的环境中长大，他上的犹太学校与住处只隔了几间房子，旁边就是犹太教堂，他在那里研读希伯来文和《塔木德经》等犹太经典。17岁那年，在哥哥和父亲相继去世后，斯宾诺莎被迫离开学校，协助另一个哥哥共同经营家族事业。

斯宾诺莎同时在辛格尔运河边的一家拉丁文学校就读，校长范登恩登是激进的笛卡儿学派信徒，他从安特卫普迁居阿姆斯特丹，积极推广一种叫"民主"的东西。范登恩登引领斯宾诺莎进入了笛卡儿开创的哲学新世界。

法国哲学家笛卡儿大部分事业生涯都在荷兰度过，他的哲学系统是以理性为基础，让理性成为判断人类真理的唯一工具。笛卡儿的方法打开了迈向实证科学思想的大门。

斯宾诺莎决定选择哲学作为终身事业，退出了家族企业，跟着笛卡儿去探索理性。

但1656年7月27日，斯宾诺莎在其住宅附近的犹太教堂被拉比们逐出教会。

斯宾诺莎将上帝视为万物的总体，他的上帝不会思考、没有怜悯心，不会看顾、同情或回应祷告。几百年后的爱因斯坦总结道："我相信斯宾诺莎的上帝，

大哲学家斯宾诺莎的塑像

摩西和亚伦教堂

他在万物和谐时便会现身，而不是那个关注人类命运与行动的上帝。"这在17世纪的欧洲是惊世骇俗的。

斯宾诺莎的主要著作《伦理学》于他死后才出版，他在生前写了政治小册子《神学政治论》，目的是希望将神学和政治分开来。斯宾诺莎宣称，政治的基础应为个人自由。斯宾诺莎是史上真正提出这个论点的第一人。他继续表示，"民主是所有政治形态中最自然、也最符合个人自由的一种"。

斯宾诺莎以为这本支持荷兰共和国的书会受当局的欢迎，但1674年荷兰议会查禁了《神学政治论》。斯宾诺莎远远地超越了自己的时代，44岁时因肺病在海牙逝世。（《阿姆斯特丹：一座自由主义之都》，罗素·修托）。

VI

滑铁卢广场前是个跳蚤市场，不过里面的东西没什么可看的。走过这个广场，就是犹太人宽街（Jodenbreestraat）4号伦勃朗故居（Museum Het Rembrandthuis）。

伦勃朗故居斜对面的阿姆斯特尔河上，远处可以看到美丽的马海丽吊桥，它附近的岸边有冬宫博物馆阿姆斯特丹分馆（Hermitage Amsterdam）。早在1697年，沙皇彼得大帝就在荷兰学习造船技术。两国关系不错，圣彼得堡的冬宫博物馆在阿姆斯特丹成立了分馆。

我为眼前的美景所陶醉，却偶然发现旁边的古宅正在搬家，很好奇地观察了一会儿。现在的荷兰人搬家虽然还是从窗口搬进搬出，但不用传统的杠杆绳索，使用现代的滑梯式工具简单安全快捷。据说，这种搬家工具也在上海使用了。

在阿姆斯特丹到处闲逛，总会有新的发现。阿姆斯特丹为了减轻建筑的自重，喜欢用大幅的玻璃，但这些玻璃总是干干净净的。我家二楼大厅的大玻璃窗擦洗很困难，阿姆斯特丹人是怎么保持这么高大的玻璃窗明亮干净的？我们没有当地人可以询问，只能注意观察。

冬宫博物馆阿姆斯特丹分馆

工人正在用水枪清洗运河边的大宅

后来我们终于看到一辆专用的擦洗水车，有工人用车里的水枪清洗运河边的大宅。这个谜就解开了。

VII

八十年战争期间，欧洲大陆上数以千计的人为了躲避西班牙天主教国王菲利普二世的宗教独裁而逃往相对自由的北部地区，相当一部分逃到阿姆斯特丹的难民都是接受过高等教育的人才，来到阿姆斯特丹之后，这些人就在城市新运河旁边购置土地建造房屋。伴随着大规模的知识和金钱的涌入，移民的到来极大地促进了当地经济的发展。

1606年，伦勃朗·凡·莱因出生于莱顿。汉斯·凡·德尔·沃特买下了犹太人宽街上的三间空屋子，这位裁缝和他的艺术家兄弟科内利斯从安特卫普逃到了荷兰共和国，兄弟俩在阿姆斯特丹一起生活了好长一段时间。这两兄弟在委托建筑商的时候要求采用时下非常典型的荷兰文艺复兴风格的阶梯式山墙，汉斯选择4号的建筑作为宅邸，科内利斯则选择了角落里的一套建筑，在这里开办了一个艺术画廊。

一些来自东欧和南欧的难民，还有相当一部分潦倒的艺术家都聚集在阿姆斯特丹最便宜的东区，许多来自西班牙和葡萄牙的犹太人都在这里安营扎寨，那条原本叫圣安东尼斯布里斯街的大路就改名为犹太人宽街。

1626年，皮耶特·贝尔腾去世。第一次婚姻带给他的一双儿女，小皮耶特和玛格达丽娜继承了已故父亲留下的房子。当时，皮耶特已长大成人，但他的小妹妹玛格达丽娜只有16岁，所以小皮耶特就给她安排了一位监护人，这位监护人名叫安东尼·瑟伊斯，是来自佛兰德的珠宝商人，他是个鳏夫，年龄是小玛格达丽娜的两倍。小玛格达丽娜的父亲过世一年后，安东尼就爱上了这个女孩，并在之后迎娶了她。之后，安东尼和玛格达丽娜搬到她父亲留下的位于犹太人宽街上的房子，和他的兄长皮耶特以及嫂子住在一起。

他们在房子前的顶部上另造了一层，过时的阶梯式山墙也被檐口和鼓室取代，荷兰古典主义的风格元素和时下的流行元素相得益彰。负责这次建筑现代化翻新的建筑师中很可能有水坝广场皇宫的建筑师雅各布·凡·坎彭，因为建筑的立面看起来很像是他的手笔。安东尼和玛格达丽娜在婚后第六年就搬离了犹太人宽街，不过她仍然是这栋建筑的所有人之一。

1634年，安东尼就去世了，之后没多久，玛格达丽娜嫁给了安东尼富有的堂兄弟克里斯托弗。一场婚礼促成了另外一场婚礼：不久之后，玛格达丽娜在她之前的邻居家里举行了婚礼庆典。著名的艺术家伦勃朗·凡·莱因当时住在他的恩人亨德里克·凡·攸伦伯格位于犹太人宽街6号的宅子里，他后来娶了亨德里克的堂妹萨斯基亚。伦勃朗和萨斯基亚的婚礼却是在弗里斯兰省的圣安纳帕罗彻教区举行的，这里是萨斯基亚成长的地方。伦勃朗深爱他的新娘，婚后第二天，他就将自己绘制的新娘的美丽肖像送给了萨斯基亚。不久之后，这对年轻的夫妇搬离了犹太人宽街，住在位于新多伦街豪华的租屋里。1639年，亨德里克家旁边的房子公开售卖，伦勃朗和萨斯基亚知道后二话不说就以1.3万荷兰盾的价格买了下来，成为犹太人宽街4号的主人。他先是支付了1200荷兰盾，并于同年12月之前追加支付了1200荷兰盾，在1640年支付了850荷兰盾。剩下的尾款以5%的利息每年分期付款。这笔房贷令他的生活一度陷入困境。

VIII

伦勃朗的代理人亨德里克是一位在国际上拥有很多人脉的极具影响力的艺术品经销商，波兰国王西吉斯蒙德三世就是他的客户之一。亨德里克将这位炙手可热的艺术家介绍给了"上流社会"，使之成为"国王权贵们的艺术宠儿，同时也赢得了富商大贾的尊重和欣赏"。

伦勃朗一开始住进这个屋子的时候就像个疯子，常常会同时创作好几幅画。伦勃朗是一位名副其实的艺术明星，几乎全欧洲的人都知道他的大名，他原本在经济上并不算十分富裕，但钱财有时候挡也挡不住，他的母亲过世后，除了常规的继承，他还额外继承了1万荷兰盾。然而，偿还房贷却不是此刻的伦勃朗首先考虑的问题。

尽管伦勃朗早已名声在外，夫妇俩却因为三个孩子的接连去世而备受打击，这三个孩子都没活过两个月就不幸夭折了。1641年，萨斯基亚终于诞下了一个健康的宝宝，洗礼的时候，他们给孩子取名为提图斯，之后还聘请了寡妇吉尔提耶·德克士做他的乳母。就在提图斯9个月大的时候，阴云再次笼罩这个家庭，萨斯基亚因患肺结核去世，同时也带走了伦勃朗的幸福。悲痛欲绝的伦勃朗强撑着在阿姆斯特丹的老教堂里埋葬了爱妻。

萨斯基亚过世后，提图斯几乎全由他的乳母吉尔提耶照顾，这位好心的寡妇除了帮助照顾小提图斯，也给伦勃朗带来了安慰和爱慕之情。很快，她就成了

伦勃朗故居

伦勃朗故居

伦勃朗的情妇，伦勃朗还给了她一些曾经属于萨斯基亚的黄金首饰。不过，吉尔提耶1649年将这些金饰全部典当了出去，伦勃朗知道后怒不可遏，他觉得自己被这个寡妇利用和背叛了，毫不犹豫地结束了这段关系。他给了吉尔提耶200荷兰盾，让她去赎回这些金饰，但他很快又发现吉尔提耶多次偷偷典当亡妻萨斯基亚的珠宝首饰。伦勃朗和吉尔提耶最后的分手可谓是一场灾难，吉尔提耶把伦勃朗告上了法庭，要求对方每月支付她200荷兰盾的赡养费。除此之外，她还不时骚扰他，对他的生活造成了很大的麻烦，她这么做的目的就是想逼迫伦勃朗对外承认她和他的情人关系。之后，吉尔提耶被关在高达精神病院整整12年。萨斯基亚过世后，伦勃朗的艺术产出仅限于蚀刻画和素描，和寡妇吉尔提耶的那场风流闹剧对他的影响很大，到了1649年，他几乎到了已经无法创作的地步。于是，伦勃朗再度投向女性的怀抱，这次他和家里的女仆亨德里吉·斯托菲尔发生了关系。

　　1642年，伦勃朗在阿姆斯特丹的老教堂埋葬了他的第一任妻子萨斯基亚，他的这位夫人去世时只有29岁。伦勃朗的第二位爱人，亨德里吉·斯托菲尔在1663年的时候感染瘟疫也去世了。为了支付她的丧葬费用，伦勃朗不得不卖掉了萨斯基亚的墓穴。六年后，这位年老的艺术家离世，他死的时候可谓是身无分文，伦勃朗的尸体先是花费15个荷兰盾暂时埋在西教堂的乞丐墓地里。1989年，阿姆斯特丹大学的研究人员在乱葬岗里发现了疑似伦勃朗的骸骨，但过于兴奋的考古人员在将这一研究发现展示给电视媒体的时候，骸骨不幸裂成了碎片。伦勃朗一直是世人公认的荷兰历史上前所未有的伟大艺术家，他绘画作品中对于光的运用在艺术史上取得了登峰造极的成就。不知道是不是巧合，每年的3月9日上午8点39分，一缕阳光正好照射在伦勃朗的挚爱——萨斯基亚的坟墓上。从2005年开始，老教堂就会在这一特殊的时刻举行一个简短的纪念仪式。

　　据说是亨德里吉让伦勃朗重拾了创作的信心，她曾经好几次给伦勃朗充当模特。1654年，亨德里吉怀孕了，但伦勃朗却拒绝跟她成婚，理由是不想因为再婚而放弃第一任妻子萨斯基亚遗产的继承权。未婚先孕的亨德里吉之后被教廷传唤并被指控为"卖淫"。1654年10月30日，她诞下了一个女儿，取名柯内莉亚。然而伦勃朗家里此刻面临的问题也是一大堆，他过着花钱如流水般的日子，为了满足自己的收藏癖，他花起钱来毫不手软。他一直都没还清之前的房贷。克里斯托弗·瑟伊斯和小皮耶特·贝尔腾最终失去了耐心，在这栋建筑售出15年之后，他们决定要伦勃朗支付当初欠下的买房款。此时的伦勃朗可谓是债台高筑，连最起码的生计都难以为继，拆东墙补西墙终究不是长久之计，最后他不得不卖掉自己这些年来收藏的艺术珍品来填补这个窟窿。

1655年，这位著名的艺术大师在凯泽斯科隆酒店拍卖了他那些价值连城的收藏品，但这些拍卖所得跟巨额的债务相比只是杯水车薪。1656年，伦勃朗在50岁生日前夕宣告破产。亨德里吉和他的儿子提图斯在罗贞运河那儿开了家画廊，伦勃朗将食宿都安排在这里，前提是他的作品收入都不由他本人掌控，这样一来，他就不能再挥霍了，那些收入也可以用来抵债。

359

1906年，伦勃朗诞辰300周年，约瑟夫·伊萨列，"19世纪下半叶最受欢迎的荷兰艺术家"，提议将伦勃朗之前居住和工作过的房子改为博物馆。阿姆斯特丹市政府以3.5万荷兰盾的价格买下了犹太人宽街4号的宅子，伊萨列本人也捐出了他自己收藏的6幅伦勃朗的蚀刻画。（《海边的小王国：荷兰文化遗产》，马克·杰格林）

IX

伦勃朗故居是一栋由木制螺旋形楼梯上下连接的四层楼房，地板由松木、釉面砖、石头和大理石构成，天花梁被漆成土耳其红（鲜红色）和赭色，抹灰的墙面则被粉刷成白色，墙脚和壁炉台装饰着17世纪代尔夫特蓝彩瓷和彩绘瓷砖。

参观之旅首先从地下室的厨房开始。

伦勃朗故居的厨房

厨房是整栋房子的活动中心，一家人在这里烹饪和就餐。女仆就睡在箱床上。火在壁炉里燃烧，小门后的小巷直通市中心的一条运河街道天鹅防卫堤。

卫生间在污水池的上方。1997年修缮期间，建筑工人被一个17世纪的污水池边壁绊倒了，因为这一契机，人们发现了好些历史文物。考古学家在这个污水池周围发现了很多完好无损的陶土瓶、儿童玩具（比如釉彩陶瓷球）、带有马蹄形长柄的锡汤匙、啤酒杯的玻璃碎片和木制的黄油桶等。在一些陶器碎片中，考古学家还发现了一个带有油漆痕迹的饮具和一个装着粉笔和胶水的罐子，这些很可能是伦勃朗曾经用过的绘画工具。

水槽边的门则通向院子，院子里建有一个长廊，是木制单坡屋顶结构的坡屋，这种屋子在17世纪的庭院里并不少见，女主人、女仆和干活的人都可以在这里做各种家务，尽情地利用日光。1643年前，伦勃朗抬高了长廊的高度，这可能是为了创作《夜巡》，因为他的画室无法容纳这么大尺幅的作品。

令人遗憾的是，1656年的财产清单没有详细列出厨房里的设施，仅记录了一个铅锡合金水壶、一些锅碗瓢盆、一个小桌子、一整套架子、一些旧椅子和两个垫子。这份简陋的厨房设施清单可能表明，伦勃朗只被允许保留大部分的锅碗瓢盆。

伦勃朗一定经常坐在那张小凳子和那些旧椅子上。在这里，吉尔提耶和伦勃朗会为财产安排问题吵得不可开交吗？不少人认为，是伦勃朗最后冷酷无情地将她送入精神病院的。

伦勃朗的家庭医生约安尼斯·范·隆恩写了一部回忆录，后经他的第九代后裔威廉·范·隆恩整理出版。后者也译成房龙，他的《宽容》在20世纪80年代风靡中国。

范·隆恩的回忆对吉尔提耶很不利。伦勃朗的妻子萨斯基亚病入膏肓，这个乳母第一次去请范·隆恩，却当场出口伤人。隆恩来到伦勃朗家，要求他的儿子提图斯与母亲分开睡，再次遭到乳母的拒绝。

"我不那样做！我偏不那样做！"

伦勃朗回答道："嘘……嘘！别这样叫嚷。太太会给吵醒的。"

她却越发尖厉地继续说："嘘，你自己去吧！我偏不那样做。"

"但是医生说，你必须那样做。"

"呸！医生什么都不懂。尽瞎出主意！我带孩子带了一辈子，就没听见过这种胡说八道。你那老婆不过是受了点凉，因为受凉就这样大惊小怪！不用说，医生们一定会给你瞎出些主意，这样他们好向你多讨点钱。"

这时病妇已经醒来，在轻轻啜泣。医生蹑起脚尖走到门口，严斥那个乳母："你要按照我说的做，"我对她说，"要不然，明天我就向医师公会控告你。可以不听从我的意见，但是你以后休想再找到工作，这你得考虑考虑。"

她以高傲的神气望着医生。

"是，医生，"她用甜蜜的声音说到，"我就按照你的吩咐做。"她走进房间去抱孩子。

伦勃朗把医生送到门前台阶上。

"很对不起，"伦勃朗道歉说，"不过如今要找个好的乳母真的太难了。"

"对的，"医生回答说，"但是如果我是你，我会尽可能早点辞退这个女人，我不喜欢她的眼睛，她那副神气，看来随时都会撒泼。"

"我明天一定尽可能另找一个。"伦勃朗答应了医生。

但伦勃朗没有辞退吉尔提耶，即便医生反复提醒。萨斯基亚去世后，她反倒成了伦勃朗的情妇。医生的回忆是：

"那个可怕的乳母仍在他家，变本加厉地叫嚷着喜爱小提图斯，但变得一年比一年更使人忍受不了。看来她的确常常发疯，她去见她主人的那些倒霉的客人，不让他们走，一定得听完她的全部苦楚——她怎样卖力地照应小提图斯，怎样为了他决心把自己所有的一切都遗留给他，她怎样累死累活地操劳家务，手指着主人的画室门口说，因为'他'太懒惰，太不经心，什么事都不管，这种重活她也支持不了多久啦。她能讲出许许多多关于她自己和伦勃朗的事情，那些事情大家如果知道了，真会惊讶不已；讲完之后，竟然还会问，他们看见过他给她的珍珠和金戒指吗？如此等等，唠叨不休，让那些客人听了困窘不堪，他们宁可不上这位画师家里去，也不愿出席那个生着一双野兽眼睛的乳母的诉苦会，听她哭诉伦勃朗亏待她。"

"谁也不知道这种情况会导致什么结果，但有几个人终于直接去找伦勃朗，建议他找个熟悉神经错乱症的医生，带这个女人去检查一下。伦勃朗像往常一样，耐心地听完大家的话，谢谢他们的善意关怀。他也同意辞退这个乳母，但他又暗示了一些困难，这些困难使他无法像他所希望的那样果断。"

伦勃朗故居一楼的靠街前屋

X

进入伦勃朗故居一楼，映入眼帘的是一间典雅宽敞的靠街前屋，陈设十分规整简洁，只有一张橡木长凳和一套搭配了六张椅子的桌子。伦勃朗在墙上挂了一幅地图、两幅油画、几个东印度公司的徽章和一把号角。

房子的左侧是接待室，里面摆了一张十分舒适的沙发，这是给贵宾的专座，此外还有几把西班牙椅子和核桃木的桌子。伦勃朗很乐于讨好那些潜在的买家，他通常会给这些潜在客户奉上一杯葡萄酒（因为财产清单上列出了一个大理石冷藏箱）。

这间房间里陈列的一系列画作、印刷品和素描可以向客人展现伦勃朗那绝佳的绘画天赋，从而给那些客人留下深刻的印象。不过，这里陈列的并非都是他本人的作品。伦勃朗在墙上挂了他最欣赏的画家扬·利文斯（Jan Lievens, 1607—1674年）的作品，还有他的老师彼得·拉斯特曼（Pieter Lastman, 1583—1633年）的作品，据说彼得当时就住在犹太人宽街的另一边。

扬·利文斯是伦勃朗在莱顿的朋友。1628年，有人访问他们的莱顿工作室时，对其创造力作出如下评论："我的这些年轻人中的一位（指利文斯），出身平民，却像老练的刺绣者；而另一位（指伦勃朗）出生于磨坊主家庭，却另有一番气质。他们出身如此，却拥有这般惊人的才能与技艺，谁能不感到震惊？"

17世纪30年代，利文斯去了英格兰，伦勃朗则到了阿姆斯特丹。

接待室壁炉两侧的地板和柱子的材质采用的是大理石，但是壁炉台的材质是大理石木，它在17世纪中期的荷兰非常时髦。这种精湛的大理石木工艺，不仅价格比真正的大理石便宜，而且看起来是完全一样的。辨别大理石与大理石木的唯一办法是手摸大理石时有冰凉之感。

XI

靠街前屋的后面是大厅，是伦勃朗的起居室和卧室。客厅是这套房子里最好的房间，十分宽敞，里面有一张橡木躺卧沙发、一张配有七把西班牙椅子的桌子、一张巴黎沙发和一个装饰着饰板的自助餐台。墙壁上挂着七幅画，墙角还靠着一些其他画作。这里还带有一个附属小房间，据说伦勃朗就是在这里计算往来账目的。

当年隆恩医生第一次夜晚来到这里，"客厅里确实很黑，而且有一种呛人的酸味，这使我一时认为我来到了利用业余时间进行炼金试验的人的家里。但蜡烛一点着，我立刻看到，这不是实验室，因为房间中央的一张小桌和几把椅子上摆满了素描和画稿，四壁立靠着许多幅油画。"

"这里的主人是个身体健壮的人，看肩膀和胳膊，像个石匠或木匠。"

伦勃朗的起居室

再次看伦勃朗"蓝色麻布工作服下面他那强壮有力的肩膀、硕大的前额、忧郁烦恼的眼睛以及普通的鼻子和宽阔的下巴，那下巴几乎是以挑战的神情，要把世人呼唤过来严加痛斥。这是个奇怪的人，既有绅士的风度，又有砖瓦搬运工人的神气"。

医生来到卧室，萨斯基亚躺在墙壁凹处的一张大床上，只有富豪才深深喜欢法国人的习惯，睡在那种置于房间中央的四柱卧榻上。这个房间里样样都是蓝色的，她盖着蓝色的被单，四壁上挂的是浅蓝色的壁毯，所有的椅子上都铺有蓝色的坐垫。

两个月后，萨斯基亚也是在这张床上安然辞世的。

那天隆恩请了两位医生来会诊，他们都认为她的生命马上就要结束了。萨斯基亚睡了，她那只苍白而纤细的右手放在被单的上面，她非常喜欢鲜花，现在夏季终于到来了，伦勃朗每天早晨都要给她买些新鲜的玫瑰。在医生到来之前，她拣了一朵插在自己的头发上，想给自己的外貌增添一些欢乐感。花儿这时已经掉在她的枕头上，这是一朵鲜红的玫瑰花，她的面颊在其对比之下显得比平常更加苍白。但她的呼吸从容而正常，脸上浮现出微笑。

医生陪伦勃朗在她旁边下了会棋，然后伦勃朗起身看妻子是不是睡得好。

他端着一支蜡烛，走到床前，拉开帐子。然后他向医生转过身来低声说："瞧她今天晚上多安静！我从来没看到过她睡得这样熟。她一定是有了起色。"

医生站在他的身边，用手摸了摸她的胸口。

萨斯基亚已经与世长辞。

XII

接待室旁边是个小房间，里面放着改造过的17世纪木制印刷机，这里曾有一架橡木印刷机。隆恩医生写到，伦勃朗用了半个小时，手印了一小幅铜版画《三贤人》的两张校样，送给两位来会诊的医生。

伦勃朗是蚀刻高手，蚀刻是一种将纸张覆盖在金属板面上复制画面的技术，金属板面上涂有沥青、树脂和蜡的混合物。蚀刻底子是防腐的，在这种涂层上面使用蚀刻钢针作画，蚀刻钢针所到之处，金属被暴露在外。

然后把金属板面浸入酸性溶液里，金属露出的部分被腐蚀，从而勾勒出图画的线条，并在金属板里制造出凹线。从酸性溶液中拿出金属板面，放于打印台上，干净的板面上涂有墨水，将金属板面擦拭一下，让墨水留在凹线里，之后在蚀刻板表面放一张湿纸，把蚀刻板放在印刷机的机床上，通过印刷机，纸张从凹线中吸收油墨，从而在纸张背面出现画作，最后把图片晾在晾衣绳上自然风干。

接待室旁边的小房间里，摆放着经过改造的 17 世纪的木制印刷机

现在这个小作坊每天都在向公众演示伦勃朗的蚀刻技术，但那天我碰到的解说员尽讲些不着边际的笑话，可以说是废话连篇，浪费人们的时间。

伦勃朗故居的顶楼常年展出"伦勃朗蚀刻版画藏品精选集"。相较于其他艺术家，伦勃朗对蚀刻技法拥有一种锲而不舍的钻研精神，伦勃朗的大部分版画作品有好几个版本，他不断修改版面，删除或增添，被称作"版画制作中的不同阶段"，版本有时甚至会超过十个。

伦勃朗蚀刻版画是用线条随意勾勒的草图，他把或粗或细、深浅不一的线条结合在同一画面来定义明和暗，用微妙的影线产生戏剧性的光影效果。

赫伊津哈高度评价伦勃朗的蚀刻艺术："如果说伦勃朗有何缺陷，那应该到他的油画里找；相反，无论多么简单，他的蚀刻画和素描的完美是无与伦比的。""伦勃朗的局限必须到他的壮丽风光中去寻找，到他努力打造的丰碑和经典中去寻找——如果此说不错，他的蚀刻画已经摆脱这些缺陷就顺理成章了。在这里，丰碑和经典式效果是不适合的，艺术家在这里能挥洒自如，其情绪和创新天才都有了用武之地。虽然他没有刻意抛弃传统和风格规范要求他继承的一切东西，但在大多数蚀刻画里，他的雕刀如脱缰的野马，只需快捷疾走的几刀，他那深不可测的精神深处喷涌而出的情绪就能表现手中的题材，就可以产生直接而透彻的效果，就可以反映周围事物神秘的色彩。蚀刻画使他有充分的用武之地，素描更能让他任意挥洒，他更能率性而为了。"

XIII

从楼梯往上走一层就是一个面朝街道坐南朝北的大画室，1639到1658年，伦勃朗在这里完成了许多杰作。这个画室闻上去有亚麻籽油和松节油的味道，冬天的时候，伦勃朗在两个铸铁壁炉里点燃泥炭，这些壁炉是用来给伦勃朗和他的模特（通常是裸体）取暖以及用来干燥油画的。

墙壁边的架子上挂满了伦勃朗和他的学生作画时使用的道具：盔甲、头盔、妇女的胸衣、各种兵器、古典雕像和人体石膏模型。作为画室，坐南朝北的朝向很理想，房间里的光线是间接的，而且能保持一整天不变。通过调整百叶窗或窗口的白布，伦勃朗能在一定程度上控制光线。

今天在画室中有人还会演示如何给17世纪的油画上颜料，颜料是在一块平坦坚硬的大石头上放染料和亚麻籽研磨成的。17世纪艺术家的颜料是有限的，只有铅白色、大青色、玻璃粉做成的紫蓝色、蓝铜矿制成的蓝绿色，一些黄色和红色的赭石也被用来制作颜料。

伦勃朗在一生中只使用过12种颜料，在他后来的画作中，有时只用了6种颜料。伦勃朗是一个能使用土色、赭色和铅白等有限的颜料来调色的行家，铅白色颜料是铅、马粪和醋化学反应的结果，它纹理牢固，一笔一画都清晰可见。

颜料是用油作为黏合剂混合染料而成的，而亚麻籽被广泛地用作黏合剂，因为它干得相当快，还拥有诱人的光泽。画家通常只制作够一天使用的颜料，一次只完成一部分画作，备好的颜料很快会风干，变得无法使

工作人员正在演示如何给 17 世纪的
油画上颜料

用，所以只能先完成简单实用的背景和衣服。伦勃朗经常试验颜料的成分，比如他在颜料里加入一支粉笔，从而使铅白色变得更浓厚，再加入樱桃树胶，产生透明的红晕，具体详情可以从阿姆斯特丹国家博物馆收藏的《犹太新娘》的色调看出来。

伦勃朗早期是在橡木板上作画的，后来几乎全换成了画布，一些铺开的油画布就倚靠在画室的墙上。伦勃朗买的画布很可能是涂好背景色的，然后借助绳子，在一个木制的画框里铺开画布。画框紧绷着画布，且由画架来支撑。画架是固定的，让光线全部落在画布上，角度要略有倾斜，这样才使得伦勃朗自己的影子不会被投射在画布上。小台子上摆放的是画家的工具，其中有他的各种画刷——细画刷用来提高精确性，粗画刷为了绘制粗犷的作品。画刷的材料通常是猪鬃毛。

伦勃朗的大画室．

　　画室的后面有一间伦勃朗自己的艺术品陈列室。17世纪，富裕的荷兰资产阶级盛行自己建立一个艺术品和文物的收藏室，荷兰与遥远的亚洲和美洲等地之间的贸易蓬勃发展，意味着人们可以进口各种异域风情的物品。

　　在陈列室里，伦勃朗一伸手便可触及世界各个角落，他的收藏品从河豚标本到古典石膏雕塑，从拉斐尔的版画到非洲的细木柄标枪。伦勃朗收集这些东西一方面是因为对精美的物件经不住诱惑，总想占为己有；另一方面这些收藏品可以用来作为伦勃朗和他的学生们的学习辅助工具以及画作灵感。作为一个历史画家，伦勃朗绘出了出自《圣经》、神话和历史的故事性油画。为了装饰自己的图画，他用上了各种藏品，伦勃朗一生痴迷于收藏，为此耗费了大量金钱。如果他没有自己的收藏王国，或许他能还清房子贷款，不会破产。

伦勃朗的艺术品陈列室

伦勃朗的艺术品陈列室

今天陈列室摆放的顺序尽可能地根据1656年的拍卖清单，如两个地球仪、一盒矿物质、一只锡锅、一个小便的孩子的雕塑、两个东印度碟子、奥古斯都大帝和皇帝尼禄的半身像以及两个铁盔等物件。

在最后方的架子上摆放着大量的贝壳和海洋生物，产自遥远的印度太平洋的芋螺或者说大理石贝壳曾是伦勃朗蚀刻静物的主题。

1656年伦勃朗的财产被出售一空，但并没有冷却伦勃朗收藏的激情。1658年期间，伦勃朗在犹太人区租了房子，再次让自己沉浸在艺术品和文物世界之中。

伦勃朗故居的阁楼画室应该是教学之用。伦勃朗曾向隆恩医生感叹过："但是我有什么办法？我单靠画肖像活不下去，需要收些学生，这些小伙子没有一个是容易管教的，他们年纪轻，模特儿乐意和他们交往。我丝毫无意扮演学校教师的角色，但我至少可以小心些，不把我的时间浪费在绝无希望的废料上。所以我作出规定，必须先把他们的素描带给我看一看。"

"请注意，看他们的素描，不是看他们的绘画。因为差不多每个人，只要不完全是色盲，只要有个很好的老师，都能学会画一种什么画。但是线条最可靠，你把某个人的一小幅素描给我看看，随便画什么的都行，5秒钟内我就可以告诉你，这个人有才能，他最好去做酿酒工人。"

《欧姆瓦尔湾》，伦勃朗，1645 年，伦勃朗故居博物馆藏

《长笛演奏者》，伦勃朗，1642 年，伦勃朗故居博物馆藏

《扬·西克斯肖像》，伦勃朗，1646 年，伦勃朗故居博物馆藏

第十一章

威利特－霍尔修森博物馆

范隆博物馆

运河博物馆花园

I

从伦勃朗故居出来，我们先去了不远处的威利特-霍尔修森博物馆（Museum Willet-Holthuysen）。

1680年前后，阿姆斯特丹的三条主要运河竣工，这三条运河将这座城市环绕其中，并以其半圆形的河道闻名世界。住在绅士运河和皇帝运河沿岸建筑里的大多是富商大贾或是社会名流，他们在运河沿岸面朝运河修建宅邸，而这些建筑的后面就是景色宜人的私家花园。

威利特-霍尔修森的宅邸位于绅士运河605号，建于1685—1690年间，是其第一任屋主雅各·霍普（1654—1725年）委托建造的。自建造之日起，这栋建筑至今未有大的变动，精致而宽敞的楼梯连接着街道和建筑，人们通过这段楼梯可

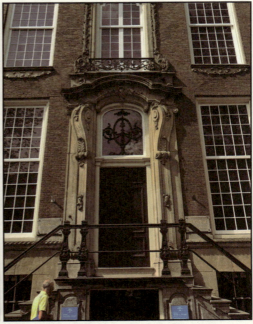

威利特 - 霍尔修森博物馆

以来到处于建筑夹层的优雅的大理石走廊，这条走廊将建筑一分为二，左右两侧都是接待室。上面的一楼是主人的私人空间，夹层和一楼之间有个小房间，这是用来储藏价值连城的银器和瓷器的。别墅佣工的生活工作空间则位于地下室和阁楼。

威利特 - 霍尔修森博物馆底楼走廊

1739到1757年间，威廉·G.道依茨对这栋别墅进行了彻底的改造，为了顺应当时的流行趋势，正立面被改成一个带有卷边装饰的大门，同时加宽了楼梯，添加了镀金的栏杆和大理石雕像装饰。

19世纪初，人们崇尚多元化时尚，这栋建筑的窗户添加了新的边框，墙壁和天花板装饰的奢华甚至超过了帝国王宫的装饰。

1855年，这栋建筑先后成为路易莎的父母——皮耶特·G.霍尔修森和桑德丽娜·L.勒佩塔的财产。皮耶特用5万荷兰盾买下了这栋别墅，彼时皮耶特先生是买卖窗玻璃和不列颠煤炭的商人，他买下这栋别墅的时候，里面的租客还没完全搬空，他是在1857年5月才正式入住这栋别墅的。在此之前，他的妻子在夫妇俩一次出国旅行的途中逝世，所以入住别墅的只有皮耶特先生和女儿路易莎。1858年，也就是入住一年后，皮耶特先生过世，女儿路易莎作为其唯一的继承人继承了这栋别墅和里面全部的陈设和家具。父亲去世后的最初几个月里，她因为伤心而宁愿待在布鲁塞尔，而不是住在这栋位于阿姆斯特丹的别墅里。

1861年7月17日，路易莎嫁给了相识已久的亚伯拉罕·威利特。威利特家族和霍尔修森家族是经年的至交。这对新婚夫妇婚后不久就翻修了别墅夹层，将其改成优雅的路易十六风格，这次翻修并没花费多少成本。

焕然一新的接待室

　　1865年，威利特-霍尔修森夫妇决定改造别墅的接待室，装上了崭新的石膏天花板，墙壁上附上了新的织物，地上铺满了新的地毯，房内的家具、镜子和巨大的吊灯都是新买的。这对夫妇紧紧跟随当时的国际潮流，别墅内部的装饰大多以路易十六风格为主。

　　家具和镜子上、吊灯和座钟上都装饰着编织物，上面的图案采用的都是路易十六的风格，这些图案有箭束、交叉的火把、花篮、花彩、波浪形的丝带，还有斑鸠等动物形象。墙饰的边缘装饰着桂冠，这些桂冠将墙饰连接起来，角落还有古典风格的希腊花瓶，座钟和窗帘门帘等也采用了同一主题的装饰图案。在写给巴黎布拉奎涅地毯公司的信件中，威利特先生要求这家供货商给自己提供的饰品不论是颜色还是品质都必须是无可挑剔的完美。

从账单可以看出，地毯的制作周期长达3个月。包括地毯和墙饰在内的账单总额，若是以今天的汇率看，这笔费用高达6万欧元。

舞厅里最为华贵的物件当属那座黄铜座钟，镀金的钟座上装饰有珐琅。这座钟出自费迪南德·巴伯迪耶纳工作室，19世纪下半叶，费迪南德一跃成为法国铸铜工艺界的大师级人物。1865年秋天，在历时3个月的长途旅行结束后，威利特–霍尔修森夫妇回到了阿姆斯特丹，此时的别墅已经焕然一新。

II

和许多运河边的建筑一样，主接待室，或者说沙龙是建筑中最重要的空间，客人进入接待室之前，会被先引入女子沙龙。亚伯拉罕·威利特总是定期在接待室举办各项娱乐活动，一张旧照片表明这些客人似乎是来参加化装舞会的。威利特非常喜欢古典服饰，他的朋友画家安德烈·明斯契克（André Mniszech，1823—1905年）为他画了一幅穿着17世纪城市卫戍制服的肖像。

此外，主人也会在舞厅举办音乐晚会或者艺术展览，威利特会邀请艺术爱好者和艺术家前来切磋交流，主人会在这里展示他收藏的作品，其中包括版画和素描，应邀而来的客人则会和主人一起品评鉴赏。在彻底翻新之前，舞厅和女子沙龙并不相同，19世纪初期，许多房子的装饰是忧郁昏暗的保守风格，采用的大多是深色系木制镶嵌板和笨重的家具。考虑到威利特在翻修接待室采用的材料和风格，可见他是位品位高雅的绅士。19世纪的后30年，以路易十六风格来装饰宅邸的接待室在当时是十分时髦的，翻新了的舞厅看起来更为明亮，也更加具有生气，亮闪闪的吊灯和镜子让室内空间更加闪耀，镀金的家具上装饰着深蓝色的绫罗。女子沙龙的主要色调则为黄色和紫色。

威利特 - 霍尔修森博物馆女子沙龙

日常膳食的准备总是耗时许久，侍女会在特定的日子前往市场采购，城市里有专门的鱼市、蔬果市场和黄油市场——家禽和肉类制品也在黄油市场出售。有些食品立即烹饪好呈给主人享用，另外一些食品通过盐渍、烟熏、风干等手法贮存于罐头器皿中，以供长期食用。

盐渍的蔬菜、糖渍的水果、鸡蛋和黄油都储藏于别墅里最为阴凉的地下室，储藏用的货架高于地面，这是为了防止洪水的入侵或潮湿积水。此外，这里也是葡萄酒的储藏处。

地下室主要的空间是厨房及附带的餐具室，今天我们在别墅博物馆看到的是模仿19世纪初厨房的重建版，厨房融合了阿姆斯特丹住宅厨房的几大共同特征。

厨房及附带的餐具室

　　彼时的威利特–霍尔修森家厨房很有可能是老旧的石质排水系统，这些石头都带有孔洞，可以将雨水过滤出去，排入费赫特河，干净的清水则会缓缓滴入下方的储水桶。

　　膳食准备好后会被仆从送往楼上的餐厅，值得注意的是，餐厅的天花板比同一楼层其他空间的天顶矮得多，餐厅天花板之上的空间则是用于储藏瓷器、玻璃器皿和银器的。

　　若是正式的筵席，出于礼节，餐桌上会布置玻璃器皿、水瓶、汤碗和各类银餐具等，餐桌中央还会摆上装饰品，这些都是可以为用餐环境增色的精致装饰品，比如一对在树旁翩翩起舞的人偶，或是花园别墅模型，抑或是微型景观。17

世纪的时候，这些餐桌装饰大多是由糖果或饼干制成的，从18世纪下半叶开始，这些装饰品大多是瓷器。如今别墅餐厅里陈列的是威利特夫妇名下的梅森陶瓷餐桌装饰。

餐厅里陈列的是可供6个人享用一顿丰盛膳食的餐桌。19世纪末期的盛大宴会上，10到18道菜色是用来招待客人的常规礼制，其中包括一道汤品、几道不同的冷食和热菜、肉品和禽类，还有几道甜点。餐桌上摆放的是德累斯顿的梅森瓷，一套标准的正餐器具一共有275小件，可供24人同时享用。针对酒水饮料等不同的饮品，也有相应的玻璃器皿与之配套。餐桌上的银烛台是路易莎的父母留给女儿的结婚礼物，威利特-霍尔修森夫妇在别墅居住期间，晚餐的时间是下午5点，比现在人们的晚餐时间要早得多。

III

富有的威利特-霍尔修森夫妇拥有足够的财力来承担别墅所有的开支，包括聘请佣工。他们聘请了三名侍女和一名管家，这名管家是仆从的首领。此外，他们还雇用了一名专职厨娘和一名听差女仆，听差女仆的主要工作是给威利特-霍尔修森夫妇和他们的亲朋故旧之间送信。别墅的仆从还有一个职能——负责洗衣房，别墅的橱柜里平时塞满了干净的床褥，以便替换。路易莎·霍尔修森有自己的贴身侍女，其中一个侍女的名字叫米娜，她的工作是帮女主人更衣和整理仪容。威利特-霍尔修森夫妇有自己的私人厨师，这在当时是不多见的。有证据表明，威利特夫妇是当时数一数二的美食家！这位私人厨师的名字叫作威廉·戈茨，他曾多次随威利特夫妇出外旅行。这位厨师除了厨艺了得，他对法语一知半解，所以威利特夫妇带着他也是为了能多个翻译。据说威利特夫妇对威廉的评价很高，威利特太太在1895年立下的遗嘱中，给威廉和他的孩子留下了价值总计达1.4万荷兰盾的遗产。

厨房及附带的餐具室与威利特 - 霍尔修森博物馆小休息室

先生客厅

　　别墅的楼上和楼下是分隔开来的，这并不影响楼上楼下的通行。厨房是楼下最重要的核心区。夹层的接待室里，仆从们默默地完成各自的日常工作，他们会从专门的小过道进入舞厅。女仆的床铺设在阁楼上，男仆则在地下室休息。并不是所有的仆从都是住家的，比如马车夫，他和他的家人住在花园后面马车房的楼上；厨师和他的家人则住在城里其他地方。

　　与女子沙龙面对面的房间以蓝色为主基调，这里就是先生客厅（The Men's Parlour），是仿照18世纪的客厅重建的，里面的家具陈设也是根据当时留下的记载布置的。在研究别墅的建筑历史时，工作人员发现了18世纪的蓝色涂层残片：这些残片就成为复原先生客厅色调的重要参考。客厅的门和饰板都是18世纪的产物，木地板的年代则更久远些。

　　客厅的天花板和壁炉上的绘画都是雅各·德·维特（Jacob de Wit，1695—1754年）的作品，是1980年从另外两所房子里转移过来的。墙上挂着的编织物是用原始方法编织成的乌特勒支天鹅绒，上面是18世纪的图案。彼时的住宅墙壁上流行悬挂天鹅绒编织物或挂毯，上面的图案十分精细复杂。18世纪后期，墙面上流行的是壁画，再后来演变成了墙纸。

亚伯拉罕·威利特在此生活期间，这间客厅的主基调色是绿色，客厅的功能也沿袭了几个世纪以来的传统：是绅士们畅所欲言的客厅。威利特就在这里招待他的艺术收藏家朋友，也在这里举办艺术展。绅士们围着一张长桌，桌子边最多可以容纳18个人同时落座。桌子、配套的餐具柜和橱柜都是巴黎吉格农公司提供的一整套家具的一部分，橱柜里存放了威利特的一部分藏书。墙上挂的是19世纪的荷兰和法国大师的作品。

威利特–霍尔修森夫妇居住在别墅期间，他们的访客要走上台阶摁门铃，管家会在大门处迎接来客。之后，访客会进入一条十分优雅的走廊，通往别墅后面花园房的走廊地面的大理石地砖上铺设着厚厚的地毯。前门两侧是两块木板，上面雕刻着威利特家族和霍尔修森家族的盾徽，威利特家族的盾徽图案是三条饰带上的三头凶猛的狮子；霍尔修森家族的盾徽图案则是一把木匠用三角尺和一把犁，上面有三栋木房子。

博物馆内的楼梯

走廊的墙壁上装饰有16幅画作。威利特对18世纪的法国艺术情有独钟，难怪他聘请法国画家保罗·阿尔弗雷德·科林（Paul Alfred Colin，1838—1916年）创作了这些用来装饰墙壁的画作，其中一部分是仿照法国18世纪著名的画家让·安东尼·华托（Jean Antoine Watteau，1684—1721年）、让·巴蒂斯·西美翁·夏尔丹（Jean Baptiste Siméon Chardin，1699—1779年）和让–奥诺雷·弗拉戈纳尔（Jean Honoré Fragonard，1732—1806年）作品的拷贝版。

如果主人在楼上的私人空间接待访客，来访者就有机会一睹别墅楼梯间的奢华风采。别墅的楼梯建于1740年前后，是由当时的主人威廉·G.道依茨委托建造的。昂贵的大理石板有序地排列在墙壁上，楼梯扶手是镀金的，三尊大理石雕像是特意用来装点楼梯间的，描绘的是希腊神话中特洛伊帕里斯评判最美丽女神的故事。楼梯上方是正方形的穹顶窗户，日光可以透过窗户倾洒于楼梯间。1896年，主人在穹顶的下方安装了玻璃天顶，如今我们站在楼梯上朝上看，几乎看不到这块隐蔽性相当好的玻璃天顶。

用来装点楼梯间的三尊大理石雕像

威利特先生的客厅兼书房

IV

亚伯拉罕·威利特和路易莎·霍尔修森的私人居住区位于别墅一层，他们的双人卧室和起居室位于别墅内靠花园的一面（与如今的卧室正好面对面）。

别墅的前面紧靠运河，这里是威利特太太的私人空间：这里有一间书房、一间客厅，客厅和书房之间有一间属于路易莎私人的内室。亚伯拉罕·威利特的房间也在这层楼，处于别墅后面靠花园的位置，今天我们看到的卧室前面是威利特的客厅兼书房，他平常就是在这里接待好友和艺术爱好者的。走廊尽头的空间则是威利特的艺术收藏室，不同于别墅内的装潢，其装饰以深色调为主，采用的是荷兰文艺复兴风格。门窗的边框以及天花板上都装饰有木饰板，通过绘画制造出橡树木纹的效果，这种绘画技术又叫人造木/仿木（faux-bois），在当时富豪阶级宅邸的内部装潢里很常见，如今，我们仍然可以看到仿橡木的天花板。墙壁上铺设的红色天鹅绒让这个空间的基调成为暗色调，看起来十分厚重且具有年代感。近来修复的彩色玻璃窗户是17世纪的产物，威利特当时为这间收藏室定制了这些窗户玻璃，中央两扇窗户上描绘的图景是来自《圣经》旧约的故事。

威利特先生的艺术收藏室

威利特在展示柜里陈列了他收藏的锡具、奖章和灰泥雕塑，这间收藏室的布局陈设看起来很像奥地利画家汉斯·玛卡特（Hans Makart，1840—1884年）的风格。19世纪的画家工作室里大多放置了很多古董，或者是来自远东地区的艺术品、青铜雕像或是武器之类。威利特在法国的乡村别墅里就设计有一个和玛卡特工作室完全一样的室内空间。

橡木卧室套间的家具是1850到1870年间制作的，卧室家具包括一张可拆成两张床的四帷柱大床和两个床头柜、一个洗脸盆、一张梳妆台和一个带镜子的衣柜。梳妆台上有一面可以调节的镜子，两侧有可以移动的烛台。这样主人不论白天黑夜都可以以各个角度对镜梳妆。妆台还配备了三个抽屉，用来存放梳妆器具。这个梳妆台是典型的19世纪下半叶的产物，桌面上有足够的空间摆放不同的器具。

如今的花园是1972年重建的，其规模是原来的两倍。直到1929年之前，别墅后靠近阿姆斯特尔街的花园尽头是马车房和马厩，不过后来都毁于火灾。

别墅的设计布局类似于18世纪法国的对称花园，由两个部分组成。花园中

威利特 - 霍尔修森博物馆花园

央坐落着18世纪的日晷。花园拦腰处，两座砂岩雕塑（波摩娜和芙罗拉）两两相望，这两尊雕像都是伊格内修斯·凡·洛格特伦（Ignatius van Logteren，1685—1732年）的作品。冬天，管理人员会在这两尊雕塑上安上遮挡板。

从花园房可以看到花园的全景，花园里红色和白色的砾石铺设也可以一览无遗。构成造型边框的植物也被修剪得十分整齐，爬藤类植物在花园墙上形成了一层绿幕，十分美观。

V

时间还来得及，赶紧去皇帝运河672号的范隆博物馆（Museum of Van Loon）。赶到时还有半个小时可供我们参观，好在它不大。

范隆博物馆建于1672年，连同邻近的住宅建筑在内，都是来自阿德里安·多兹曼的设计。这栋房子的第一位主人是伦勃朗的著名弟子费迪南德·波尔（Ferdinand Bol，1616—1680年），他擅长肖像画，其《伊丽莎白·巴斯》极为出色，在1911年之前一直被视为伦勃朗的作品，但波尔娶了富孀后就不再作画。

屋子原本的立面顶端装饰的雕塑如今依然存在，内部的陈设在1575年凡·哈根-特里普夫妇搬进来后就改变了，他们将路易十五的风格搬进了这间屋子，就成为我们今天看到的内饰风格。

至于最后的主人范隆家族，400多年以来，它的历史和阿姆斯特丹这座城市紧密相连。黄金时代之初，威廉·范隆于1602年成为荷兰东印度公司的合伙创始人。1686年，他的孙子威廉成为范隆家族的第一位阿姆斯特丹市长。19世纪初期，这个家族跻身上流贵族，成了富足的银行家。1884年，亨德里克和路易丝·范隆-博斯齐买下了这套住宅，作为结婚礼物送给他们的儿子和儿媳。

1960年，莫瑞斯·范隆教授创立了范隆基金，并且重修了这所老宅，将祖父母的收藏重新打理了一番。如今，范隆家族仍然住在这栋楼的楼上。

范隆博物馆

VI

　　范隆博物馆的核心毫无疑问是华丽的门厅，这栋建筑里并没有设置专供仆从上下的楼梯。专门为亚伯拉罕·凡·哈根和他的妻子凯瑟琳·特里普制作的洛可可风格的栏杆是黄铜材质的，这在荷兰也是独一无二的。涡形装饰上可以看到他们夫妇的名字。门的上方是粉饰的浮雕，上面是精致的星座装饰和美术作品，门厅的地面是由大块的大理石石板铺成的，其表面光滑如镜，精致夺目。

　　蓝色的主客厅层高达五米半，这和运河边的大多数建筑类似。天花板上是四季主题装饰，这间客厅在托拉·范隆的一生中有着非同寻常的意义，她曾被女王威廉敏娜亲自任命为女王代理女官，每周的女王接见日都是由托拉亲自拟定在水

洛可可风格的黄铜栏杆的楼梯连接着建筑里最为重要的楼层

范隆博物馆底层厅堂

坝广场的王宫觐见女王的人员名单。象征王权的木质地板铺设于1810年前后，至今仍然保存完好。

餐厅可以容纳24位客人进餐，是范隆家的对外社交场合，也是家庭私人聚会的场所。19世纪，范隆家族将这间餐厅装修成了17世纪的风格。20世纪60年代，莫瑞斯·范隆将餐厅的风格改回18世纪的风格。幸运的是，壁炉上方的18世纪的镜子、窗户间隔处的小桌和镜子都保留了下来。

红色客厅曾经作为绅士沙龙和吸烟室而存在，威廉·亨德里克·范隆将这间客厅用于商务谈判，为了不给女士们带来不便，男士们晚饭后都在这间客厅里边抽雪茄边谈事情。客厅的墙面上除了肖像画，没有其他装饰物，这些肖像描绘的是家族中引以为豪的成功商人和执政精英。当然，这些肖像的确给这间屋子里活动的人们提供了很多谈资，特别是主人和客人在谈论到自己家族的趣闻逸事的时候。淡绿色的嵌板仍然维持着18世纪的色彩基调。

18世纪的时候，花园房里就安上了装饰嵌板和镜子，目的是让这个空间看起来更加宽敞明亮。年轻的托拉选择了这个可以直接看到花园的房间作为自己的私人空间，这一点也是在意料之中。20世纪20年代中期开始，花园房改为供家庭成员日常用餐的餐厅。这样一来，仆从上菜的时候就不必绕远路，主人及其家人也可以享用到热乎乎的食物。20世纪的时候，莫瑞斯·范隆和他的第一任妻子吉莱纳·德·瓦卢瓦在所有的房间里都安装了编织嵌板。

VII

建筑上层的房间以龙之房为主，这间卧室设在凹室里，卧房的名称来源于房内墙上悬挂的一幅画作，它来自比阿特丽克斯公主的私人别墅——龙之堡。说起这幅画，原本悬挂在墙上的18世纪末的皇帝运河风景画遗失了，20世纪60年代的时候，莫瑞斯·范隆因一次偶然的机会获得这幅来自龙之堡的画，将其悬挂在

龙之房

这里。其时，莫瑞斯将包括这幅画在内的全部画作扣了下来，使其免遭破坏，此外，他还给了这些画作一个容身之地。这些画作最初都是由住在皇帝运河边上的一个家族委托创作的，这些画作历经辗转再度回到运河边的宅邸，可谓是功德圆满。墙壁上悬挂的画作加深了房间空间的纵深感，这在18世纪的荷兰室内布局中是十分常见的。

红色卧室向我们展示了从华丽的洛可可风格到新古典主义的路易十六风格的转变。红色卧室比另一侧的房间规模稍稍小一点，床后面的隐藏楼梯以前是可以直接通往仆从区域的。为了让这个楼层的两扇门面对面，同时又不影响房间的对

红色卧室

　　称性，设计者设计了一扇假门，上面还装饰了雅各·德·维特的浮雕式装饰画。这扇闭合的假门看起来好像正对着壁炉架子，真正的大门则紧随其右。

　　这栋建筑里的房间并不多，但每个房间都十分宽敞，大都可以用屏风隔成不同的小间。范隆家族居住在这里的时候，鸟之屋是用作婴儿房的，莫瑞斯·范隆清晰地记得自己小时候和姐妹们、乳母在这间屋子里度过的漫长岁月。18世纪的时候，这间屋子被改造成家庭图书馆，一层层的橡木嵌板成了藏书用的书架。近来，人们将书架上的锁眼清理干净，这些深藏不露的书本再次重回世人的眼前。这间房间的名字来源于墙壁织物上勾勒的异域鸟类。

　　范隆家族全盛时期，羊室曾作为会客室供家庭成员接待客人。之所以称其为羊室，是因为墙壁挂毯上的图案是羊，挂毯图案复制的是印度印花棉布的法兰西

鸟之屋

拷贝版图案，上头的羊是额外添加的法兰西风格。配套的卫生设施藏在房间通往花园的狭窄的两翼空间内。每一层楼都设有两个暗格，格里分别放着一个尿壶和一把水壶。19世纪，所谓的暗格被改造成盥洗室。20世纪60年代，莫瑞斯·范隆大范围地整修了建筑内的卫生设施，将其改造为完全现代化的盥洗室，之前的卫生设施已不复存在。

　　建筑地下室是供家族仆从（10至15个人）工作的区域。这里有储藏室、仆从值班室和银器抛光室等，最重要的还是厨房，按照传统惯例，厨房距离餐厅较远，这是因为，相比于膳食是否热气腾腾，人们更在意活动空间的环境是否宜人。范隆家族的御用厨师莱德尔在这间厨房里供职了40多年。

　　按阿姆斯特丹原来的城市规划，除了在运河区建造半圆形的运河、街道和房屋，还包括打造仅供休闲娱乐的大型装饰性私人花园。即使到了冬天，范隆花园里的常青植株仍然为建筑增添了一抹绿意和生机。1973年的时候，人们按照1679年的鸟瞰图复印件重新在花园里构筑了树篱。1884年，范隆家族在花园里种植了山毛榉。

每年6月第三个周末的花园开放日让阿姆斯特丹的运河花园获得了国际游客的青睐，届时几乎所有运河边的私家花园都会参与其中，吸引来自世界各地的游客前来参观。

皇帝运河周围的豪宅几乎都配备有马车房，马车房的花园立面和这栋豪宅一样，也是由阿德里安·多兹曼设计的。马车房可以容纳8架马车和6匹马，马车夫及其家人的居住区域就在车房楼上。楼上靠花园一侧的小窗户纯粹用于装饰，范隆家族的马场和马车都十分著名，他们是少数拥有整套马车以及马具和装束的家族。

总体上看，范隆博物馆的品位明显低于威利特-霍尔修森博物馆。

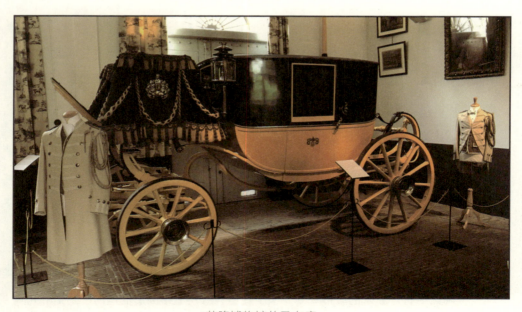

范隆博物馆的马车房

范隆花园

阿姆斯特丹运河边的车道非常狭窄，通常都是单行道。运河边停满了汽车，很煞风景。很难想象这些运河大宅后面是有花园的，但这些花园只在特定的时间才对公众开放，平日只能通过运河博物馆（Museum Het Grachtenhuis）欣赏它们。一共有九个自带花园的运河别墅博物馆，除了前面介绍过的两个博物馆，还有圣经博物馆（Biblical Museum）、马赛尔摄影博物馆（Huis Marseille Photography Foundation）、阿姆斯特丹摄影博物馆（FOAM）、运河博物馆、希尔芬克·欣洛彭住宅博物馆（Museum Geelvinck Hinlopen Huis）、提包和钱包博物馆（Museum of Bags and Purses）和冬宫阿姆斯特丹分馆。

除了运河博物馆，这六个博物馆我基本上都路过过，却没深入了解过。下面我将萨斯基亚·阿尔布雷克特和敦克·格雷弗的《阿姆斯特丹运河上的房子花园》内的这些花园介绍摘要如下，有心人若在阿姆斯特丹，可以抽空去看一下。

克洛姆浩特宅邸的圣经博物馆（绅士运河366—368号）。1662年，雅各·克洛姆浩特聘请菲利普·芬伯翁为自己设计建造了四栋砂岩建筑作为宅邸，其中两栋楼就是今天所谓的圣经博物馆。四栋楼的正立面完全相同，立面后面的建筑则各有千秋。绅士运河366号建筑正面的弯曲木板代表的是克洛姆浩特先生，因为荷兰语中"克洛姆浩特"就是"弯曲的木板"的意思。根据和他同时代的阿姆斯特丹市长尼古拉斯·维岑的描述，克洛姆浩特先生的财富足以和当时另外两大财阀——西克斯家族和亨洛彭斯家族平分秋色。这两栋楼里依旧保存着17世纪初建时候的厨房，即使经历了好几代人的居住，厨房基本上还是保持原样。18世纪的时候，房子的其他部分或多或少都添加了一些装饰，比如客厅天花板上雅各·德·威特创作的神话故事场景。

所谓的圣经博物馆成立于1975年，它存在的主要意义是通过展出一些历史背景材料或是文献资料来阐述圣经里的故事，帮助来访者更好地了解圣经故事，了

圣经博物馆花园

资料来源:《阿姆斯特丹运河上的房子花园》

解那段历史。其中展出的大多是装帧精美的圣经古本和古老的神龛模型、神庙谷模型、所罗门神庙模型和希律王神庙模型等。此外,来访者还可以看到传统基督教和犹太教使用的宗教器具,甚至有机会接触到圣经时代的香膏。

圣经博物馆后面的花园规模相当大,其面积贯穿了绅士运河的好几栋建筑,花园配套的马车房甚至延伸到了皇帝运河。如菲利普·芬伯翁描述的那样,"这是一个景色宜人的花园,也是一个果园,其面积恰好是1/4个摩根(这是荷兰、南非等地的地积单位,约2.116英亩,即100平方米左右)"。古老的城市地图上曾标明了花园厨房和漂白区域的位置。

1994年,阿伦·扬·凡·德尔·霍斯特在原址上设计了一座当代园林。在此之前,这里的土壤休整了好几年,花园空间也布满了野生的荆棘。凡·德尔·霍斯特的设计灵感来自圣经故事,他以水元素为园林主题,设计了一个带有两个高水槽的大池塘，水从高槽里溢出来，落入低位置的水道中。低水道和花园平台持平，游客置身其中，仿佛漫步于水上。花园整体由三个相互连接的部分组成：先是古典主义风格的花园柱廊平台，再是宽敞的池塘，最后是小型山丘，上面是紫杉树围成的树篱。花园里永久坐落着马提·凡·德尔·卢创作的一尊名为"启示"（Apocalyps）的雕塑。

左右两侧是建筑楼的两个外屋，17世纪残存下来的部分成为阿姆斯特丹运河别墅花园里一道亮丽的风景线。如今这两个外屋是用来收藏圣经香料的，包括香膏香氛、橄榄油和花园里芳香植物的样本等。花园里种植的都是圣经中记载过的植物，比如桑树、无花果树、枣树、杏树、南欧紫荆树（传说犹大自缢于此树上）、夹竹桃、刺槐、常春藤、长春花和桃金娘。这里栽种的每一种植物都能在圣经上找到归属，同时也让来访者从花草树木中体会圣经的真谛。

IX

马赛尔摄影博物馆（皇帝运河399—401号）。马赛尔摄影博物馆于1665年竣工，博物馆正立面上的一块饰板上描绘了马赛尔港口计划。这座建筑的主人是商人艾萨克·弗奎，他是在法兰西港口做进出口贸易发的家。我们现在看到的街道和房屋那个时候还没出现，之前有关这里建筑的记录上记载的都是"马赛尔立面的房子"，1975年，这里才有了正式的门牌号和街道名称。

17世纪的建筑结构被很好地保留了下来，主屋在前方，后面还有一座配楼，中间是院子，天花板上的画作是1731年雅各德威特创作的《天庭音乐会》，2004年，修复人员将这幅天顶画挪回了其位于皇帝运河401号的花园客厅原址。2013年9月开始，博物馆吞并了相邻的皇帝运河399号，现在，从博物馆通往399号只需经过走廊即可。依据针对别墅历史色彩的研究，研究人员复原了博物馆中一间房最初的猩红色装饰，那些原始的装饰元素也随之浮出水面：比如壁炉台、约翰

马赛尔摄影博物馆花园
资料来源：《阿姆斯特丹运河上的房子花园》

尼斯·福尔豪特的天花板、镀金装饰和墙壁覆盖物。

和其他别墅建筑改建的博物馆不同，马赛尔摄影博物馆的内部陈设并非一成不变，一年四次的内部重置让博物馆每次都能给人带来崭新的视觉体验。这座博物馆收藏了许多当代的摄影作品，每年还会定期展出。

马赛尔摄影博物馆，特别是它的花园建筑可算是运河花园建筑里数一数二的。这栋小楼是最近重建的，原本的小楼在20世纪60年代就拆除了，原来建筑的剩余部分只局限于一张旧照片，当时拆下来的建筑残骸就存放于仓库中。原始的花园建筑建于1730到1770年间，建筑墙面稍有倾斜，这是为了和场地边界相契合。今天的花园建筑后面有个奇怪的小三角形庭院，这是考虑到新建筑自带庭院的规模不得超过20平方米而设计的。尽管这显得愚蠢了些，但新花园建筑的总体还算符合花园的布局逻辑。景观建筑师阿莱达·肯普设计的花园新布局呈对称模式，花园建筑前的空间左右两边对称，都种植了紫杉树、杜鹃花等植物。邻近的花园里种植了枫树，蔓出来的枝叶形成的林荫也为这座花园增色不少。花园建筑周围是大理石石板台阶，神使赫耳墨斯的雕塑造型十分雅致，他的脚后跟带有翅膀，头上戴着顶小帽子，这座雕塑构成了花园的中心。赫耳墨斯是商业之神，他曾经是阿姆斯特丹的守护神，在一些古老的运河别墅里几乎都有他的雕像（尽管赫耳墨斯即墨丘利也是窃贼的守护神，但他在商人的心中也是商业贸易的象征）。2013年的扩张，使得马赛尔摄影博物馆的花园面积扩大了两倍。

X

阿姆斯特丹摄影博物馆（皇帝运河609号），这大概是运河边上唯一一个用来展出私人收藏的博物馆。1861年，富有的煤炭商人C.J.福多辞世，他留下的遗嘱里包含了这样一条：修建一座专门用来展出他捐赠给市政的个人艺术收藏的博物馆。于是，在他名下产业的马车房所在位置，阿姆斯特丹最为古老的市立博物馆——福多博物馆竖立了起来。奥特修设计的外立面和与之毗邻的18世纪建筑的外立面完全不一样。这座博物馆一直持续到第二次世界大战，之后博物馆的展品全部储存于一个仓库中，建筑本身则变成了展示厅。博物馆内部原来的陈设装饰早已荡然无存。2001年，人们在这原址上修建了阿姆斯特丹摄影博物馆（FOAM）。

阿姆斯特丹摄影博物馆花园
资料来源：《阿姆斯特丹运河上的房子花园》

阿姆斯特丹摄影博物馆花园的宽度延伸了三幢房子，米恩·瑞斯的设计如今早已消失，只有两块冬青灌木丛得以保存下来，以纪念这位著名的园林建筑师。1994年，园林建筑师埃尔斯·普鲁斯特重新设计了一个可以容纳大规模人群同时游览的花园。如今，花园里垒砌的瓷砖一部分是老瓷砖的回收再利用，另一部分是老旧的瓦尔砖，现在看到的台阶则是由原来的门槛改建的。花园后面的老墙上，华丽的钢筋藤架上长满了玫瑰、葡萄藤和紫藤花，色彩斑斓，芬芳四溢，这样的恬淡美好并没取悦邻居，这些邻居反而希望这堵墙早日移除，好让彼此的花园得以接壤。花园里的家具则是由同类型的钢筋和硬木制成的，特别是随处可见的座椅长凳。花园里的植物大多是常绿植物、开花的灌木类或树木和多年生植物，还有一些花期较早的植株等。这个建筑是一个典型的现代花园，其科学合理的布局使之在运河建筑这一历史环境中也不显得突兀。

XI

运河博物馆（绅士运河386号）。绅士运河386号流动式的城市住宅建筑庄严大方，其在莱兹运河的原建筑已不复存在。1663到1665年间，这幢流动式的建筑是由阿姆斯特丹建筑师菲利普·芬伯恩受商人卡雷尔·杰勒德的委托建造的。芬伯恩出身于艺术世家，有三个兄弟：父亲大卫是风景画画家和蚀刻家，一个兄弟扬是制图师，另一个兄弟贾斯特斯和他一样是建筑师。芬伯恩

运河博物馆花园

资料来源：《阿姆斯特丹运河上的房子花园》

一家信仰基督教，这在一定程度上阻碍了他们为公众服务，也将他们的艺术特长局限于房屋设计这一块。尽管如此，菲利普仍然是那个时代的主流建筑师之一，他被称为荷兰的古典主义代表人物。这座建筑对于美国的早期历史有着举足轻重的意义，特别是对于纽约市的建立。18世纪末，这栋建筑的主人银行家扬·威林克慷慨资助约翰·亚当斯这位美国特使雄心勃勃的计划，这位特使后来成为美国的第二任总统。亚当斯当时被美国派往外国寻求政治支持和筹措资金，很显然，他的差事办得十分到位。

这栋建筑内饰中最突出的应该是建筑后面靠左的房间里的壁画墙，墙上的壁画是1776年由尤里安·安德里森创作的。房间的三面墙上描绘着流畅的景观画，奇妙的是，这些景观和房间窗外的花园景色完美衔接，正好形成一个360度全景。博物馆里提供的是近40分钟的互动多媒体展览，帮助参观者在有限的时间里浏览400年的运河历史。

运河博物馆花园的设计出自迈克尔·凡·吉塞尔，这一设计十分符合博物馆的需求。设计的灵感来源于绅士运河和皇帝运河之间的一排房子，不锈钢组成的分区将园区划分开来，区间里遍植黄杨树和开花植物，从而创造出一个小巧却精致的城市住宅。特别是你从上往下看的时候，可以清晰地看到这一地段花园和花园房子的比例。博物馆延伸到相邻建筑后面的花园，迈克尔·凡·吉塞尔的设计将两个花园用栅栏隔开。384号后面的石头房子建于1720年，上面装饰有花朵的图案和叶形饰板，屋顶上还有帕尔维家族的盾徽图案，当初就是这个家族委托建造了这个花园建筑。

希尔芬克·欣洛彭住宅博物馆（皇帝运河633号）。艾尔伯特·希尔芬克和萨拉·欣洛彭婚后7年，即1687年，夫妇俩出资在绅士运河518号建造了一栋别墅楼，门厅走廊的家族纹章是用来纪念两人的祖先的。这对夫妇搬进来6年后，艾尔伯特·希尔芬克就辞世了；他的妻子萨拉·欣洛彭在此之后活了55年，直到她

89岁高龄才谢世，那个年代的人很少有活过60岁的。她的后人将这所房子进行了改造，融合了时尚元素，使之成了我们如今看到的样子。进入这所博物馆的入口现在位于国王运河，这里曾经是这栋别墅的马车房所在的位置。希尔芬克·欣洛彭住宅博物馆如今致力于建筑物的保护以及别墅内艺术品的陈列展示和维护。

别墅主楼位于绅士运河，马车房则位于皇帝运河，连接主楼和马车房的别墅花园则衔接了两条运河。靠皇帝运河的花园一侧种植了玫瑰、玉簪花和天竺葵等，周围是常

希尔芬克·欣洛彭住宅博物馆花园
资料来源:《阿姆斯特丹运河上的房子花园》

绿灌木、常春藤和菩提树。靠绅士运河一面的花园空走道则设置了一个圆形常绿灌木丛。

这座花园是罗伯特·布洛克玛在1991年设计的。建筑物的正前方是一个对称设计的大型古典十字形喷泉池塘，池塘旁边是花坛，里面生长着玫瑰、藤蔓类植物，两侧还有紫杉树列和灌木丛。花园的背景是一道绿色围墙：这是紫杉树树篱、灌木和高大的树木沿着墙壁组成的。不幸的是，一棵高大的树木刚刚枯萎，破坏了整面围墙的绿色景观。

提包和钱包博物馆（绅士运河573号）。这栋运河建筑是昔日的阿姆斯特丹市长科内利斯·德·格拉夫在1664年委托建造的。巧的是，就在同一年，这位市长就去世了。他的家人在他去世后两年，即1666年搬进了这栋别墅，在此之后一

提包和钱包博物馆花园
资料来源：《阿姆斯特丹运河上的房子花园》

个多世纪的时光里，他的后人一直居住在这栋别墅中。1907年，荷兰火灾保险公司将这栋楼改成了办公室，2007年，相关机构对这栋楼进行了彻底翻修，自此，这里就成了提包和钱包博物馆。博物馆的馆藏都是私人贡献的：35年的时间里，亨德里克·伊沃积累了4000多件提包和钱包，其年代跨度将近5个世纪。靠近运河边的房间里，古典主义的细节和现代化的设计合二为一，相得益彰，配套的咖啡馆位于博物馆大楼的后面，从这里可以看到博物馆的花园。

2007年，罗伯特·布洛克玛设计了这一古典主义风格的对称型花园，花园的四个平台全都对外开放。特别是隐藏在建筑后方的梨树和沿着花园横向种植的四棵小枫树，花园里还有一棵参天大树——松树。位于花园中心的是一个巨大的带基座的碗形装饰，周围是四张石凳。四棵黄杨树两两对称，树下种植着灌木和多年生植物。花园里的植被包括玫瑰，与之形成对比的是用作造型的常绿灌木。花园边缘的水景观将城市的喧嚣阻隔在外。这座花园向我们展示的是不同的元素如何在一个有限的空间里和谐共处。

冬宫阿姆斯特丹分馆（阿姆斯特尔河51号），17世纪的阿姆斯特丹，最大

冬宫阿姆斯特丹分馆花园
资料来源：《阿姆斯特丹运河上的房子花园》

的建筑之一是阿姆斯特尔霍夫救济院（Amstelhof），这座救济院建于1681到1683年间，据说是城里的木匠汉斯·彼特森设计建造的。朝向阿姆斯特尔河的建筑正立面是非常典型的荷兰古典主义风格，它原本属于女子休养院，从1719年开始，这家休养院也开始接收男性。出于平衡对称的考量，休养院主入口设立于立面中央，这个门最初只是通往食堂的，食堂后来改成了礼拜堂，而门就设置在祭坛后面，实际的主入口是立面左右两侧的石门。休养院内部的陈设并没有遗留下来，地下室里用来准备食物的大约700个烹饪炊具则保留了下来。今天这里是圣彼得堡博物馆在阿姆斯特丹的分馆。

中庭是个花园，以前中间的草坪是用来晾晒衣物的场地。栗子树是原本就有的，杏树是后来栽种的。这个花园的设计者是迈克尔·凡·吉塞尔，晾晒场地周围是人行道，这个布局非常巧妙，人们可以从花园的走道进入建筑底层，同时不会影响这些老树的生长。建筑后面是一连排的法国梧桐。花园的这一部分曾经属于休养院，最近被更名为宫廷花园（Hoftuin）。联排的梧桐树左侧则是成块的花圃。

第十二章

I

早上，从皇帝运河去绅士运河的运河博物馆，从猫途鹰的游客评价看还不错。到了那里，了解了媒体对阿姆斯特丹运河和建筑的形成与发展的介绍，很有趣，感觉不虚此行。上一章我已经提到运河博物馆花园的主人是银行家扬·威林克，他对纽约市和美国独立后的财政金融有重要的帮助。我很想知道更多的细节，但回上海一直没找到相关的资料。

沿着运河去有名的安妮·弗兰克故居（Anne Frankhuis），门前到处是人。早应该知道参观这里的人多，我又没预约，不可能进去的。我在上海的犹太人博物馆看过一个安妮展览，觉得很压抑。最不舒服的是他们一家是在荷兰快解放时被纳粹抓走的，举报人是谁至今没查出来。

我看了看安妮故居对面的风景，当年她也会偷偷地往外看两眼的吧。

安妮故居的隔壁是西教堂（Westerkerk），它的塔高达85米，以17世纪的技术条件，这是在阿姆斯特丹松软的地基上所能建造的极限高度，伦勃朗就安葬在这个教堂的公共墓地。

欧洲很多教堂很世俗，但荷兰的大教堂让人感到像是博物馆或展厅，空空荡荡的。西教堂也是如此。

再往前走，就是乔丹区（Jordaan）。这里过去是普通人住的地方，现在是中产阶级集中的区域。据说这里晚上挺热闹的，中午则太安静了。我在乔丹区走了一段路，觉得这不是阿姆斯特丹的精华所在，还是回去看绅士运河边的建筑吧。

II

在阿姆斯特丹待了一个星期，最吸引我的就是绅士运河等几条运河边建筑。我对伦敦、巴黎、维也纳等大城市的建筑都蛮感兴趣的，可只对个别房子的历史与主人比较感兴趣。进一步说，我只对这些城市建筑的风格很感兴趣，比如，威

运河博物馆

安妮·弗兰克故居

西教堂

尼斯河岸有许多"宫"，都是贵族大商人曾经生活的地方，可我不是很想了解它们的历史。

阿姆斯特丹的运河建筑就不同了，我几乎想了解每一座房子的历史和今天。

今天看去，绝大部分运河建筑都有形态各异的山墙，三角形山形墙、仓库山形墙、阶梯式山形墙、钟形山形墙和颈形山形墙等。

山墙是什么？山形墙就是房屋顶部的正面部分，是屋顶上用来储藏东西的隐形空间。其实这也是阿姆斯特丹的运河建筑17世纪的首要功能，当时这个城市是个国际贸易都市，同时也是个巨大的仓库。商人将办公室设在房屋一楼，就是面向街道的那个房间；他的家人住在后面，楼上（山墙后面）则用来存放他所交易的货品。尤其是最边缘的王子运河，商业用途最明显的沿岸建筑尤其如此。

我们前面已经提到，运河房屋的倾斜是为了将货物从窗户里运进去。具体而言，我们会看到一根梁从运河屋的顶上突出来，上面还挂着一个金属钩。在17世纪，人们用绳索和滑轮把一箱箱物品吊上楼，尤其是香料会被大量储存以防价格大幅波动。

III

如果这些运河边的建筑仅仅是仓库，它们也不会有那么大的魅力啊。联合国教科文组织在2010年将阿姆斯特丹的运河列为世界文化遗产，理由是"它是一项水利工程与都市计划的杰作，也是一项施工建设与中产阶级建筑的理性计划"。

《阿姆斯特丹：一座自由主义之都》的作者罗素·修托提醒我们：

这些运河屋都是精美的纪念物，阿姆斯特丹的每间运河屋都支撑着一个家庭，家庭的观念并非在17世纪出现，但是，家作为一个个人私密空间的概念却可能源自当时。作家魏滔·黎辛斯基在《金窝、银窝、狗窝：家的设计史》中追溯家的观念：它就像一艘船，我们的主观自我可在船上休息，而其源头可回溯到17世纪荷兰人发展出来的那种社会，它不像欧洲其他社会那样依靠封建制度、依靠国王与宫廷而形成，其他地方有大城市与乡间，但荷兰的地貌却以城镇散布著称。荷兰人是都市人，他们从中世纪开始（这无疑与他们生活的气候及条件有关）就以谦虚、节俭、细心著称，而且执着于居室的保洁，经常拖地板、擦亮银器、刷洗门廊。

17世纪财富的涌入和新观念的迸发并没有抹灭这些特质，反而使其更加巩固。17世纪的"现代"运河屋是供所有人居住的，荷兰社会的平等主义特色转化成一种认知——尽管富人的生活环境可能比别人漂亮点，但是，毫不遮掩的财富却显得缺乏品位。像杜尔医师或伦勃朗那样的人或许会选择面积较大的运河屋，但相比较巴黎或伦敦同等地位的人，阿姆斯特丹的有钱人的生活相对简朴，他们的仆人不多，仆人与雇主间的关系也不像其他地方那样遵循阶级制度的规则。欧洲其他地方的有钱人在荷兰看到某些现象会感到诧异，例如在阿姆斯特丹富人的运河屋里，仆人竟然与主人一家一起用餐。

在中世纪的其他欧洲国家首都，建筑物的规模都很庞大，往往占据了整个街区，里面住着富有的大家族和仆人及佃农，荷兰人的安排则比较私密，即便是富有人家，房屋里只住着一家人，或许再加上一两个仆人。黎辛斯基认为，这导致荷兰人在他们的运河畔住处率先开创出一个新的概念——家乃由一男、一女，及他们的孩子所组成。

另一项创新便由此应运而生。在其他地方，公共与私人空间之间的界限模糊，部分原因在于许多彼此没有亲戚关系的人往往住在一个屋檐下。阿姆斯特丹的运河屋通常在街面底下有间工作室，进入这些房间不须脱鞋，进入位于公共空间上方的区域时才应脱鞋。黎辛斯基认为，这个动作划定了公私之间的界线——楼上的卧室或许是有史以来第一次成为"家"，在那里，有私密的壁炉，卧室里的床紧贴在角落里，椅子则显得很舒适。花瓶中插着刚采摘的鲜花，墙上当然挂着画。在那里，还有"gezelligheid"，这个无法翻译的荷兰字意味着超乎温暖舒适的感觉。

阿姆斯特丹与今日的我们有所共鸣。这些沉静的运河畔街道，一边停泊着船只，一边是山形墙砖砌的房屋，这促成我们将重点放在自己的身上。

Ⅳ

要更仔细地考察这些运河建筑，大概需要两周时间。我没有这么多的时间，只能借助阅读马克·杰格林的《海边的小王国：荷兰文化遗产》，对它们有了点理性的了解。我之所以喜欢这本书，是因为它会提供运河房子几百年来的具体房价变化，这是我在其他地方没有见到过的。

我们先来看绅士运河的六座房子吧。

如果你问阿姆斯特丹人，他们的运河有多深，你会得到一个统一的答案："水深一米，淤泥深一米，还有那些被偷的自行车堆成一米高。"当然，除去了那些被偷走后扔进河里的自行车，这个说法还是蛮靠谱的。绅士运河、皇帝运河和王子运河的平均深度就是2.4米，宽度为24米。

从2013年往前数400年，差不多就是阿姆斯特丹三条主流运河开挖的时候，新运河沿岸的那些地块很快就吸引了很多人的注意力，当时的贵族、城市政要和富商在土地拍卖会上争相竞拍，场面极其火爆，绅士运河周围地块特别受欢迎。

一直到50年之后的1663年，这三条主流运河才正式与阿姆斯特尔河贯通，自此，阿姆斯特丹运河圈开始拥有其独特的同心圆形状（从天空俯瞰便是如此）。运河圈最著名的部分是绅士运河上一个叫黄金弯的弯道，那一年，精明的投机商亚伯拉姆·凡·德尔·维纶毫不犹豫地买下了绅士运河607号的地块，两年后将其卖出，这一倒手，他就获得了一笔可观的利润。607号的新主人是一个叫大卫·特尔·海尔的精明的房东，他当时已经拥有607号隔壁的地块。1668到1669年间，特尔·海尔一口气建造了四栋房子，绅士运河607号和613号建筑的钟形山墙完全一模一样。这两栋之间的609号和611号则合二为一，共有的屋顶下装饰着直檐和三槽板，栏杆处还装饰了市长霍夫特和威特森的盾徽装饰。这些建筑都是荷兰古典主义建筑的典范。613号的建筑很快就被改建，但607号那极具代表性的立面依旧维持原样，其顶部的三角形山墙也依旧矗立在那儿。吊梁装饰得十分精美，上面是砂岩材质的雕刻花环。

我们不知道绅士运河607号17世纪时的业主是谁，不过记录显示，18世纪初的1704年，英国高级外交官兼军官威廉·卡多根以1.6万荷兰盾的价格买下了607号。这笔钱在当时可谓是巨资，但作为时任英国女王安妮下属军队统帅的马尔博乐公爵约翰·丘吉尔的得力干将，这点钱自然不在话下。同年，卡多根迎娶了富有的公爵夫人玛格丽莎·西西莉亚·蒙特。国王乔治一世登基后，将卡多根提升为贵族，作为其效忠皇室的奖励。1716年，卡多根又一次晋升为大不列颠的贵族，正式名字为拜伦·卡多根，到了1718年，他被册封为卡多根伯爵。

威廉·卡多根去世之后，他的遗孀仍然住在绅士运河607号的豪宅里。1747年，她将这栋楼卖给了雅各布·比克·雷伊，雅各布是税务稽查员，也是水坝广场鱼市的拍卖人，每到夜幕降临，他就会坐在窗户边一边看着运河，一边回想这一天的点滴，顺便还会记下当天阿姆斯特丹城里发生的事情。40多年来，雅各布·比克·雷伊几乎每天都会记录下这座城市里一点一滴的日常生活，事无巨细，都定格在他的日记"阿姆斯特丹这座城的二三事"里。雅各布是一个喜欢听闲话的人，他和城市里所有社会阶层的人都相谈甚欢，这也是他日记灵感的来源之一。不过，他更擅长的是将那些琐碎的日常细节记录下来，对于那些社会重要事项的洞察力和理解则不像其他作家那样敏锐。不过，他还没来得及目睹荷兰共和国的衰亡，就过世了。

绅士运河 607 号

V

18世纪末，不堪重负的人民揭竿而起，反抗那些贪污腐败、滥用职权的上流社会的权贵精英。因为有法国的政治和军事支持，这些革命者1795年宣布成立巴达维亚共和国。这个所谓的共和国其实是拿破仑的傀儡国，拿破仑·波拿巴则在1804年自己加冕为法兰西皇帝。两年之后，他任命自己的兄弟路易为荷兰国王。

阿姆斯特丹市政厅成了皇室宅邸，绅士运河602号也迎来了它的新主人，这个新主人名叫以马利·卡帕多斯，是路易·拿破仑的私人医生的表兄弟。国王经常邀请他去王宫，探讨一些和医学无关的话题。

路易·拿破仑给他自己的王国设定了一个宏伟的计划，这个计划很大一部分是依附于法兰西法律条文的。比如，所有的臣民都有义务选择一个姓氏，当时最受欢迎的名字是"扬"（De Jong，意思是年轻），后面跟着的是"德·弗里斯"（De Vries，取自弗里斯兰省）和"简森"（Jansen，意思是扬的儿子）。街道也跟随法国的惯例重新命名，房子也有了编号。阿姆斯特丹被划分成50个区，每个区都由两个字母混合命名，比如绅士运河607号的命名就变成了"IJ 242"。

19世纪中期，出生于爱丁堡的银行家弗朗西斯·梅尔文住在绅士运河607号，1891年转手给了电影先驱弗朗茨·安东·诺格拉茨。诺格拉茨来自德国的威斯特伐利亚，他之前在沃尔莫街开了一家烘焙坊，后来慢慢开始接触电影制作。作为荷兰第一批电影制作人之一，他自己制作电影，然后在自己的百花杂耍剧院公映。他曾经制作了一部纪录片《德兰士瓦战争》，记录发生在南非的荷兰和英国之间的布尔战争，当时这部纪录片的票房很不错，不过它并没有跨出荷兰国境，所以知道的人寥寥可数。影片里的那些野生动物是在阿迪斯动物园里取景的，室内场景则是在他本人位于绅士运河的宅邸里拍摄的。

弗朗茨·安东·诺格拉茨用他的纪录片给人留下了深刻的印象，甚至还引起了皇室的兴趣。1898年9月，他受邀拍摄女王威廉敏娜的就职典礼；一年后，诺格拉茨接到了女王要求拍摄一部关于她的父亲——已故国王威廉三世的人物传记片的命令。

弗朗茨·安东·诺格拉茨死于1908年。绅士运河607号的房子随后成了德斯梅特家族的产业，这个家族是诺格拉茨在电影业的竞争对手，当时其还拥有一家电影院。第二次世界大战之后，这里曾经是壁炉公司的办公室，1967年，荷兰银行入驻绅士运河607号。到了21世纪，这栋建筑再度回归市场，先后被作为公寓楼、治疗门诊、天然诊疗中心等。与周围建筑形成鲜明对比的是，607号那于17世纪建造的钟形山墙至今仍保留在原来的位置上。

VI

对于17世纪的上流社会而言，爱情不一定是婚姻的推动力，那个年代的婚姻往往是促进家族利益或是提升社会地位的一种直接的手段。不过，这对于陷入绝望的卡特里娜·辛洛普恩而言却不是那么回事，这个来自阿姆斯特丹的商人的女儿把自己的目光全聚焦于一个孤儿的身上。

那是1642年，野心勃勃的迈克尔·波塔孤身一人行走在这个世界上，他的母亲在生他的时候难产而亡，他的父亲是位玉米商人，也在他很小的时候过世了。

对于迈克尔·波塔而言，娶到卡特里娜·辛洛普恩就像是天上掉下个馅饼。卡特里娜的父亲是荷兰东印度公司的创始人之一，和亚洲的贸易往来为他累积了雄厚的资本，从而成了一个名副其实的富豪。辛洛普恩家族是黄金时代最富有的250个家族之一，其身家高达62.5万荷兰盾（差不多等于现在的700万欧元）。有辛洛普恩家族作为后盾，波塔很快就开始了他自己的事业，1646年，这个年轻人已经是阿姆斯特丹医院的理事长，同时还成为新阿姆斯特尔河水利工程项目的主席。他因为投资眼光独到，这一生仅凭投资就赚了24.2万荷兰盾。

1665年，迈克尔·波塔买下了绅士运河510号的地块。作为一项投资，他的时机选得非常好：当时的经济正在下滑，建筑用地的需求也在降低。阿姆斯特丹那时正遭受黑死病的侵袭，城市十分之一的人口（24148人）因为这场瘟疫失去了性命。

1664到1666年间，肺鼠疫在伦敦肆虐，据说这场瘟疫的病原源于一批来自阿姆斯特丹的棉花。与此同时，荷兰共和国和英国之间正处于战争状态，这场战争不仅发生在欧洲大陆，就连各自在新世界的角落都免不了战火纷飞。1664年，英国人占领了荷兰殖民地新尼德兰，并将其首都新阿姆斯特丹改名为纽约。1667年，在战争快结束的时候，作为反击，荷兰占领了英国殖民地苏里南。

而在阿姆斯特丹，迈克尔·波塔果断止损，他将绅士运河510号的地块卖给了亨德里克·凡·韦尔特。韦尔特是个糖果商，除了新到手的510号，他原本还拥有隔壁508号的地块，这两个地块一直到1688年才开始造房子，就在那一年，木匠大师皮耶特·阿道夫斯·德·泽乌设计建造了一个带有双收颈式山墙的立面，这个立面十分符合荷兰古典主义的朴素风格。负责现场施工的经理选择了雕塑家安托尼·特克，并全权委托他对立面进行装饰。收颈式山墙上装饰的神话人

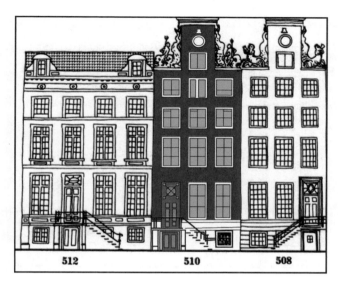

绅士运河 510 号

物栩栩如生，将人类的想象力和新建筑合二为一，别具美感。

绅士运河508号收颈式山墙两侧是海神装饰，所谓的海神就是海洋的使者，他们是有着男子的躯干和鱼的尾巴的神祇。510号山墙上装饰着的是骑跨在海豚背上的希腊海神波塞冬，他举起手中的三叉戟，海神们旋即吹响海螺以平息滚滚而来的海浪。建筑竣工的时候，绅士运河510号就被卖给来自热那亚的意大利商人杰里迈亚斯·德尔·博尔戈。20年之后的1707年8月，博尔戈以2.8万荷兰盾的价格将其卖出。售房合同对于这栋带有醒目的山墙石装饰的建筑的描述是这样的："由海神（及海豚）雕塑坐镇山墙石的建筑。"

Ⅶ

18世纪，这栋建筑几经易主，1760年，其中一任业主在装潢建筑前屋时采用了奢华的路易十五风格，建筑内部是白色大理石制成的壁炉，上面装饰着小天使单色画。那时屋子里还设有红色大理石的灶台和巴洛克式的路易十四风格的装饰。豪奢的室内装潢和外界的贫困交加形成了鲜明的对比，当时荷兰民怨沸腾，举国上下揭竿而起，反抗那些拒绝分享权力的权贵阶级。最终，总督威廉五世和他的内阁只能求助于法国。不过，这些爱国者也因为这场革命付出了巨大的代价：法国方面要求荷兰支付至少一亿法郎来作为善后费用，最后荷兰被法国吞并，成了拿破仑帝国的附属国。

在第一任执政官的授权下，荷兰进行了一些实质性的改革，比如，制定现代化的宪法，革新刑事司法制度，将基础教育列为国家义务教育，对相当一部分产品征收税费。拿破仑同时把帝国式建筑风格引入了荷兰，这种风格融合了古代的经典建筑元素。阿姆斯特丹绅士运河510号的入口大厅虽然设计得十分现代化，但大门上有一扇工艺精巧的顶窗，其他窗户的设计也采用了帝国式的风格。

这些所谓的修改不过是聊胜于无的锦上添花罢了，掩盖不了业主本身处在破产边缘的事实。1809年，这栋建筑以区区24400荷兰盾的价格被卖了出去。与此同时，荷兰举国上下都在苦苦挣扎着，等待拿破仑离开世界舞台，威廉一世也在经济复苏之前宣誓就任荷兰国王。

19世纪末，绅士运河510号的房子里住了一个叫大卫·博特恩海姆的单身汉，他搬进来之后就把建筑的门廊加高，将地下室进行了现代化改建，同时还添加了高大的T字形窗户。博特恩海姆去世后，这栋建筑就辗转到了贵族德代尔家族的手上。不过，这栋建筑里并没有像样的宴会厅，出于这个原因，这家人于1908年以45000荷兰盾的价格将其出售。买主是当时Vroom & Dreesmann百货商店的共同创始人威廉·弗洛姆，据说他对于宴会厅没什么兴趣，对于这栋房子的要求是尽可能的舒适，他在屋子里安装了一部电梯，这在那个年代可以说是现代化的设施。第二次世界大战之后，绅士运河510号又换了主人，并且借着这个契机被好好修缮了一番。20世纪50年代，巴西领事馆就设在这里。

1966年，阿姆斯特丹大学买下了这栋建筑，当时的学生并没有遗产保护的意识，建筑很快就变得颓败不堪。学生们搬出去之后，这栋楼再度变成住宅楼，其地下室改成了专卖美国酒店餐具的商店，商店的名字就叫黄金弯。

Ⅷ

虽然说还没有正式破土动工，但早在1585年绅士运河开挖的时候，阿姆斯特丹的精英阶层就知道要在运河边上建造什么了，那就是"专门给富豪显贵们居住的一栋栋优雅的豪宅"。

然而，一场经济危机阻挠了绅士运河码头周围这些住宅的销售，整个项目也因此停滞不前。16世纪初，荷兰企业家看到了西班牙和葡萄牙在环球航行方面取得的硕果，以及远洋贸易带来的巨大经济利益。这些企业家们觉得荷兰其实也可以效仿西班牙和葡萄牙的模式，解决自身的经济危机。

8支舰队、65艘船只抱着试一试的心态起航去了另一个充满未知的遥远世界。1600年11月1日，考察队从阿姆斯特丹的港口出发，皮耶特·德·马列就是成员之一。这次考察计划向南延伸到位于几内亚的非洲海岸，据说那里有黄金、象牙、棉花和香料等。经过两个月的海上航行，船只停泊在几内亚海湾，等待这一大批船员的则是一个完全陌生的神秘文化，德·马列在日志里详细记录了几内亚王国的很多细节——他们的历史、文化、礼仪和风俗习惯等。探险家们更是将几内亚戏称为"非洲的黄金海岸"，而这块他们登陆的海岸交界处就叫作"象牙海岸"。

一年之后的1602年3月11日，荷兰人决定返航，皮耶特·德·马列也再度踏上了母国荷兰的土地。九天之后，荷兰东印度公司成立，从此之后，荷兰就垄断了亚洲和远东地区的海上贸易。皮耶特·德·马列回国几个月之后，他就出版了自己的航行日志，他在日志里记录的故事激励了很多同时代的人，并且十分精准地抓住了时代精神。很快，这本事无巨细的日志就名列畅销书榜单，出版社还发行了很多不同的版本。这本日志给皮耶特·德·马列带来了一笔不菲的财富。

多亏了荷兰东印度公司，阿姆斯特丹的经济1613年开始复苏，市政也收集到足够的资金重启和拓展绅士运河沿岸的豪宅项目。此外，市政当局另外开凿了两条与之平行的大运河：皇帝运河和王子运河。工程进度虽然缓慢，但我们今天所看到的著名的运河圈就是从那个时候开始显现轮廓的。人们开始变得富裕起来，对于商人赫洛尼穆斯·维克多利而言，奔波的日子毕竟有限：他在拍卖会上买下了绅士运河沿岸的两块地皮（就是今天的绅士运河314、316和318号）。他自己留下了314号，另两栋楼则高价转卖了出去。

1616年，赫洛尼穆斯·维克多利在绅士运河314号建造了一栋带有阶梯式山墙立面的宅邸。整栋楼有6.5米宽，房子建成后一开始是出租的。他的岳母原本住在隔壁的312号，1624年搬到了314号的房子里。岳母过世后，赫洛尼穆斯·维克

绅士运河 314 号

多利决定独居在此，之后几年中，这栋宅邸接连转手了多次。

1647年，著名的探险家和作家皮耶特·德·马列用出售日志赚到的21000荷兰盾买下了绅士运河314号。当时他的日志已被译成德语、英语和拉丁语，成了国际畅销书。皮耶特本人当时和太太凯瑟琳一同住在沃尔莫街，他把绅士运河这栋新买的宅邸租给了一个叫亚伯拉罕·莱斯特弗农的丝绸商人，这个商人住进来之后为这栋位于绅士运河沿岸的房子起名为"沙漏"。皮耶特·德·马列于1666年过世，他的妻子凯瑟琳继承了这栋建筑，后来丝绸商人搬了出去，皮耶特·德·马列的儿子约翰·德·马列搬了进来。1698年，约翰·德·马列去世后，这栋房子再度租了出去。1707年，艾萨克·苏里莱用5600荷兰盾买下了绅士运河314号三分之一的产权。

IX

这栋宅邸的下一任主人和皮耶特·德·马列一样，是个探险家。1679年，尼古拉斯·罗姆斯温彻尔搬到了位于阿尔汉格尔斯克的海港城，他在这里经营一家名叫大卫·拉茨 & 佐南的贸易公司。载满了货物的船只每周一趟将毛皮、皮革、大麻和木材带到阿姆斯特丹，回程则会带回荷兰的啤酒、法国的葡萄酒、棉花、香料和昂贵的丝绸，此外还有一些夹带的军火。

俄罗斯沙皇彼得大帝和尼古拉斯·罗姆斯温彻尔在阿尔汉格尔斯克一见如故，很快就成了好朋友。1703年，彼得大帝任命尼古拉斯·罗姆斯温彻尔为莫斯科市长，当时的莫斯科有很多外国人来往，荷兰当局说服沙皇通过阿姆斯特丹和中国、波斯进行贸易。

1716年，尼古拉斯·罗姆斯温彻尔带着妻儿回到了荷兰共和国。最初，这家人住在距离首都阿姆斯特丹南部36公里处的利瑟，这是一个以出产花卉为主业的小村庄。罗姆斯温彻尔一家在这里住了5年之后，尼古拉斯以3万荷兰盾的价格买下了位于阿姆斯特丹的绅士运河314号，之后没多久，他就改建了建筑立面，改建后的立面是带檐口的收颈式山墙，山墙颈部的两侧都装饰有海豚的鳍，十分类似于罗姆斯温彻尔在阿尔汉格尔斯克的住宅。建筑立面上装饰着华贵的木料和凸起的檐口，阁楼小窗门两侧装饰了带有罗姆斯温彻尔夫妇半身像的椭圆形壁龛。

18世纪的时候，绅士运河314号的一面墙上装饰有一幅出自伦勃朗之手的艺术杰作，这是尼古拉斯·鲁茨委托伦勃朗为其创作的肖像画。当时的鲁茨在阿尔汉格尔斯克经营着一家贸易公司，画面上的他穿着一件毛皮斗篷，看起来十分威风。鲁茨在1727年过世后，他的儿子继承了这幅肖像画，后来他儿子也过世了，这幅画就到了他侄女的手里。这个侄女后来嫁给了尼古拉斯·罗姆斯温彻尔的后代，这幅画因此来到绅士运河314号。19世纪的时候，国王威廉二世在一次拍卖会上以4010荷兰盾的价格收购了这幅画。100多年之后，画作来到了美国，从1943年开始，这幅画一直收藏于纽约的弗里克美术馆。

尼古拉斯·罗姆斯温彻尔过世前5年一直都住在绅士运河314号的宅邸里。他过世之后，他的遗孀就把这栋建筑以一年1200荷兰盾的价格租给了一个叫皮耶特·凡·德尔·诺克的丝绸商。这栋建筑在100多年中一直在罗姆斯温彻尔家族的名下，后来几经转手。1841年，建筑的成交价为2.04万荷兰盾，到了1881年，成交价上升为3.09万荷兰盾。1886年，荷兰皇家医疗机构买下了这栋楼作为办公楼，19世纪末，这栋楼再度以2.5万荷兰盾的价格转手，1907年，其成交价又上升至2.9万荷兰盾。20世纪30年代的大萧条期间，这栋建筑的售价一度低至1.8万荷兰盾。

今天，绅士运河314号是一所烹饪学校，叫作法国卓越料理烹饪学校，建筑的一层是一家高品质餐馆。

绅士运河314号的后面有一个十分漂亮的花园，里面有一座十分舒适的凉亭，据说这座花园有好几百岁了。17世纪的时候，阿姆斯特丹那些富人豪宅的花

《尼古拉斯·鲁茨像》，伦勃朗，1631 年，弗里克美术馆藏

园里种满了色彩鲜艳的花卉和植株，后来人们对于花园景观的品位慢慢发生了变化，似乎更趋向于选择颜色柔和的花卉植株来装点花园。今天的阿姆斯特丹花园延续了这种柔和典雅的审美，在绅士运河314号花园里遍植着地中海的草本植株，来这里就餐的客人就是在这样典雅温婉的氛围里享受精致的法国料理。阿姆斯特丹每年6月都会举办花园开放日，届时那些掩藏在运河别墅身后的装饰华美的景观性花园就会向公众开放，供普罗大众欣赏。

X

400多年以来，人们以能住在阿姆斯特丹的绅士运河沿岸而感到自豪。早在1585年运河开挖之前，市政官员就已经大规模地在其周边购置土地，直到1613年运河圈初具规模，这条运河才有了自己正式的名字。绅士运河一开始的拼写方式为Heerengracht，前面有两个字母"e"，而不是我们现在看到的正常拼写里的一个e（Herengracht），这是用来代表第一批投机者，也就是城市里那批腐败堕落的上位者。

大部分的阿姆斯特丹人其实都不见得可以养活自己，不过这对于玻璃商人纳撒尼尔·伊万斯而言却从来不是问题。1665年，他靠投机赚了一大笔钱，后来他在一场拍卖会上大肆杀价，分别以3200荷兰盾和2800荷兰盾的价格拿下了绅士运河65号和66号两块地。价格之所以压得如此之低，是因为当时人们普遍信心不足，建筑地块的需求也一直在持续下降，当时就连城市运河圈东部区域的施工都被搁置了。

17世纪60年代，阿姆斯特丹城市上空笼罩着一层阴影，1665年，当时的城市总人口数为20万人，却有2.4万人死于瘟疫。不过，伊万斯对未来还是充满了信心，他把名下的这两块土地视为一笔潜力投资，委托城里一位砖瓦匠给他造了一座现代化的四层运河大厦，以期待将来的潜在买家。这栋建筑的立面上装饰着时下最为流行的钟形山墙，上面装饰有两扇牛眼窗，花彩、叶饰和水果图案，此外，还有一块砂岩材质的雕刻饰板，上面镌刻着建筑竣工的年份：1666年。

纳撒尼尔·伊万斯很快就证明自己是个运气不错的赌棍，尽管经济危机如影随形，但他还是设法把这栋建筑在最短的时间内卖给了丝绸商约里斯·凡·奥尔霍斯特和他的新婚妻子玛丽亚·科曼斯。这对新婚夫妇搬进来没多久，灾难就降临了，玛丽亚得了瘟疫，很快就撒手人寰，留下她的丈夫沉浸在悲伤中。但凡·奥尔霍斯特并没有就此沉沦，一年后他再婚，娶了安妮·格塔尔斯。安妮收藏了很多艺术杰作，其中包括伦勃朗和彼得·勃鲁盖尔等的作品。婚后不到五年，安妮被不知名的疾病夺走了生命。短时间内先后痛失两任妻子的凡·奥尔霍斯特觉得绅士运河415号是一栋被诅咒的建筑，所以他打算尽快将这栋建筑脱手，于是他把这栋楼交给了已故妻子的两个姐妹。当时这栋楼的估价是9500荷兰盾。凡·奥尔霍斯特很快搬离了这栋楼，再也没回来，几年之后，他迎娶了第三任妻子。

1736年绅士运河沿岸一套宅邸的售价，如果换算成现在的计价的话，平均一套的价格在260万欧元左右。在之后的几个世纪里，房价起伏得十分厉害，1815、1920和1960年先后三次跌到历史最低价。根据房地产金融教授皮埃特·艾希霍尔茨的研究分析，绅士运河沿岸的房地产价格涨落的幅度在40%左右，但一直到2008年，这里的房价才回归到1736年的水平。

绅士运河415号这栋建筑在格塔尔斯家族名下差不多有200多年，一直到1868年，这栋建筑才以2万荷兰盾的价格卖给了金银币商查尔斯·费德里科·兰德雷。22年之后，他把这栋建筑以同样的价格卖给了圣维南教堂的耶稣会士，此

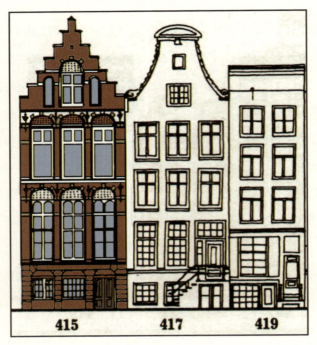

绅士运河 415 号

后这栋建筑就成了用来教育年轻天主教徒宗教理论和科学知识的教学楼。1891年，教堂搬进来之前，其持有人对建筑进行了一次完整的整修，当地的建筑师威廉·韦尔辛将原本的17世纪钟形山墙立面换成了中世纪风格的阶梯式山墙立面。他的改建受到了"生命阶梯"理念的启发，从16世纪开始，这一理念就在荷兰十分盛行。山墙上的阶梯象征着人类生命必经的七个阶段。

　　1891年6到10月之间，人们对这栋建筑进行了整修，钟形山墙被拆除了，屋顶也被翻新了，建筑内部的陈设焕然一新。10月29日，该机构位于绅士运河415号的新教学楼正式对外开放。图书馆就在建筑前楼，学生们学习的阅读大厅里装饰着橄榄绿的木制天花板，木梁上雕刻的天使和猫头鹰分别象征着信仰和知识。建筑后面铅玻璃上雕刻的F和S也代表了同样的意思。每个人对于这次重修都满怀热情，除了圣维南教堂的司库，建筑师韦尔辛的整修费用远远超出了预算。也许是出于内疚，这位建筑师自己掏钱租下了这栋建筑的一隅来作为自己的办公室，当然，也不排除这是他向教堂司库表明自己时刻在场监工的证据。

1930年之后，教堂的学生搬出了这栋19世纪老建筑。在罗马天主教公共图书馆和阅览室搬进来之前，人们对这栋建筑内部的精致陈设进行了修缮。20世纪60年代，绅士运河415号一直是作为资料信息中心而存在的，从1977年开始，这里就成了博克曼基金会的办公点，这个基金会相当于文化艺术研究中心，该中心花费了差不多15万荷兰盾对建筑内部的陈设进行了大规模的修缮，以恢复其昔日的荣光。从那之后，每一个前来阅览室的人都会对那里精致华丽的陈设和装潢留下深刻的印象。

XI

1600年7月8日，沃尔费特·韦伯在阿姆斯特丹老教堂和阿格妮塔·科克举行了盛大的婚礼，这对夫妇婚后就住在沃尔莫街，他们将这栋宅邸命名为斯特拉斯堡之塔，这是为了纪念韦伯的出生地。四年后，阿格妮塔生了一个儿子，取名为沃尔夫耶，意思是小狼。之后，她又接连生了两个女儿玛丽耶和安妮克。与此同时，韦伯的葡萄酒生意也是蒸蒸日上，他出售的来自阿尔萨斯地区的葡萄酒非常受荷兰上流社会的喜爱，他的利润越做越大，再加上在荷兰东印度公司的分红，韦伯很快就成了富豪。

沃尔费特·韦伯是荷兰东印度公司最初的投资人之一，从1588年开始，他就常住在荷兰的阿姆斯特丹。尽管他在生意上取得了巨大的成功，但他把日子过得乱七八糟，到最后甚至负债累累。最后，高额的债务和潦倒的生活导致韦伯困顿而死。然而，几个世纪之后，他的后人却在美国搜寻一笔价值百万的隐藏遗产，据说韦伯是奥兰治亲王威廉的私生子。

绅士运河 203 号

　　阿姆斯特丹运河圈的建设促使很多阿姆斯特丹上流人士从老城区搬到了崭新的"黄金沿岸"地区。沃尔费特·韦伯也不例外，他聘请当时的著名建筑师亨德里克·德·凯泽为他在绅士运河203号的土地上修建一座高品质的宅邸。宽度达到8.38米的这栋豪宅立面上是巨大的阶梯式山墙和一个天然石浮雕牌，装饰着连绵不断的饰带、圆拱、双壁柱和一个优雅的拱形山墙顶。沃尔莫街那栋楼上的旧山墙石也被拆了过来，嵌在绅士运河的宅邸外立面上。

　　沃尔费特的儿子沃尔夫耶·韦伯是个冒险家，17世纪20年代末，他来到美国，在曼哈顿岛上开了家酒吧，1630年，沃尔夫耶的妹妹安妮克和她的丈夫也追随这位年轻企业家的脚步来到了美国。十年之后，沃尔费特在阿姆斯特丹过世，远在美国的子女却在两年之后才收到父亲去世的消息，他们也了解到自己的父亲在过世前就已经宣布破产。面对这一事实，他的子女完全蒙了，很难想象父亲怎么会沦落到这个地步的。

时至今日，葡萄酒商人沃尔费特·韦伯在美国的名气远远超过了他在荷兰的名气。这位绅士运河203号的第一任业主一直被视为奥兰治亲王威廉的私生子，甚至有传闻说他的女儿安妮克就是在总督的宫廷里接受教育的。宫廷里的日子安静悠长，安妮克爱上了宫廷园艺师鲁洛夫·简斯，两个人还秘密结了婚。之后，皇室家族剥夺了安妮克的继承权并驱逐了她，安妮克和她的丈夫逃往美国投奔她的哥哥。奥兰治亲王威廉的后人将原本由安妮克继承的遗产存放在荷兰银行里，打算由她的第七代后裔继承。到19世纪，这笔遗产利滚利，金额已多达上千万荷兰盾。美国差不多有80多个家庭都宣称自己拥有这笔遗产的继承权，不过这些人都没成功。这个关于遗产继承的故事跌宕起伏，过分的戏剧化使得人们很难相信这是真事，这个故事很有可能只是曾经撰写了荷兰在美国的殖民文化的传记作者兼历史学家华盛顿·欧文的白日梦。

XII

安妮克的姐姐玛丽耶则留在阿姆斯特丹处理已故父亲留下的债务。沃尔费特身后留下的债务总额为27293荷兰盾，他在荷兰东印度公司的股票大约值1560荷兰盾，而其在西印度公司（WIC）的股票价值则差不多是前者的两倍，差不多是3200荷兰盾，其生前的艺术品收藏包括40幅绘画、古老的地图和古董盘子，这些也都拿到拍卖会上拍卖。其中有一幅《过剩的财富》（*De Overvlodige Rijckdom*）的画作似乎就是用来象征韦伯那跌宕起伏的一生的，这幅画最后和其他收藏品一样都卖了出去。1643年1月14日，沃尔费特·韦伯的后人最终卖掉了绅士运河203号这栋宅邸，皮耶特·弗肯博克以28150荷兰盾的价格接手了绅士运河203号，成为这栋宅邸的新一任业主。

沃尔费特·韦伯从荷兰东印度公司最初成立的时候就是股东之一，他的夫人名叫阿格妮塔·科克。多年之后的德国，一张署名为艾格尼塔·科克斯（Agneeta

Kocx）的股票凭证出现在市场上。这会不会是沃尔费特·韦伯为了安全起见，才以自己妻子的名字来购买的股票凭证？如果是的话，为什么凭证上名字的拼写是错误的呢？凭证上的日期是1606年9月27日，这显然是20世纪末有人从阿姆斯特丹市档案馆里将此凭证偷了出来。德国委托人对此凭证的要价为600万欧元。这张凭证的售价之所以如此高，是因为它是迄今为止人们发现的世界上最古老的股票。然而，2010年，一个荷兰学生在一堆档案中发现了一张比这个还要早两个星期发行的荷兰东印度公司股票凭证，上面的日期是1606年9月9日。这张凭证的问世导致之前那张被盗的股票一夜之间变得不再那么值钱。

1670年前后，黄金时代的光芒开始消退，原本蒸蒸日上的各行各业相继步入下坡路，荷兰共和国也面临方方面面的掣肘，全国经济停滞不前，没过多久，荷兰就陷入了经济大萧条。1684年，绅士运河203号以1.79万荷兰盾的价格亏损卖出，之后，这栋宅邸又转手了好几次，最后是一个非常富有的商人兼银行家费雷德里克·布雷沃特在1690年买下了这栋宅邸。1697年，他的儿子、市府议员扬·布雷沃特在这里住了一段时间。这栋宅邸时不时就会有一些小的修整，比如，带有"斯特拉斯堡之塔"的山墙石1764年就被拆除了，转移到了绅士运河184号商人阿德里安·沙夫的私人宅邸中。之后，这块山墙石的下落就再也没人知道了。

今天我们看到的绅士运河203号建筑的立面几乎就是原来的立面，尽管19世纪时，相关人员对其进行了一次现代化的修缮，比如将窗户放大。从1828年开始，业主换了一任又一任，一开始，这栋建筑属于鲁布林克家族弗里斯兰分支，1893年，这栋建筑又被赠送给福音派路德教会。1918年，教会将其卖给了化妆品商人维克多·凡·德·雷斯。绅士运河203号后来经历了一次大修，里面装饰了加斯帕尔·菲利普的1768年的地质图。50年之后，这栋老建筑以21万荷兰盾的价格卖给了化妆品商露华浓。

1973年，绅士运河203号隔壁的银行（Lanschot-Vermeer & Co.）买下了这栋楼，将其和自己的大楼合并为银行办公区，之后，这一区域归荷兰银行业协会所有。2011年，203号房子的现任主人地产经理科康·瓦斯特古德对建筑进行了一次全方位的整修。从此之后，这栋建筑就一直作为私人宅邸而存在。2015年，这栋建筑在阿姆斯特丹某房地产市场上的标价为320万欧元。

XIII

16世纪末，来自西班牙和葡萄牙的犹太人，法国的胡格诺派和佛兰德的新教徒因为西班牙国王菲利普二世军队的入侵而大举逃亡，成千上万的移民涌入荷兰北部地区，这些移民中，有一个来自比利时梅嫩地区的浸信会商人叫科内利斯·凡·艾尔德威利特。

经历了危险重重的漫长的逃亡旅程之后，他和他的家人1580年来到了西兰省。六年后，他的儿子扬在米德尔堡出生，黄金时代，扬·凡·艾尔德威利特迁居至阿姆斯特丹，他在这里做起了羊毛生意，随着时间的推移，一个令人印象深刻的商业帝国在扬的手里形成。

不论是在商业上还是在个人生活上，扬·凡·艾尔德威利特都是一个野心勃勃的年轻人，他一直梦想着在阿姆斯特丹最繁华的区域拥有一套属于自己的豪宅。1614年1月22日，他的梦想开始成形：这位26岁的企业家在拍卖会上拍下了位于绅士运河沿岸的两块地皮，他还从一个投机商手中买下了与之相邻的两块地皮。之后，他委托建造了四座联排别墅，每一个立面上都有De Werelt（世界）的字样，屋顶上也装饰着地球仪，这是用来影射其姓氏（Alderwerelt）。

扬·凡·艾尔德威利特的个人世界在稳步扩张，1617年9月11日，他买下了自己豪宅后面靠皇帝运河的地皮。他在这里委托建造了一间马车房和一间仓库，不用说，这两间屋子上也装饰有象征其姓氏的地球仪。这位羊毛商人将他的符号

《费雷德里克·里赫尔骑马像》，伦勃朗，1663 年，英国国家美术馆藏

遍布于城市各处，好笑的是，直到扬51岁去世的时候，他的子嗣才意识到自己老爸究竟有多少资产，如果他们平常多抬头看看城市的建筑屋顶，说不定能早一点做到心里有数。这位羊毛商人的长子小扬继承了绅士运河64号，1663年他以3万荷兰盾的价格将其卖给自己的弟弟皮耶特，这在当时可谓是一笔巨资。不过皮耶特·凡·艾尔德威利特自己就是个身价高达25万荷兰盾的富豪，在阿姆斯特丹的富人圈里也是数一数二的人物，这笔钱对于他而言不算什么。

1664年，皮耶特·凡·艾尔德威利特将别墅租让给费雷德里克·里赫尔（Frederick Rihel）。这位新住户是来自斯特拉斯堡的小商人，出色的管理能力使得他在距离绅士运河64号不远处的巴尔托洛蒂贸易公司里谋得了一个高层职位。彼时的里赫尔备受尊重，他就好像是一尊偶像供人敬仰，自我感觉甚好的他委托伦勃朗为自己画了一幅肖像，肖像上的里赫尔身穿全套警卫服饰骑在马背上，跟随奥兰治王子的卫队进入阿姆斯特丹。他引人注目的着装包括羽毛帽子、皮大衣、带有金线刺绣的夹克和腰带。这幅画在位于绅士运河64号客厅里的时候就格外引人注目，如今收藏于英国国家美术馆。

1716年前后，绅士运河64号的住户变成了佩尼金三姐妹（克拉拉、乔安娜和伊丽莎白）。18世纪的山形墙上是最新流行的建筑装饰：公牛眼睛形状的小型窗户牛眼窗以及位于两侧的花形石翼装饰，其顶部装饰的是拱形的山墙头，法国对荷兰建筑的影响可谓有目共睹。这栋别墅在凡·艾尔德威利特的手里保存了125年，之后，安东尼·沃特曼在1734年成为新的户主，绅士运河64号的立面自此被改成了现代化的立面，屋顶的檐口也变成了直檐口，地球仪装饰逐渐从阿姆斯特丹这座城市里消失。沃特曼主打捕鲸业，他主要负责格陵兰航线，他名下的船队每年都要在这一水域捕鲸作业，阿姆斯特丹的老百姓都知道"他是一个非常有钱的人，尽管身材瘦小，却是个循规蹈矩的商人"。

绅士运河 64 号

　　这座堪称历史遗迹的别墅在之后的几个世纪里多次转手，但价格都低于当初小扬·凡·艾尔德威利特卖给他弟弟皮耶特的3万荷兰盾。1802年，这座别墅的售价仅为8000荷兰盾。到了1853年，这座别墅的售价翻了一番，达到1.58万荷兰盾，1872年，又上涨到1.95万荷兰盾。1895年，别墅落到了科内利斯·威廉·马瑟斯的手里，他是贩卖鱼肝油和鲸鱼制品的商人，科内利斯去世后，他的女儿们继承了这幢别墅，1912年将其以2.3万荷兰盾的价格卖给了天主教堂。20世纪，绅士运河64号的别墅里居住了好几个租客，目前这栋别墅再度成为私人住宅。

绅士运河边的建筑与桥梁

第十三章

皇帝运河

I

　　我们在阿姆斯特丹住的酒店公寓是皇帝运河582号，它与580号是两栋建于1687年的带有铃铛式山墙立面的双子楼，山墙的角落上装饰有花瓶，立面上装饰着带有精美雕刻边框的椭圆形窗户。有意思的是，582号这栋房子的外观依旧维持原状。

　　我清晨和晚上会在附近的运河边走走，带着一本《阿姆斯特丹运河旅游指南》，对照着建筑查一些线索。比如我们旁边的578号建于1690年前后，之前和574号、576号一起作为三联排别墅而存在。建筑的下半部分并没有多大的改动，其上半部分则在1800年前后改成了檐角立面。

皇帝运河 580 号和 582 号双子楼

572号是建于1770年的带有直檐和山墙的并联别墅。在此之前，这里曾伫立着两栋拥有同一个屋顶的17世纪建筑，如今这栋五扇窗户宽的建筑是当时这两栋老建筑的一部分，装饰精美的大门框架和双游廊就来自以前的两栋老建筑。

　　1888年之前，566号维持了17世纪的双建筑风格。1888年之后，人们在这里修建了一座教堂。

　　562号和564号建筑曾是双子建筑，19世纪初，建筑立面上换了直檐；檐角上方那原本就有的马鞍状的屋顶几乎快要看不出形状了。

　　从582号往右拐，走几步路就是街角的594号，这里是家餐馆，只提供牛排和龙虾。这种只提供牛排和龙虾的餐馆上海也有，可这里的味道很好，必须预订。

皇帝运河 578 号与 574 号

皇帝运河 594 号是家餐馆，只提供牛排和龙虾

走过皇帝运河上的桥，我们公寓对面的529号、517号和515号，我也仔细查了一下。

529号有建于1760年的檐角立面，顶部为横顶，烟囱已被拆除。

517号新建于1909年，建筑顶部是尖顶式山墙，山墙顶部装饰的是新艺术风格的方琢石，铁质的升挂梁。

515号经过20世纪的多次重修后，房子彻底失去了本来的面貌。建筑本体看起来要比其实际年龄更古老些，立面上的双游廊和大门是同一个风格的。

II

我正在琢磨着，发现529号房子外楼梯下有块牌子，说这里曾是美国第二届总统约翰·亚当斯在阿姆斯特丹的住所。

亚当斯来荷兰要求当地金融市场支持美国，我们在前面的运河博物馆提过这事，这里再说几句。

亚当斯是美国《独立宣言》的起草人之一，也算是革命元老。亚当斯两度作为美国特使去巴黎，可巴黎是另一位元老富兰克林的地盘，所以他根本没什么事可干。这时，美国与英国的战争仍在继续，财政很困难，通货膨胀严重，美元贬值。亚当斯觉得当时的欧洲金融

皇帝运河 529 号，美国第二任总统
约翰·亚当斯曾在此居住

中心之一的阿姆斯特丹也许会助美国财政一臂之力，1780年夏天他带着在法国念书的孩子和仆人去荷兰。富兰克林是不同意亚当斯去荷兰的，所以他开始时只是没什么身份的美国人，第二年，美国政府任命他为驻荷兰大使。

在法国卷入美国独立战争前，荷兰已经大规模地偷偷向美国运输武器，在这项贸易中，荷兰商人比他们的法国同行盈利更多。因此，包括亚当斯在内的美国有识之士有理由相信能从荷兰那儿弄到钱。

荷兰共和国1648年从西班牙的统治下赢得了独立，这对美国人特别有吸引力。与美国一样，荷兰共和国在战争中诞生，一个多世纪来，荷兰一直在欧洲两

449

个敌对的强国——法国和英国之间生存和繁荣，亚当斯把它比作一只青蛙，在两头打斗的公牛腿下蹦来蹦去。

Ⅲ

亚当斯从巴黎经过布鲁塞尔和安特卫普，从鹿特丹出发，他们乘坐由马匹拉纤的船只沿着运河到了代尔夫特，然后是荷兰政府所在地海牙。在亚当斯和孩子们去阿姆斯特丹的那天晚上，两边河岸上的大风车磨坊的巨大布帆转个不停，这是他们从未见过的奇观。

亚当斯到达阿姆斯特丹的时候，荷兰的黄金时代早就过去了。荷兰的海上霸权和威望已经衰退，但商业兴隆，到访的人们都惊叹于荷兰的全面繁荣，巨大的港口聚集着大量的船只，阿姆斯特丹仍然是欧洲的商业中心。

亚当斯来荷兰时谁也不认识，但和荷兰几位主要银行家见面之后，谈及自己的所见所闻，他变得非常乐观。他向美国的大陆会议报告，完全有可能得到"相当可观"的贷款。若要搜集和传播消息，欧洲再没有比这里更好的地方了。

在给美国的太太阿比盖尔的一封信中，亚当斯称荷兰为"世界上最大的珍品"，他怀疑，是否有任何欧洲国家"比荷兰更值得尊重"，他们的勤俭节约应该成为全世界学习的典范。在征服欲和军事扩张方面，他们不像邻国那么野心勃勃。亚当斯也不觉得他们非常贪财，他认为，荷兰人将知识和艺术发展到如此伟大的地步厥功至伟。

亚当斯唯一的忧虑是这里的空气不那么有利于健康，他在夏季抵达的时候，大部分运河都散发出腐臭的味道。"阿姆斯特丹热"是众所周知的疾病，外地人在这儿待的时间一长就会染上这种疾病。

亚当斯没用多长时间，就在新闻界、知识分子圈和金融圈里结交了大量的朋友。亚当斯说，其中很多是犹太人，他们是所有人中最开放、最宽容的。

由于荷兰政府还没承认美国的独立地位，海牙政府中人不敢与亚当斯正式接触，亚当斯只能在阿姆斯特丹结识荷兰的金融与政治精英。美国独立战争之前，为了商业利益，荷兰一直与英国结盟，整个18世纪荷兰的繁荣很大程度上取决于英国在公海上对荷兰商贸的支持。更重要的是，荷兰向英国提供了大笔贷款。因此，他们极不愿意采取任何措施，做出任何轻率的举动，唯恐英国不安，影响他们的贷款。

亚当斯在阿姆斯特丹先是选中了一个老年寡妇经营的简陋的寓所，接着他住进了皇帝运河529号，拥有2名男仆和1个厨子，还有车夫。侍从的着装是巴黎式的：深蓝色的外套和裤子、红色的帽子和马甲。

第二年的8月，亚当斯在这所房子里得了严重的疟疾或者伤寒，病情一开始并不严重，后来逐渐恶化到几乎生命垂危的地步。幸好服用了金鸡纳的树皮——奎宁才康复。当时人们认为是运河腐臭的河水与空气毒化让人得此病，其实是蚊子的传播。

200多年后的8月下旬，我们在亚当斯住所的对面也遭到蚊子的袭击。我以为凉爽的欧洲已经没有蚊子了，大胆地打开了面朝运河的窗户。那天晚上被蚊子叮咬，没有预备蚊香和驱蚊水，只能把大厅的空调打开，让温度急剧下降，迷迷糊糊地对付过去。

在亚当斯的努力下，1782年4月，荷兰政府承认美国独立。6月，亚当斯与3家阿姆斯特丹银行组成的财团谈判后，一笔利息为5%的500万荷兰盾（200万美元）的贷款得到确认。

约翰·亚当斯继华盛顿成为美国总统，但连任失败。后来他儿子约翰·昆西当了美国总统，还是连任失败。在美国成立头50年的总统中，亚当斯家族的两位是唯独没有获得连任的。

在亚当斯的三个儿子中，一个儿子成为美国总统，但另两个儿子终生与酒精为伴，他的女儿也过着不幸的生活，尽管不是出自她自己的意愿。昆西也有三个儿子，一个在20多岁时自杀，一个30岁出头就去世了。

Ⅳ

从16世纪70年代开始，欧洲大陆陷入了一片混乱中，天主教国王菲利普三世的铁骑四处追杀异教徒。人们在迫切渴望宗教自由的同时越来越希望西班牙宗教法庭能够早日终结，但在此之前，人们又该何去何从呢？难民把他们的希望全部寄托在新成立的荷兰共和国。

于是，数以千计的难民为了生存来到宗教氛围更为宽容的荷兰北部地区，他们在这里不用担心自己会因为宗教信仰而受到迫害。然而，共和国的宗教自由是针对新教徒的特权，其他教会并不属于其自由的范畴，所以只能被迫转入地下。

尽管改革期间天主教、抗议派、路德教和门诺派等的一应活动都是法律不允许的，但是人们对此采取熟视无睹的态度，这些法律所不容许的宗教需要向有关部门购买一份官方的证照来避免受到迫害，这些所谓的证照文书动辄就要1000多荷兰盾。一个教派要想避免来自各方面的麻烦，还要遵守很多附加条件，比如集会的教堂不能过于起眼，集会场地必须固定，参与集会的人员入场时最多不能超过两人同行。此外，证照必须每年更新，而且所持证照并不能保证该教会事项的顺利进行。

1629年，葡萄酒商人安托尼·德·兰戈和医生扬·凡·哈托热维特跑遍了阿姆斯特丹，他们这么大费周章是为了替被禁止的抗议派会众找到一个合适的落脚点。最后，他们选择了皇帝运河102号：这栋建筑和其他建筑一样，是典型的文艺复兴式建筑，立面是简约的阶梯式山墙。1630年9月8日，这栋建筑正式成为抗议派教堂。届时，人民诗人约斯特·凡·登·冯德尔对着信徒朗诵了一首诗歌，并向众人提供了一个贴心的建议"不要过度美化教堂的辉煌"。真正的辉煌和美丽来自人类自己的眼睛，所谓情人眼里出西施就是这个道理。

　　女帽制作商汉斯·杨森·伦纳兹就住在地下教堂隔壁的皇帝运河104号，立面上镶嵌的一块带有帽子浮雕的山墙石昭告了伦纳兹的生意。伦纳兹专门做定制款的绒帽生意，这是一种以海狸毛、丝绸或者天鹅绒为原材料制作的帽子。那时候，海狸毛制作的帽子特别流行，17世纪30年代，伦纳兹的帽子商店卖给了经营"红帽子"商店的克拉斯·哈曼森·鲁索特，不过我们不是很清楚这个人是否就是将山墙石上的帽子浮雕涂成红色的人。

　　到了1642年，皇帝运河104号和102号通通成为抗议派名下的房产，地下教堂也进行了必要的扩建。扩建后的建筑保留了原来的阶梯式立面，立面后面的建筑全部是重建的。

皇帝运河 104 号

17世纪末的欧洲政治环境里吹来了一阵清风，诸如法国哲学家和历史学家伏尔泰等思想自由的一群人提出了要对政治进行大刀阔斧的改革，伏尔泰提出政教分离、言论自由和宗教自由这几个观点，他的口才和智慧赢得了许多人的心。他最著名的名言之一就是"我不赞同你所说的，但是我誓死捍卫你说话的权利"。启蒙运动慢慢影响了公众的舆论，到了18世纪，宗教和传统开始变得不再神圣不可亵渎，新崛起的科学、经验主义和逻辑学逐渐开始取而代之。

18世纪阿姆斯特丹的抗议派在一定程度上顺应了社会发展的趋势，同时他们也十分小心，不轻易激怒市政议会。然而，他们的教堂庇护所规模仍然十分小，所以在1719年，这一教派又购置了教堂邻近的建筑，他们在教堂道坛上建造了一架风琴。皇帝运河108号则是在差不多40年之后才买下的，而那栋名叫"伦敦城堡"的皇帝运河110号更是到了1772年才并入教堂。于是，位于皇帝运河的总面积为360平方米的抗议派教堂成了荷兰共和国境内最大的秘密教堂。教堂内部朴素典雅，拱形的天花板和木质的长廊贯穿其中。启蒙运动传递的思想逐渐在荷兰社会生根发芽，从1796年开始，包括往后的50年间，教会逐渐从国家政权中分离出来，1848年制定的宪法里也写入了宗教自由和言论自由这两点。

1876年，皇帝运河边的抗议派教堂进行了一次扩建，102号的立面换成了典型的19世纪新立面，立面上有拱形的窗户和大而宽的大门，为了不引人注目，这扇大门已经弃用了。104号的阶梯式山墙在新一轮翻修工程中换成了样式简洁的钟形山墙。一直到1957年之前，这座教堂一直都是巴黎抗议派在使用，之后则空置了好些年。1989年，对宗教音乐有杰出贡献、创作了超过700篇圣经赞美诗、颂歌和祷文的神学家兼社会主义诗人胡波·奥斯特胡斯打算找一处宅邸作为非宗派的新家和教学机构。皇帝运河104号山墙石上的红色帽子浮雕恰好在此时吸引了他的注意力，他决定将自己的文化中心叫作红帽子（De Rode Hoed）。

20世纪90年代的每周六，红帽子成为电视台主持人索尼娅·巴伦德的专属节目场地，她主持的这档每周一次的脱口秀打破了禁忌，为普通人表达自己的观点提供了一个平台，后来，下议院的政治辩论直播也是在这里进行的。今天，这个文化中心主要用于举办音乐会、文学会议和座谈会。

V

从17世纪开始，阿姆斯特丹这座城市就容纳了由240座桥梁衔接而成的90座人工岛屿，就这点而言，我们可以说当时的阿姆斯特丹就是"北方的威尼斯"。不过，更鲜为人知的原因其实是阿姆斯特丹城里相当一部分的运河建筑的设计灵感来自威尼斯建筑，就连陆地规划也是照搬了威尼斯城市规划的套路。

1615年，意大利建筑师文森佐·斯卡莫齐发行了他的著作《建筑理念综述》（*L'Idea dell' Architectura Universale*）。他在这本书里详细剖析了古罗马经典建筑模式的各大元素及其成因，他对于建筑对称性、维度和规模，甚至古代象征符号的一系列论述对于当时乃至未来的欧洲建筑艺术都产生了深远的影响。这本书一经刊印发行就成为时下最热门的畅销书，甚至一度带动了荷兰古典主义建筑风格的流行。

当时的荷兰境内，建筑师雅各布·凡·坎彭、皮耶特·波斯特和菲利普·芬伯翁是斯卡莫齐建筑理念的典型代表，尽管这些人都有各自的建筑设计特色，但当他们的个人特色和斯卡莫齐的理念交汇融合后却产生了别样的美感。新兴的荷兰古典主义建筑契合了新生的荷兰共和国的自我意识，并且成为其文化意识的象征符号。1638年，三位建筑师之中最为年轻的菲利普·芬伯翁设计了一种新型外立面来表达自己的建筑特色，这成了时下的热门谈资。他将位于阿姆斯特丹绅士运河168号建筑原本的传统阶梯式山墙简化为两个带有古典主义风格的矩形，这种类型的收颈式山墙带动了荷兰建筑风格的小型变革，关于城市建筑的话题开始聚焦于现代风格与古典主义的融合。

绅士运河168号的房子完工之后，51岁的丹尼尔·索海耶找到了菲利普·芬伯翁，索海耶的父亲是当时城里的富豪之———尼古拉斯·索海耶，是做丝绸生意的，住在皇帝运河123号。1639年1月7日，丹尼尔·索海耶在距离他父亲那栋豪宅800米远的地方买下了一块地，他曾经梦见自己有一栋豪宅，这栋豪宅不论在哪个方面都可以让运河周围其他的建筑黯然失色。

丹尼尔·索海耶想在皇帝运河旁边建造一栋豪宅。然而，建筑师对于在这里复制绅士运河168号并没有兴趣。菲利普·芬伯翁仔细研究了斯卡莫齐的文献资料之后，最终设计出了一栋极具风格且包含了线性对称的商人豪宅，建筑的设计外观看上去很像是古罗马神殿。

1639年11月23日，一个木匠用尖利的刻刀在支撑梁上刻下了房子开始建造的日期。建筑的立面是用本特海姆砂岩砌成的，这栋房子因为外墙颜色都是白色的，所以它的名称就叫作白色豪宅（'t Witte Huys）。这栋建筑的立面上是凸起的收颈式山墙，一共有四块三角墙、两扇牛眼窗，雕刻有精美的装饰翼，挂梁周围也装饰着花瓶和花彩。皇帝运河319号还包括多立安式壁柱和托斯卡纳风格的立柱装饰，这些半露式的壁柱制造了一种错觉，让人在视觉上感到建筑的纵深高度更加明显。这是菲利普·芬伯翁第一次在家庭住宅中采用这样的装饰。值得注意的是，因为宽度和高度的比例有限，突出的壁柱只能是如此狭窄的立面上的一个视觉点缀。

18世纪初，白色豪宅凭借其华丽精致的外观成了一个景点，但是建筑内饰的精致华丽却远远超过了其外观。雕塑家伊格纳丢斯·凡·罗格特伦和他的儿子扬受雇为这栋建筑的入口和一层走廊进行装潢，他们采用了路易十四风格的镀金粉饰，灰色纹理大理石檐角上方的弦月窗那儿装饰着四个斜倚着的甜美的女性雕塑，她们的手里拿着镀金的代表四大洲的象征物——18世纪的时候人们对于世界的认知还停留在四大洲。这些装饰给人的总体感觉是微末细节之中透露出宏伟壮观，大气辉煌之中点缀着精致细腻。

新的主人明显是个艺术爱好者。1700年前后，业主修改了建筑一层的地面布局，靠近运河一边的沙龙采用的是皇室规格，来自阿姆斯特丹的重量级艺术家雅各布·德·维特为这栋建筑的天花板设计创作了一幅错视画，精致的画面上，小天使丘比特悠然从天空中飞过，整个画面看起来栩栩如生。

VI

一个世纪之后，这栋建筑的一个房间里的陈设布局堪比博物馆，如此规格的内饰来自咖啡商世家的新主人乔治·卡尔·瓦伦丁·舒弗尔。1865年5月1日，在得到两个儿子和侄子的赞同之后，舒弗尔的父亲将名下的咖啡生意交给舒弗尔打理。准备迈向人生下一个重要里程碑的他当时只有24岁，几个月之后，舒弗尔迎娶了他挚爱的奥蒂丽·邦吉，这对新婚夫妇搬进皇帝运河319号的时候，初为人妇的奥蒂丽只有17岁。

1909年春天，奥蒂丽猝死，她的丈夫舒弗尔悲痛万分，决定离开这个伤心地，于是搬到了斯海弗宁恩。同年12月，他将见证了他和妻子那愉快婚姻岁月的皇帝运河319号放在拍卖会上进行拍卖，标价5万荷兰盾。一直到拍卖会的最后关头，这栋房子才由一个叫约翰·托马斯·杜齐耶的来自德国的咖啡商接手，他和他的妻子亨丽埃特和6个孩子在319号这栋宅子里一直住到自己过世的1942年。杜齐耶过世后，这栋宅子又以9万荷兰盾的价格卖给了维古拉公司，这是一家内陆船运公司，其合伙人是温格霍夫、凡·古尔彭和拉森。之后，其所有人对这栋楼制订了一个修缮计划，试图以其1639年的原始设计为蓝本，着力于恢复其17世纪的外立面。不过，当时没有足够的资金来购买修缮所需的建筑材料，最要紧的是，那些本特海姆天然石材的价格因为战争的缘故被炒成了天价。这就意味着，这项所谓的修缮工程其实只能单纯地将建筑清洁一下，然后把破旧的外墙涂成白

皇帝运河 319 号

色。1944年，维古拉公司最终搬了进来。就在公司成立50周年之际，发行了一枚带有房子图案的青铜硬币。

1979年，这栋17世纪的老建筑转手到了罗布·豪厄尔的名下，罗布是一位杰出的电影制作人，他负责制作的电影有《土耳其狂欢》（这是荷兰电影史上的最佳剧情片）和《青葱岁月》。白色豪宅好几次充当新电影试镜的场所，其地下室也被改为私人影院。

除了作为咖啡商人，舒弗尔对于艺术也充满了热情，他是阿姆斯特丹国家博物馆的管理层之一，是艺术家协会的主席，还是皇室古董协会的主席。奥蒂丽更是一位着眼于未来的新女性，她是第一批女权主义者，也是专门为妇女争取投票权的女权组织（Arbeid Adelt）的成员之一。奥蒂丽·邦吉那些颇为激进的现代思想并不是总能和她那保守主义的丈夫的思想达成一致。1870年，卡尔·舒弗尔在建筑后屋里辟了一间房间出来，将里面的装潢陈设全部改为老荷兰风格，房间的墙上覆盖着昂贵的金色皮革，外围是木质装饰板。这些木质装饰板的颜色惊艳了许多前来观赏的游客：也许是受到了他妻子的影响，这些木质装饰板采用的都是明亮的绿松石颜色。

80年代末期，房地产中介彼特·扬曼斯成为皇帝运河319号的新主人。作为房子的主人，彼特出资对房屋进行了小规模的修缮。一位在阿姆斯特丹国家博物馆工作的管理人员告诉了他一个小窍门：如果有需要，可以用温热的肥皂水来清理18世纪的壁画。这段时间里，这栋白色豪宅成了电影的取景地，一位意大利导演看中了这栋建筑，他征求了当时的业主彼特的同意，在这里为电影取景。

1995年，约翰·托马斯·杜齐耶的孙子买下了这栋白色豪宅，在阔别了50多年之后，这栋建筑终于回归了杜齐耶家族。之后，白色豪宅经历了一次蜕变，它的每一个细节之处都得以重现昔日的辉煌。然而，翻修过程中发现的一些东西给这位新业主带来了一个令人震惊的秘密，在老荷兰风格的房间里，墙壁饰板间的一个小开口那儿，人们发现了一个秘密代码，直到2014年春天，房子的主人才搞清楚这个秘密代码的意思。原来在恩克赫伊曾的一个小型港口城市里，有一栋建于1625年的老建筑的立面上有着一句相同的话，这个所谓的秘密代码是用古弗里斯兰语写的，意思是："一个不能容忍别人获利的人，他活着只是在自我折磨，同时也是在浪费光阴。"

Ⅶ

17世纪下半叶，一个名叫艾萨克·福奎尔的法国商人跟随一艘满载着香料、丝织品、法国葡萄酒和异域水果等奢侈商品的货船从马赛来到阿姆斯特丹，船一抵达阿姆斯特丹港口，船上的货物就被销售一空。

福奎尔眼见自己的这笔风险投资以如此快的速度就获得了高额回报，让自己一夜之间就敛了一笔小财，心里十分高兴。作为一名贸易商人，阿姆斯特丹的商业氛围明显比马赛更加浓厚，所以福奎尔当下就决定将自己的商业中心定点于此。

1665年，这位法国探险家在皇帝运河401号建造了一座商人宅邸。建筑的收颈式山墙是由本特海姆砂岩堆砌成的，上面装饰着时下最新式样的壁柱和圆孔。收颈式山墙两边的侧翼上装饰着雕刻的小天使形象，山墙石上的一块马赛地图的浅浮雕是用来纪念福奎尔的家乡。这栋古典主义风格的运河建筑看起来很像是知名建筑师菲利普·芬伯恩的早期设计。迄今为止，人们仍然把它称为"马赛之屋"。

艾萨克·福奎尔依旧继续着和法国之间的贸易往来，为了存放往来的货物，他1669年买下了马赛之屋隔壁的地块，建造了一座六层楼高的仓库。这栋建筑宽7.3米，立面上方是带有升挂梁的喷射式山墙，拱形的三角墙上装饰有涡形花式。石膏覆盖的墙面也被刷成了白色。

艾萨克·福奎尔在皇帝运河沿岸住了差不多11年，之后他把宅邸卖给了一个名叫埃特伯特·德·弗里的布料商人，他自己则搬到王子运河那边。1680年，66岁的福奎尔逝世。17世纪末，仓库成了约安·胡维德库珀·凡·马瑟温和他的儿子埃利亚斯的财产。1673到1693年间，胡维德库珀连续13次出任阿姆斯特丹的市长，此外他还是荷兰东印度公司的主管人。尽管他的日常工作刻板单调，但他本人却是极富想象力的，多亏了他那本写满了琐碎八卦的日记，我们才能在400多年之后走进他的内心世界一探究竟。

市长大人的手书非常漂亮，他在字里行间里记录下了各种各样的琐碎日常，比如他在哪家企业里喝了一杯葡萄酒，每天在什么地方抽了多少雪茄，什么时候回家，或者去哪个教堂做礼拜。约安·胡维德库珀还记录了他收到的礼物（通常是异域水果、种子或者植物），他曾收到过一只鹦鹉，有人送给他一只调皮的猴子，结果这只爱捣蛋的猴子愣是把桌上的玻璃器皿给砸碎了。这位市长甚至在日记里写下他和太太索菲亚·科伊曼斯多久同房一次！这栋仓库名为马瑟温（Maarseven），这个名字暗含着这位市长神秘而又多彩的生活乐趣。

1683年，沃特·沃尔克尼尔花了2.5万荷兰盾买下了马赛之屋。1707年，沃特过世后，他的继承人以2万荷兰盾的价格将其亏本卖出。1718年，保险代理人杰瑞米亚斯·凡·德尔·梅尔花了3.1万荷兰盾的价格成功入住马赛之屋，他聘请艺术家尤利安·安德里森手绘了建筑墙壁。1729年，梅尔过世后，他的儿子德克和儿媳黛博拉继承了马赛之屋，隔壁403号的马瑟温仓库建筑也一并由这对夫妇继承。

皇帝运河 403 号

马赛之屋的内饰采用的是最新的路易十四风格，墙壁和天花板上都采用了粉饰。1780年前后，继任的业主再度对室内进行装潢。到了19世纪，这栋建筑辗转成为某贵族家庭名下的产业。之后，一个名叫西奥·凡·林登·凡·桑登保的伯爵住进了马赛之屋，他的爵位是靠婚姻承袭的，隔壁的六层楼高的马瑟温仓库则每月出租。1900年，这位伯爵将马赛之屋和隔壁的仓库一起打包放到房地产市场上出售，标价5万荷兰盾。

荷兰的一家玻璃工厂（Koninklijke Glasfabriek Bouvy NV）买下了马赛之屋和旁边的马瑟温仓库。这家工厂主要的产品是窗玻璃和镜面玻璃，该工厂出产的制作精美的窗玻璃拥有相当规模的海外市场。1900年，仓库建筑被一分为二，改成了车间和仓库两部分，建筑的低层部分装饰了新艺术元素。

1949年，仓库建筑再度易主。新主人将建筑一层改为办公室。

六层楼高的仓库被改建成了豪华公寓，建筑一楼则先后成为公证处、养老金咨询服务机构和一家律师事务所。

电台DJ兼艺术家鲁德·德·怀尔德租下了仓库一楼作为自己的工作室，他在创作音乐的同时，也给工作室的大理石地板铺上了一层鲜亮的色彩。2012年，鲁德退租之后，这一层又变回了办公室。

从1905到1992年间，马赛之屋的主人是戈斯林家族。20世纪90年代，一家律师事务所将办公地点设于此处。从1997年开始，房主对这栋建筑进行了翻新：19世纪的壁炉取代了原来18世纪风格的壁炉，地面铺设着镶木地板，走廊上则铺设了白色大理石。经过这次翻新之后，作为摄影博物馆的马赛之屋于1999年正式对外开放。除此之外，2003年，18世纪的花园房也被修葺一新，回归了凡·德尔·梅尔时期的模样。这家博物馆展出的主要是一些摄影作品，游客进来参观的时候除了可以欣赏到美丽的照片，还可以欣赏到艾萨克·福奎尔的故居和马瑟温仓库后面18世纪的花园房。

1665年8月初，位于阿姆斯特丹的荷兰海事仓库即如今的海军博物馆（'s Lands Zeemagazijn）热闹非凡，彼时，米歇尔·德·鲁特上将所辖的舰队正在此接受补给，荷兰海军统帅在位于汉瑞克王子运河131号的家中就可以遥望到这支舰队。而这不过是暴风雨之前的平静罢了。

在相当短的时间里，荷兰共和国第二次卷入了与英国的贸易战，在德·鲁特上将的指挥下，荷兰在1665年里俘获了418艘英国商船，自此，荷兰和英国之间的贸易就中断了。

1665到1667年间，荷兰共和国正处于和英国的战争之中，这场战争的导火索是英国人侵占了荷兰殖民地新阿姆斯特丹（今天的纽约）、加勒比岛屿、库拉索岛以及西非海岸的荷兰殖民领地。在海军舰队总指挥米歇尔·德·鲁特的指挥下，来自特塞尔、哈林根和弗利辛恩等各个港口的荷兰舰队在海上集中，随时待

海军博物馆

命，紧接着便是一场激烈的战斗，这次战斗是速战速决，因为冬季的天气向来变幻莫测，而且日落时间相对较早，白昼很短。这场战役结束后，荷兰共和国损失了200艘战舰，换来的战利品却非常可观，其中包括418艘英国船只和英国殖民地苏里南，后者一直到1975年宣布独立后才正式脱离荷兰。

不过，阿姆斯特丹的普通民众对于这场海战却知之甚少，1665年，一个叫皮耶特·简斯·斯奎特的商人在皇帝运河407号建造了一栋漂亮的别墅，这栋别墅的宽度为7.54米，壁柱支撑的立面顶部是拱形的山墙石，山墙两侧是雕刻成的翼形装饰，山墙上还装饰着花瓶。建筑的二层和三层都设有阁楼，门上有一块椭圆形的旋涡花饰，上面刻着日期——1655年。山墙顶部百叶窗的后面有一个隐藏的储藏阁楼。1733年12月1日，雅各布·普鲁斯·凡·阿姆斯特尔和他的兄弟阿德里亚努斯，以及他们的母亲约翰纳克莱门蒂亚·普鲁斯·凡·阿姆斯特尔在皇帝运河407号开了家铸字厂。母亲过世后，阿德里亚努斯1778年把自己那部分工厂继承权和自己原有的份额一并卖给了兄弟雅各布。当时，这位出版商尚未娶妻生子，他正在追求一位名叫萨拉·特鲁斯特的年轻艺术家。雅各布是通过自己的兄弟科内利斯认识她的，萨拉的姐姐嫁给了科内利斯。不幸的是，萨拉拒绝了雅各布，她所承担的家庭责任使她无法像正常女子那样谈情说爱——萨拉的父亲在她14岁的时候就过世了，留下这个小女孩独自承担起赡养母亲苏珊娜和四个妹妹的责任。

光阴似水，萨拉照顾着母亲和妹妹们，不知不觉中熬成了老姑娘，对其痴心不改的雅各布一直等着她。1778年，在萨拉46岁时，雅各布终于如愿迎娶了萨拉。婚后的萨拉除了年纪比新郎大了4岁，在经济上也是独立的。萨拉创作的微缩模型图和为阿姆斯特丹权贵的孩子创作的肖像画十分畅销。

1793年，雅各布·普鲁斯·凡·阿姆斯特尔去世，之后，萨拉就搬到皇帝运河沿岸的另外一栋建筑。1799年，她以1万荷兰盾的价格卖掉了铸字厂。在此之后，她一直是一个人独居，在她挚爱的雅各布去世10年后，萨拉也离开了人世。她身后留下的绘画作品总价值超过4.5万荷兰盾。

皇帝运河407号的新主人在买下这栋建筑的时候估计并没仔细检验就付钱了，建筑的山墙可谓是颓败不堪，已到了一触即倒的程度。1803年，房主将这栋建筑进行了大规模的翻修，带有三角形山墙石的钟形山墙取代了破败不堪的山墙，立面上也装饰了精致华丽的壁柱，带有1665年标记的椭圆形木质旋涡装饰也被拆除了，取而代之的是一块石质年份饰板。19世纪山墙顶部也装饰了直檐，山墙石的尺寸明显和钟形山墙的尺寸不成比例。有趣的是，入口上方的檐角架看起来就像是缩小版的山墙石。

1933年1月，阿道夫·希特勒在德国掌权。跟大部分德国籍犹太人一样，汉斯·梅杰和他的太太艾达认为德国不再是他们赖以生存的安全家园，1933年5月底，他们离开了柏林逃往荷兰，一路的颠沛流离使得这对夫妇的关系最终破裂，1936年，夫妇俩就分开了。两年后，汉斯找到了新的爱人并很快就再婚了，1939年5月3日，他和他的新娘罗塞·基希从格罗宁根搬到了皇帝运河407号，这对新婚夫妇在这里以做裁缝为生。

第二次世界大战开始后没多久，这对夫妇在阿姆斯特丹的平静生活就被彻底打乱了。1941年8月，夫妇二人为了逃避迫害，不得不躲了起来，但是一年后，他们就被举报了，纳粹军官抓住了他们，并把他们押送到了波兰。1943年11月30日，罗塞·基希在奥斯维辛集中营被杀害，她的丈夫汉斯也在一个月后离开了人世。在梅杰夫妇被迫离开皇帝运河407号之后，一直到战争结束之前，这栋建筑转手了七次。1945年之后，这栋建筑被一分为二，一部分仍旧是民宅，另一部分则改成了办公室。20世纪50年代，这栋拥有引人注目外表的建筑由一家管理机构所有，还有一些家庭也住在这栋楼里。

第十四章

I

继续我们的运河建筑之旅,继续听《海边的小王国:荷兰文化遗产》的作者马克·杰格林的故事。

阿姆斯特丹著名的运河圈大概有400岁。一开始,壮观的绅士运河不过是条大沟,1585年才正式在这里开挖运河,一直到1613年,这条运河才有了它现在的名字——绅士运河。这条运河是阿姆斯特丹运河圈的代表,运河上面的桥梁都是石头砌成的,而非是一般的木桥。

皇帝运河是运河圈的第二条主流运河,是以奥地利总督马克西米安皇帝的名字命名的。据说这位皇帝在游览完阿姆斯特丹之后,就授予这座城市在城市盾徽上使用帝国皇冠的权利。王子运河的命名来自奥兰治王子。顺便说一句,阿姆斯特丹的水道纵横交错,其运河数量甚至超过了威尼斯,桥梁的数量也比巴黎多得多。

1615年,当王子运河的第一部分开挖的时候,建造其河岸所需的沙石都来自距运河一箭之遥的乔丹工业区,还有一部分是用船从东南方向25公里处的豪华社区那儿运过来的。王子运河沿岸的第一栋商人宅邸——王子运河305号是在1616年建成的,它在17世纪的主人到底是谁,我们无从知晓。差不多一个多世纪之后的1720年,这栋建筑的立面换成了崭新的路易十四风格,其最引人注目的是顶部钟形山墙上方凸出的飞檐,两边的顶饰是古典主义风格的花瓶,这种花瓶据说是古代专门用来盛放用作照明燃料的羊油的。

精雕细琢的山墙顶部是由当时的天才雕刻大师安东尼·特克雕刻的,从1717年开始,他就一直住在皇帝运河353号。阿姆斯特丹全城几乎都有特克留下的符号,他创作的雕塑装饰在雕塑界非常有名气,他创作发明的除了那些装饰华丽的凸出飞檐(比如王子运河305号的飞檐),还有收颈式山墙上的那些花卷图案。

毋庸置疑的是，他的创造引发了雕塑界的一场革命。虽然在当时，很少有人知道它的所有人是谁，但不可否认的是，王子运河305号这栋建筑确实是块非常抢手的肥肉，几个世纪以来，它的价值增加了十倍还不止。

20世纪60年代的王子运河并没有什么闪光点。韦斯特托伦下属的一系列建筑是用作科技公司的原材料供应商的仓库。1970年，美国商人赫伯特·普利策买下了这排九栋的17、18世纪运河建筑，并将其整合为普利策酒店。这位普利策先生就是著名出版商约瑟夫·普利策的曾孙。一开始，王子运河305号也是酒店的一部分，经过小规模修缮，建筑的一层成了自行车库。之后的几年中，这座五星级的酒店继续扩张，吞并了25栋相连的运河建筑。

王子运河 305 号

1997年，一位私人投资者买下了王子运河305号。现在这栋建筑和旁边六栋建筑相连，成了一座豪华公寓楼，其中包含25间公寓，都是租给脱籍者的。这栋公寓楼名叫贝弗伦城堡，其名称就嵌在王子运河299号的铭牌上。

从1981年开始，每年8月的第三个周末，人们都会在普利策酒店前面举行露天古典音乐会，除了居住在王子运河305号的住户，其他人也可以免费聆听古典音乐。管弦乐队和艺术家们是在船上进行表演的，他们的周围是坐在小船上欣赏演出的观众，运河河岸上也站着前来观看演出的人群。对于不少人而言，王子运河音乐会是一场不可多得的音乐盛宴。

II

1980年4月30日，比阿特丽克斯女王的就职典礼本应是一场秩序井然的庆典，但当天发生在阿姆斯特丹市中心的一场骚乱却将原本庄严的典礼现场变成了战场。就在比阿特丽克斯宣誓效忠宪法的同时，参与暴力活动的人群越过新教堂直接涌向水坝广场。

官方仪式和庆典进行到一半的时候，数百名寮屋居民和其支持者以及抗议住房短缺的人群打着"无房不欢颂"的口号从城市中心涌来。当时的阿姆斯特丹因为住房短缺，很多年轻人压根儿就没有地方住。

那些被宣布为不适宜居住的危房一直等着有关部门前来修缮，但市政老说没有钱。投机者则将翻新的房屋空置在那儿，加剧了住房短缺的矛盾，并进一步推高了房价，恶化了城市房产市场的供需矛盾。就职典礼过去6个月之后，阿姆斯特丹接连爆发了六次规模不等的骚乱，最后一次发生在1981年，一度导致当局对落脚于王子运河721号的寮屋居民实行了史上最严厉的驱逐。

寮屋大约建于1750年前后。大楼共有四层，外立面上是路易十五风格的山墙，其凸起的檐角是木质的。几个世纪以来，这栋建筑里住着的居民一直默默无闻，毫不起眼。19世纪下半叶，一家名叫J.G.凡·登·伯格 & 科的公司买下了这栋建筑，之后这家公司对这栋楼进行了修缮，换上了崭新的木质顶部和悬臂。

20世纪的时候，天主教工会就设在这里，1912年，这栋楼成为反关税法案委员会的核心所在。为了缓解金融危机，当务之急是从根本上改革税收制度，开始征收酒类等产品的进口税。抗议关税法案的行动就是从王子运河721号这栋建筑开始的，在很短的时间内，行动的组织者就收集了40万张反对票。社会党人和自由党人很快就赢得了这场抗议的胜利：毕竟，社会下层和其他人一样也有权享受到一杯饮料的温暖！财政部部长最终抵抗不住压力引咎辞职。后来工会搬到了海牙，这栋城市建筑就由荷兰会计师协会接手。第二次世界大战之后，王子运河

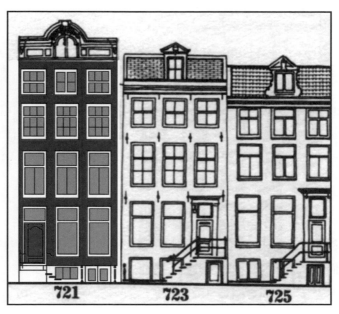

王子运河 721 号

721号的建筑成了荷兰手套厂的总部。

  1960年4月7日的一场毁灭性的大火过后,人们重建了这栋建筑,使之恢复了昔日的荣光,20年之后,进一步对其进行修缮。建筑的所有人为了促使阿姆斯特丹房价的进一步上涨,将这栋建筑一直空置在那儿。

  1980年冬天,那些无家可归的寮屋居民闯入了这栋运河豪宅,使之成为城市里800栋被非法侵占的建筑之一。1981年2月8日,防暴警察驱逐了王子运河721号的寮屋居民,从那之后,城市回归了平静。

  20世纪70和80年代,可负担的住房短缺导致非法侵占房屋几乎成了年轻人寻求住处唯一的可行之法,从1980到1981年间,荷兰境内非法侵占房屋的人数增加了近2万。根据这些寮屋居民的活动轨迹推断,荷兰境内大概有3.5万人曾经有过非法侵占房屋的记录。2010年10月1日,非法侵占房屋行为被立法禁止。1978到

1986年间，阿姆斯特丹市议会里有一个叫作扬·谢佛的热心政治家，他负责的是城市复兴和住房事务委员会，寮屋居民对他颇有微词，批评他在应对业主空置房屋这件事上反应太慢，有玩忽职守之嫌疑。但事实上，谢佛当时正在极力争取更多的社会保障住房。谢佛是位顽强的政治家，他的一些言论十分铁血，比如"这到底是政策，还是只是某些人的想当然？"和"人不能活在纸上谈兵的世界里！"

Ⅲ

1883年5月1日，国王威廉三世和王后艾玛前往参加于阿姆斯特丹举办的世界博览会，他们乘坐豪华的马车慢慢行进，但年迈的国王并不怎么高兴，据说本次博览会的主办人是一个叫爱德华·阿古斯蒂尼的法国人，这个人因为知道国王和一个巴黎女人有婚外情的隐秘而不受这位国王的待见。

作为本次博览会的赞助人，威廉三世必须出席并主持本次博览会的开幕典礼。后来成为国家博物馆的那块土地此次也被征用为博览会的会场，荷兰人自豪地用这种方式向全世界展示了其殖民地财富。不过，国王威廉三世却对此兴致索然，他并没有如约主持开幕式，而是慢条斯理地从亭子后面踱步过来，好像他只是不小心迟到了。与荷兰王国有贸易往来的28个国家派出代表以国际来宾的身份参加了这次世界博览会，但这位年迈任性的国王丝毫没把他们放在眼里，他无视法国歌剧天后萨拉·贝纳尔的表演，甚至拒绝接见彼时十分著名的诗人兼剧作家维克多·雨果。荷兰作为主办国，用来招待外宾的节目之一是苏里南的环形车阵，苏里南是荷兰的殖民国，他们这次也派了代表前来阿姆斯特丹参加世界博览会。早在20年前的1863年，因为荷兰的介入，苏里南废除了奴隶制，所以这次他们的代表希望能亲自向国王表达谢意，但是他们最终还是没见到国王，威廉三世似乎对这个印度尼西亚"小村庄"压根儿就没兴趣，连招呼都没打就直接坐上马车匆匆回了王宫。

这次博览会的官方名称叫"世界殖民与出口展览会"，对于那些有幸与会的企业家而言，这次博览会无疑是一个向全世界展示自己产品的绝佳机会。

1883年的这个博览会上，格雷厄姆·亚历山大·贝尔发明的电话以其前所未有的新奇感吸引了各国来宾，以蒸汽机驱动的电灯也借着这次博览会照亮了阿姆斯特丹的夜空。当地的百叶窗制造商威尔姆斯·舒尔特也在这次博览会上展示了自己的新发明，并且夺得了本次博览会的银奖。

1879年，29岁的舒尔特接手了父亲留给他的产业，随着他在博览会上的成功，世界各地的订单如同雪花一般纷至沓来，他对未来也是充满了信心。1885年，他将自己在王子运河516号生产百叶窗的厂房大举翻修，还购置了一台蒸汽设备来制作百叶窗的木质框架。这一造型技术同样适用于花园长椅的制作。

1912年，舒尔特退休后隐居山林，将王子运河516号的工厂卖给了墙纸制造商艾尔伯特·罗斯波姆。之后，516号建筑又被一个小型工程公司买了下来。1970年，时尚摄影师基斯·哈格曼搬进了王子运河516号。1973年的时候，著名的建筑师塞斯·达姆受托为这栋建筑重新设计了立面，扩建了建筑，从而使之足以容纳一个摄影工作室。在后来的职业生涯里，哈格曼在风景、建筑、室内和食品艺术摄影上取得了非常大的成就。

2005年，王子运河516号再度易主，新的主人对这栋建筑再度进行整修。这次翻修保留了19世纪的立面，其他部分则被推倒重来。重建后的王子运河516号成了现代化的高端运河豪宅，里面配备有游泳池、桑拿、酒吧、酒窖和电影院。

王子运河516号大概是阿姆斯特丹市中心最豪华的高端住宅，市值约为449.5万欧元。

王子运河 516 号和 514 号

IV

　　黄金时代的国际贸易开始兴盛起来，阿姆斯特丹也逐渐成为世界金融中心，想发家致富的人像蜜蜂一样涌入荷兰，这些人中间有一个来自苏格兰的花花公子名叫约翰·洛，他是一位杰出的经济学家，也是个精明的赌徒，最重要的是，他是个迷倒万千女性的万人迷，恰恰是他的这个特质给他带来了一堆麻烦，并把他带到了阿姆斯特丹。

　　1694 年，洛为了国王——总督威廉三世的前任情妇伊丽莎白·维利耶斯和爱德华·威尔森决斗，并将对方一剑刺死。法庭裁决他谋杀罪，并将其判处死刑，但洛千方百计地从纽盖特监狱里逃了出来。1702 年，这个花花公子出现在阿姆斯特丹。

　　洛在数字和数学模型上很有天赋，他很快就迷上了在阿姆斯特丹证券交易所里的股票交易，并且琢磨可以一夜致富的策略。这个富有传奇色彩的天才想到了一个以纸币和投机为基础的货币体系。他的想法在法国受到了欢迎，当时的法国经历了路易十四战争之后已濒临破产，于是法国政府任命约翰·洛为法国财政大臣，在巴黎总理国家财政。投资者被位于北美洲的法属殖民地路易斯安那的大量黄金和宝石所吸引，洛名下的密西西比公司的股价就像是坐了火箭般一飞冲天，但这个计划在1720年就崩溃了，还连带导致了全球经济危机。洛再次逃亡，他生命中最后的岁月是在威尼斯度过的。

　　尽管1720年的金融危机让很多投机者欲哭无泪，但在阿姆斯特丹，还是有相当一部分贸易商从来就不相信洛所谓的快钱世纪模式，这些人中就有这么一位在同一年买下了王子运河514号作为投资，购房合同里还包括主楼建筑后面的马厩和马车房。514号原来的房子早已破败不堪，新主人对其进行了重建，还采用了时下最为流行的收颈式山墙，上面装饰着砂岩卷轴和拱形山墙石。19世纪的时候，王子运河514号变成了一家砖瓦商店，主楼后面的马厩用作仓库，本特海姆的砖块和砂岩、比利时的大理石和板岩等在这里堆得整整齐齐。1864年，一位金匠搬进了王子运河514号，新主人扩建了主楼的下半部分，并将其陈设装潢全部换成新的。窗户上的镜面玻璃全部向内，这样那些好奇的过路人就窥探不到来店里买珠宝的客户。主屋后面的马厩则改成了打造金银首饰的车间。

　　1896年9月，47岁的公证员贝克斯和他的车夫德克·库珀在阿姆斯特丹的维斯帕站焦灼地等待着，贝克斯之前在德国花了3000荷兰盾向戴姆勒公司买了一辆不用马拉的四轮敞篷车，这辆车是靠火车运到阿姆斯特丹的，车到达站点之后，贝克斯的车夫颤颤巍巍地驾着车，载着贝克斯在警察的护送下在城里转了一圈。戴姆勒四轮敞篷车是荷兰境内的第一批车辆之一，它的最高时速是25公里/小时。《共同商业报》对于这次试驾给出了一份相当温和的报道："这辆古怪的四轮车就这样招摇着走过了新维伯威尔和其他地方，惊艳了好奇的人群。这辆所谓的车其实并不优雅，不过它的速度确实可以和一匹慢跑的马相媲美，除此之外，这辆车和装着轮子的铁箱子没什么太大的区别。"

1912年，王子运河514号的主人亨利·西贝格将建筑的地面层和一层卖给了福特车协会。第一次世界大战导致商业陷入停滞期，1916年，该协会破产。西贝格接手了协会遗留下来的库存，并与福特车在底特律的工厂签订了独家协议。一战结束后的第一年里，他卖掉了300辆汽车，第二年卖掉了900辆。工厂将福特T型车的配件发到阿姆斯特丹西北部的赞丹工厂里进行装配。20世纪20年代，荷兰的道路上共有大约6500辆汽车在来往穿梭，从此之后，马蹄声和挥着鞭子的马车夫逐渐从城市里隐退，取而代之的是四个轮子的内燃机车在阿姆斯特丹运河沿岸奔跑。

西贝格和福特汽车的合约在三年后结束，之后，他除了卖福特车，还开始卖标致车。同时，他聘请建筑师哈利·艾尔特对王子运河514号进行重修，这次重修的预算高达6.2万荷兰盾，其工程包括扩建一个仓库和一间车间。位于王子运河的入口被独立了出来，设计成阿姆斯特丹学派的砖砌圆拱门，两侧的一楼窗户两边各有一盏壁灯，造型大方而不失古典美。

1925年，福特汽车公司搬到了别的地方。514号这栋建筑由一家货运仓储公司接手，后来改名为城市车库（City Garage）。1977年之前，建筑的新主人将其改成了商店，这栋楼就变成了二手车买卖市场。人们在前车间的下面找到了一条从王子运河通往建筑后院的小路，这很有可能是专供马车通行的过道。众所周知，马厩就位于514号建筑主楼的后面。从1978年开始，这栋楼成了专门出售供高个子宽肩膀男士所穿的特大号服装的商店。

V

17世纪的时候，荷兰阿姆斯特丹成为西方世界最重要的贸易中心之一，荷兰东印度公司和西印度公司的远洋商船从这里驶往全世界各地。

阿姆斯特丹的优势在于其地理位置靠近北海和须德海，其通往德国腹地和波罗的海的成熟的贸易路线使其成为理想的贸易中转枢纽，那些从远洋航行归来的船只上卸下来的货物被存放在17世纪的阿姆斯特丹仓库中，之后，这些货物被一批批运送至欧洲各地。

20世纪的时候，鹿特丹取代阿姆斯特丹港口成为主要港口，到了今天，这个港口已成了欧洲最大的港口。一直到2002年之前，鹿特丹一度是世界上最繁忙的港口。阿姆斯特丹人仍然十分怀念他们的港口，甚至将其称为"母港"，毋庸置疑，阿姆斯特丹的港口曾经是推动黄金时代的引擎，从这个角度看，鹿特丹如果想要击败阿姆斯特丹可谓任重道远，阿姆斯特丹和鹿特丹之间至今仍在竞争。

1671年，古勒姆·佩尔斯花费28273荷兰盾在王子运河沿岸修建了六座仓库，鉴于之前的仓库都因为大量的存货而颓败不堪，所以当时的建筑行业设定了一套严格的建筑规范。仓库建筑底层的承重墙被加厚以确保其牢固度，所以看起来要比上面阁楼的墙壁更加厚实。

这些新仓库都是以佩尔斯家族产业所在的六个城镇来命名的，位于王子运河773号的仓库名叫法兰克福，这指的是位于德国美因河畔法兰克福旁边的一个小城，其旁边771号的建筑则叫作艾尔辛努，指的是丹麦港口赫尔辛格。这两座仓库为双子楼，宽度都是10米，纵深为30米。另外四座仓库是在1671年由木匠皮耶特·阿道夫斯·德·泽埃夫和石匠大师德克·菲利普斯·福柯设计建造的，分别叫作阿默斯福特、波尔多、加里宁格勒和格但斯克。

法兰克福和艾尔辛努这两座仓库是用来存放谷物、大麻、亚麻籽和白兰地酒的，满载着货物的驳船通过运河直接来到仓库前门，工人将一箱箱货物搬进仓库，或是通过滑轮机械将货物吊起来送到仓库，这种吊车梁机械在今天的阿姆斯特丹仍然随处可见。18世纪的时候，每个仓库阁楼的租金平均为25荷兰盾。一般来讲，顶层仓库的租金是最便宜的，仓库一层的租金最为昂贵。

好几个世纪以来，法兰克福和艾尔辛努这两栋建筑都是作为仓库而存在的，

王子运河 773 号

从1976年开始，这两栋建筑被改建成了办公楼和公寓，还共用一个入口大门。为了改善建筑内部采光，工人们在建筑中间建造了一个开放式的中庭，其余的部分被尽可能地保留了下来，比如牢固的天花板。地下室的地面上还保留着原来的黄色砖块，这种砖块名叫柯林克（klinkers），是17世纪的时候铺设的，尽管这些砖块上都设有气孔，还是无法承受水位上升带来的破坏，有时候洪水会倒灌进地下室，人们只能用水泵将水抽出，保护这些砖块不受洪水的侵蚀。修缮工程接近尾声的时候，工人们将百叶窗的内侧刷上了深红色油漆，并刻上了仓库原来的名字。

1671年，工作人员用红色染料搭配无色亚麻籽油对这两栋双子仓库的砖石结构进行了保护处理。几个世纪以来，建筑的外部变得越来越暗沉，20世纪的时候，建筑外部被涂抹成了深棕色，就像阿姆斯特丹市中心的其他建筑那样。阿姆斯特丹建筑保护协会十分关注这两栋建筑的保养和修缮，他们1940年规定了为数不多的建筑的外观用色，这一设限是为了促进建筑和街景的和谐。

VI

17世纪，阿姆斯特丹的城市经济迅速腾飞，历史上管这段时期叫作荷兰的黄金时代。荷兰东印度公司的海外贸易取得了巨大的成功，荷兰境内的港口挤满了贸易用的船只，上面装满了货物。这项投资可谓无往不利，荷兰东印度公司的股票也随之水涨船高。

荷兰这个国家很快就名列世界前茅，1609年，世界上第一家证券交易所在荷兰开张。用来象征新时代的是奥林匹斯神祇赫耳墨斯（罗马神话中的墨丘利）在这里充当商人、旅行者和发明创造的守护神，富豪商人的家里大多有他的雕像或是绘画。一直到18世纪，伦敦和汉堡才超越阿姆斯特丹，成为世界上的头号贸易城市。

1730年前后，商人扬·德·奈斯在辛格尔运河87号建造了一座仓库，这座仓库有六层楼高，还带有一个阁楼。此时距法国国王路易十四去世已有15年了，但是他对于建筑风格的影响却丝毫没有减弱，这座仓库顶部的设计风格就是以路易十四的名字来命名的。高高的带有挂梁的山墙两侧装饰有翅膀和花瓶图案，山墙的顶部装饰了戴有带翅膀头盔的赫耳墨斯雕像。

辛格尔运河87号的新主人除了非常有钱之外，肥胖也让他声名远扬。这位新主人名叫科内利斯·凡·斯泰恩，他有个绰号叫"肥肥的基斯"（Dikke Kees），他的体重差不多有233公斤，这个体重迄今为止是阿姆斯特丹人中最重的。1751年10月25日他过世之后，十里八乡的人都来围观他出殡，科内利斯的棺材是寻常棺材的两倍大，至少要12个人才能抬动。

当装着"肥肥的基斯"的巨大的棺材从前门抬出去的时候，好奇的人群屏住了呼吸，生怕错过每一个细节。此刻的大街上更是忙得不可开交，大街上密密麻麻的人，突然，令所有人害怕的事情发生了，辛格尔运河沿河周围挽歌浅吟低唱，然而支撑沉重棺材的支架一头却突然裂开，就在众人一脸错愕的时候，棺材

辛格尔运河 87 号

差一点就依着惯性滑了出去。这次事故之后，葬礼只能推迟，装着科内利斯的巨大棺材只能就地停放在大街上过夜，等新的支架做好后，才能重新上路。翌日，"肥肥的基斯"才在群众的注视下被护送到他的安息之所。

继"肥肥的基斯"之后，烟草商人艾尔伯特·沃勒成了辛格尔运河87号的第三任主人。他和他的妻子海尔特丽·德·戈耶一共诞育了14个孩子，但不幸的是，其中8个孩子出生没多久就夭折了。沃勒家族在87号这栋建筑里居住了差不多一个世纪。在此之后，新一代主人重新装修了低层建筑，并将建筑一层变成了一家专门销售乳制品（包括黄油、奶酪和鸡蛋）的商店。

到了20年代末，奥德柯克公司接手了辛格尔运河87号，这是一家从事丝绸缎带、纽扣和其他纺织品辅料生意的公司。这家公司搬走后，建筑的一层就成了专门出售宗教类书籍的书店。

1993年，诺塔古董商店在辛格尔运河87号开张，十年之后的2003年，这里成了肖像画廊。2007年开始，这里是一家名叫托塔里塔提安（Totalitarian）的艺术画廊，出售一些第三世界的艺术品和古董。这家画廊老板为了吸引来自世界各地的顾客，搜罗了一些来自苏联、朝鲜和第三世界国家的作品。画廊的橱窗里展示着引人注目的历史文物，比如斯大林的半身像、奥运会运动员像和来自遥远国度的稀奇作品。

480

16世纪末的阿姆斯特丹，人口已达到了3万人上下。由于和西班牙的八十年战争的爆发，源源不断的难民涌入这座城市，这也给市政当局造成了极大的压力。

随着运河圈住宅区的建立以及城市西部的大规模发展，阿姆斯特丹市政府试图通过这些措施来缓解城市住房短缺的问题。与此同时，那些容易引发火灾、引起污染的商业活动全部迁移至城市外围地区。1612年，市政当局为了在城市中心开发出更多的居住空间，皮革厂、肥皂厂、糖果厂、酿酒厂和染料厂先后依照政令搬出了城市。

17世纪初，市政在运河圈最外围的一条运河——王子运河的外围建造了一个工人居住区，最初这个区的名字叫作新工业区（Het Nieuwe Werck），这里对于那些贫寒的移民而言是个理想的去处，一来这里的租金便宜，二来这里对劳工的需求量很大。后来，这个工业区被改名为乔丹区（Jordaan）。1622年，这座荷兰共和国最大城市的人口超过了10万人。阿姆斯特丹城区无法应付如此快速的人口增长，城市内部的容积率更是接近饱和，不论是正常的建筑一层、上层公寓，还是地下室或阁楼，都可以单独出租或是售出。更有甚者，一间房间里住了8个人。

1650年，丝绸染料厂的厂主在罗贞运河的沿岸建造了一栋房子，在后面还建了一座仓库。这两栋建筑的立面上都装饰着简洁的阶梯式立面。

一个世纪之后，这栋主建筑被遗弃了，取而代之的是一栋带有直檐的新建筑。通往后面仓库的是一条狭窄的小巷，这条通道符合当时的建筑规范要求：如果要在上面加盖屋顶的话，其高度就必须足够容纳"一个成年人头顶一个大箩筐"正常通过。不过，罗贞运河106号旁边那条通往仓库的小巷后来可谓是臭名昭著。

乔丹区的街道小巷大多是以花草植株来命名的。黄金时代，工业区里有好多小型的后院似的花园，露野运河那儿甚至还有个小公园，公园里有个迷你型的迷宫。当时这个地方的法国移民非常多，这也是这里后来会被叫作乔丹区的原因所在，因为在法语里，花园就叫作"jardin"。

19世纪时，乔丹区的大部分人都住在老旧不堪的屋子里，如果按照平均值看的话，每个人的居住面积只有一个平方米左右。高密度的居住环境导致居住区环境脏乱差，甚至恶臭熏天，所有的垃圾都直接倾倒在运河里，干净的饮用水要通过驳船运过来。乔丹地区持续的缺水少食导致该地区的犯罪率直线上升，19世纪50年代，罗贞运河106号旁边的那条通往隐藏着的仓库的小巷里上演了一场谋杀案，当地的那些喜好夸大其词的民众后来将这条小巷称为"基勒小巷"（凶手小巷）。

高密度人口的工业区时不时地遭受流行性传染病的侵袭，那些常见的传染病，如肺结核、伤寒、白喉和天花是导致区域内人口死亡的主要原因。1866年，一场霍乱差不多夺走了乔丹区10%的人的生命。1875年，糟糕的卫生状况迫使市政当局下决心填埋了贯穿该区域的6条运河，罗贞运河也在世纪之交时被填埋，取而代之的是一条直接通往城区的大路。交通逐渐变得便利起来，工业区也慢慢朝着更好的方向发展。不过，位于罗贞运河106号的这两栋建筑却难逃厄运，1934年，后面那栋17世纪的仓库被废弃，前面的主屋则被改成了兽医诊所。1942年7月27日，这两栋楼在一场拍卖会上以3600荷兰盾的超低价售出。第二次世界大战后，主屋又改成了咖啡屋/酒吧，店主就住在店铺楼上，后面的仓库经过重新改造后仍用于仓储。

从1575年开始，卢卡斯·波尔斯利口酒厂占据了对面的房子，这家工厂是以"小仓库"（t Lootsje）来命名的，词源是loods，意思是篷，指的是原本竖立在这里的木质建筑。新建筑17世纪的风格立面上有个特制的遮阳篷，是在1892年由著名建筑师贝拉吉改建的，而小仓库旁边的厂房建筑则是由和他同时代的同行屈佩尔设计建造的。1955年，卢卡斯·波尔斯买下了罗贞运河106号后面的仓库，市政府的遗产保护部门重修了17世纪的阶梯式山墙，其内部也被彻底改造了一通。三年后，这座建筑摇身一变，成了波尔斯酒馆。

1962年，波尔斯买下了罗贞运河106号的主屋，这栋建筑早因年久失修而颓败不堪，所以不得不将其全部拆除。这样一来，后面的波尔斯酒馆前面就出现了一块小巧而僻静的空间，可以用来作为户外休憩的平台。从那时开始，路过的人才看到波尔斯酒馆那修葺过后的简洁漂亮的阶梯式山墙，要知道在此之前，它不过是淹没在罗贞运河106号主屋建筑阴影里的一个毫不起眼的角落。20世纪60年代，波尔斯酒馆成了艺术家、享乐主义者和波西米亚人聚会的地方，酒馆的墙上装饰着现代艺术。市立博物馆的前馆长路易·甘斯在这里组织了一个名为"今日艺术家"的艺术展览，他认为，相比声望卓著的博物馆，酒吧似乎更适合向全世界的观众展示当代艺术的魅力。

后来，波尔斯酒馆拓展业务，引入了法国美食，这是该酒馆开始尝试世界美食烹调的敲门砖。2003年，这里成了西班牙小吃餐馆（Manzano），十年之后，专门做亚洲美食的周氏食堂（hip eatery Chow）在罗贞运河106号问世。从2015年开始，这栋老建筑变成了一个热门的去处——这里开了一家专供阿根廷盐卤炙肉的拉丁美洲小食铺（Latin American bar & kitchen Salmuera）。这家拉丁美洲小食铺是城市里第一家拥有原始阿根廷炭火坑的饭店，它还设置了一个专门的沙拉餐台和阿姆斯特丹第一个户外用餐平台。

乔丹工业区登记在册的建筑总共超过800栋，其中只有8栋是带有17世纪原始立面的，罗贞运河106号就是其中之一。其周边20%的建筑都是建于18世纪的，到了19世纪，乔丹工业区大部分的建筑都被拆除，拆除后的原址上陆陆续续地盖起了新楼。

VIII

　　1876年夏天，数以千计的阿姆斯特丹人被一场展示历史艺术和低俗艺术的游行深深吸引了，此时距离阿姆斯特丹城市600年庆典还有整整一年时间，城里正在举办一个专门向城市居民展示各种不为人知的艺术文化的特别展览，这次展览的其中一项是拥有几百年历史的酒厂标志"小仓库"，这个标志脱胎于这家酒厂创始人的名字，他就是世界上最古老金酒厂的创始人卢卡斯·波尔斯。

　　展览上展出的是一张创始人的肖像，画像上的卢卡斯·波尔斯以倨傲的姿态看向观众，他身穿一件带有褶皱环状领的白色亚麻衬衫，留着17世纪特有的短而尖的小胡子。这幅肖像看起来很像是黄金时代风格的杰作，其实这幅画问世没多久。这幅迷人肖像的创作者是一位来自阿姆斯特丹国家博物馆的管理人员。

　　卢卡斯·波尔斯绝对是个传奇人物。16世纪下半叶，为了逃避西班牙的审讯调查，来自佛兰德的波尔斯家族举家逃往科隆。1575年，卢卡斯·波尔斯来到了阿姆斯特丹，他在这里向新教教派申请到专门生产白兰地酒的许可证（后来1575年被学界定义为酒厂创立的年份）。当时，为了防止火灾，城市内任何可能会涉及用火的商业活动都被禁止了，所以1581年，卢卡斯·波尔斯把他的酒厂搬到阿姆斯特丹的城市外围地区。

　　17世纪的时候，波尔斯这个名字还有其他写法：波尔索斯（Bulsius）、波尔瑟斯（Bulsies）和波尔丢斯（Boltius）。1740年，创始人的继承人之一皮耶特·雅各布斯·波尔索斯成为阿姆斯特丹酿酒厂（Claes Claesz Listingh）的学徒工。六年后，他自己开了家酒厂，还在城门外租了间木制仓库。皮耶特·雅各布斯·波尔索斯给自己的酒厂起名为小仓库，他用来生产白兰地的主要原料来自当地的糖果商使用的冲洗水，而用来酿造的粮食则来自阿姆斯特丹东南区的韦斯普。

　　两年之内，波尔索斯就将自己生产的陶罐装白兰地出口到德国的不莱梅，到

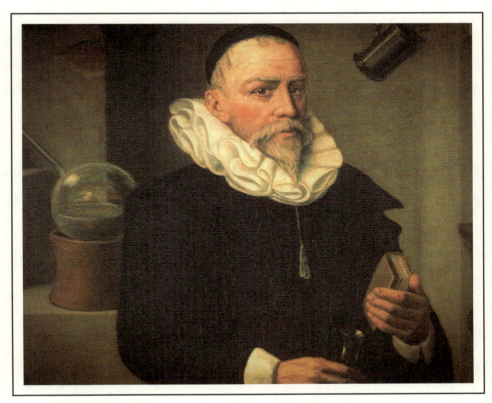

《卢卡斯·波尔斯像》

了1649年，他已经拥有足够的实力独立经营小仓库酒厂。同年，他迎娶了来自坎彭的表妹艾尔提耶·维尔坎普。三年后的1652年，夫妇俩的第一个孩子诞生，取名为卢卡斯。酒厂业务蒸蒸日上，波尔索斯买下了酒厂旁边的几栋建筑以扩充酒厂，原来的地名现在也改成了听起来更为高大上的罗贞运河（也叫玫瑰运河）。黄金时代中期，波尔索斯开始尝试酿造金酒，并获得了成功。根据会计账目看：1664年，波尔索斯订购了989磅杜松子，这个数量足够生产5000升纯金酒。这一记录是表明波尔斯家族此时开拓金酒事业的最有力的证据，不过所谓的金酒配方仍然是该家族不能公开的秘密。

小仓库酒厂里有六台蒸馏器，其中包括一台专门用来溶解糖分和蜂蜜的，两台大型蒸馏器的容量达1250升。蒸馏器是将糖果冲洗水和粮食酒混合种子、浆果和其他调味料放在一起加热。经过了长时间的改良和提升，卢卡斯·波尔斯最终打败了竞争对手。

皮耶特·波尔索斯过世于1669年，他17岁的儿子卢卡斯顺理成章地继承了父亲的事业，这位新上任的小老板将自己的姓氏改为创始人的"波尔斯"。尽管波尔斯年纪轻轻，但这丝毫不影响他在商业领域里发挥自己的才能。每次获利之后，波尔斯都会去购买荷兰东印度公司的股票，当时的荷兰东印度公司正处于上升期，每艘出航归来的船上几乎都载满了异域的香料和草本植物。作为一名股东，波尔斯除了有定期分红，还可以优先选购那些可以用来酿造金酒和利口酒的原材料。此外，荷兰东印度公司的那些老板都只在波尔斯那儿购买酒水，这种互利互惠的商业关系可谓是双赢。

1672年，法国和英国之间爆发贸易战争，外国酒进口被取缔，这使得荷兰本国的金酒行业突飞猛进。年轻的波尔斯很快就成长为阿姆斯特丹最重要的酿酒商之一。不过，行业竞争者也没闲着，比如那个叫威南德·福京克的同行就曾经派出商业间谍试图窃取波尔斯酿造金酒和利口酒的配方，这个间谍还真不辱使命，把波尔斯的原材料清单偷了出来：刺柏果、橘子皮、香橙、苹果、甘蔗糖、八角，长得很像芹菜的拉维纪草、葛缕子、丁香和肉桂，不过单凭这些原材料，福京克仍然不知道对方的秘密配方是什么。于是，波尔斯和福京克之间的竞争持续了好几个世纪。

随着时间的推移，卢卡斯·波尔斯逐渐成为荷兰东印度公司最大的股东之一。1717年，他的儿子小皮耶特继承小仓库酒厂的时候，卢卡斯的身家差不多已经有10.9万荷兰盾。另一位继承人卢卡斯·赫曼努斯·波尔斯在1781年去世前更是进一步开拓了酒厂业务，之后，他的夫人萨拉·索菲亚接掌了这一庞大的商业帝国。不过，赫曼努斯和萨拉的两个儿子对于这个家族事业并不像他们的前辈们那样热血沸腾，所以在萨拉过世后，酒厂的经营一度亏损了好些年。与之形成对比的是，当时的对手——福京克酒厂却是蒸蒸日上，他们出产的金酒和利口酒远销海外，遍布世界各地。

IX

波尔斯家族的男性继承人逐渐凋零，到了19世纪，家族决定在保留名称的前提下将酒厂出售。1815年，一个来自鹿特丹的名叫加布列·T. 范特汶的人花了1.8万荷兰盾买下了这个名叫小仓库的酿酒厂，与酒厂一同售出的还有一个装了250份秘密配方的铁盒子。尽管这位新老板对于酿酒几乎一无所知，但他十分虚心，而且学得很快，作为一名精明的商人，他对于同行业的竞争对手也非常关注。

范特汶接手后干的第一件事就是收买福京克酒厂的工头。他恩威并施，给这个工头开了很不错的条件，而后者也欣然接受，就这样，范特汶拿到了竞争对手的商业机密。两年之后，小仓库酒厂打了个漂亮的翻身仗。到19世纪末，这家酒厂辗转来到莫尔泽家族的手上，于是酒厂的业务开始转向出口，小仓库酒厂在欧洲各地都开设了品酒屋，波尔斯的名号很快在诸如维也纳、柏林和蒙特勒等欧洲主流城市打响。

到了19世纪末，阿姆斯特丹市政打算填埋罗贞运河，但这一决议遭到了波尔斯酒厂的抗议，因为如果没有运河，他们就无法排出酿酒过程中产生的废料。充足的水源也是保证生产的一个重要的指标，不过，酒厂的抗议并没改变这项决议的推行，1889年，原来的罗贞运河摇身一变，成了一条环境优美的林荫大道。此外，整个街区都进行了改造，工人居住的乔丹区也被重新规划，新建了好多更高规格的住房。

有句格言叫"如果你无法打败它们，那就顺从它们"，作为当地大型企业之一的波尔斯酒厂决定将"小仓库"改建成企业总部。1892年，原来的收颈式山墙被拆除，知名建筑师H. P. 贝拉吉重新为其设计了一个更符合当代审美需求的带有阶梯式山墙的新立面和带有古典主义风格的遮阳篷。位于罗贞运河99号的品酒屋的内部陈设则展示了主人向黄金时代的致敬，橡木的饰板、墙壁装饰和巨大的壁炉透露着低调却大气的华贵感，代尔夫特蓝陶点缀其中，使得雍容的内部陈设之中平添了几分优雅。雕刻精美的楼梯通往楼上管理人员的办公室。莫尔泽家族对此十分满意，作为现代商人，他们为波尔斯这个品牌奠定了辉煌的历史。而画龙点睛的是，他们给波尔斯这一品牌制作的家族徽章里嵌入了"一如往昔"（Semper Idem）这样一句拉丁语格言，以此来标榜他们的决心——不忘初心，方得始终，同时证明了若干个世纪下来，他们的酒厂出产的金酒和利口酒永远都是最高品质。

1902年，建筑师爱德华·屈佩尔受雇重新设计位于罗贞运河上的波尔斯建筑的立面，使其与品酒屋的风格相匹配。20世纪30年代的大萧条并没击垮卢卡斯·波尔斯酒厂，这得益于它生产的高品质的白兰地酒。"一天一杯"是这家企业的标语。第二次世界大战之后，"小仓库"飞速成长为大型跨国企业，莫尔泽家族在布鲁塞尔、巴黎、毕尔巴鄂、开普敦、墨尔本、布宜诺斯艾利斯、圣保罗和恩格尔伍德（新泽西州）都开设了品酒屋。1954年，波尔斯酒业在荷兰证券交易所上市，同一年，对手威南德·福京克酒厂也被收归旗下，从而结束了长达几个世纪的竞争。

20世纪60年代，位于罗贞运河的总部办公室对于波尔斯酒业这个飞速扩张的现代跨国企业而言就显得局促了，企业高层决定将总部移往距离阿姆斯特丹东南方向25公里的新芬讷普工业园区，将古色古香的品酒屋内部陈设也一并照搬到了总部新址。

2006年开始，这家古老的酒厂的总部再度回归阿姆斯特丹，地址就在保罗波特街上的波尔斯大楼。罗贞运河99号现在则变成了一家游戏体验商店，专门出售时下流行的桌游及其周边物品。

X

对于艺术家巴伦特·格罗特而言，1664年是个不错的开始，1月5日，他在一场拍卖会上用2430荷兰盾买下了雷德赛运河（Leidsegracht）河岸一块棕色地块，时年36岁的格罗特亲自设计了他的家宅，从而实现了他的梦想。建筑的立面上装饰有荷兰第一个钟形山墙，顶部是一个小巧的三角形山墙顶。

巴伦特·格罗特除了是一位优秀的画家和草图师，他还十分擅长设计装饰品，雷德赛运河10号的立面就装饰得十分奢华，比如挂梁上装饰了一个豪华精致的花环，还有刻有建筑竣工年份的旋涡花饰。格罗特在设计这些装饰元素的时候充分展示了他的才华，比如那小巧的公牛眼睛和圆形的阁楼窗户就是不可多得的艺术品，此外还有可爱的蝴蝶结形状的细砂岩装饰。

身为画家，格罗特的才华和技艺受到了艺术界同行的欣赏和追随，但外界对他几乎一无所知，他那些售出的作品往往被张冠李戴。在风格上，人们总是将他和艺术家杰拉德·特尔·博尔奇搅和在一起，一直到1709年格罗特过世的时候，他的那些肖像画、动物写生和风景画才真正被学界认可。今天，人们可以在阿姆斯特丹国家博物馆里欣赏到格罗特的作品，另外一部分作品则收藏于伊丽莎白女王在伦敦的白金汉宫之中。

这栋建筑后来的主人维持了之前巴伦特·格罗特的设计装潢，但随着时间的推移，人们的审美品位也发生了变化，建筑的立面随之改成了19世纪风格的立面。建筑外部的楼梯重新进行装饰，大门和窗户也都改成了当时流行的帝国式风格，一楼和二楼则安装了大型上下推拉窗。20世纪，这栋建筑经历了几次翻新，其中最重要的是1966和1974年这两次，后来，这栋建筑被改成了办公室和工人宿舍。

　　关于雷德赛运河10号住户的信息，我们其实所知不多。20世纪50年代，当荷兰航空公司（KLM）委托代尔夫特陶器制作国家纪念碑的时候，这栋建筑的主人是位律师。20世纪90年代，声名狼藉的贫民窟房东贝尔特斯·卢斯克买下了这栋建筑，尽管他对建筑进行了扩建，但并没有马上把它租出去，而是单纯地空在那儿好些年。从1981年开始，寮屋居民占用了10号隔壁的房子，这些寮屋居民对卢斯克还是很忌惮的，因为他那心狠手辣的处事风格，尤其是对于他不喜欢的那些租户，他总是能在法律顾及不到的范围之外使用手段，他雇用了一批地痞无赖来驱赶那些租户，所以他得到了"推土机伯特"的绰号。长期的无人问津最终导致雷德赛运河10号的建筑逐渐颓败，真菌的侵蚀使得建筑木料遭到了大规模的毁坏。最后，住在隔壁的寮屋居民采取了措施。1997年11月23日，他们在光天化日之下闯入了雷德赛运河10号，并且占领了这栋建筑。这个破门而入的集体由五个大人和一个孩子组成，他们在窗户上写下了这样一段话："我们不能再等了，我们必须有个住的地方，这是我们唯一的愿望。本来阿姆斯特丹的住房就十分短缺，像我们这样的人根本不可能有钱去租房子，所以只能破门而入。我们会和房主协商。"这些寮屋居民没钱付房租，每个人只是每月象征性地支付2.5个荷兰盾给一个叫"运河共同资金"的组织。擅自占领10号建筑事件的裁判权最终落到了法庭的手里，卢斯克向法庭表明他已经找好了房产中介，这间一直空着的屋子很快就会租出去，于是法官裁令破门而入的集体立即搬出雷德赛运河10号。

　　冬天开始之前，两个学生搬进了这栋建筑，他们在这里只居住了6个月，这里的居住环境十分差劲，这两个穷学生也没能力对其进行翻新。之后，这栋建筑正式租给了一家日本建筑设计代理公司，再之后转租给了一家律师事务所。2003年，这栋建筑的主人"推土机伯特"在一家饭店门口被枪杀，凶手至今仍然逍遥法外。2010年10月，荷兰当局出台了一项新法令，对擅自占地者将处以一年监禁。如今的雷德赛运河10号是一家国际投资公司的总部。

XI

中世纪早期，阿姆斯特丹城区大概有20座修道院，其中16座是供修女修行的，修士们则集中在3座小修道院里。严格地说，剩下来的那座修道院并不是真正意义上的修道院，贝居安是那些宣誓守贞的女子修行的地方。

1410年，沿着贝居安门前那条道路向下，新近成立的圣玛丽亚·玛格达莱娜修道院搬进了虔诚的威廉·罗勒弗斯的家，威廉热烈欢迎这些选择成为修女、虔诚悔过的女人。当时的阿姆斯特丹有很多有罪的女子，因她们而造成的无节制的生育使得城市住房变得十分紧缺！

1422年，修道院院长在旧维伯威尔（Oudezijds Voorburgwal）300号委托建造了一座修道院，这块地原本是沼泽地，所以当时买下来的价格很便宜。这里的生活并不像想象中那般平静，玛格达莱娜修道院的修女们经常会和周边的邻居发生争执，圣芭芭拉修道院有自己的护卫，他们把时间都浪费在争夺两座修道院之间的小渠上，而不是对着上帝虔心修道。到了16世纪中期，专门看护穷人的机构奥德茨-辉齐藤密斯特（Oudezijds Huiszittenmeesters）在玛格达莱娜修道院旁边建了一座仓库，大门上的一块石头上标记了仓库的建造年份——1550年。这个机构是今天的食品衣物赈济处的前身，除了无偿提供食物外，他们还无偿供应很多其他物资。

宗教内乱之后，阿姆斯特丹的天主教市议会被彻底推翻，新教统治者在1580年关闭了所有的修道院，玛格达莱娜修道院转而成为穷人收容所，作为交换，修道院原有的13名修女被允许继续住在旧维伯威尔300号的建筑里，直到她们死亡。

1614年，刚成立不久的市立当铺贷款银行（Bank van Lening，荷兰早期银行）买下了修道院和旁边的仓库，从此，阿姆斯特丹那些有周转困难的人再也不需要向那些高利贷借钱了，他们可以在旧维伯威尔的这家当铺里进行正常利息的抵押贷款。

1616年，著名的建筑师亨德里克·德·凯泽受雇对原来的修道院和仓库这两栋建筑进行翻新，他对建筑内部的陈设装潢进行了改造，给建筑的前后两个立面镶上了天然石边框，还添加了十字边框的窗户。此外，他还在狭窄的伦巴第小巷（Enge Lombardsteeg）那儿为那些羞于在人前借贷的顾客开了个不起眼的小入口，该入口的上方有块浮雕，上面描绘着三个女子在当铺柜台前典当她们的财物。此外，这个入口还点缀着其他的装饰品，包括大量的号角、一个沙漏和一个钱罐子。

Lombardsteeg是指来自意大利北部地区伦巴第的人，他们从12世纪开始就在欧洲范围内负责借钱给别人，从而回收利息和抵押品。

市立当铺贷款银行成立的初衷是为了向穷人提供贷款，很多有钱人也会把自己的值钱货拿过来抵押以换取现金。八十年战争期间，奥兰治的威廉亲王曾在这里典当了他自己的一套价值连城的晚餐银器，以换取资金来满足对抗西班牙菲利普二世的战争开销。英国国王爱德华三世、奥地利的安妮王后、拿骚亲王约翰·毛里茨都是这家当铺的客户。

一些来到市立当铺的客户对贷款借钱感到羞愧，来自乔丹区的贫穷的工人一般都是在周一偷偷溜进当铺，把前一天穿的礼服当了换钱，周五拿了薪水后再溜进当铺把衣服赎回，这样，周末在区教堂礼拜的时候就可以穿得人模人样。因为实在觉得不好意思，所以他们去当铺的时候跟人说自己是去看"约翰大叔"。1658年，著名作家和诗人约斯特·范·登·冯德尔来到了这家当铺，多年以来，他在沃尔莫斯街39号经营丝绸商店，出售那些色彩亮丽且十分昂贵的丝绸，每一匹的售价从15分到15荷兰盾不等。他的儿子小约斯特后来接手了这家丝绸店，照理说这家人的日子过得还是很不错的，但约斯特的儿媳却是个花钱如流水的败家娘们儿，她喜好奢侈，平日里铺张浪费，正因为如此，这对夫妇的财务状况总是一塌糊涂。约斯特作为父亲，花费了4万荷兰盾为他们还清债务，也正因为如此，他自己也走到了破产的边缘。经过市长夫人的求情和介绍，这位著名的作家来到这家当铺工作，此时的他已经70岁了，在他生命最后的这10年里，他一直都在这家位于旧维伯威尔300号的当铺工作。1679年2月5日，约斯特·范·登·冯德尔过世，这位17世纪最伟大的作家就葬于阿姆斯特丹新教堂。

就在过世前不久，约斯特·范·登·冯德尔为自己写下了墓志铭，他幽默地嘲讽自己晚年的清贫："这里安息着老冯德尔，他的死亡缘于他生前的饥寒交迫。"1867年，人们在教堂里挖出了已经钙化了的古老头骨。专家们一致认为，这应该是老冯德尔的头骨，他们将它放到一个小棺材里，重新将其厚葬于教堂入口处附近。1959年，人们修缮教堂的地基时，同时安装了地板供暖系统，施工队因此清空了地下所有的墓穴。装有冯德尔头骨的小棺材在此之后就不知所踪——施工结束后，墓碑的排列并没有按照原来的编号，因此没有人知道这位伟大诗人的最后归属究竟在哪个位置。

1867年，阿姆斯特丹最大的公园——新公园里竖立起了一座约斯特·范·登·冯德尔的雕塑。1880年，新公园改名为冯德尔公园，与此同时，阿姆斯特丹主流剧院里正在上演一场讲述冯德尔暮年作为会计师故事的舞台剧，市立当铺给演出贡献了一张据说是这位伟大诗人曾经坐着办公的椅子，山榉木的椅子上装饰有高品质的皮革软垫。现在这把椅子被收藏于阿姆斯特丹博物馆。不过，这到底是不是冯德尔曾经坐过的椅子，学界至今仍然存在争议。

2014年，这家市立当铺庆祝了其400周年诞辰，这家当铺提供的最高贷款额为100万荷兰盾，铺子里收藏了好些作为抵押品的珍贵珠宝，这里允许抵押贷款的最低额度是5欧元。贷款人要在6个月之内以贷款本金加上13%的利息才能赎回抵押品，这是荷兰唯一一家不允许盈利的银行，其年营业额大约为1.13亿欧元。

XII

来自坎彭的冒险家扬·杰里斯·沃尔克尼尔在挪威的卑尔根市度过了他的早期岁月，他当时是以买卖干腌鳕鱼为生的。在那里，他和皇太子费雷德里克二世成了十分亲密的好朋友。1550年，他的妻子不幸猝死，这位年轻的商人回到了家乡。最后又搬到了阿姆斯特丹，住在旧维伯威尔57号。

1559年，费雷德里克二世成为丹麦和挪威的国王，他任命他的这位荷兰朋友为皇家公使。这位朋友为国王建造了一艘军舰，因为当时的丹麦缺少这方面的工匠。国王特别指派这位公使前往各处寻找造船厂和军械工，引用国王的原话来说，"最好是那种没结婚的，这样我就可以给他找一个丹麦妻子把他留在丹麦，再也不回荷兰了"。

费雷德里克二世总是会有许多稀奇古怪的特殊要求，他会让扬·杰里斯·沃尔克尼尔去给他淘各种各样的东西，比如200卷真经、50头牛、1辆六人马车，还有各种香草香料，甚至是整个果园。这位国王用来支付报酬的都是一些玉米、鱼和来自冰岛的松树。这位丹麦国王甚至把扬·杰里斯·沃尔克尼尔提升为贵族，让他成功跻身阿姆斯特丹的精英阶层。沃尔克尼尔也因此一步步成了上流社会的一分子，他后来再婚并和他的第二任妻子诞育了9个孩子。

从旧维伯威尔一直延伸到旧艾彻伯威尔，沃尔克尼尔的房子是沿着阿姆斯特丹城市最古老的运河修建的，它的建筑面积很大，足够容纳一个大家庭。沃尔克尼尔最年长的儿子吉里斯·沃尔克尼尔继承了父亲的衣钵，成了一名商人。1576年，吉里斯迎娶了克莱耶·波夫，婚后这对年轻的夫妇就搬到了后屋居住。这栋复式建筑名叫两只猎鹰（Twee Valken），代表的就是吉里斯父子。

扬·杰里斯·沃尔克尼尔在旧维伯威尔一直住到1592年逝世，死后他被埋在他家对面的老教堂里。之后，吉里斯和克莱耶就搬到了主屋，这对夫妇在这里诞育了至少16个孩子，其中有个孩子后来成为阿姆斯特丹十分有名的市长。吉里斯·沃尔克尼尔继承了父亲的衣钵之后，为了攀登社会顶层而无所不用其极，后来他成为阿姆斯特丹海军部首席政务官。作为海军上尉，他聘请皮耶特·艾萨克斯为他和他的手下们创作了一幅群体肖像。1613年，吉里斯去世，之后不久，他的遗孀决定将这栋建筑短期出租出去。

1615年，爱德华·艾汀克买下了运河边上的这座复式建筑，之后对这两栋楼进行了全面彻底的翻新。艾汀克来自佛兰德，是一个十分富有的新教徒，1585年安特卫普沦陷后，他为了躲避西班牙菲利普二世军队的追杀，逃往荷兰北部地区，他在这里的身份是保险代理人和商人。著名的建筑师亨德里克·德·凯泽受雇为这所曾经是沃尔克尼尔老家的建筑设计一个新的立面，他采用了独特的阿姆斯特丹巴洛克–文艺复兴风格，在描述亨德里克·德·凯泽毕生建筑设计的书籍《现代建筑》和《这个时代的伟大建筑》中收录了这个新立面的素描草图。建筑的低立面是木质的，立面上部和崭新的阶梯式山墙上装饰有涡形花饰、双壁柱、葱形拱、勋章和男女头像，还有好些个怪兽浮雕，顶部是一块刻了重建年份1615的石头。艾汀克和他的两个姐妹——马格达莱娜和弱智的玛丽亚一同搬进了这座复式建筑。

建筑后立面上嵌了一块山墙石，石头上是一棵戴着皇冠的大头菜（De Gecroonde Raep），狮子面具和旋涡装饰上刻着"1615"和"1633"这两个年份，1633指的是艾汀克收购隔壁房子"奥登堡徽章"（Het Wapen van Oldenburg）的年份。爱汀克一直是单身，他在75岁时，即1644年7月19日，立下了最后的遗嘱，遗嘱中，他将这座复式建筑留给了荷兰归正教会。他的两个姐妹可以一直在这一建筑里住到老死，不过，年长的马格达莱娜必须照看好年幼的弱智妹妹，因为万能的主赐予了她天真如孩童般的命运，使得她无法生活自理。这份遗嘱立下不到一年，爱德华·艾汀克就过世了。死后的爱汀克葬于老教堂，他的一双姐妹在他的墓碑上也装饰了一棵"戴皇冠的大头菜"，以此来纪念这位逝去的兄弟。

1660到1828年间，这栋建筑由执事区所有，每年获得的租金收入大概有700荷兰盾，这笔收入当时是用于救济穷人的。有一位承租人名叫迪特马尔·帕斯曼，1828年，他在一场拍卖会上以5600荷兰盾的价格买下了这座建筑。之后，他就找人换掉了一层和二层的窗户，并把前门和门厅都改成了符合19世纪审美的样子。此外，帕斯曼还在后屋里安装了一个洛可可风格的大理石壁炉。1910年，新一任屋主烟草商威廉·科内利斯·凡·奥斯又将建筑重新翻新了一遍。第二次世界大战期间，燃料商H.凡·弗里特买下了这两栋建筑。

第二次世界大战过后，1946年，亨德里克·德·凯泽协会买下了这两栋复式建筑，这是一个专门负责保护荷兰历史建筑的机构。那时，后立面上已经覆盖了一层白色的灰泥，原本的山墙也被拆掉了。1985年，这一机构对这两栋建筑进行了全面的修复，被拆除的山墙也恢复了昔日的辉煌。建筑一层如今还保留有16世纪的木质边框，枕梁上是原来文艺复兴早期的雕刻装饰。根据树木年代学的分析结果，这些木料的成材年代大概在1570年前后，这个年份和扬·杰里斯·沃尔克尼尔委托重建的年份完全吻合。

XIII

1300年前后，位于阿姆斯特尔河沿岸的阿姆斯特丹小渔村的人口差不多为1000人。这个村庄的首领后来成了乌特勒支的主教，他成功完成了权力交接，并赋予村民和城市居民同等的权利，制定自己的规章制度和税收，完成相应的基础设施和防御工事的修建。两座沿着阿姆斯特丹新旧城区由黏土垒成的城墙是用来抵御入侵者的。

1306年，人们拆除了旧维伯威尔附近的一座木制老教堂，然后在原址上重新修建了一座崭新的石头教堂。这座罗马式的教堂如今叫作老教堂，它是阿姆斯特丹迄今为止保存完好的最古老的石头建筑。100年之后的1408年，人们在新维伯威尔上修建了一座新教堂，城市两条主要街道花园市场街和新汶德街上修建了两座坚固的城墙。花园市场街的命名来自Warmoezerij这个单词，意思是花园市场，这条街的周围种植了许多水果和蔬菜，1600年前，城市人口数量迅速增长至6.5万，这些蔬果满足了这么多人口的食用需求。

1615年，在与旧维伯威尔相对的运河旁，人们修建了两栋完全相同的红色砖瓦房子。这两栋房子是典型的阿姆斯特丹–文艺复兴风格建筑，这是著名建筑师亨德里克·德·凯泽的标志性风格。在前往伦敦学习研究之后，备受启发的亨德里克将古典主义元素引入了荷兰建筑设计中。他在设计建筑中很喜欢采用缠绕弯曲的图案花式，由他设计建造的旧维伯威尔的建筑就是典型的代表，雕刻着精美的雪白天然石缠绕花式和砖红色的立面产生了鲜明的视觉对比。如此精美的雕刻花式都是出自亨德里克本人之手，在成为建筑师之前，他是一位技艺精湛的雕刻大师，他最著名的作品是1614年为惨遭谋杀的国父——奥兰治亲王威廉设计建造的陵寝。

旧维伯威尔57号的房子是受安特卫普的富商爱德华·艾汀克所托建造的，这栋房子的阶梯式山墙上满满都是装饰。运河对岸的旧维伯威尔18号的房子也设计了一个与之相同的木制低立面，立面山墙就没有那么奢华，上面的装饰也相对少了很多。几个世纪之后，这个建筑立面让后世建筑历史学家备感困惑。

旧维伯威尔18号和57号（荷兰航空公司袖珍屋10号）的建筑有很多相似处，这两栋建筑的阶梯式山墙上都装饰着狮子头面具（这是典型的阿姆斯特丹—文艺复兴风格）。建筑立面上华丽的缠绕花式几乎一模一样，每个花式都是由双壁柱支撑一个葱形拱构成，拱形中间是浮雕像。看起来，57号的房子很有可能是抄袭运河对岸的房子的，但问题也来了：这栋房子是否也出自建筑师本人，还是某个想要模仿亨德里克的后生的手笔呢？或者这干脆就是一桩性质恶劣的建筑剽窃案？

旧维伯威尔18号的第一任主人究竟是谁，我们无从知晓。唯一可以掌握的线索是山墙石上描绘了两个人朝着一座名为艾格蒙特城堡（Int Slodt van Egmondt）走去的浮雕画，据说这座城堡在1572—1573年间围攻阿尔克马尔的时候就被摧毁了。

不知道是什么时候，人们翻新了旧维伯威尔18号的山墙，将其从阶梯式改成了喷射式山墙。这在当时十分常见：17世纪的阶梯式山墙和收颈式山墙都算是过时审美，人们大都会采用喷射式山墙来代替。尽管当时的人们对建筑进行了大规模的修缮，但是房屋的建造年代仍然可以通过观察其窗框和其相对位置等来确定。和旧维伯威尔18号建筑十分相似的带有许多小窗户的十字框架就是建造于17世纪，而装了大型窗玻璃的上下推拉窗则来自18世纪初。在修复历史古迹的时候，人们总是会作出一些奇怪的决定：比如在置换窗户的时候，建筑一层的窗户制作年代比上层的窗户晚了一个多世纪。

1939年，旧维伯威尔的建筑状况可谓是每况愈下，其颓败不堪更是让相关人员开始认真考虑是否要将其彻底拆除。不过，建筑师阿贝尔·科克在移除建筑二层的石膏层的时候发现了一个有趣而迷人的事实，"立面的正中央有块碎片证明这栋建筑毫无疑问就是亨德里克·德·凯泽的作品"。这个发现将这栋建筑从拆除名单中抢救了下来，但所谓的发现并不能作为证明其为亨德里克作品的有力证据。这当然不能算是他建筑生涯里的亮点，如果真的算亮点，它一定会被收录在《现代建筑》这本书里，这是在建筑师亨德里克·德·凯泽过世10年后的1631年发行的一本回顾性的专著。不过话说回来，科克的发现固然证据不充分，但也没什么漏洞。到了1940年，人们对这栋建筑进行了大规模的翻修。1986年的时候，这所房子连同隔壁的房子被改建成拥有13套小公寓的公寓楼。

498

沿着奥德驰阿姆斯蒂街（Oudezijds Armsteeg），就在靠近旧维伯威尔18号的角落里，人们新建了6栋房子。这6栋房子受到了荷兰航空公司为了吸引顾客而设计的荷航袖珍屋酒瓶的启发，房子的外观模仿代尔夫特蓝陶工艺，以蓝白两色为主，屋顶为深蓝色，其中有一些还微微朝前倾，这样可以帮助雨水通过立面向下流入下水道，以避免排水不畅。

XIV

随着工人阶级的居住区——乔丹区的建设和港口地区的扩张，阿姆斯特丹城市西区也开始改头换面，发展的势头丝毫不落后于其他地区。位于城市西区的这一个新城区建于17世纪初，建于三个人工填埋的小岛上。

1612年，第一座人工岛屿比克岛（Bickers Eijlant）是以当时极具权势和影响力的商人扬·比克命名的。第二座人工岛屿叫王子岛（Princen Eijlant），是以奥兰治亲王菲利普–威廉的头衔来命名的，他就是那位被谋杀的"沉默的威廉"的长子。

第三座岛屿叫李仁岛（Realen Eijlant），这座岛是以岛主人雷纳尔·李尔的名字来命名的。这座岛屿是当时的工业区，上面建满了仓库、船坞、沥青工厂和泥炭市场。

1645年，岛主人雷纳尔·李尔在海滨委托建造了一共七幢的联排建筑，其中的赞霍克4—6号也和其他建筑一样都装饰有风格简约的阶梯式山墙，这些建筑的房间都很小，里面却住满了人，一个房间里甚至还容纳了好些个家庭，就连地下室和阁楼都租了出去。对于水手和体力劳动者而言，抓牢工作饭碗远远要比所谓的个人隐私重要得多。1648年新工厂招聘的时候，租房的需求量大幅上涨。雷纳尔本人也于同一年过世了。

老李尔死后，他的两个儿子亨德里克和弗朗斯·李尔接手了这七幢公寓的管理。没过多久，兄弟两人就决定将这七幢公寓楼全部售出，因为当时他们正忙着筹建阿姆斯特丹和葡萄牙之间的贸易航线，实在无暇分身。他们的妹妹卢德薇娜嫁给双桅船斯特戈斯舒特（steygerschuit）的船长皮耶特·科内利斯，科内利斯就是靠着这条船带着乘客往返阿姆斯特丹的。后来，科内利斯靠着搞海上运输赚到的钱买下了如今赞霍克4—6号所在的建筑，前后一共花费了625荷兰盾。两年之后，他在这里重建了一栋带有优雅收颈式山墙的房子。皮耶特·科内利斯是很虔诚的教徒，正是出于这个原因，他在建筑立面凸出的几块石头上装饰了圣徒像。

到了18世纪，格里特·雷汶买下了赞霍克4—6号，他本人就住在旁边的王子街上。1742年，手术医生H.福斯特斯租下了这栋建筑，他和仆人一同住了进来，自己住主屋，仆人住地下室，每年的租金为140荷兰盾。之后，据说这间地下室转租给了一家桌球工厂。

赞霍克4—6号的山墙石装饰是以圣经人物为主题的，第一块山墙石上装饰的是圣彼得的画像，他是一个目不识丁的渔夫，也是耶稣的门徒之一。圣彼得后来成为第一任教皇，他的右手拿着天堂之门的钥匙，左手则拎着一条鱼。中间的山墙石上则描绘了诺亚方舟的故事。第三块山墙石上描绘了施洗者圣约翰，圣约翰的手里握着权杖，脚边是献给上帝的耶稣。

18世纪末，赞霍克附近大部分的房子都经过了修缮和重建，其原本的立面也改成了路易十五风格的立面。赞霍克4—6号也不例外，这栋建筑的立面改成了典型的钟形立面，当时的雕刻工匠特别喜欢在山墙顶部添加冠式。此外，建筑一层的角柜上也装饰着雕刻精美的壁脚板。

从这里可以看到很美的景色，特别是缕缕晨雾划过水面，或是码头上霭霭的金色晚霞。艺术家格博·诺塔也是这里的住户之一，1800年前后，他因为太过陶醉于这里的美景，就在这里创作了一幅描绘前屋外景致的风景画，并将其挂在屋子里。不过后来的住户似乎对这幅画不怎么感兴趣，在装修的时候将这幅画包裹在墙纸里。

　　差不多过了一个世纪，这栋建筑因为年久失修而颓败，1940年，相关部门正式宣布这栋建筑不宜住人。赞霍克附近的一些建筑也面临同样的命运。这一消息对于烟草公司巴特克（Batco）而言可谓是天赐良机，彼时这家公司正在犯愁找地方拓宽业务呢。幸运的是，阿姆斯特丹文化遗产保护组织也在想办法重修这栋建筑，从而使其避免被拆迁的命运。1943年，这栋17世纪的小楼申请遗产保护成功。第二次世界大战之后，亨德里克·德·凯泽协会买下了赞霍克的建筑，到了1953年，这栋建筑才得以进行大规模的重修。就是因为这次重修，格博·诺塔的那幅裹在墙纸里的风景画才得以重见天日。这幅描绘了水边美景的画作将永久成为建筑历史的一部分。新搬进来的住户是一位文化遗产监督管理员和他的家庭。自那以后，他们一家在这栋建筑里一直住到现在。